BASTEI
LÜBBE
TASCHENBUCH

Weitere Titel des Autors

Blinde Rache
Lautlose Schreie

Über den Autor

Leo Born ist das Pseudonym eines deutschen Krimi- und Thriller-Autors, der bereits zahlreiche Romane veröffentlicht hat. Der Autor lebt mit seiner Familie in Frankfurt am Main, wo auch seine unkonventionelle Kommissarin Mara Billinsky ermittelt.

LEO BORN

BRENNENDE NARBEN

EIN MARA BILLINSKY THRILLER

BASTEI LÜBBE
TASCHENBUCH

BASTEI LÜBBE TASCHENBUCH
Band 17872

MIX
Papier aus verantwortungsvollen Quellen
FSC® C083411

Dieser Titel ist auch als Hörbuch und E-Book erschienen

Vollständige Taschenbuchausgabe
der bei Lübbe Digital erschienenen E-Book-Ausgabe

Umschlaggestaltung: Massimo Peter-Bille
Satz: hanseatenSatz-bremen, Bremen
Gesetzt aus der Stempel Garamond
Druck und Verarbeitung: CPI books GmbH, Leck – Germany
ISBN 978-3-404-17872-8

2 4 5 3 1

Sie finden uns im Internet unter
www.luebbe.de
Bitte beachten Sie auch: www.lesejury.de

Teil 1

Der Biss der Ratte

1

Vor Denise breitete sich ein Meer aus Lichtern aus.

Da waren die prachtvoll illuminierten Bankentürme und die gewaltigen Bürokästen in der City, umgeben von den schier endlosen, starren Wellen aus Wohnblöcken. Etwas abseits, im Osten der Stadt, erhob sich der eigenwillig geformte Keil der Europäischen Zentralbank. Auch kurz nach Mitternacht waren noch etliche Fenster erleuchtet.

Es kam ihr vor, als betrachtete sie ein grelles, scheinbar wogendes Ungetüm aus Beton und Stahl, in der Mitte klaffend durchschnitten vom schwarzen Band des Mains.

Ein flüchtiges Lächeln huschte über ihre rot leuchtenden Lippen. Sie hatte Frankfurt seit vielen Jahren durchschaut, die Stadt, die sich gern mit dem Glitzerkleid einer Metropole schmückte, während in ihrem tiefsten Inneren doch das Herz eines Dorfes schlug. Kurze Wege, enge Gassen, Vetternwirtschaft, Filz. Selbst der Dialekt, der hier gesprochen wurde, klang nach ruppiger, hemdsärmeliger Provinz.

Denise hatte Kunden, die Obst- und Gemüsehändler waren. Aber auch Banker, Rechtsanwälte, hochrangige Bullen. Denise kannte sie alle gut, und viele von ihnen wiederum kannten sich untereinander, persönlich oder mindestens vom Hörensagen.

Sie trat ein Stück zurück von der großflächigen, bodentiefen Glasfront, die sie von der Stadt zehn Stockwerke unter ihr trennte. Einen langen Moment betrachtete sie ihr Spiegelbild, das kupferfarbene Haar glühend über dem zarten Teint ihrer Wangen und dem makellosen Weiß des flauschigen Bademantels. Sie ließ auch dieses Bild auf sich wirken, als müsste sie es unbedingt im Gedächtnis behalten. Denn schon bald würde es einen Einschnitt geben. Sie stand kurz davor, ihr altes Leben abzustreifen wie eines ihrer vielen kostspieligen, aufreizend engen Kleider.

Ihre Kunden hatte Denise bereits deutlich reduziert. Es gab nur noch ein paar ausgewählte Herren, die besonders gut bezahlten und die sie vielleicht sogar ein wenig mochte. Oder zumindest respektierte. Bald würde das alles vorbei sein, das große Geld, der Sex mit all diesen Fremden, die Nächte in dem Apartment, für das bereits ein Nachmieter gesucht wurde. In den langen Jahren, die von enormer Disziplin und Professionalität geprägt gewesen waren, hatte sie genug zusammengespart.

Nur noch für einen Mann wollte sie da sein. Für einen, der sie nicht bezahlen würde. Mit dem sie Urlaubsreisen unternehmen, den sie jeden Tag sehen, mit dem sie sogar unter einem Dach leben würde. Ein merkwürdiges Gefühl, sich zu binden. Jedenfalls für Denise. Immer noch musste sie sich an diesen Gedanken erst einmal gewöhnen.

Sie trat einen weiteren Schritt zurück, und sofort verschwamm ihr Spiegelbild, die Konturen lösten sich auf, als gäbe es sie gar nicht mehr.

Eine Viertelstunde später, beim Empfangen ihres letzten Gastes in dieser Nacht, trug Denise nicht mehr den Bademantel, sondern nur noch hochhackige Schuhe und einen Hauch von Parfüm. Sie wusste, wie sehr er das mochte, es gehörte zum Service.

Er war ein Mann von Welt, elegant, mit reichlich Vermögen, jedoch in die Jahre gekommen, die Frauen, der Alkohol, der Job, und damit war er im Grunde ziemlich repräsentativ für ihre Kunden. Männer mit Anspruch, die wussten, was sie wollten, die niemals Ärger machten, die auf ihre Art so professionell waren wie Denise auf ihre.

Nicht allein ihre spärliche Bekleidung, alles hatte sie auf

seine Wünsche abgestimmt. Es lief Dvořák, Sinfonie Nr. 9. Auf einem Chromtisch in Griffnähe neben dem Bett befanden sich Champagner aus Frankreich, *Moliterno al Tartufo* aus Italien, Obst aus Chile, Koks aus Marokko. Und eine Flasche teuren Rums aus Costa Rica. Der Mann hatte ihn nur einmal beiläufig erwähnt, aber mehr war nicht nötig. Denise war immer aufmerksam, ihr entging nichts, sie wusste, wie sie punkten konnte. Wer Kunden mit Stil wollte, musste sich selbst Stil angeeignet haben. Klassische Musik, Kleidung der Luxusmarken, Eloquenz, vortreffliche Manieren, zumindest wenn man angezogen war. Sie hatte Jahre gebraucht, um das zu sein, was sie jetzt darstellte: von einem Niemand zu einer Frau, der man die Türen aufhielt.

Sie nippten an dem Champagner, er registrierte den Rum mit einem anerkennenden Heben der Augenbraue. Sie hatten Sex, routiniert, aber nicht ohne dass sie ihn auf Touren gebracht hätte. Manchmal stand er auf ein paar Extras, heute allerdings nicht. Danach streckte er sich bequem auf dem seidenen Laken aus, er gehörte nicht zu denen, die quatschen oder ihr Herz ausschütten wollten.

Denise schenkte ihm ihr Lächeln und erhob sich, um ins Bad zu verschwinden. Sie war sich bewusst, dass er eingehend ihren Hintern betrachtete, wie er es immer tat. Dann stand sie vor dem marmornen Waschbecken und sah sich im großen Ovalspiegel an. Ja, es war genau der richtige Moment, um den Absprung zu machen und mit diesem Leben aufzuhören; auf einmal war sie erfüllt von einer tiefen Zuversicht.

Sie senkte die Lider und genoss die Stille, Dvořáks temperamentvolle Musik war längst verstummt. In diesem Augenblick angenehmer Gelassenheit hätte sie sich niemals vorstellen können, dass sie nur kurz darauf in einen verzweifelten Todeskampf verwickelt sein würde. Dass Fäuste auf sie einschlagen, Hände sie niederdrücken, an ihr reißen, sie fesseln würden. Dass sie gefoltert werden würde, vergewaltigt, dass Finger ihr die Zunge brutal aus dem Mund zerren würden, um ihr innerhalb von Momenten dieses glitschige Körperteil mit einem Messer abzuschneiden.

Niemals hätte sie sich vorstellen können, was ein Mensch alles zu erleiden vermochte, bevor er starb.

2

Beiläufig betrachtete Mara Billinsky durchs Fenster den wolkenverhangenen Frankfurter Himmel, aus dem die letzten Tropfen eines Frühlingsschauers fielen. Sie hatte den Telefonhörer dicht am Ohr und nippte rasch an ihrem Kaffeebecher.

Der Anrufer sagte ein Wort, das sie nicht verstehen konnte.

»Was?« Skeptisch betrachtete sie die Mobilfunknummer, die auf dem Display ihres Bürotelefons angezeigt wurde und die sie sich sicherheitshalber auf einem Zettel notiert hatte.

»*волк*«, wiederholte der Mann den Begriff. »Das heißt Wolf auf Russisch.«

Fünf Minuten dauerte das Gerede schon an, doch mit den angekündigten, angeblich brandheißen Informationen rückte der Kerl nicht heraus.

»Ich bin nicht interessiert an einem Fremdsprachenkurs.«

Der Fremde quittierte Maras Antwort mit einem rauen, spöttischen Lachen, das ihr unangenehm unter die Haut kroch.

»Dafür habe ich etwas«, erklärte er mit einer jähen Schärfe, »das Sie ganz bestimmt interessieren wird.«

»Das haben Sie schon mal gesagt.« Mara versuchte cool und sachlich zu klingen, doch unwillkürlich setzte sie sich aufrecht. *Ein Spinner*, hätte sie normalerweise gedacht, allerdings war etwas an ihm, das ihre inneren Alarmlämpchen leuchten ließ.

»Spedition Stoberg«, kam es von dem Mann. »Sagt Ihnen das etwas?«

»Das sagt mir einen Scheißdreck. Und wenn Sie jetzt nicht zum Punkt kommen, komme ich zum Ende.«

»Drogen. Eine ganze Menge davon.«

»Wirklich?«, antwortete Mara betont misstrauisch, tippte aber sofort *Spedition Stoberg* über die Laptoptastatur in eine Suchmaschine ein. Das erste Ergebnis zeigte die Website einer kleinen Firma am Stadtrand von Frankfurt.

»Na, sind Sie jetzt doch interessiert?«

Sein Akzent war nicht zu überhören. Osteuropa, vermutete Mara. Auch wegen des angeblich russischen Worts, das er gebraucht hatte. Sein Alter war ebenfalls schwer einzuschätzen. Auffallend war der heisere Ton, der seiner Stimme etwas Schneidendes gab.

»Ich zähle bis drei, dann lege ich auf«, kündigte sie entschieden an. »Eins …«

»Das gefällt mir«, gab er spöttisch zurück.

»Zwei …«

»Selita.«

»Wie bitte?«

»Sie haben mich genau verstanden. Ich sagte *Se-li-ta*.«

Endgültig hellhörig geworden, hielt Mara den Atem an. Selita hieß ein Bezirk der albanischen Hauptstadt Tirana. Einige Männer, die in dringendem Verdacht standen, eine wichtige Rolle im internationalen Drogenhandel zu spielen, stammten von dort. Und kürzlich war dieser Ausdruck als interner Codename für eine größere Operation des Drogendezernats verwendet worden. Wie kam der Fremde ausgerechnet auf diesen Begriff?

»Was meinen Sie damit?«, fragte Mara.

»Dass es sich für Sie lohnen wird. Morgen, gegen Mitternacht, Spedition Stoberg.«

Eilig forschte sie weiter im Internet nach der genannten Spedition und fand heraus, dass das kleine Unternehmen im Vorjahr pleitegegangen war. »Ich mag keine Spielchen.«

»Dieses Spielchen sollten Sie mögen. Es wird zu Ihrem Vorteil sein.«

»Aus welchem Grund wollen Sie mir helfen?«

»Weil ich ein guter Mensch bin«, erwiderte er mit hämischem Unterton. Und dann ergänzte er: »Ein Lkw mit Münchner Kennzeichen. Natürlich ein falsches Kennzeichen. Der Lkw kommt nämlich nicht aus Bayern, sondern hat einen viel weiteren Weg hinter sich.«

»Sie behaupten also, es geht um Drogen?«

»Wie ich schon sagte: um eine ganze Menge davon.«

»Ich nehme an, Sie möchten mir nicht mitteilen, mit wem ich gerade das Vergnügen habe.«

»Schön, dass es ein Vergnügen für Sie ist.« Ein abschätziger Laut folgte auf diese Worte, und Mara spürte, dass ein kalter Schauer über ihren Rücken rieselte. Nein, das war kein *Spinner*, das war jemand, der genau wusste, was er tat und weshalb.

»Ich brauche mehr Informationen.«

»Mehr Informationen kriegen Sie nicht.«

»Woher kommen die Drogen?«

»Von irgendwoher.«

»Wer liefert sie?«

»Irgendwer.«

»Wer nimmt sie in Empfang?«

»Das werden Sie feststellen, wenn Sie vor Ort sind.«

Mara bemerkte, dass ihr Vorgesetzter, Hauptkommissar Klimmt, im Türrahmen ihres Großraumbüros erschienen war. Er starrte sie mit seinem üblichen grimmigen Gesichtsausdruck an und bedeutete ihr, in sein Büro zu kommen.

Sie gab ihm ein rasches Handzeichen, dass sie verstanden hatte, worauf er sich umdrehte und wieder davonstiefelte.

»Welche Drogen sind geladen?«, wollte Mara von dem Fremden wissen.

»Lassen Sie sich überraschen.« Betont wiederholte er den Begriff vom Anfang des Gesprächs: »*волк*. Wissen Sie noch, was das heißt?«

»Das russische Wort für Wolf.«

»Sehr gut aufgepasst.« Mit einem drohenden Unterton fügte er hinzu: »Der Wolf treibt sich in Frankfurt herum. Er will Beute machen. Und ich verspreche Ihnen etwas: Am Ende wird er seine Beute kriegen.«

»Hat der Wolf einen Namen?«

»Ja, aber den kennt niemand außer mir. Glauben Sie mir, der Wolf dreht seine Runden in dieser Stadt. Viele wird er fressen. Vielleicht auch Sie, kleine Polizistin.«

Ein Knacken – und die Verbindung war unterbrochen.

Mara rief sofort Hauptkommissar Meichel von der Drogenabteilung an. Er hatte die *Aktion Selita* geleitet, die nicht von dem erhofften Erfolg gekrönt gewesen war. Zwar konnte man einen großen Vorrat an Heroin und Cannabis sicherstellen, nicht jedoch die Verdächtigen aus Tirana festnehmen. In präzisen Sätzen gab Mara die Informationen des anonymen Anrufers weiter.

»Wir werden der Sache auf jeden Fall nachgehen«, kündigte Meichel nachdenklich an. »Es wundert mich nur, dass der Unbekannte sich ausgerechnet bei Ihnen gemeldet hat.«

»Da wären wir schon zwei.«

Gleich darauf wies Mara mit einem weiteren Anruf einen Spezialisten an, ihren Büroanschluss zu überprüfen und die Herkunft des Fremden anhand seiner Handynummer zu ermitteln – auch wenn ihre Hoffnung nicht gerade riesig war, dass das gelingen würde.

Sie hatte gerade aufgelegt, als ihr Kollege Jan Rosen neben ihrem Schreibtisch auftauchte, zwei Becher Kaffee vom Automaten in den Händen. Einen davon stellte er vor ihr ab.

»Den kann ich brauchen. Danke!« Mara trank einen Schluck und verbrannte sich die Zunge. »Allerdings muss ich jetzt erst mal zu unserem Herrn und Meister.«

»Klimmt? Der hat ja wieder mal eine Stinklaune.« Rosen ließ sich auf dem Drehstuhl des gegenüberliegenden Schreibtischs nieder. Er trug einen bordeauxroten Rollkragenpullover und senffarbene Stoffhosen. Die auffallend schreienden Farben seiner Kleidung passten eigentlich so gar nicht zu seiner zurückhaltenden, fast scheuen Art, die ihm in seinem Job nicht gerade eine große Hilfe war.

Als Mara kurz darauf Klimmts Büro betrat, bestätigte die düstere Miene des Hauptkommissars Rosens Worte.

»Sie wollten mich sprechen, Chef.« Mara blieb vor Klimmts Schreibtisch stehen und sah auf den Mann herunter, wie immer, auch wenn sie wusste, dass ihm das auf die Nerven ging. Oder gerade deswegen.

Zu Beginn waren sie und er häufig aneinandergeraten, inzwischen jedoch hatte sich Mara im gesamten Team einiges an Respekt erworben. Und der anfänglich aufgrund ihrer stets dunklen Aufmachung spöttische Spitzname Krähe hatte sich in eine Art Markenzeichen verwandelt. Die bislang letzte von mehreren eindrucksvollen Tätowierungen auf Maras heller Haut war dann auch tatsächlich eine Krähe gewesen.

Klimmt klebte in seinem Stuhl wie ein angeschlagener Boxer. Er wirkte erschöpft, gereizt, knurrig. Wie meistens. »Mit wem haben Sie gerade telefoniert? Sie hatten schon wieder diesen Billinsky-Blick.«

Sollte Mara ihn daran erinnern, dass es auch einen Klimmt-Blick gab? Sie verzichtete darauf und schilderte stattdessen lieber den Anruf.

»Seltsame Geschichte«, lautete Klimmts sparsamer Kommentar.

»Das finde ich auch.«

»Am Ende wahrscheinlich doch bloß ein Rohrkrepierer, das Ding mit den Drogen.«

»Ich habe Meichel informiert, er wird sich darum kümmern.« Mara straffte sich. »Was gibt's?«

»Setzen Sie sich endlich auf Ihren verdammten Hintern!«

Klimmts Stimme hatte einen alarmierenden Unterton, den alle bestens kannten, besonders Mara.

»So schlimm?«, fragte sie lässig, nahm aber auf einem der beiden Besucherstühle Platz.

Er fuhr sich über seinen ungepflegten, buschigen Walrossschnauzbart und musterte sie aus blutunterlaufenen Augen. Bis vor Kurzem hatte er an einer hartnäckigen Lungenentzündung gelitten und war nach Ansicht der meisten Kollegen viel zu früh wieder im Dienst erschienen. Ein alter, abgekämpfter Bulle, der langsam die Zielgerade seiner Laufbahn erreichte. Aber dennoch einer, der seinen Dickschädel mit einem gewissen Stolz auf den Schultern trug und der es hasste, klein beizugeben. Zumindest in dieser Hinsicht hatten er und Mara also etwas gemeinsam.

Er faltete die Hände hinter seinem breiten Nacken. Im zerknitterten Stoff seines Leinenhemdes zeigten sich unter den Achseln dunkle Halbmonde aus Schweiß. »Gernot Grigoleit«, knurrte er.

Unwillkürlich wappnete sich Mara für das, was kommen würde. Sie presste die Lippen aufeinander.

»Fällt Ihnen nichts ein zu diesem Namen, Billinsky?«

»Jedenfalls nichts Gutes.«

»Da sind Sie so ziemlich die Einzige. Denn es gibt in der juristischen Inzuchtwelt dieser Stadt kaum eine Person, die einen so guten Ruf genießt wie Grigoleit. Ein früher überaus erfolgreicher Staatsanwalt, bereits seit Jahren im Ruhestand, aber immer noch sehr präsent bei den Kollegen. Er hält Vorträge und ist Gastredner im Fachbereich Rechtswissenschaft an der Goethe-Uni.«

»Vielen Dank für den kleinen Steckbrief.«

»Gern«, gab er säuerlich zurück. »Was ich weniger gern habe, ist die Tatsache, dass dieser scheißehrenwerte Ex-Staatsanwalt sich über eine meiner Mitarbeiterinnen beschwert hat. *Ausdrücklich* beschwert.«

»Sagen Sie ihm, das ist mir wurscht«, erwiderte Mara bissiger als gewollt. »Und zwar *ausdrücklich* wurscht.«

»Ihm sage ich gar nichts, sondern Ihnen.« Der berüchtigte Klimmt-Blick loderte jetzt erst so richtig. »Treiben Sie's nicht zu weit! Der feine Herr war sauer, verflucht sauer. Er ist bei mir reingerauscht, um deutlich zu machen, dass das eine rein inoffizielle Beschwerde ist. Aber sollten Sie ihn nicht in Frieden lassen, wird er nicht zögern, andere Geschütze aufzufahren.«

»Grigoleit macht mir keine Angst.«

»Ein bisschen Angst würde Ihnen in diesem Fall nicht schaden, Billinsky. Oder nennen wir es lieber Grips. Der Typ ist nicht mehr aktiv an der Front, aber eine kleine Bullenkarriere kaputt zu machen, das wäre für ihn ein Kinderspiel.«

»Sonst noch was?« Mara starrte demonstrativ an Klimmt vorbei. »Oder kann ich gehen?«

»Klar, Sie können gehen.«

Sie erhob sich.

»Aber«, bemerkte Klimmt, »Sie können mir auch sagen, was da eigentlich los ist. Was steckt hinter der Grigoleit-Sache?«

Mitten in der Bewegung hielt Mara inne. »Das hat er Ihnen nicht erzählt?«

»Würde ich sonst fragen?«

Sie setzte sich wieder. »Grigoleit war der leitende Staatsanwalt bei den Ermittlungen zum Mord an meiner Mutter.«

»Und weiter?« Klimmt runzelte die Stirn, als ahnte er, was er gleich hören würde – und als freute er sich keineswegs darauf.

»Alles, was ich möchte, ist Grigoleit ein paar Fragen zu dem Fall stellen.«

Er machte eine vage Handbewegung. »Das muss jetzt zwanzig Jahre her sein.«

»Nur ein paar lausige Fragen«, betonte Mara. Nie hatte sie Klimmt gegenüber den Mord erwähnt, der ihr die Mutter genommen und sich als Wundmal auf ihrer Seele eingebrannt hatte. Der sie wie ein dunkler Schatten begleitete, was sie auch tat, wohin sie auch ging.

»Wenn er sich nicht dazu äußern will«, sagte Klimmt verhaltener, »können Sie nichts dagegen tun, Billinsky. Es ist keine offizielle Ermittlung. Ein Fall, der vor Ewigkeiten zu den Akten gewandert ist.«

»Nur ein paar lausige Fragen«, wiederholte Mara mit diesem schneidenden Tonfall, den niemand sonst aus dem Team Klimmt gegenüber an den Tag legte.

»Soviel ich weiß, war der Mordfall Katharina Billinsky eine der letzten großen Ermittlungen, mit der Grigoleit betraut gewesen ist. Und er hat es nicht geschafft, den Täter zu finden. Er wird wohl nicht gern daran erinnert.«

»Mir kommen gleich die Tränen.«

Klimmt beugte sich vor und nahm sie mit düsterem Blick aufs Korn. »Hören Sie, Billinsky, ich bin nicht gerade berühmt für meinen Takt.«

»Ach, tatsächlich?« Mara zuckte ironisch mit einer Braue.

»Und deshalb werde ich es Ihnen auf ganz direkte Art mitteilen: Hier ist kein Platz für privaten Müll. Weder für meinen noch für Ihren. Gerade Sie sorgen ja schon dienstlich für genügend Unruhe. Spielen Sie nicht mit dem Feuer, was diesen Grigoleit betrifft.«

Mara antwortete nichts.

»Sehen Sie, das meine ich mit Billinsky-Blick.«

Noch immer sagte sie nichts.

»Also, haben Sie das kapiert, Billinsky?«

Sekundenlang herrschte eine dumpfe Stille.

»Kapiert?«, wiederholte Klimmt bissig.

Ein Klopfen ertönte, beide sahen zur Tür, die sich öffnete. Rosens Kopf kam zum Vorschein.

»Hab ich ›Herein‹ gesagt?«, schnarrte Klimmt ihn an.

Rosen lief knallrot an. »Äh …«

»Raus mit Ihnen, Rosen!«

»Sorry, aber … ein Mord. Eine wirklich abscheuliche Sache.«

3

Wie Tiere waren sie zusammengepfercht worden. Wie Tiere glotzten sie vor sich hin, ausdruckslos und stumm. Wie Tiere wurden sie von einem Ort zum anderen gekarrt und von einem Besitzer an den nächsten weiterverkauft.

Sie waren ein Dutzend, sie hockten auf dem Boden der Ladefläche, Körper an Körper, vor sich Taschen mit ihren wenigen Habseligkeiten.

Das monotone Gebrumm des Kastenwagens hatte eine einschläfernde Wirkung auf Timea. Sie ließ den Kopf hängen, genau wie die anderen Frauen, dachte an nichts, fühlte nichts; sie verspürte keinen Hunger, keinen Durst, in ihr flackerte das Leben auf kleiner Flamme.

Wohin mochte die Fahrt gehen, fragte sie sich. Zuletzt war Timea in Kassel gewesen, einige Monate wohl schon, obgleich ihr Zeitgefühl abzusterben schien. War es nicht vor dem Beginn des Winters gewesen, als sie verkauft worden war? Und nun kam der Frühling, ja, mehrere Monate in Kassel. Damals hatte man sie von Anyana getrennt, der einzigen der Frauen, die für sie zu einer Freundin geworden war. Seither war sie wieder einmal auf sich allein gestellt gewesen, schutzlos, hilflos.

Vor dem Wechsel nach Kassel hatte sie in Frankfurt gelebt, auch wenn sie ihr Dasein nicht als Leben bezeichnet hätte. Und nun? Womöglich ging es zurück nach Frankfurt. Sie hatte Bemerkungen der beiden Männer aufgeschnappt, die sie und die Frauen, ohne die Waffen aus dem Hosenbund ziehen zu müssen, in den Wagen verfrachtet hatten, um dann in die Fahrerkabine einzusteigen und die Fahrt zu beginnen.

Zum ersten Mal seit etlichen Minuten spähte Timea nach oben zu den von Schmutz verschmierten Fenstern des Wagens. Die Wolkendecke riss auf, ließ hier und da das zarte Blau des Himmels erkennen. Wie sehr hatte sie sich früher immer auf den Frühling gefreut! Heute hatten Jahreszeiten keine Bedeutung mehr für Timea. Kaum etwas hatte noch eine Bedeutung für sie. Außer den Tag lebend zu überstehen, doch vielleicht nicht einmal das.

Ja, ganz bestimmt würde sie wieder in Frankfurt landen.

Diese gnadenlose Stadt. Die erste, die Timea in Deutschland kennengelernt hatte, vor ein paar Jahren, als sie durch eine einzige falsche Entscheidung und das Vertrauen in die falschen Personen in einem Sumpf gelandet war, der sie langsam immer tiefer nach unten zog und ihr die Luft zum Atmen nahm.

Frankfurt war besonders schlimm, ein einziger Albtraum. Das wussten alle, selbst die, die noch nie dort gewesen waren. Noch härtere Arbeitsbedingungen, mehr Gewalt, unter der die Frauen und Mädchen zu leiden hatten, psychische wie physische.

Vielleicht würde Timea wenigstens Anyana wiedersehen. Das wäre schön. *Anyana.* Wie sehr sie sie vermisste. Sie wieder in die Arme schließen zu können, war ihre einzige Hoffnung, so vage und klein sie auch sein mochte.

Doch ansonsten war nichts als Dunkelheit in ihrem Innern. Ihr Leben war ein Teufelskreis geworden. Es war ihr bewusst, wie abgestumpft sie war, und dennoch fühlte sie eine nagende Furcht in sich. Angst vor dieser Stadt.

So saß sie also da, auf der eiskalten Ladefläche dieses Wagens, inmitten der kleinen Viehherde, der sie von ihrem Besitzer zugeteilt worden war. Jetzt würde ein neuer Besitzer auftauchen – das hatte man ihr nicht gesagt, sie spürte es einfach. So war es schließlich auch beim letzten Wechsel der Stadt gewesen.

Ansonsten wusste sie nichts. Außer dass es immer noch ein Stück weiter bergab gehen konnte, dass jede Hölle doch nur das Vorzimmer einer größeren Hölle war.

Timea spähte noch einmal zum Himmel, an dem sich immer mehr blaue Flecken zeigten, und plötzlich zerriss ein gewaltiger Donnerschlag die Eintönigkeit um sie herum. Es war ein derart mächtiger Knall, dass er alles und jeden in Fetzen riss, dass er die ganze Welt zerstörte.

4

Es roch nach Parfüm, dessen verführerischer Duft sich auf dem Teppich, den Tapeten, den Möbeln festgesetzt hatte. Nach Alkohol, der als abgestandener Rest noch in den Gläsern schimmerte. Nach dem Kunststoff der Anzüge, Hauben, Handschuhe und Überschuhe, die von den Männern der Spurensicherung getragen wurden.

Es roch nach Tod. Schwer und endgültig, wie etwas, das man mit den Händen greifen konnte. Es roch nach Blut, nach verzweifelter, nackter Furcht, nach unvorstellbaren Schmerzen.

Und da schwebte noch ein Aroma in der Luft. Es kribbelte Mara Billinsky in der Nase, süßlich, schwach, doch sie kam einfach nicht darauf, um was es sich bei diesem Geruch handelte.

Ein paar Seitenblicke der Kriminaltechniker streiften Maras Aufzug, ihre schwarze Motorradlederjacke, das schwarze Oberteil mit Totenkopfmuster, die knallengen schwarzen Jeans und die Doc-Martens-Stiefel. Auch die Piercings an Oberlippe und Braue, die mit Kayal betonten dunklen Augen, ihr blasser Teint und ihr glattes, pechschwarz glänzendes Haar fielen auf.

Doch diese stumme, misstrauische Art der Aufmerksamkeit ließ nach; es hatte sich herumgesprochen, wie die Kommissarin aussah, die immerhin schon seit einem Dreivierteljahr wieder für die Frankfurter Mordkommission tätig war, nachdem sie zuvor einige Zeit in Düsseldorf gelebt und gearbeitet hatte. Auch dass sie *die Krähe* genannt wurde, war bekannt.

Mara stand etwas abseits, um alles in Ruhe betrachten und die Eindrücke in sich aufnehmen zu können, gut zwei Meter von dem breiten Bett entfernt, auf dem noch der Leichnam lag. Geknebelt, gefesselt, entblößt, geschunden. Ein grauenvoller Anblick.

Sie war so gefangen im Moment, dass sie es fast nicht wahrnahm, als Jan Rosen wieder auftauchte und sich neben sie stellte. Er hatte mit der Putzfrau gesprochen, die das Apartment seit Jahren in Schuss hielt und die Leiche entdeckt hatte.

»Diese vielen kleinen Wunden«, sagte Mara leise, mehr zu sich selbst als zu ihm. »Sie sind eigenartig.«

»Stimmt«, kam es gepresst über Rosens Lippen.

»Wie hat man sie der Frau zugefügt? Hm. Zuerst dachte ich, mit einem kleinen Messer. Aber die Wundränder wirken dafür zu ausgefranst. Sehr merkwürdig.«

»Ja. Merkwürdig.« Noch gepresster stieß er die paar Silben hervor.

Mara taxierte ihn und hob eine Augenbraue. »Alles okay?«

»Bestens«, sagte er, ohne ihren Blick zu erwidern. Auch an dem Bett sah er konsequent vorbei. Seine blaue Outdoorjacke und die schreiende Farbe des Pullovers ließen ihn noch bleicher wirken, als er tatsächlich war.

»Was hat die Frau gesagt?«

»Sie hat einen eigenen Schlüssel. Kommt jeden Tag um die Mittagszeit, außer sonntags. Als sie den Raum betrat, sah sie sofort …« Er schluckte. »Die Tote.«

»Wie lange ist die Putzfrau hier schon tätig?«

»Über drei Jahre.«

»Das einzige Apartment des Gebäudes, in dem sie sauber macht?« Maras Fragen kamen stichwortartig, im Stakkato, was typisch für sie war.

Rosen nickte, wie so oft etwas überfahren von ihrer Art.

»Äh, ja. Das einzige. Ich, äh, habe sie gebeten, in dem kleinen Foyer oder Vorraum des Apartments zu warten, falls du auch noch mit ihr sprechen willst. Die Ärmste ist vollkommen fertig mit den Nerven.«

»Und der Name der Toten?«

»Denise Dorlac. Mehr weiß die Putzfrau nicht. Sie hat keinen Arbeitsvertrag. Den Job hat sie aufgrund einer Zeitungsannonce bekommen.«

»Dorlac? Eine Französin?«

»Möglich. Wir haben keinen Ausweis gefunden, nicht mal in ihrer schicken Handtasche. Nur ihr Handy, aber das muss erst noch ausgewertet werden. Sie besitzt ganz sicher irgendwo eine größere Unterkunft.«

Mara verfolgte, wie der Leichnam der Frau nach der ersten Untersuchung abtransportiert wurde. Erst die Obduktion würde mehr Klarheit bringen. Weiterhin wunderte sie sich über die vielen auffälligen kleinen Verletzungen, die gewiss nicht für den Tod verantwortlich gewesen waren, aber neben weiteren Spuren von Gewalt deutlich machten, dass das Opfer gequält worden war, wohl über einen längeren Zeitraum. Nach wie vor fragte sie sich, welcher Geruch das war, der sie schon beim Betreten des Apartments irritiert hatte.

Kurz darauf, nach einem weiteren Gespräch mit der Putzfrau, befanden sie und Rosen sich wieder auf dem Bürgersteig vor dem Block, der Wohlstand, Sterilität und eine gewisse Anonymität ausstrahlte. Nur ein paar Fußminuten weiter nahm die City ihren Anfang, eine ideale Lage. Verkehrslärm dröhnte, Fußgänger eilten vorbei, Fahrräder waren an Straßenlaternen gekettet.

Maras Blick wanderte an den Dutzend Stockwerken des Gebäudes nach oben. »Wir werden alle Personen befragen müssen, die hier wohnen oder arbeiten oder sonst etwas zu tun haben.«

»Dann lass uns am besten gleich damit anfangen.«

Er war noch immer bleich wie ein Laken.

»Vielleicht gehen wir erst ein paar Schritte, um ein bisschen Sauerstoff zu tanken. So einen Anblick muss man ja erst mal verdauen.«

»Wie du meinst.«

Auch wenn er es sich nicht anmerken lassen wollte: Mara sah, dass ihn der Vorschlag erleichterte.

»Die Tote ist eine Nutte gewesen«, sagte Mara nach ein paar Schritten. »Und das hier war ihr Arbeitsplatz. Die beiden oberen Schubladen der Kommode sind voll mit Sexspielzeug und die unteren mit Reizwäsche. Ziemlich teurer Schnickschnack, wie's aussieht, kein Ramsch.« Sie brachte ein schiefes Grinsen zustande. »Auch wenn ich da keine Expertin bin.«

»Alles in dem Apartment ist teuer«, bestätigte Rosen. »Die Kommode sieht durch den Used-Look alt aus – aber das ist ein edles Stück, ganz bestimmt ein Unikat. Ich kenne solche Dinger. Das ist China-Lack, in mehreren Schichten aufwendig aufgetragen. Mehr als zwei Tausender muss man dafür hinblättern, würde ich schätzen.«

»Die Lady hat zur oberen Lohnklasse gehört, das steht fest.«

Der Himmel klarte weiter auf, es war auch nicht mehr so kalt wie zuletzt. Trotz des Grauens, das sich ihnen in dem Apartment offenbart hatte und wie ein scharfer Felssplitter in ihrem Innern festsaß, konnte Mara nicht verhindern, dass sich ihre Gedanken zu der Unterredung mit Klimmt zurückschlichen.

Sie hatte durchaus Verständnis für den Hauptkommissar. Grigoleits Beschwerde über Mara passte ihm nicht in den Kram, bei keinem Vorgesetzten wäre das anders gewesen; er hatte schon genug mit den Dingen zu tun, die offiziell auf seinem Schreibtisch landeten. Und an seiner Stelle hätte sie denselben Rat ausgesprochen: Ruhe geben. Doch ihr war nur zu klar, dass dies unmöglich für sie sein würde. Sie hatte zu viele Jahre damit verschwendet, so zu tun, als könnte sie das Ereignis verdrängen, das sich zwanzig Jahre zuvor im Haus ihrer Eltern abgespielt hatte. Es brannte in ihr wie eine Narbe, die immer wieder aufs Neue schmerzte.

Rosen hielt plötzlich inne, sein Gesicht, noch bleicher als zuvor, verzerrte sich.

Mara deutete vielsagend auf die Zufahrt zu einem Hinterhof. »Da hinten kann man dich nicht so gut sehen.«

Er eilte dorthin, beugte sich nach vorn und übergab sich würgend.

Sie schenkte ihm einen sanften Blick, dann wandte sie sich von ihm ab. Nicht das erste Mal, dass ihm das passierte. Im Präsidium würde sie kein Wort darüber verlieren, gab es doch auch so schon viele dumme Sprüche, dass weder Rosens Magen noch sein Nervenkostüm robust genug für diesen Job wären. Es machte ihn ja bereits wahnsinnig, dass er von manchen Kollegen boshaft *Spatz* genannt wurde, seit er Mara, der Krähe, zugeteilt worden war.

Er war immer noch dabei, das kurz zuvor eingenommene Kantinenmittagessen in der Hofzufahrt zu verteilen, als Mara einen Anruf von Klimmt erhielt. Das Handy am Ohr, stand sie am Rand des Bürgersteigs dicht neben einer Hauswand. »Was gibt's, Chef?«

»Zu viel von allem«, brummte er in allzu vertrauter Manier. »Was ist los bei euch, Billinsky?«

»Genau wie Rosen gesagt hat: eine wirklich abscheuliche Sache.« Leiser fügte sie an: »Mord an einer Edelprostituierten. Die blutigen Details liefere ich Ihnen, wenn wir unter vier Augen sind.« Sie stutzte. »Weshalb rufen Sie an?«

Er überging ihre Frage: »Was haben Sie und Rosen als Nächstes vor?«

»Mögliche Zeugen auftreiben in dem Betonklotz, in dem

es passiert ist. Vielleicht hat ja jemand etwas gesehen oder gehört.«

»Schleyer ist krank. Stanko und Patzke gehen einer Sache in Offenbach nach. Und ich kann nicht weg.«

»Noch mal, Chef: Weshalb rufen Sie an?«

»Kann Rosen allein mit der Suche nach Zeugen anfangen, Billinsky?«

»Hört sich so an, als müsste er das. Also: Was ist los?«

Während Mara ungläubig Klimmts knapper Schilderung zuhörte, verfolgte sie, wie sich Rosen wieder näherte und sich dabei mit einem Papiertaschentuch über den Mund wischte.

Als sie sich gleich darauf von Klimmt verabschiedete, war ihr die Fassungslosigkeit anzusehen.

»Was ist denn los?«, wollte Rosen erstaunt wissen.

»Ich muss zur A 661.«

Er zog eine Grimasse. »Was? Wieso?«

»Diese verfluchte Stadt spielt anscheinend schon wieder völlig verrückt.« Sie wühlte den Schlüssel ihres Alfa Romeos aus der Jackentasche. »Schaffst du das erst mal allein, Rosen?«

»Äh, na klar«, erwiderte er, ohne dass es ihm gelang, seine jäh einsetzende Unsicherheit zu verbergen.

»Sorry, ich melde mich nachher bei dir.«

Er musterte sie. »A 661?«

Mara setzte sich bereits in Bewegung. »Eine Bombe«, stieß sie noch hervor. »Hat wohl eine ganze Menge Leute erwischt. Sie wurden regelrecht in Stücke gerissen.«

5

Das Rauschen der S-Bahn erklang, ein lang gezogener, laut vorbeiwischender Ton, der Workan an früher denken ließ. Doch nur ganz kurz, dann war er zurück in der Gegenwart.

Noch immer raste Adrenalin durch seinen Körper, das Hochgefühl hielt unvermindert an, selbst Stunden, selbst Tage später. So war es jedes Mal, wenn er einen Auftrag erfüllt, wenn er die Angst eines Menschen beinahe körperlich gespürt hatte, wie einen wärmenden Lufthauch. Wenn er jemandem in dem Moment in die Augen gesehen hatte, in dem ihn das Leben verließ.

Er saß auf dem Bett, senkte die Lider, und in Gedanken sah er sofort wieder das zunächst noch makellose weiße menschliche Fleisch, das sich rasch violett verfärbte und so anschwoll, als würde es gleich platzen. Er hörte das dank des Knebels nur gepresst ausgestoßene Wimmern, er erinnerte sich an die flehenden Blicke und die Schweißperlen, das Blut, rot und ebenso makellos. Das roteste Rot der Welt. Er hatte extra kurz den Plastikhandschuh ausgezogen, um seinen Zeigefinger einzutauchen und den Geschmack auf der Zunge auszukosten. Das süßeste Süß der Welt.

Es fiel ihm schwer, sich von den Eindrücken zu lösen, doch es wurde Zeit, sich zu melden. Workan nahm das Mobiltelefon in die Hand, um seinen Boss anzurufen, doch er erreichte ihn nicht. Dann eben später, sagte er sich ohne Ungeduld. Er drehte den Kopf und betrachtete Rasputin, der auf dem Bett schlief. Mit den Fingerspitzen streichelte Workan ihm sanft über den Rücken. Er zog ein paar Salzcracker aus der angefangenen Packung und legte sie neben Rasputin, der sich gleich nach dem Aufwachen darauf stürzen würde. Ein zärtliches Lächeln huschte über Workans Gesicht.

Er trat ans geöffnete Fenster des kleinen Durchschnittshotels, das in einem unauffälligen Teil Frankfurts versteckt war. Kaum Gäste. Kein aufmerksames Personal. Stille. So wie er es bevorzugte.

Vor ihm tat sich die unspektakuläre Aussicht auf die erhöht liegenden Gleise und eine Straße mit hässlichen Wohnblöcken auf. In der Nähe befand sich der Westbahnhof, zur Autobahn war es auch nicht weit. Einige Zeit würde er hier verbringen, anschließend weiterziehen, wo auch immer er hingeschickt werden mochte. Hauptsache, es dauerte nicht allzu lange. Er war ein Mann, der Stillstand nicht mochte. Ein Mann, der agierte, vorwärtsging, immer ein Ziel hatte, der tagelang in Leihautos unterwegs sein konnte, von Stadt zu Stadt, von Auftrag zu Auftrag. Je nachdem in welchem Teil Europas sein Boss Blut vergießen wollte.

Die nächste S-Bahn rauschte heran, und abermals zog Workan der lang gezogene Laut in die Vergangenheit. Zurück nach Moskau, in die Kälte, in die Finsternis.

Auf einmal setzte sich das Bild dieses Pärchens in seinem Gedächtnis zusammen. Es hatte sich offensichtlich in Workans Moskauer Viertel verirrt. Ein junger Mann und eine junge Frau, die an ein paar Straßenkreuzungen unaufmerksam gewesen waren und völlig unvermutet in diese Sackgasse geraten waren.

Sie waren zu fünft oder sechst gewesen, Workan – der damals noch nicht Workan hieß – und die anderen. Keiner älter als fünfzehn. Aber sie waren längst keine Jungs mehr. Workan, mit zwölf der Jüngste, durfte zum ersten Mal dabei sein, er war aufgeregt. In der Sekunde, als dem Pärchen klar wurde, dass es in der Klemme steckte, und sich in den Gesichtern der beiden Panik abzeichnete, fühlte Workan zu seinem Erstaunen einen wohligen Schauer über seinen Rücken rieseln.

Das war etwas vollkommen Neues für ihn. Die eigene Macht. Die Furcht der anderen.

Sie schlugen mit Fahrradketten auf die beiden ein, traten zu, wedelten ihnen mit Schnappmessern vor der Nase herum. Innerhalb von zwei oder drei Minuten hatten sie das Paar bis auf die Unterhosen ausgezogen. Bei mindestens zwanzig Grad minus. Geld, Uhren, Klamotten, die identischen Halsketten mit den herzförmigen Anhängern, sogar die Pudelmützen vergaßen sie nicht. Sie stoben bereits auseinander, um sich später in ihrem üblichen Versteck zu treffen. Doch etwas hielt Workan zurück. Er blieb bei dem Pärchen stehen, das Messer erhoben. Er musste zusehen, wie sie sich vor Schock und Kälte aneinanderklammerten, wie ihre Haut blau anlief, ihre Lippen alle Farbe verloren, musste die gelblich-grünen Schwellungen anstarren, wo die Fahrradketten das Fleisch getroffen hatten.

So oft hatte er Schläge einstecken müssen. Früher war er bis zu dessen Unfalltod von seinem versoffenen Vater verprügelt worden, später von den anderen Mitgliedern der Bande, bei der er gelandet war, als seine Mutter ihn in einem Heim abliefern wollte und er vor Angst einfach getürmt war. Er war der Kleinste, der Schwächste. So oft verspotteten und schikanierten ihn die Größeren.

Nicht an diesem Tag. Er war nicht das Opfer, nein.

Das verzweifelte, geschockte, frierende Pärchen klammerte sich noch immer aneinander fest, und plötzlich wurde Workan von etwas gepackt, einem ganz und gar irren Drang, dem er nachgeben musste. Mit seinem rostigen Schnappmesser stach er zu, erwischte den Mann im Bauch, genoss den Anblick des Blutes auf der fahlen Haut, und erst jetzt rannte er los, das Kreischen der Frau im Ohr.

Er würde die beiden nie vergessen – sie hatten ihm das Gefühl von Macht beschert.

Die Bande, die Workan bei sich aufgenommen hatte, lebte

in einem stillgelegten Abschnitt eines U-Bahn-Schachts. Ab jetzt war sein Leben so wie dieser Tunnel: dunkel, geradlinig, ohne Möglichkeit auf eine Umkehr. Sie bildeten eine Welt für sich, sie legten sich Spitznamen zu, sie wurden alle gemeinsam älter und härter.

Workan blieb der Kleinste. Die paar Jahre, die ihm zu den anderen fehlten, würde er nie aufholen können. Und das ließen sie ihn spüren. So zog er sich oft zurück, ganz hinten in den toten Schacht, freundete sich mit den Ratten an, denen er ein paar Brocken Brot oder Käse hinwarf oder was er sonst hatte. Er begann mit den Tieren zu sprechen. Sie machten einen schlauen Eindruck auf ihn, er meinte, mit der Zeit erkannten sie ihn und strömten auf ihn zu.

Die Bande ging zusehends dreister und rücksichtsloser vor. Nächtliche Überfälle auf Erwachsene führten sie nun mit Routine durch. Sie vergaßen, dass sie ein Gewissen besaßen, und sie verlernten es, vor der eigenen Brutalität zu erschrecken.

Der Boss hieß Wassiliew, einfach Wass genannt, ein Junge von siebzehn Jahren. Er war der Erste, der ein Mädchen vergewaltigte, er war der Erste, der eines Tages mit einer Waffe anmarschierte, einer *richtigen* Waffe. Es war eine 9 mm Glock. Wass präsentierte sie stolz, zeigte die Munition, lud die Pistole, entlud sie wieder. Alle verlangten aufgeregt, er solle damit herumballern, aber er erklärte, er habe nicht vor, wegen ein paar Idioten seine Munition zu verschwenden.

Workans dunkle Augen ruhten auf der Waffe, seine erste Begegnung mit einer Glock. Er wollte sie haben, genau so eine. Das wollten sie alle. Wass schob sich die Glock hinten in den Hosenbund.

Sie fingen an, Geldboten zu überfallen und Autos zu klauen, um mit ihnen durch die Nacht zu rasen. Je stärker Workan von den anderen verlacht wurde, desto öfter zog er allein durch die Straßen, ließ seine Wut an Kindern aus, die er verprügelte, an alten, gebrechlichen Menschen, die er mit einem Knüppel niederschlug, trat, ausraubte.

Der Tunnelabschnitt blieb ihr Wohnzimmer, der Ort, an den man sich zurückziehen konnte. Zigaretten rauchen, dösen, Klebstoff schnüffeln, Steine gegen die Wände werfen und dem dumpfen Hall lauschen. Sie erzählten sich nicht von früher, von dem Leben, das sie vor dem Tunnel gehabt hatten. Die U-Bahnen donnerten ganz in der Nähe vorbei, voll mit Menschen, die nicht ahnten, dass es außer ihrer Welt im Untergrund noch eine andere gab. Die schlechte Luft des Tunnels kroch in Workans Hals, legte sich auf seine Stimmbänder, und er merkte, dass sich in seine Stimme ein heiserer Klang mischte. Nur bei ihm war das so.

Einmal nahmen ein Fernsehreporter und sein Kamerateam aus Deutschland Kontakt zu der Bande von Wass auf. Sie wurden in ihrem Tunnel gefilmt, wie sie rauchten und grinsend von ihrem Alltag erzählten. Wass fuchtelte großspurig mit seiner Waffe herum und zielte zum Spaß auf seine Gang. Workan war der Einzige, den Wass nicht vor die Kamera ließ. Er blieb bei seinen Ratten.

Sie stahlen weiterhin Autos, verkauften sie jetzt sogar. Hierbei durfte auch Workan mitmachen. So lernte er mit Autos umzugehen. Er verbrachte keine einzige Stunde seines Lebens in einer Fahrschule. Der Führerschein, den er später mit sich herumtragen sollte, würde eine Fälschung sein, genau wie alle seine anderen Papiere. Er würde nie versichert sein, nie offiziell eine Wohnung beziehen, nie eine Arbeitsstelle haben oder irgendwo registriert sein. Er würde die Existenz eines Unsichtbaren führen.

Eigentlich lebe ich immer noch in einem Tunnel, dachte Workan, als er in dem Hotel in Frankfurt am offenen Fenster stand.

Was mochte aus den anderen Jungs geworden sein? Wollte er das überhaupt wissen?

Wass war damals immer schlimmer geworden, hinterlistiger, selbstherrlicher. Insbesondere Workan hatte darunter zu leiden. Einmal trieb Wass es noch übler als sonst, begleitet vom Gelächter der übrigen. Er verspottete Workan nicht nur, sondern traktierte ihn auch mit Tritten in den Hintern. Und plötzlich hielt Wass einen Gasanzünder in der Hand. Er setzte ihn auf die Wange des Kleineren – und brennender Schmerz durchfuhr Workan. Immer wieder. *Zack, zack, zack!* Sein Gesicht schien in Flammen zu stehen, es tat höllisch weh. Wass grölte, Workan weinte. Er rutschte auf den Knien vor Wass herum, der immer weitermachte, manche Stellen mehrfach erwischte.

»Steh auf!«, brüllte Wass ihn an.

Workan kam auf die Beine, zitternd, heulend, mit bebenden Schultern, er konnte die verbrannte Haut in seinem Gesicht riechen, ihm wurde übel.

Der Gasanzünder verschwand, ein kurzer Moment der Erleichterung, die sich sofort in Angst verwandelte. Denn jetzt hatte Wass die Glock in der Hand. Die Mündung war auf Workans Stirn gerichtet.

Die Jungen lachten nicht mehr, eine elektrisierende Stille kehrte ein.

Wass spannte die Waffe.

Workan weinte nicht mehr. Der Stoff seiner Hose, an den Innenseiten der Beine, wurde dunkel. Zwischen seinen ausgelatschten Turnschuhen sammelte sich eine kleine Pfütze. Keiner der anderen machte sich darüber lustig, sie nahmen es einfach aufmerksam zur Kenntnis.

»Lass ihn in Ruhe!«, ertönte plötzlich eine Stimme. Ganz ruhig.

Verblüffung stellte sich in der Runde ein.

Wass wandte sich etwas von Workan ab, der vor sich auf die Erde sah und nicht wagte, den Kopf zu heben.

»Lass ihn in Ruhe!«

Einer von ihnen trat aus dem Kreis in den Vordergrund, ein schweigsamer Kerl, den Workan kaum kannte. Er hieß Novorenkow. Er war so neu bei ihnen, dass er noch nicht einmal einen Spitznamen hatte. Seine Augen waren dunkel und unergründlich, wie die eines Erwachsenen, der schon vieles gesehen hatte.

Wass sah Novorenkow an. »Bist du wahnsinnig?«

Novorenkow blieb stehen. Er öffnete den Reißverschluss seines abgewetzten Anoraks. Im Hosenbund steckte eine Pistole. Dabei hatten alle gedacht, nur Wass besäße eine.

»Du *musst* wahnsinnig sein.«

Novorenkow stand einfach nur da und hielt es nicht einmal für nötig, seine Pistole zu ziehen. »Wenn du dem Kleinen etwas antust, mach ich dich fertig.«

Wass wusste, dass das nicht nur eine Provokation war. Da stand viel mehr auf dem Spiel. Man konnte es in seinem Gesicht lesen, sogar Workan, der von allen am meisten überrascht war, konnte das.

Wass schoss. Dreimal, viermal, fünfmal. Der Lärm war ohrenbetäubend. Der Hall innerhalb des Tunnels vermittelte den Eindruck, als würden mindestens hundert Waffen abgefeuert. Die Kugeln zischten durch die fade Luft, prallten hinter Workan auf die in dauernder Dunkelheit liegenden Wände und verhallten irgendwo im Nichts.

Novorenkow zog seinen Reißverschluss wieder zu, ohne dass auch nur das leichteste Zittern in seinen Fingern erkennbar gewesen wäre. »Du hast hier nichts mehr zu sagen, Wass. Verpiss dich!«

Workan starrte den Jungen an, den er zuvor überhaupt nicht beachtet hatte. Alle starrten ihn an. Nur nicht Wass, in dessen Augen ein konsterniertes Flackern schien. Seine Zeit war vorbei. Sie hatten jetzt einen neuen Anführer.

Sechzehn Jahre später, in dem Hotelzimmer in Frankfurt, hörte Workan noch den Klang von Novorenkows Stimme.

Er sah dabei in sein eigenes Gesicht, das den Blick im Spiegel erwiderte. Die Narben, die der Gasanzünder hinterlassen hatte, waren nach wie vor erkennbar, hässliche, raue Krater. Hinter ihm ertönten vom Bett her leise Geräusche. Er drehte sich um und lächelte.

Rasputin war aufgewacht und machte sich über die Salzcracker her.

6

Der Abend senkte sich über die Stadt, langsam und machtvoll. Wie ein Leichentuch, dachte Mara Billinsky bitter, als sie nach draußen zum dunkler werdenden Himmel sah, in der Hand einen Plastikbecher mit Kaffee. Vielleicht half er ein wenig gegen das matte, taube Gefühl, das sie erfasst hatte. Sie gähnte und nahm noch einen Schluck von dem dünnen Getränk, das der Automat ausgespuckt hatte.

Ihre Gedanken waren ein einziges Durcheinander, ein dickes Knäuel, das erst wieder entwirrt werden musste. Bilder huschten an ihrem inneren Auge vorüber, schemenhaft, unzusammenhängend. Der von Wunden übersäte Leichnam der rothaarigen Frau in dem Apartment. Die Wrackteile des Opel-Kastenwagens. Die großen Blutlachen im Staub der Straße. Die Leichenteile, die von der Spurensicherung zusammengetragen werden mussten, hier ein Unterarm, da ein Fuß, der noch in einem Sneaker steckte. Die geschockten, entsetzt gaffenden Gesichter der Menschen, die sich auf der in einer Richtung gesperrten A 661 aus ihren abgestellten Autos schälten und mit einigem Abstand zum Tatort reglos dastanden.

Mara erschauerte und versuchte die Eindrücke dieses Tages, der einen ganz normalen Anfang genommen und sich dann zu einem Albtraum entwickelt hatte, irgendwie beiseitezuschieben. Auch wenn sie wusste, dass das unmöglich war.

Sie warf den leeren Becher in einen Abfalleimer und machte sich auf den Weg zurück in ihr Großraumbüro. Über drei Stunden war sie an der Autobahn gewesen, eine Szenerie wie in einem Kriegsgebiet. Anschließend hatte sie in der City Jan Rosen bei den mühsamen Versuchen unterstützt, Zeugen zu finden, die etwas zum Mordfall an der Prostituierten beitragen konnten.

Niemand hatte etwas gesehen oder gehört, niemand kannte die Frau, die auf derart grausame Weise gestorben war. Sicher, man war dieser auffallend attraktiven, aber auch sehr auf Anonymität bedachten Dame ab und zu im Aufzug oder Eingangsbereich begegnet. Offenbar hatte keiner der Befragten jemals auch nur ein einziges Wort mit ihr gewechselt.

Am Schreibtisch angekommen, nahm sie Platz und legte die Beine hoch. Wieder warf sie einen leeren Blick aus dem Fenster. In den paar Sekunden seit dem letzten Schluck Kaffee war es noch einmal dunkler geworden.

Rosens Platz gegenüber war nicht besetzt. Er trieb sich noch irgendwo in dem sechsgeschossigen Kasten herum, in dem das Präsidium untergebracht war und der auf Mara immer wie eine Kriegsfestung aus einer vergangenen Epoche wirkte.

Erneut ein Gähnen. Mara konnte es nicht leiden, wenn Müdigkeit sie befiel; sie brauchte für gewöhnlich keine langen Ruhepausen und war es gewohnt, unter Strom zu stehen, sie *verlangte* das gewissermaßen von sich. Eine Mahlzeit, wenigstens eine kleine Stärkung, wäre jetzt sicher sinnvoll gewesen, aber die Ereignisse der letzten Stunden ließen nicht einmal den Gedanken daran zu.

Um ihre grauen Zellen wieder auf Trab zu bringen, rief Mara Hauptkommissar Meichel an. Er wirkte beschäftigt und ließ durchblicken, dass er gerade Vorbereitungen traf, um mit seinen Leuten die Spedition Stoberg unter die Lupe zu nehmen. »Mitternacht war ja die angekündigte Zeit. Bis dahin haben wir zum Glück noch ein bisschen Luft.«

»Ich drücke euch die Daumen«, sagte Mara.

»Wahrscheinlich ist es doch nur ein Schuss in den Ofen«, meinte er.

Klimmt hatte sich ja ähnlich ausgedrückt.

»Aber es wäre auch zu ärgerlich«, fuhr er fort, »wenn da ein Ding abgezogen würde – und ich wäre brav zu Hause im Bettchen.«

Nachdem sie sich verabschiedet hatten, checkte Mara, ob ihr Handy irgendwelche Nachrichten empfangen hatte, was nicht der Fall war.

Sie scrollte durch ihre Kontakte und blieb bei dem Namen Edgar Billinsky hängen. Allein die Tatsache, dass er nicht unter einem Begriff wie Papa oder Vater auftauchte, führte ihr wieder einmal vor Augen, wie schwer die Beziehung zwischen ihnen immer gewesen war. Wenn sie ihn anderen gegenüber überhaupt erwähnte, nannte sie ihn in der Regel *meinen Erzeuger*. Auch das sprach Bände.

Die Unterhaltung mit Klimmt spukte schon wieder durch ihren Kopf. Aus einem Impuls heraus klickte Mara die Handynummer ihres Vaters an. Fast ein Wunder, dass sie die gespeichert hatte, so selten suchten sie den Kontakt zueinander.

Es klingelte eine ganze Weile. Mara konnte sich seinen kritischen Gesichtsausdruck allzu gut vorstellen, als er die Anruferin feststellte. Aber dann ertönte doch noch seine Stimme: »Was für eine Überraschung. Mara Billinsky meldet sich tatsächlich bei ihrem alten Herrn.«

Diese süffisante, wohldosierte Ironie in seinem Ton war ihr immer gegen den Strich gegangen. Und sie hörte heraus, dass er Alkohol getrunken hatte. Kein Wunder bei ihm, erst recht um diese Tageszeit.

»Noch eine größere Überraschung«, gab sie trocken zurück, »dass der alte Herr den Anruf entgegennimmt.«

»Ich bitte dich, Mara, das ist einfach nicht wahr. Wenn du je den Weg zu mir gesucht hättest, dann …«

»Lassen wir das«, fiel sie ihm hart ins Wort und nahm die Beine vom Tisch. »Sprechen wir lieber von deinem alten Freund und Gönner Gernot Grigoleit.«

»Oh Gott, Mara«, stieß er hervor, diesmal ohne jegliche Ironie. »Stell dir vor, dein penetrantes Stochern in der Vergangenheit hat sich bis zu mir herumgesprochen.«

»In dieser Stadt spricht sich doch alles sofort herum.«

»Du solltest Grigoleit in Frieden lassen und aufhören damit.«

»*Damit*«, äffte sie ihn nach. »Wie das bei dir klingt. Als ginge es um eine nervige Nebensache. Verfluchte Scheiße, ich will doch nur einmal kurz mit Grigoleit reden.«

»Aber er ist nun mal der Ansicht, dass es nichts mehr zu reden gibt. Dass alles in den Akten steht. Dass da nichts ist außer einer dunklen Sackgasse.«

»Ich hatte noch nie Angst vor dunklen Gassen.«

»Da muss ich leider zustimmen. Die haben dich sogar immer regelrecht angezogen.« Milder fügte er hinzu: »Mara, auch wenn es für dich eine Tragödie ist, aber der Mord an deiner Mutter wird niemals aufgeklärt werden.«

»Für *mich* ist es das tatsächlich«, erwiderte sie rasch. »Eine verfluchte *Scheiß*-Tragödie.«

»Für mich auch«, beeilte er sich anzumerken. »Doch im Leben muss man lernen, sich mit Tatsachen abzufinden. Übrigens, das ist nur eines der Dinge, die du nie gelernt hast.«

»Mir kommt gleich das Kotzen.«

»Mara, ich appelliere an dich«, wechselte Edgar Billinsky wieder zu seinem ruhigeren Tonfall. »Lass die Vergangenheit ruhen.«

»Das hat mir heute schon mal jemand geraten.«

»Dann mach es nicht wie sonst immer, sondern nimm einen guten Ratschlag einfach mal an.«

»Klar, damit Leute wie du ihre Ruhe haben«, sagte sie abfällig.

»Nicht meinetwegen, sondern um deiner selbst willen. Hör auf, ein Störenfried zu sein, schau nach vorn. Du hast doch jetzt in deiner Abteilung einige Erfolge vorzuweisen. Mach einfach weiter.«

»Keine Sorge, ich mache weiter.«

Jan Rosen hatte das ansonsten leere Großraumbüro betreten und hängte seine Jacke über die Lehne des Schreibtischstuhls, den Blick forschend auf Mara gerichtet.

»Ich weiß genau, wie du das meinst, Mara«, brachte Edgar Billinsky gereizt hervor. »Und ich sage dir, wenn du nicht die Richtung wechselst, rennst du gegen eine Wand.«

»*Du* bist eine Wand für mich«, antwortete Mara. Sie klickte die Verbindung weg.

Für einen langen Moment herrschte Grabesstille.

Rosen nahm Platz und klappte seinen Laptop auf. Er schielte darüber hinweg zu Mara und räusperte sich, entschied sich dann aber dafür, den Mund zu halten.

»Ich habe es geschafft«, kam es stattdessen von Mara, »seit einer halben Ewigkeit keine Zigarette mehr zu rauchen. Aber immer, wenn ich mit ihm rede, würde ich am liebsten eine ganze Schachtel vernichten. Und dazu mindestens eine Flasche Roten trinken.«

»Dachte ich's mir doch, dass das dein Vater war.«

Mara winkte ab. »Reine Zeitverschwendung, mit ihm zu sprechen. Und auch *über* ihn.« Sie setzte sich bequemer hin und legte wieder die Beine auf die Schreibtischplatte.

»Hast du was Neues?«

Rosen schob den Laptop ein Stück zur Seite und blätterte durch einige handschriftliche Notizen. »Ich habe inzwischen einiges über Denise Dorlac herausgefunden.« Auf seine pedantische Art ordnete er die Zettel noch einmal neu. »Was durch die Ergebnisse der Untersuchungen ihres Mobiltelefons gar nicht so schwer war.« Er sah kurz auf. »Übrigens, falls du dich gefragt hast, wo ich war …«

»Das habe ich.«

»In ihrer Wohnung. Ein recht luxuriöses Fünfzimmerrefugium in Sachsenhausen. Wirklich, wenn ich da meine bescheidenen vier Wände zum Vergleich …«

»Nun mach schon, Rosen«, versuchte Mara ihn anzutreiben, ungeduldig wie immer.

»Äh, ja. Klar.« Verdattert raschelte er mit seinen Blättern. »Also. Wie vermutet, war sie eine Prostituierte der absolut edlen Sorte. Der Preis für eine Stunde fing bei siebenhundertfünfzig Euro an. Sie machte wohl kaum Haus- und Hotelbesuche, sondern empfing ihre Kunden fast ausschließlich in dem Apartment in Citynähe. Alter: zweiunddreißig. Ihr richtiger Name: Sabine Pfeiffer.«

»Klingt natürlich nicht ganz so prickelnd wie Denise Dorlac.«

»Sie stammte aus Hanau, in recht bescheidenen Verhältnissen aufgewachsen. Realschulabschluss. Eine abgebrochene Lehre als Industriekauffrau. Wohl schon kurz darauf hat sie begonnen, als Prostituierte zu arbeiten. Zuerst auf dem Straßenstrich. Dann hat sie sich hochgearbeitet, um es mal so auszudrücken.« Rosen legte ein paar Blätter weg, hielt nur noch eines in der Hand. »Unsere *Techie*-Kollegen von der digitalen Abteilung haben dank des Handys Einblick in ihre Konten erhalten. Keine Frage, sie war überaus gutgestellt.«

»Familie?«

»Ihr Vater ist vor einigen Jahren gestorben, ihre Mutter lebt noch in Hanau. Wir werden zu ihr fahren müssen, um sie persönlich zu benachrichtigen, gleich morgen als Erstes.«

»Mir graut es jetzt schon davor«, sagte sie leise.

»Geschwister hatte sie keine«, schloss Rosen mit seiner spröden Stimme die Aufzählung.

Mara nickte nachdenklich. »Wir müssen herauskriegen, mit wem sie privat Kontakt hatte und wer ihre Freier waren.«

»Es gibt tatsächlich eine ordentlich geführte Kundenliste. Aber die Namen darauf sind zweifelsfrei Deck- oder Codenamen.« Rosen hob die Achseln. »Gut möglich, dass Denise Dorlac selbst nicht immer über die wahre Identität der Männer im Bilde war.«

»Oder sie verstand sich darauf, Geheimnisse zu bewahren«, warf Mara ein.

»Jedenfalls werten die Kollegen immer noch aus. Handy, Computer. Auch den Papierkram, auf den wir in der Wohnung gestoßen sind.« Rosen musterte sie. »Und bei dir? Was war das für eine Hölle auf der A 661? Wir konnten gar nicht richtig darüber quatschen.«

»Auch da werden noch alle Spuren zusammengetragen. Der Autobahnabschnitt ist nach wie vor gesperrt. Das einzige Sichere ist: Es war eine Autobombe.« Maras Miene drückte blanke Ratlosigkeit aus. »Aber sonst? Alles nur ein blutiges Fragezeichen. Stell dir vor, es ist noch nicht einmal sicher, wie viele Menschen sterben mussten. Geschweige denn, warum. Und durch wessen Hand.« Sie pustete Luft durch die fast geschlossenen Lippen. »Puuh, einen trocknen tiefroten Italiener, den könnte ich jetzt echt brauchen.«

»Damit kann ich leider nicht dienen.« Rosen fuhr sich durch sein akkurat kurz geschnittenes, bereits schütteres Haar. »Ich glaube, ich breche auf. Bin todmüde. Ist ja auch schon wieder nach zehn.« Er schüttelte den Kopf, den Blick ins Nichts gerichtet. »Was für ein Tag.«

Gleich darauf war Mara allein in dem großen quadratischen Raum mit den sechs paarweise angeordneten Schreibtischen. Sie fühlte eine tiefe Leere in sich. Mit mechanischen Bewegungen machte sie sich bereit für den Aufbruch. Worte, die bei der Auseinandersetzung mit ihrem Vater gefallen waren, schwirrten in ihrem Kopf umher wie kleine Insekten, die sich nicht vertreiben ließen.

Als sie im Auto saß und sich auf dem Weg Richtung Bornheim befand, hatte die Aussicht, ihre dunkle Wohnung zu betreten, etwas Erdrückendes. Unweigerlich wurde ihr vor Augen geführt, wie einsam ihr Leben war, wie wenige Menschen es gab, bei denen sie den Drang verspürte, sich auf sie einzulassen. Der Letzte von ihnen war Carlos Borke gewesen. Ein Einzelgänger wie sie, der als Polizeispitzel unterwegs war und zugleich Geschäfte mit Gangstern machte. Er war ermordet worden. Ja, Borke. Sie vermisste ihn. Und sie hasste es, wenn sie in einer solch gedrückten Stimmung an ihn denken musste.

Aus einem spontanen Entschluss heraus wechselte Mara die Spur und bog dann in eine andere Richtung ab. Sie nahm eine Landstraße, die nördlich aus Frankfurt hinausführte. Nur Minuten später erreichte sie ein kleines trostloses Industriegebiet mit Firmen, Hallen und Großgaragen.

Am Straßenrand parkte sie, dann rief sie Meichel an, um ihm zu sagen, dass sie in der Nähe war.

»Was wollen Sie denn hier, Billinsky?«, fragte er verwirrt.

»Nicht mehr lange bis Mitternacht. Ich dachte, ich sehe mal nach, ob mein Tipp etwas wert ist.«

»Sind Sie verrückt? Sie haben wohl keine Hobbys.«

»Ich bin gleich bei euch.«

Wiederum nur Minuten später stand sie neben ihm und seinen Männern. Alle betrachteten aus sicherer Entfernung, getarnt durch ein unauffälliges Zelt, wie es Bauarbeiter benutzten, ein mit Maschendraht umzäuntes Areal: die Spedition Stoberg, wie ein von Rost zerfressenes Schild anzeigte. Oder das, was von ihr übrig war. Ein leeres schäbiges Verwaltungsgebäude, von dem der Putz blätterte, ebenso leere Lkw-Parkplätze und eine verschlossene Garagenhalle für die Lastwagen.

Meichel hatte die Stirn skeptisch in Falten gelegt. Er war fast so alt wie Klimmt, doch sonst verband die beiden nichts. Klimmts schroffe, ruppige Art, sein brütender Zynismus, das war Meichel fremd. Er war ein drahtiger, sportlicher

Mann mit stahlgrauem Haar, der den Eindruck erweckte, sich noch einen Rest Idealismus bewahrt zu haben, und daran glaubte, in seinem Job etwas Gutes bewirken zu können.

»Es sieht nicht so aus, als würde uns hier noch etwas Spannendes geboten werden«, sagte er leise.

Kaum hatte Meichel die Worte ausgesprochen, da erklang das Dröhnen eines Motors. Scheinwerfer durchstachen die Dunkelheit.

Rumpelnd näherte sich ein Lkw der Spedition und stoppte. Die Beifahrertür öffnete sich, ein Mann sprang heraus. Er schob das offenbar nicht abgeschlossene Tor auf, und das Fahrzeug legte die letzten Meter bis zu der großen Parkplatzfläche vor dem Gebäude zurück.

»Münchner Kennzeichen«, sagte Mara.

Fast im selben Moment tauchten zwei Autos auf, eine Limousine und ein SUV. Sie passierten das offene Tor und hielten ebenfalls an. Die Motoren verstummten.

»Vielleicht habe ich mich getäuscht«, murmelte Meichel. »Es könnte doch noch spannend werden.«

Sechs Gestalten standen um den Lkw. Sie unterhielten sich, warfen hin und wieder prüfende Blicke in die Umgebung. Von den Straßenlaternen drangen nur schwache Fetzen aus milchigem Licht bis zu dem Speditionsparkplatz.

Mara musterte Meichel. »Na, was denken Sie?«

»Meine alte Bullennase sagt mir, dass da etwas läuft, was absolut nicht koscher ist.« Er nahm Blickkontakt mit seinen Männern auf. »Auch wenn es ein Schuss auf gut Glück ist: Wir sollten uns die Herren dort drüben mal aus der Nähe anschauen.« Dann wandte er sich an Mara. »Sie, Billinsky, halten sich im Hintergrund. Das ist unser Spielfeld.«

»Ganz wie Sie meinen.«

Meichel wollte sich mit seinem Team gerade in Bewegung setzen, als plötzlich aus der Gegenrichtung in schneller Fahrt weitere Autos auftauchten.

Der Hauptkommissar hob die Hand. »Warten wir noch einen Moment.«

Es waren zwei weitere SUVs, beides Porsche. Auch diese Wagen stoppten auf dem Parkplatz der Spedition Stoberg. Männer stiegen aus, zurückhaltende Begrüßungen, kein Händeschütteln. Einer von ihnen öffnete die Ladefläche, metallische Laute in der ansonsten stillen Nacht. Das Industriegebiet war abgelegen, der Verkehrslärm der Autobahn und der Frankfurter Zufahrtsstraßen drang nur gedämpft bis hierher.

Die Männer verschwanden nacheinander im Inneren des Lkws, bis auf zwei, die wohl als Wachposten abkommandiert waren.

Etwas Wildes mischte sich in Meichels Blick. »Fast wären wir zu früh gewesen.«

»Vor allem sind wir zu wenige«, bemerkte einer seiner Männer und warf einen Blick in die Runde, die mit Mara auf sechs Personen angewachsen war.

»Kommt darauf an, für was«, antwortete Meichel. Dann wiederholte er in Maras Richtung: »Trotzdem, Billinsky, Sie halten sich zurück.«

Ein schmales Lächeln umspielte ihre Mundwinkel. »Wird gemacht.«

Angeführt von Meichel verließen die Beamten das Zelt, durch dessen Sehschlitze sie bislang alles beobachtet hatten.

Mara trat ebenfalls vor das Zelt, blieb dann allerdings stehen.

Angespannt verfolgte sie, wie die Polizisten sich mit raschen Schritten dem Speditionsgelände näherten, durchs Tor huschten und dann direkt auf die Fahrzeuge zuhielten.

Ein Wachposten rief etwas, die übrigen Männer sprangen sofort von der Ladefläche herunter. Und jetzt ging alles rasend schnell.

Ein Durcheinander aus Schreien und Schüssen.

Drei der Fremden versuchten sich in ihre Autos zu retten, andere rannten einfach in Panik davon, einer wurde von einer Kugel getroffen und landete röchelnd auf dem Asphalt.

Fast unbewusst hatte Mara ihre Dienstwaffe gezogen. Sie spürte den Stahl in der Hand, vertraut und doch wie so oft mit dieser verwirrenden, jähen Plötzlichkeit. Sie ging auf das Tor zu.

Einer der Fremden rannte hindurch, genau in Maras Richtung, ein Schemen in der Nacht.

Als er sie entdeckte, hielt er abrupt inne.

Auch Mara stoppte ruckartig.

Vom Parkplatz drangen noch immer Schüsse zu ihr.

»Polizei!«, rief Mara. »Keine Bewegung!«

Er stand da, ein junger Mann in elegantem Kurzmantel, mit schwarzem Haar und nervös flackernden Augen.

Seine Hand zuckte zur Manteltasche.

»Nicht!«, schrie sie.

Die Hand verschwand in der Tasche.

Ein Moment, so unheimlich, so intensiv, so übermächtig.

Das Adrenalin peitschte durch Maras Körper. Ihr Mund war schlagartig seltsam trocken, doch zugleich vermochte sie nahezu mechanisch das anzuwenden, was sie für derartige Situationen immer und immer wieder eingeübt hatte. *Druckpunkt, nicht atmen, bei entspanntem Hahn ganz gleichmäßig den Abzugswiderstand überwinden, nicht reißen.*

Erwartet und überraschend in einem, entlud sich der Schuss. Der Knall verursachte ein Vibrieren im Ohr, der Rückstoß einen Schlag in der Schulter. Dann herrschte um Mara herum jähe Stille.

7

Er sah zu, wie sie nach ihrem Smartphone griff und es auf eingegangene Nachrichten überprüfte. Sie war so, wie er sie am liebsten mochte: splitternackt, das blonde Haar vom Sex wild verstrubbelt.

Nach einigen Sekunden legte sie das Handy zurück auf den Nachttisch, um gleich darauf vom Bett aufzustehen und mit wiegenden Hüften nach nebenan ins Badezimmer zu gehen.

Es hatte eine ganze Weile gedauert, bis er sie herumgekriegt hatte. Normalerweise klappte das bei den jungen Dingern, die er aufgrund hervorragender beruflicher Qualifikationen und noch hervorragenderem Aussehen als seine Assistentinnen einstellte, wesentlich schneller. Sie hatte sich von seinen routiniert vorgetragenen Charmeoffensiven unbeeindruckt gezeigt, bis sie ihn nach Bad Homburg zu einem Termin mit befreundeten Juristen begleiten musste, der sich über ein Wochenende hinzog. Dort war es passiert.

Mittlerweile lief das seit mehreren Wochen zwischen ihnen, und wie immer spürte er schon wieder dieses Gefühl von Langeweile in sich aufkeimen. Den fast noch unmerklich wachsenden Wunsch nach etwas Neuem, nach Abwechslung, nach einem anderen Parfümduft, der seine Nase kitzelte.

Auch das kam meistens ziemlich schnell.

Edgar Billinsky erhob sich ebenfalls vom Bett. Rasch zog er sich Unterwäsche, Socken, Hose und dann auch noch den dicken, in die Jahre gekommenen Wollpullover an, den er nur zu Hause trug. Er hatte festgestellt, dass es ihm inzwischen unangenehm war, in Anwesenheit seiner Bettmäuschen, wie er sie nannte, unbekleidet zu sein. Dafür, dass er nie sonderlich gesund gelebt hatte, sah er gut aus. Doch die Zeit ließ sich nicht überlisten. Mehr Bauch, mehr Falten, mehr schlaffe Haut, das war schwer zu übersehen.

Und da war sie auch schon wieder, Silke Lehmann, nicht mehr nackt und, was noch schlimmer war, bereits wieder unaufhörlich plappernd. Das mochte er überhaupt nicht. Am Anfang hatte sie wenigstens immer die Klappe gehalten.

»Ich muss noch arbeiten«, unterbrach er ihren Redeschwall, ohne ihr auch nur einen Blick zu schenken.

Aus den Augenwinkeln bekam er mit, dass sie ihn musterte. Sie stellte noch eine Frage, aber auch da hörte er kaum zu. Wieder betonte er, dass ein Haufen Arbeit auf ihn warte und er dabei ungestört bleiben müsse. Schließlich kapierte sie es. Mit leicht beleidigter Miene kündigte sie an, lieber nach Hause zu gehen und dort die Nacht zu verbringen.

Kaum hatte Silke die im Frankfurter Westend gelegene Villa, die für ihn allein viel zu groß war, verlassen, als im Erdgeschoss das Festnetz-Telefon klingelte.

Missmutig stiefelte er nach unten ins Wohnzimmer, ohne so recht zu wissen, warum seine Stimmung nach dem vergnüglichen Feierabendsex so rasch verflogen war. Lag es wirklich nur daran, dass das Blondinchen ihm auf die Nerven zu gehen begann?

Er achtete nicht auf die im Display aufleuchtende Nummer des Anrufers und nahm ab. »Ja?«

»Edgar, mein Lieber«, drang es aus dem Hörer.

Obwohl sie längere Zeit nicht mehr miteinander gesprochen hatten, erkannte er die Stimme auf Anhieb. Und jetzt war seine Laune endgültig im Keller.

»Schön, von dir zu hören, Gernot«, kam es widerwillig über seine Lippen.

»Nimm's mir nicht übel, alter Freund, aber ich wage zu

behaupten, dass es keineswegs schön ist.« Gernot Grigoleit ließ einen Augenblick verstreichen, ehe er fortfuhr: »Es geht nämlich um dein Töchterchen.«

»Das dachte ich mir.«

»Ich würde dir nie etwas vorschreiben, das weißt du. Es ist auch keineswegs herablassend gemeint, aber ich möchte dir raten, dieses eigenwillige Mädchen ein wenig zu zügeln.«

»Dieses eigenwillige Mädchen ist erwachsen. Sie ist verantwortlich für das, was sie tut. Nicht ich.«

Grigoleit lachte auf, rau und freudlos. »An deiner Stelle hätte ich genau dasselbe geantwortet. Unsere alte Freundschaft – denn ich nenne dich einen Freund – wird auch ganz gewiss nicht unter den Anwandlungen einer, verzeih mir, dummen Göre leiden. Doch wenn ich ehrlich sein darf: Sie geht mir wirklich auf die Nerven. Sie lässt einfach nicht locker.«

»Ich habe schon mit ihr gesprochen, aber ich fürchte, das hat nicht gefruchtet.« Mit bitterem Unterton fügte Billinsky hinzu: »Wie immer bei ihr.«

»Edgar, wie dem auch sei: Ich will nicht, dass das irgendwie zwischen uns beiden steht. Und deshalb kündige ich dir in aller Offenheit an, dass ich gegen sie vorgehen werde, falls sie keine Ruhe gibt.«

»Das ist dein gutes Recht.«

»Wie wäre es«, erwiderte Grigoleit in jovialerem Ton, »mal wieder mit einem Abendessen? Du und ich? Argentinische Steaks, ein vorzüglicher Wein.«

»Gute Idee«, sagte Billinsky, auch wenn er nicht die geringste Lust verspürte, den Mann zu treffen. Grigoleit stand für eine Zeit, die er hinter sich gebracht zu haben glaubte.

Als sie sich voneinander verabschiedeten, war Billinsky erleichtert. Ein Gefühl, das sogleich verflog. Denn was der noch äußerst rüstige, achtundsiebzig Jahre alte ehemalige

Staatsanwalt mit dem Anruf heraufbeschworen hatte, ließ sich nicht ignorieren.

Edgar Billinsky schenkte sich von dem teuren, dreißig Jahre lang in ausgebrannten Weißeichenfässern gelagerten Rum aus Costa Rica ein, seinem Lieblingstropfen. Doch nicht einmal der konnte das staubige Aroma der Vergangenheit überdecken, das sich irgendwie auf ihn gelegt zu haben schien. Zu seiner Verblüffung brachte es ihn sogar dazu, auf den Dachboden zu gehen, wo er eine Ewigkeit nicht mehr gewesen war und von kalter, abgestandener Luft empfangen wurde.

Er knipste nicht die kleine Wandlampe an, sondern die Neonröhre. Im unangenehm grellen Strahl ihres Lichts schob er mehrere Kartons beiseite, bis er den entdeckt hatte, den er suchte.

Mit zusammengepressten Lippen blätterte er im Knien in den darin gestapelten Notizen und Zeitungsausschnitten. Er hätte alles wegwerfen sollen, zerstören, verbrennen, was auch immer. Plötzlich musste er daran denken, wie er als kleiner Junge mit seinem Vater, ebenfalls Rechtsanwalt, am Sonntagnachmittag immer Westernfilme hatte ansehen dürfen. Die einzigen Momente, in denen er Zeit allein mit seinem Vater verbrachte. Und in einem dieser Filme, es war *High Noon – 12 Uhr mittags*, längst ein verstaubter Klassiker, äußerte eine Frau den Satz *Man muss für alles im Leben bezahlen*. Er hatte gar nicht richtig hingehört, sondern auf die Schießerei am Schluss gewartet, als sein Vater ihm auf die Schulter tippte und sagte: »Die Leute werden dir alle möglichen Weisheiten und Sprüche und Regeln mit auf den Weg geben, doch das ist das Einzige, was unumstößlich feststeht. *Man muss für alles im Leben bezahlen.*«

Er schloss die Augen, war für einen Moment ganz weit weg, dann musste er sich einen Ruck geben, um in das Jetzt zurückzukehren. Hastig stopfte er alles wieder in den Karton und schob ihn von sich, ohne sich auch nur die Mühe zu machen, ihn richtig zuzuklappen.

Als er wieder auf die Beine kam, fiel sein gequälter Blick auf ein Gemälde, das an der Wand unter der Dachschräge lehnte, gerade noch erfasst vom Lichtschein, und von Packpapier umhüllt war.

Zögernd ging Edgar Billinsky darauf zu. Mit großem Widerwillen spürte er, wie der Schmerz sich in ihm ausbreitete. Doch er konnte sich auch nicht einfach umdrehen, nach unten gehen und so tun, als gäbe es diesen Dachboden mit der gut verpackten Vergangenheit nicht mehr. Er wollte das Gemälde nicht betrachten, auf keinen Fall, aber erneut trieb ihn etwas an, das aus seinem Inneren kam, also griff er danach und löste das von einer dünnen Staubschicht bedeckte Papier.

Als ihn die großen Augen in dem gezeichneten Gesicht anstarrten, fühlte er nicht mehr nur Schmerz, sondern auch etwas, das er beinahe schon gar nicht mehr kannte. Furcht. Eine tiefe Angst.

Er musste an Mara denken. Tatsächlich: Er fürchtete sich vor ihr. Davor, was sie tun, was sie ausgraben, welche Wunden sie aufreißen würde. So oft hatte er sich gefragt, warum er gerade eine solche Tochter haben musste. Ein böser Scherz des Schicksals? Dabei war ihm klar, dass es auch an ihm lag, zu was für einer Frau diese kleine, dürre Elfe, die eines Tages ihre Mutter ermordet im eigenen Heim aufgefunden hatte, herangewachsen war.

Man muss für alles im Leben bezahlen, erklang es erneut irgendwo in seinem Kopf. Er lehnte das Gemälde wieder an die Wand, ohne es komplett zu verhüllen. Mit raschen Schritten ging er zu der Deckenluke, die nach unten führte. Als er das Licht löschte, atmete er auf.

Doch er wusste natürlich, dass er die Vergangenheit nicht so einfach ausknipsen konnte. Sie war wieder da. Unweigerlich tauchte erneut Maras Gesicht vor ihm auf, so klar und deutlich, als könnte er es berühren. Ihr schwarzes Haar, ihr blasser Teint, ihre bohrenden dunklen Augen.

8

Sechsunddreißig Stunden, seit Mara Billinsky dem Fremden gegenübergestanden hatte.

Seit es urplötzlich um Leben und Tod gegangen war.

Seit sie auf einen Menschen geschossen hatte.

Die vielen Übungen am Schießstand, zu denen sie sich zuletzt eher halbherzig aufgemacht hatte, erwiesen sich als nützlich. Sie hatte den Fremden getroffen, bevor er zur Waffe hatte greifen können, und zwar genau dort, wohin sie gezielt hatte: am Oberschenkel, ein Stück oberhalb des Knies.

Sieben Männer waren festgenommen worden, allesamt albanische Staatsangehörige, fünf weitere entkommen. Ein Beamter hatte eine Schussverletzung an der Schulter davongetragen. Außerdem hatte man die gesamte Lkw-Ladung beschlagnahmt: Heroin und Cannabis, mehrere Hundert Kilo. Ein großer Erfolg, der im wahrsten Sinne über Nacht gekommen war.

Was den anonymen Anrufer, der sich bei Mara gemeldet hatte, nur noch stärker ins Blickfeld rückte. Doch seine Identität anhand seiner Mobilfunknummer festzustellen, war, wie sie schon vermutet hatte, erfolglos gewesen.

Mara ertappte sich dabei, wie sie manchmal an den Mann dachte, sich seine beunruhigende Stimme in Erinnerung rief. Ihr Gespür sagte ihr, dass sie nicht zum letzten Mal mit ihm zu tun gehabt hatte.

Doch jetzt verscheuchte sie ihn aus ihren Gedanken. Sie versuchte an gar nichts zu denken und den samtigen sizilianischen *Donne del Sole* zu genießen, den sie sich in einer winzigen Wein-Bar auf der Berger Straße gönnte.

Auch wenn sie im Dienst war, sie fand, sie hatte sich die Pause und den guten Tropfen verdient. Kurz zuvor hatte sie eine Aufgabe hinter sich gebracht, die sie überhaupt nicht mochte. Ein Gespräch beim Psychologischen Dienst, dem *Psycho-Doc*, wie sie ihn nannte. Das war Pflicht für jeden Beamten, der im Dienst von seiner Waffe Gebrauch gemacht hatte, aus Fürsorgegründen nach potenziell belastenden Ereignissen, wie es offiziell hieß.

Mara wäre ohnehin nicht darum herumgekommen. Etwa drei Monate zuvor war sie bei Auseinandersetzungen mit dem organisierten Verbrechen ebenfalls in lebensbedrohliche Situationen geraten. Der Psycho-Doc war bei Mara also besonders einfühlsam und wissbegierig, was ihr Innenleben betraf, aber sie konnte ihn ganz gut in Schach halten. Und was zählte, war das Ergebnis: »vollumfänglich dienstfähig«. Ein paar freie Tage waren ihr angeboten und empfohlen worden, sie hatte jedoch dankend abgelehnt.

Man musste *weitermachen*, man durfte nicht ins Grübeln verfallen, das war schon immer ihr Standpunkt.

Nach dem Wein, einem Glas stillen Wasser und einer Portion Käse mit Oliven und Weißbrot fuhr sie ins Präsidium. Die erste Mahlzeit, wenn man es so nennen konnte, seit fast zwei Tagen. Es war höchste Zeit gewesen, ihr Magen hatte sich schon schmerzhaft zusammengekrampft.

Als sie im Büro erschien, befanden sich Schleyer und Patzke an ihren Plätzen, zwei erfahrene Bullen, mit denen Mara nicht sonderlich gut auskam. Keine Spur jedoch von Rosen.

Sie setzte sich, klappte den Laptop auf und schob sich ihre *Beats*-Kopfhörer auf die Ohren. Zu den rauen, schnörkellosen Songs von *Pearl Jam* las sie einen vorläufigen Bericht der Spezialisten über die unfassbare Bluttat, die auf der A 661 vorgefallen war.

Nach einer Weile tauchte Rosen auf. Offenbar hatte er

eine Unterredung mit Klimmt gehabt, jedenfalls nickte er in die Richtung von dessen Büro. Seine bemüht ausdruckslose Miene machte Mara stutzig. Sie nahm die Kopfhörer ab. »Stimmt irgendetwas nicht?«

Er machte eine abwehrende Geste mit der Hand. »Alles in Ordnung. Aber viel wichtiger – was ist mit *dir*? Wie geht's?«

»Der Psycho-Doc sagt, ich bin okay. Und er muss es ja wissen, was?« Sie lächelte, wurde allerdings gleich wieder ernst. »Ich habe Neuigkeiten zu der Autobombe.«

»Lass hören!«

»Völlig irre, kann ich dir sagen.« Bevor sie fortfuhr, schaltete sie die Musik aus. »In Stichworten: ein Opel Movano. Halter: unbekannt. Kennzeichen: gestohlen. Jeweils gut zweihundert Gramm Plastiksprengstoff unter dem Fahrersitz und unter weiteren Sitzen im Fond. Sogar in mehr als einem Kilometer Entfernung haben Zeugen den Knall gehört und ein Vibrieren im Boden gespürt. Wagenteile flogen über hundert Meter weit durch die Gegend. Auch Körperteile. Es wurden DNA-Spuren von vierzehn Personen gefunden. Nur zwei Männer, der Rest ausschließlich Frauen. Der Opel war also ziemlich vollgepackt.«

Konsterniert schüttelte Rosen den Kopf. »Unglaublich.«

»Aller Wahrscheinlichkeit nach wurde der *Big Bang* mit einem Fernzünder oder auch mit einem Handy ausgelöst. Möglich, dass der oder die Täter auf einer in unmittelbarer Nähe befindlichen Autobahnbrücke standen, als es passierte.«

»Wer befördert denn so viele Menschen auf einen Schlag ins Jenseits?«

»Und vor allem: warum?«

»Wenn wir das nur wüssten.«

Mara taxierte ihn abwägend. »Du hältst dich irgendwie bedeckt, kann das sein?«

»Ich?« Wieder setzte er seine Unschuldsmiene auf. »Wie meinst du das?«

»Hm.« Sie hob eine Augenbraue. »Was gibt's Neues in Sachen Denise Dorlac? Beziehungsweise Sabine Pfeiffer.«

Er blickte auf seine Hände, die er auf seiner wie üblich ordentlich aufgeräumten Schreibtischplatte gefaltet hatte. »Es war ein ziemliches Durcheinander. Zuerst hieß es, Dr. Tsobanelis wäre einige Tage beruflich in Berlin, und angesichts des Zustands der toten Frau war es der allgemeine Wunsch, dass nur er sich der Sache annehmen sollte. Außerdem gab es für die Gerichtsmedizin aufgrund der Autobombe genug zu tun. Dann aber war Tsobanelis doch hier in Frankfurt. Und es gibt anscheinend etwas Wichtiges, über das er uns unbedingt informieren will. Ich habe einen Termin bei ihm.«

Tsobanelis galt als einer der renommiertesten Gerichtsmediziner in Hessen. Mara mochte ihn nicht, er mochte sie nicht, aber eine tiefe gegenseitige Abneigung war ja nichts Unbekanntes für sie.

»Einen Termin? Klingt ja höchst offiziell.« Spöttisch fügte sie an: »Wäre es nicht einfacher, er würde seine Neuigkeiten durch einen simplen Anruf mit uns teilen?«

»Du kennst ihn ja, den eitlen Pfau. Eigentlich wollte Klimmt zu ihm gehen, aber der Chef muss sich mit der Staatsanwaltschaft besprechen. Und ein Pressetermin steht wohl auch noch an. Ich frage mich, was ihm mehr auf die Nerven geht.«

»Wann willst du zu Tsobanelis?«

»Äh, gleich nachher. In einer halben Stunde.« Rosen machte ein trauriges Gesicht. »Übrigens, Klimmt und ich haben Sabine Pfeiffers Mutter in Hanau aufgesucht. Du warst ja vollauf beschäftigt mit den Drogenjungs.«

»Richtig, die ganzen letzten sechsunddreißig Stunden. Ich musste auch meine Pistole zur Untersuchung abgeben, weil ich sie benutzt habe, Vorschrift Nr. 1000, Schrägstrich xyz. Ich hoffe, ich kann sie morgen wieder abholen.«

»Die arme Frau. Also diese Frau Pfeiffer. Das ist das Schlimmste an unserem Job, findest du nicht?«

»Hat sich noch was bei Sabine Pfeiffers Nachbarn ergeben?« Sie wollte sich auf keinen Fall herunterziehen lassen, also überging sie seine Frage einfach. »Komisch, dass da niemand etwas Auffälliges bemerkt hat. Oder gehört. Das Opfer muss doch geschrien haben.«

»Sie ist geknebelt worden.«

»Bevor man sich knebeln lässt, wehrt man sich doch für gewöhnlich. Hm, es könnte natürlich auch sein, dass das zum Sex gehört hat, ebenso wie die Fesselungen.«

»Selbst wenn sie geschrien hat: Man hätte wohl nichts gehört.«

Mara stutzte. »Wieso?«

»Die Wände sind schallgeschützt. Die Leute, die in dem Gebäude lebten oder arbeiteten, sollten nichts davon mitbekommen, wie sie ihr Geld verdiente. Sie hatte sich extra eine Genehmigung für den Schallschutz eingeholt.«

»Und was ist mit den Herren, denen Sabine Pfeiffer zu Diensten war?«

»Wir haben eine Liste.«

Wiederum musterte sie ihn. »Du lässt dir heute jedes Wort aus der Nase ziehen.«

»Na ja, wir sind noch dran. Wie es scheint, hat die Pfeiffer ihre Stammkundenliste ziemlich verkleinert.«

»Tatsächlich?«

»Wir haben mit einigen der Männer gesprochen. Sie hat ihnen angekündigt, dass sie sich aus dem Business zurückziehen wollte. Der Mietvertrag für das Apartment ist gekündigt, es wird bereits ein Nachmieter gesucht.«

»Was die Sache noch tragischer macht.«

»Ganz genau.« Er schüttelte den Kopf. »Wie kann man einen Menschen nur so zurichten? Wie kann man ihm so viele Wunden und …«

»Apropos Wunden«, unterbrach ihn Mara. »Ich fahre gleich los. Dann bin ich wenigstens pünktlich bei ihm, und er hat keinen Grund, beleidigt zu sein oder sich zu beschweren.«

»Wer?«

»Tsobanelis. Wer sonst?«

»Aber ich sollte das übernehmen«, protestierte Rosen.

»Du?« Mara lächelte etwas abfällig, was ihr sofort leidtat. »Rosen, lass uns keine Podiumsdiskussion draus machen, okay? Tsobanelis-Termine sind eher meine Angelegenheit. Mich kann er zwar noch weniger leiden als dich, aber ich weiß besser, wie man ihn anpackt. Und mal ganz unter uns: Er wird wahrscheinlich direkt am toten Objekt zeigen wollen, was ihm aufgefallen ist.«

In seinem Gesicht arbeitete es. »Äh, aber Klimmt hat mir aufgetra–«

»Sag Klimmt einfach, ich übernehme das.«

Sie war schon aufgesprungen und hatte sich ihre Lederjacke geschnappt.

Rosen widersprach erneut, doch Mara machte nur ein entschuldigendes Handzeichen und eilte durch die Tür nach draußen auf den Gang.

Als sie kurze Zeit später bei Tsobanelis eintraf, dachte sie noch an Rosen. Er war immer ein zögerlicher Typ, aber da war etwas im Busch, dessen war sie sich zusehends sicherer. Irgendetwas verschwieg er ihr. Nur was?

Der Leiter der Rechtsmedizin erwartete sie direkt neben dem Chromtisch, auf dem die ermordete Sabine Pfeiffer lag, eine leblose, von Wunden übersäte Hülle, das kupferfarbene Haar aus dem Gesicht straff nach hinten gekämmt.

»Sie?«

Dr. Tsobanelis, ein großer, hagerer Mann, betrachtete Mara, ohne seine Missbilligung auch nur im Geringsten zu kaschieren.

»Ja. Ich.« Mara hielt seinem Blick stand.

»Ich hatte mit dem Chef persönlich gerechnet.«

Mara präsentierte ihm das eisigste Lächeln, das sie im Repertoire hatte. »Und ich hatte damit gerechnet, dass Sie Ergebnisse haben, die uns weiterhelfen. Konzentrieren wir uns doch einfach darauf, was meinen Sie?«

Sichtlich gereizt fuhr er sich durch sein in üppigen Wellen wucherndes, fast schlohweißes Haar. Auf seiner langen, spitzen Nase saß eine John-Lennon-Brille. Er ließ seinen Blick von Mara zu dem Leichnam wandern.

»Die Todesursache«, sagte er spitz, »war der Schnitt mit einem sehr scharfen Messer durch die Kehle. Vorher ist die Frau vaginal und anal vergewaltigt worden – die Verletzungen, etwa die Risse in der Scheidenwand, schließen einvernehmliches Penetrieren absolut aus. Außerdem hat man sie geschlagen, sehr oft, sehr heftig.«

»Mit einem Gegenstand?«

»Eher mit den Fäusten. Praktisch am ganzen Körper. Sicher auch getreten. Die Hämatome sind immens. Der Todeszeitpunkt muss nachts, vielleicht auch in den frühen Morgenstunden gewesen sein.«

»Die Frau wurde gefesselt und geknebelt. Können Sie sagen, ob das freiwillig oder erzwungen erfolgt ist?«

»Ich gehe davon aus, dass Sie Widerstand geleistet hat. Zwei Fingernägel sind abgebrochen. Womöglich ist das ja schon vorher passiert, aber ich vermute, es handelt sich dabei um Anzeichen eines Kampfes.« Er blickte kurz zu Mara, als hätte er vergessen, dass er sie nicht mochte, dann wieder zu der Ermordeten. »Es gibt keine Beweise, aber für mich sieht es so aus, als hätte der Mörder ihr die Finger gesäubert. Wohl um mögliche eigene Hautpartikel abzuwaschen. Er war sehr gründlich, hat höchstwahrscheinlich Handschuhe getragen, bei der Vergewaltigung auch ein Kondom. Obwohl die Frau so viel ertragen musste und der Mörder ihr zwangsläufig sehr nahe gekommen ist, hat er uns keinerlei Spuren hinterlassen, die auf seine Identität schließen lassen könnten.«

»Sie sagen *er*. Also gehen Sie von einem Einzeltäter aus. Oder könnten auch mehrere Männer mitgemacht haben?«

»Ich gehe von *einem* Täter aus. Aber ...« Er musterte sie. »Allein war er trotzdem nicht.«

»Wie meinen Sie das?«

»Dazu komme ich noch.«

»Es gibt keine Anzeichen für ein erzwungenes Eindringen in das Apartment. Sie hat ihm demzufolge die Tür geöffnet.«

»Oder er hat sie überrascht, als sie das Apartment verlassen wollte, ins Innere gedrängt und dort überwältigt.«

»Vergewaltigung, Tritte, Schläge.« Mara taxierte Tsobanelis. »Aber das ist noch nicht alles.«

»Richtig, die Folterungen haben einen sehr bizarren Aspekt. Einen, wie er selbst mir in meiner langjährigen Laufbahn noch nicht begegnet ist.«

»Diese vielen kleinen Wunden.«

»Genau. Zuerst habe ich mich unablässig gefragt, von welcher Waffe sie stammen könnten. Dann allerdings ...« Er verstummte und fuhr sich erneut durch das wallende Haar, auf das er wohl sehr stolz war.

»Dann allerdings?«, drängte Mara.

»Nun ja, plötzlich schien es, als hätten wir doch etwas vom Täter gefunden. Fasern. Zumindest sah es danach aus.« Er schmunzelte maliziös. Der Anblick konnte jemandem, der ihn nicht kannte, einen Schauer über den Rücken jagen. In Gedanken oder auch bei Unterhaltungen mit Rosen nannte Mara ihn oft Frankenstein.

Nach einer kunstvollen Pause sprach Tsobanelis weiter: »Gewiss kennen Sie unser Spezialklebeband, das wichtigste Utensil zur Sicherung von Faserspuren. Bei der Untersuchung der Klebestreifen, die wir im Bett der Ermordeten aufgeklebt und wieder abgezogen haben, stieß ich auf etwas Auffälliges. Jedoch *nicht* auf Fasern. Sondern auf Haare. Kurze graue Haare. Und jetzt kommt das Spannende.«

»Nämlich?«

»Es handelt sich nicht um menschliche Haare.« Wieder zeigte er dieses Schmunzeln. »Sie stammen von einer Ratte.«

Verblüffung machte sich auf Maras Gesicht breit. Sie hatte das groteske Gefühl, dass Frankenstein ihre Überraschung genoss.

»Tja, Kommissarin Billinsky, der Mörder befand sich in Begleitung einer Ratte. Und jetzt wird es wirklich perfide. Er hat die Haut seines gefesselten und geknebelten Opfers an vielen Stellen mit Akazienhonig eingeschmiert. Mithilfe eines Tupfers vielleicht. Vor allem an höchst intimen Stellen. Die Ratte hat angefangen, den Honig zu fressen und dabei auch die Frau angenagt. Der Mörder hat ganz sicher dabei zugesehen, um sich an den Qualen zu weiden.« Sein Schmunzeln wurde widerlich. »Stellen Sie sich das mal vor, Kommissarin Billinsky. Nackt und gefesselt. Und eine Ratte verwandelt Sie in ihr Abendmahl.«

Der Honig, dachte Mara und sah vor sich hin. Das war also der süßliche Geruch, der sie am Tatort in der Nase gekitzelt hatte.

»Sie sagen ja gar nichts, Kommissarin Billinsky. So geschockt?«

Sie blickte ihn wieder direkt an. »Manchmal glaube ich, wir alle sind schon so *abgefuckt*, dass uns gar nichts mehr schocken kann.«

9

Workan hatte bereits mit einer Unmenge von Bullen zu tun gehabt. Es gab feige und beherzte, langsame und schnelle. Vor allem korrupte Bullen waren ihm häufig begegnet.

Aber diese Frau stach aus der langen Reihe heraus, das stand fest. Eine Polizistin wie sie hatte er nie gesehen. Sehr schwer einzuschätzen.

Er hatte sie beobachtet, wie sie sich in der kleinen Wein-Bar eine Auszeit gegönnt hatte. War ihr nachgegangen. Hatte versucht, in ihrem Gesicht zu lesen. Aus der Ferne verfolgt, wie sie in ihren kleinen italienischen Flitzer gestiegen und davongebraust war.

Sie hatte etwas Lässiges und zugleich Forsches, eine seltene Kombination, wie er fand.

Workan war nicht auf sie angesetzt worden, jedenfalls nicht explizit, aber er hatte das Gefühl, das könne noch kommen. Und dann wäre es vorteilhaft, ihre Gewohnheiten zu kennen, ein Bild von ihr im Kopf zu haben.

Ansonsten hatte er ohnehin nicht viel zu tun, keine neue Anweisung. *Noch nicht.* Denn das war nur eine Frage der Zeit.

Er dachte an Rasputin im Hotelzimmer. Allzu lange wollte er ihn nicht allein lassen. Doch ein Cappuccino wäre nicht schlecht. Er ging zurück in die Wein-Bar, wählte denselben Platz wie zuvor die Polizistin mit den faszinierenden schwarzen Augen.

Am Nachbartisch saßen Russen. Der Klang seiner Heimatsprache brachte ihn zurück nach Moskau, in jene Tage, als Wass von Novorenkow als Anführer abgelöst wurde.

Es änderte sich viel. Novorenkow kündigte an, dass sie sich jetzt nicht mehr mit *Kleinkram* abgeben würden.

Mehr Überfälle, größere Überfälle, ein Jahr verging, ein zweites, ein drittes. Der Tunnel war nicht mehr angemessen, sie hausten in einem baufälligen, leer stehenden Gebäude. Wenn Workan die Augen schloss, konnte er noch die Luft unterhalb der Welt riechen. Ein paar Ratten hatte er mitgenommen. Sie teilten ein Zimmer mit ihm, er versorgte sie mit Käse, Brot, Blinis, und manchmal nagten sie einfach an der Matratze, auf der er schlief.

Alle waren dem neuen Boss treu ergeben, keiner jedoch so treu wie Workan, der für Novorenkow gestorben wäre. Der erste Mensch, der ihm geholfen, der nicht über ihn gelacht hatte.

Sie fielen auf. Nicht nur den Behörden, auch den älteren Gangstern. Sie wurden rekrutiert. Novorenkow als Erster. Und er nahm die mit, auf die er sich hundertprozentig verlassen konnte. Natürlich auch Workan, der in keiner Sekunde vergaß, dass Novorenkow ihn vor dem Tod bewahrt hatte.

Novorenkow brachte ihm bei, wie man mit einem Messer umging. Wie man es bei einem Kampf in der Hand hielt, ganz locker, praktisch nur mit Daumen, Zeige- und Ringfinger. »Ohne es eigentlich zu berühren«, wie er betonte. Auch wie man damit warf – und vor allem traf, wurde Workan beigebracht. Für ihn nahm sich der Boss am meisten Zeit. Während die übrigen in kleinen Gruppen auf Beutezüge gingen, schickte Novorenkow Workan allein los. Mit speziellen Aufgaben. Man musste Workan nur einmal etwas sagen oder vorführen, dann war es für immer in seinem Schädel gespeichert. Er bewegte sich schnell und geschmeidig und war bei allem, was er tat, hoch konzentriert. Er war wie eine Maschine, nicht wie ein Junge. Novorenkow zeigte sich sehr zufrieden mit ihm.

Aus den Messern wurden Revolver. Novorenkow drückte

ihm zwei davon in die Hände. »Die größten Automatikkaliber, mit denen du Musik machen kannst, Kaliber 0357 Magnum und 0.44 Magnum.« Ein durchdringender Blick. »Nicht geladen. In die 44er gehen sechzehn Schuss. Mit dem Ding kannst du einen Meteor aufhalten, wenn's sein muss.«

Er holte zwei weitere Waffen aus seiner Sporttasche. »Zwei Österreicherinnen. Die Glock 17 und die Glock 21. Siebzig Prozent Kunststoff, leichter als ein Mädchenfurz. Die 17 ist präziser, die 21 ein bisschen temperamentvoller. Wirst schon sehen.«

»Die sind für mich?« Workan konnte es kaum glauben.

»Ja, wenn du gezeigt hast, dass du alt genug für sie bist.«

»Bin ich.«

»Beweise es!«

»Wie?«

Novorenkow erklärte es ihm. Am nächsten Tag wurde Workan zum ersten Mal zum Mörder. Danach gehörten die Pistolen ihm. Sein erster Besitz. Er hockte auf der Matratze in dem schäbigen Zimmer und zeigte die Prachtstücke den Ratten. Die Macht in der Sekunde, als er den tödlichen Schuss abgefeuert hatte. Die Angst im Blick des Opfers. Zärtlich berührte Workan den Pistolenlauf. Der Marke Glock würde er immer treu bleiben. Wie auch Novorenkow, der nur mit den Fingern schnippen musste, worauf Workan sofort zu allem bereit war.

Sie waren Gegensätze, die sich ergänzten. Novorenkow groß und breitschultrig, überzeugend, mit einem wachen intelligenten Blick. Workan, kleiner, filigraner, verschlossen, mit hellblauen Augen, die niemanden offen betrachteten, und einer Scham für die Narben, die der Gasanzünder auf seinen Wangen hinterlassen hatte.

»Uns steht die Welt offen«, sagte Novorenkow einmal, so ruhig und gelassen, wie er alles aussprach. »Moskau ist nur unser Sprungbrett. Und du wirst einer der Besten werden.«

Er sollte mit beidem recht behalten, wie meistens. Seit sechzehn Jahren kannten sie sich nun. Seit sechzehn blutigen, zumeist erfolgreichen Jahren, in denen Workan jeden zum Sprechen gebracht hatte, bei dem der Boss es verlangte. Oder eben zum Schweigen. Er war berüchtigt dafür, mit welch sadistischer Freude er Befragungen und mit welch kaltblütiger Präzision er Morde durchführte.

Der dezente Signalton des neuen Handys ließ Workan aufblicken. Er saß immer noch in der Wein-Bar. Dabei hätte er doch längst im Hotel bei Rasputin sein können. Er nahm den Anruf entgegen. Er kam von Novorenkow. Ob Workan den Namen Rruzull kenne, lautete die erste Frage.

»Nein«, antwortete er, ohne lange überlegen zu müssen.

»Dann mach dich mit Rruzull vertraut. Mit seinem Umfeld, seinen Helfern, seinen Frauen. Ja, vernachlässige auf keinen Fall die Frauen. Nimm sie unter die Lupe. Sie können hilfreich sein.«

»Verstanden.«

»Gut. Dann wirst du nun Rruzull kennenlernen, Workan.« Ein leises Lachen erklang. »Und er dich.«

10

Mit finsterem Blick marschierte Mara Billinsky den Flur entlang. Es war vormittags. Sie befand sich in dem schmucklosen, mitten in der Stadt gelegenen Gebäude der Staatsanwaltschaft. Sehr früh an diesem Morgen hatte sie eine kurze Textmitteilung von Christian von Lingert mit der höflichen Aufforderung erhalten, sich bei ihm einzufinden.

Nein, sie hatte kein gutes Gefühl, was diesen Termin betraf. Der Name Grigoleit spukte natürlich schon wieder durch ihren Kopf.

Sie klopfte an, und eine Mitarbeiterin des Staatsanwalts ließ sie ohne Wartezeit in sein Büro. Er empfing sie mit förmlichem Händedruck und ernster Miene, beides allzu typisch für ihn. Dann saßen sie sich an seinem Schreibtisch gegenüber, der mindestens so penibel aufgeräumt war wie bei Jan Rosen.

»Vielen Dank, dass Sie sich die Zeit nehmen, Frau Billinsky.«

Nie zuvor war Mara in diesem Büro gewesen. Sie sah ihn offen an, sagte aber keinen Ton. *Nun lass es schon raus*, dachte sie.

Er trug einen Maßanzug in einem zurückhaltenden Grauton, ein hellblaues Hemd und eine dezent gemusterte Krawatte. Zuerst hatten seine mühelose Eleganz und sein Auftreten Mara an ihren Vater erinnert, was bei ihr unweigerlich Ablehnung ausgelöst hatte. Doch mittlerweile war sie sich nicht mehr so sicher, was den Staatsanwalt anging. Mal schien er ihr nichts als ein sturer Karrierist zu sein, der nicht nach rechts und links sah, dann glaubte sie wieder, eine sanftere, sogar einfühlsamere Seite an ihm wahrzunehmen.

Besonders damals, als er ihr offenbart hatte, dass sein leiblicher Vater an den Ermittlungen im Mordfall ihrer Mutter entscheidend beteiligt gewesen war, hatte das ihr Verhältnis auf schwer einschätzbare Weise beeinflusst. So hatte Mara auch erfahren, dass von Lingert nach der Trennung der Eltern bei seiner Mutter und seinem Stiefvater aufgewachsen war, dessen Familiennamen er schließlich angenommen hatte.

»Es geht um etwas, das ich unbedingt persönlich mit Ihnen besprechen möchte«, sagte von Lingert. »Eigentlich hatte Hauptkommissar Klimmt Ihnen alles mitteilen wollen, und es wäre ja auch seine Aufgabe, aber …« Ein vorsichtiges Lächeln huschte über sein Gesicht. »Nun ja. Es gibt Dinge, die ich an ihm durchaus schätze, aber diplomatisches Vorgehen gehört nicht unbedingt dazu.«

»Diplomatie ist gefragt?« Mara ließ auf ihre typische Art eine Augenbraue hochschnellen. »Bei mir ist das nicht nötig, ich bin für Offenheit. Falls es also mit Ihrem Herrn Vater zu tun hat …«

»Es geht nicht um meinen Vater«, unterbrach er sie rasch, wobei er das Wort *meinen* betonte. »Sondern um den Mordfall Sabine Pfeiffer.«

»Tatsächlich?« Mara stutzte. Damit hatte sie nicht gerechnet. *Warum dann dieser Vier-Augen-Termin?*

»Ein furchtbares, überaus grausames Verbrechen«, schob der Staatsanwalt hinterher.

»Und eines, das uns besonders alarmieren muss«, ergänzte Mara. »Der Mörder ist extrem gründlich vorgegangen und hat es derart gut verstanden, keine Spuren zu hinterlassen, dass zu befürchten ist, er könnte wieder zuschlagen. Wir müssen uns mit dem Gedanken vertraut machen, es mit einem Serientäter zu tun zu haben. Auch das Opfer legt diesen Schluss nahe: eine Prostituierte. Für derartige Täter eine bevorzugte Zielgruppe, um es mal zynisch auszudrücken.«

Durch die Geheimratsecken, das streng nach hinten gekämmte, über den Ohren grau werdende Haar und die Brille wirkte er älter als seine knapp vierzig Jahre. Schmal sein Gesicht, tief liegend und klein die Augen, aus denen Entschlossenheit sprach. Er war nicht unbedingt attraktiv, aber jemand, der auffiel, der Charakterstärke zum Ausdruck brachte. Es waren keine *Geschichten* über ihn in Umlauf, über Privates war bei ihm nicht viel bekannt. Er war ledig, offenbar nicht einmal liiert, lebte wohl recht zurückgezogen, und er pflegte einen gewissen Stil, doch ein Typ für große Auftritte war er auch wieder nicht.

»Wir haben einen Hauptverdächtigen«, eröffnete er mit einer merkwürdigen Plötzlichkeit.

»Weshalb erfahre ich das von Ihnen und nicht von meinen Kollegen?« Maras Augen wurden zu engen Schlitzen. Deswegen hatte Jan Rosen am Vortag so herumgedruckst – er hatte etwas vor ihr geheim gehalten. Oder geheim halten *müssen.* »Wer ist es?«

»Es ist der letzte Kunde, der Sabine Pfeiffer in der Nacht ihres Todes aufgesucht hat. Wir haben es aus ihren Terminaufzeichnungen zweifelsfrei ermitteln können.« Für einen Moment musste von Lingert die Lider senken. »Es handelt sich um einen regelmäßigen Kunden. Und er ist bereits in Gewahrsam genommen worden.«

»Wer ist es?«, wiederholte Mara.

»Wie gesagt, es war mir wichtig, es Ihnen persönlich mitzuteilen.« Von Lingert taxierte sie lange, ehe er sagte: »Es ist Ihr Vater.«

Die vier kurzen Worte wirbelten ihr geradezu im Kopf umher, die Situation fühlte sich seltsam unwirklich an.

»*Fuck!*«, stieß sie tonlos aus.

»Die Kollegen in Ihrer Abteilung sind bereits im Bilde«, fuhr der Staatsanwalt fort, »hatten aber gestern die klare Anweisung, sich bedeckt zu halten.«

»Hat sich mein Vater zu der Sache geäußert? Oder die Aussage verweigert?« Die Fragen schossen aus ihr heraus. »Gibt es sonst einen Hinweis darauf, dass er es sein könnte? Ich meine, außer der Tatsache, dass er der letzte Besucher gewesen ist?«

»Sabine Pfeiffer hatte in dieser Nacht keinen weiteren Termin und hat ihr Apartment nicht mehr verlassen. Es gibt keinerlei Anzeichen dafür, dass noch jemand sie aufgesucht hätte.«

»War er in dieser Nacht wirklich dort?«

»Ja, das war er.«

»Sie meinen, er gibt es zu?«

»Er hat ausgesagt, dass er zur verabredeten Zeit dort war. Etwa zwei Stunden lang. Sie hätten Sex gehabt, etwas gegessen, Champagner und Rum getrunken. Dann ist er angeblich mit seinem Wagen nach Hause gefahren.«

»Und die Dame war zum Zeitpunkt seines Abgangs noch bei bester Gesundheit, nehme ich an.«

»So hat er es geschildert.«

»Hat er sich einen Anwalt genommen?«

»Sein Rechtsbeistand ist Dr. Gruber. Kennen Sie ihn?«

Ein kurzes Achselzucken. »Flüchtig.«

»Offenbar einer seiner alten Freunde.«

»Seiner alten *Sauf*freunde wäre treffender.«

Von Lingert schmunzelte kurz, enthielt sich aber eines Kommentars.

»Die Ratte«, sagte Mara plötzlich.

»Bitte?«

»Sie haben doch sicher von den merkwürdigen Foltermethoden erfahren.«

»Selbstverständlich.«

»Vielleicht kann ich mir sogar vorstellen, dass in meinem Vater ein Sadist steckt, einer, der …« Sie stoppte sich, schnaufte durch und sagte dann in beherrschtem Tonfall:

»Sie wissen ja, dass wir nicht das beste Verhältnis haben. *Nie hatten.* Sie wissen auch, dass ich nicht wahnsinnig viel von ihm halte. Und noch mal: ein Sadist, warum nicht? Aber diese Sache mit dem Honig und den Rattenbissen, das ist doch wirklich …« Ihr gingen die Worte aus, sie schüttelte den Kopf und machte mit der Hand eine Geste der Hilflosigkeit.

»Nur ein gut gemeinter Rat: Seien Sie ab jetzt vorsichtiger, wenn Sie Ihren Vater beschreiben«, bemerkte von Lingert. »Der Ausdruck Sadist kann angesichts seiner augenblicklichen Lage falsch aufgefasst werden.«

»Das ist wirklich unglaublich. Ich fühle mich wie von einem Bus überfahren.«

»Er hingegen wirkte recht gefasst.«

Mara nickte vor sich hin, ohne von Lingerts Blick zu erwidern. »Ein sadistischer Killer? Mein Vater?« Sie sah wieder auf. »Es kommt selten vor, dass ich sprachlos bin, aber jetzt …«

»Sie sind natürlich von dem Fall abgesetzt worden.«

Mara nickte erneut. »Klar.«

»Sie haben ja auch so alle Hände voll zu tun. Ich denke da nur an die Autobombe.« Er betrachtete sie. »Rosen unterstützt Sie, Klimmt persönlich wird sich jetzt des Mordes an Sabine Pfeiffer annehmen.«

»Klar«, wiederholte sie leise und richtete ihre Augen auf eine leere Stelle an der Wand, als wäre sie allein im Raum.

Sie musste an das letzte Telefongespräch mit ihrem Vater denken, an den Streit, die heftigen Worte. Und sie konnte immer noch nicht fassen, was der Staatsanwalt ihr gerade eröffnet hatte.

11

Der Schlag kam so schnell, dass sie nicht einmal zusammenzucken konnte. Ein Blitz aus heiterem Himmel. Die flache Hand traf sie seitlich im Gesicht, ein heftiges, lautes Klatschen. Sie flog in eine Ecke des Zimmers.

Anyana Lupescu rollte sich zusammen, machte sich ganz klein und starrte ängstlich zu Rruzull hinauf, der breitbeinig dastand und sie bereits überhaupt nicht mehr beachtete. Das Licht der Deckenlampe spiegelte sich auf seinem blank rasierten Hinterkopf.

Sie hatte nichts getan, nichts gesagt, was den Gewaltausbruch nachvollziehbar gemacht hätte, aber Rruzull brauchte nicht unbedingt einen Auslöser, um durchzudrehen. Die Brutalität war so tief in ihm verwurzelt wie der Drang zu atmen.

»Zieh dich aus«, herrschte er sie an, und Anyana wusste, dass es besser war, einfach zu gehorchen.

Hastig rappelte sie sich auf, noch hastiger stieg sie aus den paar Klamotten, die sie am Leib trug. Er schaute ihr nicht einmal zu, was er sonst gern tat, sondern starrte brütend vor sich hin.

Sie befanden sich in der kleinen Dachwohnung, die er oft als Rückzugsort nutzte. Um zu koksen, Sex zu haben, an der Playstation zu sitzen.

Splitternackt glitt Anyana aufs Bett, während er nur zögernd begann, sich ebenfalls auszuziehen. Irgendetwas war vorgefallen, etwas, das ihn mächtig beschäftigte. Normalerweise gönnte Anyana ihm jeden Kummer der Welt, doch das bedeutete eben auch, dass er sich noch jähzorniger und unberechenbarer verhielt als sonst.

Als er nackt war, senkte Anyana unauffällig den Blick. Von allen widerlichen Kerlen, denen sie zur Verfügung stehen musste, war er der abstoßendste. Seine Berührungen verursachten ihr jedes Mal einen Würgereiz.

Das Bett quietschte, als er sich plump darauf fallen ließ und nach ihr grapschte. Rruzull war einen halben Kopf kleiner als sie. Stiernacken, kurze, stämmige Beine, Pranken wie ein Bär. Am schlimmsten war sein Bauch, der viel zu dick für seine kurze Gestalt war, eine richtige Kugel, als hätte er einen Basketball verschluckt. Quer über dem Nabel prangte ein tätowierter Dolch, von dessen Klinge Blut tropfte.

Er packte Anyana hart im Nacken, presste ihren Schädel zwischen seine Oberschenkel. Schweißgeruch stach ihr in die Nase, sie schloss die Augen, schaltete den Kopf aus, wie immer, versuchte es zumindest, und während sie sonst gar nichts sah, nahmen diesmal Bilder in ihrem Geist Gestalt an, die sie erst gar nicht einzuordnen vermochte. Matsch vor einem winzigen, schiefen Häuschen. Alte, angestoßene Teller mit Blumenmuster. Gardinen mit Löchern. Ein durchgesessenes Sofa, darüber an der weißen Wand ein Kruzifix. Die zerfurchten Gesichter der Eltern, aus denen trübe Augen erwartungslos in die Welt starrten.

Rruzulls Knurren vertrieb die Erinnerungen, er war unzufrieden. Mit ihr, mit sich, mit allem, sie hatte keine Ahnung. Jedenfalls ergriff er sie erneut hart im Nacken, wie eine Puppe oder einen Köter, drehte sie herum und rollte sich mit seinem Wanst auf sie, dass sie nach Luft schnappen musste. Und trotz Rruzulls Gewicht strömten erneut die Bilder auf sie ein, zerfranste Fetzen eines alten Lebens. Das Heimatdorf, zwei Autostunden von Bukarest entfernt, aber wer hatte schon ein Auto? Sie hatten nicht mal fließend Wasser, hinter dem armseligen Haus stand ein Plumpsklo.

So jämmerlich dieser Ort ihrer Vergangenheit auch sein mochte, bis zu den kleinen Bauten an den unbefestigten Straßen war das Böse nie vorgedrungen.

Eine einzige Kneipe, in der Anyana sich mit ihren Freundinnen getroffen hatte. Dazu verdammt, sich in jenem Dorf zu langweilen, zu heiraten, alt zu werden, zu sterben. Wie aus dem Nichts trat ein Mann in diese Einöde. Er versprach Anyana einen Job in Deutschland, er öffnete ihr die Augen für das, was angeblich hinter der Trostlosigkeit lag, die um sie herum herrschte. Und sie vertraute ihm, verschwand mit ihm nach Bukarest, von dort über die Landesgrenze, immer weiter nach Westen, illegal, doch das schreckte sie nicht ab. *Nichts* schreckte sie ab. Zumindest bis zu jenem Tag, als sie das Böse dann doch kennenlernte und der Mann, den sie zu lieben glaubte, sie wie eine Ware an einen anderen Mann weiterverkaufte, der ihr die Papiere abnahm, sie schlug, vergewaltigte, mit Drogen vollpumpte und sie zwang, auf den Strich zu gehen.

Wie sie gab es etliche, auch Timea, die zu ihrer Freundin geworden war. Das war das Einzige, worauf Anyana sich freute: Timea wiederzusehen. Es hieß, sie würde nach Frankfurt zurückkommen. Schon sehr bald. Die Aussicht, sie in die Arme schließen zu können, war wie ein verirrter Sonnenstrahl in dem düsteren Nebel, der Anyanas Alltag darstellte. Sie freute sich so sehr auf Timea.

Ein weiteres Knurren Rruzulls, der sich von ihr herunterrollen ließ wie ein Wal, und im Nu war Anyana zurück im Jetzt. Er stand auf, präsentierte ihr seine fetten Hinterbacken und den von Tätowierungen übersäten Rücken, schnappte sich sein Handy und scrollte darauf herum.

War er immer noch sauer?, wunderte sie sich, unschlüssig, ob sie aufstehen oder lieber liegen bleiben sollte, falls er doch noch nicht genug hatte.

Rruzull schlüpfte in seine tomatenroten Boxershorts aus

Seide und telefonierte mit jemandem. Er plapperte in seinem Albanisch, das Anyana ebenso abstoßend fand wie ihn selbst.

Vorsichtig erhob sie sich nun doch vom Bett. Mit einem wachsamen Seitenblick auf Rruzull zog sie sich an. Er beendete das Gespräch und stierte sie an, als hätte er sich eben erst daran erinnert, dass sie existierte.

»Was glotzt du denn so?«, brummte er, dabei war er es, der glotzte.

Sie stieg in ihre hochhackigen Schuhe. »Soll ich jetzt gehen?«

»Von mir aus kannst du auch tot umfallen.«

Als sie die Tür erreichte, warf er ihr noch ein Wort hinterher: »Timea.«

Der Name hing auf merkwürdige Weise im Raum, in dem Rruzulls Schweißgestank wie eine Wolke schwebte.

Anyana drehte sich zu ihm um. »Was ist mit ihr?«

»Du wartest doch bestimmt darauf, dass sie wieder zu uns kommt.«

»Klar, alle haben gesagt, dass Timea …« Sie verstummte und musterte ihn, plötzlich erfüllt von einer schlimmen Ahnung.

»Na ja, sie kommt nun doch nicht. Das hast du noch nicht mitgekriegt, was?«

Es war ein Stich in Anyanas Herz.

»Muss sie in Kassel bleiben?«

Er lachte auf, laut, böse, doch auch ungewohnt unsicher, als wäre etwas vorgefallen, worauf er sich keinen Reim machen konnte. »Das, was von deiner verdammten Timea übrig ist, passt bei meinem alten Onkel in die Pfeife.«

Sie verstand kein Wort und konnte ihn nur ratlos ansehen.

»Kapierst du's nicht, du dummes Huhn?« Er zuckte mit den Achseln. »Timea ist tot.«

Jetzt war es kein Stich. Es war, als würde ihr Körper in der Mitte auseinandergerissen.

»Was?«, fragte sie tonlos.

Rruzull zwängte sich und seinen dicken Bauch in ein T-Shirt. »Irgendjemand versucht uns in die Suppe zu spucken. Und Timea ist dabei draufgegangen. Nicht nur sie. Alle Schlampen, die für den neuen Puff eingeplant waren. Irgendjemand versucht uns an die Wand zu quetschen.« Er schnaufte. »Wenn die Arschlöcher Krieg wollen, können sie ihn haben. Wer immer sie sind, wir machen sie fertig.«

Anyana hörte nicht mehr hin. Die Worte flogen an ihr vorbei, sie war wie versteinert, wie tot.

12

Den Blick stur geradeaus gerichtet, die Kopfhörer auf den Ohren, ging Mara durchs Präsidium. In der Hand hielt sie einen Becher dampfenden Kaffee. Sie kam den eigenen Gedanken kaum hinterher, die in alle möglichen Richtungen schossen, um dann doch immer wieder an derselben dunklen Stelle ihrer Seele zu landen: in einem riesigen Wohnzimmer mit verschiedenen Ebenen, Parkettboden, sündhaft teuren Polstern. Bei der Frau, die dort lag, als würde sie schlafen. Die Arme von sich gestreckt, der Gesichtsausdruck entspannt, fast befreit. Neben ihr kauerte das zierliche zehnjährige Mädchen, das eine Stunde zuvor von der Schule gekommen war und sie seither unentwegt streichelte. Und der Toten immer wieder zuflüsterte: »Alles wird gut, alles wird gut.«

So hatte Mara ihre Mutter gefunden. So war ihre Mutter bei ihr geblieben. Als Leichnam, als Rätsel, als eine Narbe.

Maras Gedanken eilten automatisch auch zu dem Mann, der nun in Untersuchungshaft saß und verdächtigt wurde, einen äußerst brutalen Mord begangen zu haben. Sie fragte sich, ob ihr Vater fähig war, einen Menschen umzubringen. Zu quälen. Beweise zu beseitigen. Und sie fragte sich wie so oft schon, ob dieser großspurige chronische Casanova seine Frau betrogen hatte oder ob die Ehe der beiden gut verlaufen, sogar glücklich gewesen war. Einmal mehr schwelte aber auch Wut auf sich selbst in Mara, Zorn darüber, dass sie das alles viel zu lange in sich verschlossen hatte. Sie hätte viel hartnäckiger versuchen müssen, Antworten auf so viele Fragen zu finden, die auch ihr eigenes Leben betrafen.

Und nun? War es nicht längst zu spät? Wann immer sie

sich zuletzt bemüht hatte, Personen ausfindig zu machen, die Informationen über ihre Eltern, insbesondere ihre Mutter, preisgeben konnten, war sie auf Schweigen gestoßen. Die Vergangenheit schien wie in einer stählernen Truhe aufbewahrt, für immer versiegelt.

In ihrem Büro angekommen, setzte sie sich auf ihren Drehstuhl und trank einen Schluck Kaffee. Den Blick, den Jan Rosen ihr zuwarf, ließ sie an sich abprallen. Seit sie nach dem Besuch bei Christian von Lingert im Präsidium eingetroffen war, hatte ihr Kollege es vermieden, das Thema Edgar Billinsky auch nur anzuschneiden. Ein paar unverfängliche Worte, mehr hatten sie nicht miteinander geredet.

Das Display ihres Bürotelefons zeigte einen nicht angenommenen Anruf. Mara überprüfte die Nummer – sie gehörte Dr. Tsobanelis.

»Frankenstein hat sich bei mir gemeldet«, murmelte sie.

»Als er dich nicht erreicht hat«, erklärte Rosen, »rief er mich an. Er hatte Neuigkeiten. Stichwort Autobombe.«

»Warum sagst du das erst jetzt?«

Entschuldigend hob er die Hand. »Sorry, Billinsky, aber du hast so … abwesend gewirkt.«

»Das täuscht«, gab Mara zurück. »Ich bin so was von anwesend. Also?«

»Stell dir vor, Tsobanelis fand es irrsinnig witzig, im Zusammenhang mit der Autobombe von einem Fingerzeig zu reden.« Es folgte ein Kopfschütteln. »Ich fand seinen Humor ja immer schon gewöhnungsbedürftig.«

»Fingerzeig?«, wiederholte Mara.

»Na ja, jedenfalls wurden die ersten Eindrücke durch die weiteren Untersuchungen bestätigt. Zwei Männer und zwölf Frauen haben sich in dem Kleinlaster befunden. Es lässt sich nicht mit letzter Sicherheit feststellen, aber es scheint, dass alle aus dem osteuropäischen Raum stammen.«

»Rosen?«

»Ja?« Er sah auf und strich sich mit beiden Händen den türkisfarbenen Pullunder glatt, den er über einem dunkelroten Hemd trug.

»Fingerzeig?«, wiederholte Mara drängend.

»Ach so, klar. Jetzt kommen wir zum makabren Teil.« Rosen verzog sein Gesicht. »Du weißt ja, dass sehr viele Leichenteile gefunden wurden. Darunter auch ein Finger. Der Zeigefinger einer Frau.« Er verstummte und machte eine vage Geste.

»Und weiter?«, drängte Mara, deren Geduld mal wieder auf eine typische Jan-Rosen-Probe gestellt wurde.

»Es ist gelungen, von diesem Finger einen Abdruck zu erstellen. Und jetzt kommt das Beste: Beim Abgleich in der Datenbank gab es einen Treffer.«

»Deswegen Fingerzeig«, sagte Mara leise. »Um wen handelt es sich?«

»Um eine gewisse Timea Zamfir. Zwangsprostituierte, aller Wahrscheinlichkeit nach rumänische Staatsbürgerin. Vielleicht ist es ein Falschname, vielleicht auch ihr richtiger. Papiere haben diese Mädchen und Frauen sowieso nie, die Zuhälter nehmen sie ihnen sofort ab. Timea Zamfirs Name wurde bei einer Razzia erfasst, die in mehreren Bordellen im Bahnhofsviertel durchgeführt wurde. Timea Zamfir ist die einzige Person, die zweifelsfrei dem Opel zugeordnet werden kann.«

»Wann fand diese Razzia statt?«

»Das ist eine Weile her: fast ein Dreivierteljahr.«

Mara runzelte nachdenklich die Stirn. »Hast du sonst noch etwas über sie?«

»Nichts. Sie ist dem polizeilichen Netz später wohl wieder entschlüpft, ihr Name taucht nirgendwo mehr auf.«

»Zwei Männer, zwölf Frauen. Eine davon Zwangsprostituierte. Es würde mich wundern, wenn Timea die einzige gewesen wäre. Hm, dann macht es *bumm* – und diese vierzehn Menschen sind zerfetzt.« Mara starrte düster vor sich hin. »Was ist das Motiv?«

Plötzlich stand Klimmt im Türrahmen des Büros. Er machte ein Handzeichen in Maras Richtung und war schon wieder verschwunden.

Sie schüttelte genervt den Kopf. »Immer dieses blöde Gewinke. Als wären wir Rekruten oder Hunde.«

»Ja, ein äußerst liebenswürdiger Mensch.«

»Dann begebe ich mich wohl mal zu der Audienz.«

Als Mara sich gleich darauf vor Klimmts Schreibtisch postierte, wie immer, stand der Hauptkommissar am geöffneten Fenster des Büros und paffte Zigarettenqualm ins Freie. Das Rauchverbot überging er mit jener Sturheit, die auch sonst ziemlich typisch für ihn war.

»Haben Sie die Tür zugemacht, Billinsky?« Er drehte sich nicht einmal zu ihr um.

»Habe ich«, antwortete sie knapp.

Immer noch ohne sie anzusehen, begann er das Gespräch: »Ich schätze mal, von Lingert hat Sie mittlerweile in Kenntnis gesetzt, was den Pfeiffer-Mord angeht.«

»Hat er«, erwiderte sie wieder knapp, ohne Betonung. Obwohl sich im Laufe der Monate das Verhältnis zwischen ihr und ihrem Chef deutlich gebessert hatte und sein Respekt vor ihr gewachsen war, spiegelten ihre Gespräche oft noch diese anfängliche Gereiztheit wider, als wäre ihnen das irgendwie in Fleisch und Blut übergegangen.

»Hören Sie, Billinsky. Ihr Vater ist der Verdächtige Nummer eins. Ich weiß um Ihr Verhältnis zu ihm, und ich will Sie nicht bis zur Halskrause in diese Sache reinziehen und damit quälen. Aber trotzdem: Ein paar Fragen muss ich Ihnen stellen. Und heute bestimmt nicht zum letzten Mal.«

»Na klar. Kein Problem für mich.«

Klimmt schnippte den Zigarettenstummel ins Freie, kippte das Fenster aus und wandte sich um, setzte sich aber nicht hin. Er maß Mara mit einem seiner berüchtigten Blicke und mahlte dabei mit dem Unterkiefer. »Hatten Sie je den Eindruck, Ihr Vater neige zu Gewalt?«

»Nicht physisch«, antwortete sie betont sachlich. »Aber psychisch kann er die Leute ganz schön fertigmachen.«

»Hat er Ihnen gegenüber jemals Gewalt angewendet? Oder gegenüber anderen Personen?«

»Nein.«

Jetzt ließ sich Klimmt doch in seinen Drehstuhl fallen. »Das ist kein verdammtes Stasi-Verhör, nehmen Sie Platz!«

Mara setzte sich.

»Billinsky, Sie kennen Ihren Vater, ich kenne ihn. Nun ja, zumindest ein wenig. Und so nehme ich an, es hat Sie nicht erstaunt, dass er eine Prostituierte besucht hat.«

»Machen Sie Scherze?« Mara winkte ab. »Es würde mich erstaunen, wenn er es *nicht* täte.«

»Ganz offen: Ist Ihnen bekannt, dass er auf sexuellem Gebiet zu sadistischen Spielchen neigt?«

»Ganz offen: Nein, das ist mir nicht bekannt. Und ich will es auch gar nicht wissen, das können Sie mir glauben.«

So ging es noch einige Minuten weiter, bis Klimmt meinte: »Wie es scheint, haben Sie nichts zu sagen, was Ihren Vater belastet.«

»Wohl auch nichts, was ihn sonderlich entlastet.« Grüblerisch starrte Mara vor sich hin. »Der emotionale Abstand zwischen uns ist einfach zu groß geworden. Und das ist wohl auch besser so. Für uns beide.«

»Übrigens, wenn Sie sich ein paar Tage freinehmen möchten …«

Ihr Kinn ruckte hoch. »Bloß nicht.« Sie schüttelte den Kopf. »Zu Hause käme ich mir vor wie im Knast.«

»Okay, Billinsky, wie Sie wollen.«

Sie sahen sich an, nickten einander zu. Ein Moment stillen Einvernehmens, auch das gab es zwischen ihnen.

Als Mara wieder in ihr Büro kam, wurde sie von Rosen bereits erwartet, wie sein aufgeregter Gesichtsausdruck erkennen ließ. »Ich habe etwas«, rief er.

»Lass hören!« Mara stellte sich neben seinen Platz.

»Also, ich habe mich in der Zwischenzeit ...« Er hielt inne, sah von seinem Platz hoch zu ihr. »Wie war's? Alles in Ordnung?«

»Nun erzähl schon, Rosen!«

»Also, die Razzia, die ich vorhin im Zusammenhang mit Timea Zamfir erwähnt habe. Ich hab mich noch einmal ausführlicher damit auseinandergesetzt. Es war ein ziemlich großes Ding, was die Kollegen im Bahnhofsviertel abgezogen haben. Sie stürmten in Bordelle, besetzten Kneipen, Wettbüros, Spielhallen und Häuser, von denen man annahm, dass dort illegale Prostitution und Drogenhandel stattfand. Auf den Straßen wurden Passanten angehalten, um Personalien aufzunehmen. In den Bordellen war auch die Steuerfahndung dabei.«

»Klar, jetzt erinnere ich mich daran«, sagte sie leise.

»Das Schauspiel dauerte bis drei Uhr morgens. Mehr als tausend Menschen wurden kontrolliert, zahlreiche Waffen sichergestellt, über zwanzig Festnahmen erfolgten. Dabei sind auch einige Frauen aufgegriffen worden, die sich illegal im Land aufhielten.«

»Zwangsprostituierte«, warf Mara ein. »Darunter Timea Zamfir.«

»Und eine weitere junge Frau namens Anyana Lupescu. Aus den Berichten geht hervor, dass Anyana und Timea sich nicht nur kannten, sondern Freundinnen waren. Beide gehörten zu den bemitleidenswerten Ladys, die in Zwölf-Stunden-Schichten auf den Straßen ihre Dienste anbieten. Von zehn Euro aufwärts an. Ein Preis, der sich bei den Freiern schnell herumgesprochen hat. In Internetforen tauschen sie sich darüber aus und geben Empfehlungen hinsichtlich der

Mädchen ab. Aber nicht nur auf der Straße: Beide Frauen mussten anscheinend auch in den Puffs beim Bahnhof anschaffen.«

»Du willst mir also sagen, Anyana gehört ebenfalls zu den Frauen, die durch die Autobombe gestorben sind.«

»Nein, es gibt keinen Hinweis darauf, dass Anyana sich in dem Opel befunden hat. Sie ist erst vor Kurzem noch mal auffällig geworden, bei einer weiteren Personenkontrolle. Da ist es ihr allerdings gelungen, sich aus dem Staub zu machen. Übrigens, aus einer Notiz geht hervor, dass Anyana über ein besonders Merkmal verfügt. Ein auffälliges herzförmiges Muttermal auf dem linken Wangenknochen.«

Mara sah ihn an. »Du meinst, wir sollten uns mal wieder im wunderschönen Bahnhofsviertel umschauen.«

Unschlüssig breitete er die Arme aus »Von Timea zu Anyana, das könnte der Weg sein.«

»Und von Anyana«, fuhr Mara fragend fort, »zu den Hintergründen unseres Verbrechens?«

»Hast du eine bessere Idee?«

»Ein winziges Herzchen im großen Bahnhofsviertel. Klingt alles andere als vielversprechend.«

»Du bist doch sonst immer die Optimistin.« Rosen kratzte sich am Hinterkopf. »Tja, Billinsky, es geht eben wieder einmal um die berühmte Stecknadel im Heuhaufen.«

»Eher in der Jauchegrube.« Mara lächelte schief. »Dann mal los, Kollege!«

13

Der Abend ging in die Nacht über, und mit der immer dichter werdenden Dunkelheit begann das Leben in diesen Straßen. Unter die harmlosen Touristen, Spießer und Gruppen betrunkener Studenten mischten sich jede Menge undurchsichtiger Gestalten, die aus ihren Rattenlöchern gekrochen kamen. Es wurde enger auf den Bürgersteigen, unübersichtlicher, es wurde gelacht, gegrölt, gestritten, alle möglichen Sprachen erklangen. Die Autos kamen im dichten Verkehr nur langsam voran, Stoßstange an Stoßstange, Fahrer ließen die Motoren genervt im Leerlauf röhren. Flaschen, die aus den Händen der Besoffenen glitten, zersplitterten. Es roch nach Döner, Pommesfett, Benzin. Unzählige Fenster waren rot erleuchtet, während die grellen, bunten Neonlichter über den Eingängen bis hinauf in den klaren Abendhimmel stachen und über harte Gesichter wischten, deren Augen nichts entging.

Mit allen Wassern gewaschene Verbrecher, schmierige Freier, Zuhälter, stöckelnde Huren, Transvestiten, Taschendiebe, Dealer und ihre zitternde, wankende Kundschaft, sie alle waren unterwegs. Kaum eine Nacht ohne Polizeieinsatz. Überall Einwegspritzen, Scherben, Abfall. Dazu die vielen Obdachlosen, die die Passanten um ein paar Cent anschnorrten.

Vor den Stripschuppen standen bullige Rausschmeißer, die wie Zyklopen ihr Reich bewachten und gleichzeitig mit schmeichlerischen Sprüchen zum Eintreten aufforderten. Drinnen räkelten sich nackte Körper auf kleinen Bühnen zu dumpfen Elektrobeats, unentwegt stumm begafft von den

Gästen. Die Musik schallte bis nach draußen und vermischte sich mit dem Lärm, der schwer über dem Gewimmel lag.

Zwei Tage lang waren Mara Billinsky und Jan Rosen die Straßen abgelaufen, die Kneipen, die unauffälligen Ecken, in denen sie sich mit dem einen oder anderen Spitzel treffen konnten. Sie hatten Huren befragt, Barkeeper, Taxifahrer, Stripperinnen. Sie hatten die Augen offen gehalten. Weser-, Taunus-, Elbe-, Moselstraße, stets mit demselben Resultat: Nichts und wieder nichts.

Abgespannt betraten sie *Henry's Pinte*. Die leicht heruntergekommene Bierkneipe war auf den ersten Blick recht unscheinbar, galt jedoch im Viertel als wichtige Anlaufstelle. Hier wurden keine Drogen, Waffen oder geklauter Schmuck unter den Tischplatten weitergereicht, aber hier wurden Neuigkeiten verbreitet, Unstimmigkeiten ausgeräumt, Warnungen ausgesprochen. Fünfzig bis sechzig enge, muffige Quadratmeter, deren Zentrum von einem Viereckstresen eingenommen wurde, rechts und links davon Nischen. In der letzten freien davon nahmen Mara und Rosen einander gegenüber Platz.

Es war Maras Vorschlag gewesen, nach einem schnell im Gehen verzehrten *Lahmacun* noch etwas in *Henry's Pinte* zu trinken. Damit hatte sie sich selbst überrascht, denn die Kneipe, ja eigentlich das gesamte Viertel, war Carlos Borkes Revier gewesen. Alles hier erinnerte sie irgendwie an ihn, und in solchen Momenten wurde ihr bewusst, wie sehr er ihr fehlte. Es war nicht oft in ihrem Leben vorgekommen, dass sie bei einem Mann das Gefühl erfasst hatte, auf einen Seelenverwandten zu treffen.

Die Getränke wurden serviert, Orangensaft für Rosen, der einzige Rotwein auf der kleinen Karte für Mara. Die Kneipe war voll mit dem üblichen Gesindel: Huren, die eine Pause einlegen durften, Zuhälter, die darauf achteten, dass die Pause nicht zu lang wurde, zwielichtige Typen in Seidenanzügen, die ihre miesen Geschäfte absprachen, aber auch bullige Männer fürs Grobe.

Mara trank einen Schluck und sah, dass Rosen sich über ihren Gesichtsausdruck amüsierte. »Köstlicher Tropfen?«, fragte er.

»Überaus köstlich.« Mara schüttelte sich. »Jedenfalls wenn man auf Essig steht.«

Mit einem Schmunzeln meinte er: »Weißt du was? Anfangs konnte ich dich überhaupt nicht leiden.«

»Anfangs können das die wenigsten. Und daran ändert sich dann auch nix.«

»Ach komm, Billinsky, sooo schlimm bist du ja gar nicht.« Sein Ausdruck wurde ernster. »Was mich aber bei dir wundert, ist eine bestimmte Sache.«

»Nur eine?«

»*Vor allem* eine.« Er nippte an seinem Saft. »Nämlich folgende: dass dir das alles wirklich Spaß macht. Oder zumindest, dass es dich nicht anwidert.«

Sie zog ihre Augenbraue in die Höhe. »Was meinst du?«

»Zum Beispiel die letzten zwei Tage. Mich macht das völlig fertig, in diese Welt hier einzutauchen, sich Stunde um Stunde die Füße abzulatschen, Fragen zu stellen, keine Antworten zu kriegen, dabei auch noch blöd angequatscht und beleidigt zu werden. Ständig das Gefühl zu haben, dass dich irgendeiner anglotzt, der dir am liebsten einen Dolch in den Rücken jagen würde.« Er verdrehte die Augen. »*Das* meine ich.«

»Na ja, als Spaß würde ich es auch nicht bezeichnen.« Mara musterte ihn nachdenklich. »Aber ja, ich gebe zu, dass mich so etwas anzieht. Auf irgendeine perverse Art.« Sie musste lachen. »Ich habe dann das Gefühl, mitten im Leben zu sein, das Blut rauscht mir schneller durch die Adern. Orte wie das Bahnhofsviertel hatten immer einen Reiz für mich, mehr als jeder Schickimicki-Bezirk. Du weißt ja, ich war nie die Kandidatin fürs Mädchenpensionat. Selbst wenn ich an meine ersten Einsätze als junge Polizistin hier zurückdenke, will ich eigentlich nichts anderes machen. Himmelarsch, ich weiß noch, wie es war, wenn wir so eine halbdunkle Bude stürmten, die Typen an die Wände klatschen und durchsuchen mussten. Diese fluchenden Großmäuler, die dir drohen, deine Knochen zu brechen.« Sie winkte ab. »Halt mich von mir aus für komplett verrückt, Rosen, aber ich glaube, ich bin einfach gern Bulle. Ich hatte das Gefühl, irgendwie angekommen zu sein, überhaupt zum ersten Mal im Leben. Jetzt diese Anyana Lupescu zu suchen, damit könnte ich auch immer weitermachen. Es dauert lange, bis ich müde werde.«

»Das stimmt, ich könnte im Gehen einpennen, und du wirkst noch ziemlich fit. Wenn man bedenkt, dass wir ständig auf den Beinen waren und in beiden Nächten nur ein paar Stunden geschlafen haben.«

»Es ist deine Idee gewesen, das Herz-Muttermal zu suchen.« Jetzt war es Mara, die schmunzelte. »Schon vergessen?«

»Mal im Ernst: Wie lange willst du noch weitermachen? Wir verlieren jede Menge Zeit und kommen keinen Schritt weiter.«

Mara zuckte mit den Schultern. »So lange, bis wir einen anderen Anhaltspunkt haben als Anyana.« Sie bestellte ein Bier, der Wein war wirklich schauderhaft. »Aber für heute können wir ja Schluss machen.«

»Nichts dagegen.« Rosen gab sich keine Mühe, seine Erleichterung zu verheimlichen.

Mara scrollte in ihrem Handy. Aus der Innentasche ihrer Jacke förderte sie einige Blätter mit Notizen zutage, die sie ebenfalls betrachtete. Obwohl sie sich in den zurückliegenden Tagen kaum einen ruhigen Moment gegönnt hatten, war es ihr gelungen, die zuletzt begonnenen Recherchen weiter voranzutreiben. Ganz egal, wie viele Warnungen Gernot Grigoleit auch aussprechen mochte, sie hatte sich längst entschieden, nicht aufzugeben. Es war wohl gar keine wirkliche Entscheidung gewesen, eher ein Zwang. So trug sie die Notizen mit sich herum, die sie vor Jahren aufgeschrieben hatte, als sie kurz nach ihrem Einstieg als Polizistin schon einmal versucht hatte, irgendetwas herauszufinden, das im Zusammenhang mit dem Tod ihrer Mutter stand. Und bereits damals gegen Wände gerannt war.

Sie trank von ihrem Bier, überprüfte die notierten Namen und checkte gleichzeitig aktuelle Einträge in den Online-Telefonbüchern. Oft genug hatte das nichts gebracht, jetzt allerdings stach ihr ein Name ins Auge. Auch er war eine jener Wände gewesen, gegen die sie gerannt war. Sollte sich daran tatsächlich etwas geändert haben? Automatisch setzte sie sich kerzengerade auf.

»Was machst du da eigentlich?«, wollte Rosen wissen.

»Mit einem Spaten die Vergangenheit umgraben«, murmelte sie.

Nur mit halbem Ohr hörte sie, wie er noch sagte: »Du bist wirklich ein seltsamer Mensch, Billinsky.«

Hastig, als dürfte sie sich keine Sekunde Zeit lassen, schrieb sie sich die eben entdeckte Telefonnummer mitsamt dazugehörender Adresse auf. In Großbuchstaben kam der Name darunter, zweimal unterstrichen: HEIDI ESSWEIN. Etwa doch eine Spur? Eine alte Sackgasse, die sich völlig unvermutet auftat und einen neuen Weg frei machte?

Nur nicht zu viel erwarten, ermahnte sie sich in Gedanken.

Als sie sich wenig später, erneut inmitten des engen Straßengewirrs, von Rosen verabschiedet hatte, schlug sie den Weg zu ihrem am Rand des Viertels geparkten Alfa ein. Doch plötzlich verspürte sie wieder Unruhe, oder vielleicht hatte sie auch einfach nur das Bier munter gemacht. Jedenfalls beschloss sie, eine weitere Runde zu drehen. Mit Rosen hatte sie zuvor schon jede Menge Etablissements aufgesucht, aber einmal reichte ja doch nie aus.

Inzwischen war es weit nach Mitternacht. Kürzlich noch hatte ein scheinbar endloser Winter Frankfurt im Griff gehabt, und jetzt wurde der Frühling fast schon übersprungen. Praktisch von einem Tag auf den anderen war es überraschend warm geworden. Mara fand, in dieser Stadt war es immer entweder so hundekalt, dass man sich den Hintern abfror, oder die Luft derart schwül und klebrig, dass man in Strömen schwitzte.

Immer noch wogten die Massen rechts und links der Straßen auf den Bürgersteigen. Maras Blick verlor sich zwischen all den Menschen. Sie musste an ihren Vater denken. Wie sie erfahren hatte, gehörte er noch zu den Verdächtigen im Mordfall Sabine Pfeiffer, doch auf Betreiben seines Rechtsanwalts war er gegen eine Kautionszahlung und mit der Auflage, nicht die Stadt zu verlassen, vorerst wieder auf freien Fuß gekommen.

Der Signalton ihres Handys erklang, Mara zog es aus der Innentasche ihrer Lederjacke. Sie stellte sich etwas abseits der vorbeiströmenden Menschen vor den Eingang eines jetzt geschlossenen Shops mit Sexspielzeug. Ein Blick aufs Display zeigte ihr, dass der Anrufer seine Nummer unterdrücken ließ.

»Hallo?« Ihre Stimme hatte es nicht leicht, sich gegen den üblichen Lärmpegel des Viertels durchzusetzen.

»Einen wunderschönen Abend!« Ein raues, spöttisches Lachen ertönte, und Mara wusste sofort, mit wem sie es zu tun hatte. Wie zum Teufel war er an ihre Handynummer gekommen?

»Sieh mal an, der russische Wolf«, sagte sie.

Eine Horde Betrunkener zog lallend an ihr vorüber.

»Falsch, Billinsky, *ich* bin nicht der Wolf. Aber ich weiß, dass er durch die Stadt zieht.« Mit seiner unverkennbaren heiseren Stimme, die Mara trotz der Wärme beinahe frösteln ließ, fuhr der Mann fort: »Übrigens, wollen Sie sich nicht bei mir bedanken? Mein Tipp hat Ihnen doch sehr geholfen. Stichwort Spedition Stoberg.«

»Meinen Kollegen hat er sehr geholfen. Sagen Sie mir, bei wem sie sich bedanken sollen, und ich richte es gern aus.«

Er lachte erneut auf. »Nicht nötig, ich bin sowieso eher der selbstlose Typ.«

»Ganz bestimmt«, sagte Mara sarkastisch. Sie musste sich konzentrieren, um den Fremden angesichts des Rummels ringsum verstehen zu können.

»Wie geht es Ihnen, Billinsky? Unermüdlich sind Sie mit diesem Spargeltarzan rund um den Hauptbahnhof unterwegs. Das ist Ihr Kollege, nicht wahr? Was für einen mühevollen Beruf Sie sich ausgesucht haben. Und? Haben Sie etwas erreicht? Nicht das Geringste, wie ich so höre.«

Mara zuckte zusammen, ihr Blick stach in die Umgebung. Woher wusste der Mann so gut Bescheid? Er schien sie zu beobachten – doch aus welchem Grund? Plötzlich war es sehr beruhigend, dass sie ihre Dienstwaffe mittlerweile zurückerhalten hatte und bei sich trug.

»Und der ganze Aufwand«, kam es aus ihrem Handy, »wegen dieser kleinen rumänischen Hure.«

Mara sah sich erneut um und pfiff dabei leise durch die Zähne. Der Kerl wusste also noch viel mehr. »Mein Kompliment. Sie sind ziemlich gut im Bilde.«

»Sie leider nicht.« Erneut lachte er. »Ich habe mitbekommen, dass Sie sich überall nach einem Mädchen mit einem Herzchen auf der Wange erkundigen. Immer dieselbe Frage und immer dieselbe Antwort. Nämlich keine.«

»Vielleicht haben Sie ja eine.«

»Ja, vielleicht.« Seine Stimme wurde eindringlicher, schärfer. »Aber zunächst muss ich Ihnen sagen, dass ich enttäuscht bin von Ihnen und Ihren Kollegen. Da liefere ich

Ihnen die bösen Jungs auf dem Silbertablett – und was machen Sie daraus? Gar nichts!«

»Sie meinen wieder die Aktion bei der Spedition?«, fragte Mara. »Es gab Festnahmen, und diese Männer werden ganz sicher verurteilt werden. Wir machen durchaus was draus.«

»Aber Sie hören schon wieder auf. Bleiben Sie dran! Die Albaner haben das Drogengeschäft abgezogen.« Sein Akzent sorgte dafür, dass jedes R hart rollte.

»Das wissen wir doch.« *Worauf will er hinaus?*, fragte sich Mara stumm.

»Die Albaner ziehen noch ganz andere Dinger ab.«

»Geht's auch etwas genauer?«

Sein raues, bösartiges Lachen erklang erneut. »Viel genauer sogar, Billinsky.« Er räusperte sich. »Das Mädchen mit dem Herzchen im Gesicht. Vorhin, als Sie und Spargeltarzan in *Henry's Pinte* waren …«

Das weißt du also auch, dachte Mara dumpf.

»… da waren Sie nur ein paar Hundert Meter Luftlinie von der Süßen entfernt.«

»Und das soll ich glauben?« Mara bemühte sich, so unbeeindruckt und gelassen wie möglich zu klingen.

Wieder wurde er leiser: »An der Spedition Stoberg haben Sie bestimmt auch gezweifelt. Also, sperren Sie Ihre Öhrchen auf.« Im Stakkato nannte er den Namen eines Bordells und wann die Frau mit dem auffälligen Muttermal angeblich Schichtende hatte.

»Nach fünf Uhr wird sie den Puff mit ein paar anderen Mädchen durch die Hintertür verlassen«, fügte er nachdrücklich an. »Genau gegenüber befindet sich ein heruntergekommenes Haus, in dem sie ein Zimmer bewohnt. Billinsky, nutzen Sie Ihre Chance! Schnappen Sie sich die Kleine, die Sie so verzweifelt suchen. Aber noch wichtiger: Schnappen Sie sich die Albaner.« Er lachte leise. »Und zweifeln Sie nicht mehr an mir.«

Im nächsten Moment beendete er die Verbindung.

Mara atmete tief durch. Fünf Uhr hatte er gesagt. Noch über zweieinhalb Stunden bis dahin. Aber sie stellte sich keinen Moment lang die Frage, ob sie so lange warten würde.

Sie brachte die Zeit herum, indem sie in Bewegung blieb, die Augen offen hielt und sich jedes Mal, wenn sich Müdigkeit anschlich, einen Coffee-to-go besorgte.

Kurz vor fünf Uhr fand sich sie sich schließlich in unmittelbarer Nähe des Hinterhofs ein. Es war deutlich kälter geworden. Sie postierte sich, abgeschirmt von einem rollbaren Müllcontainer, auf der gegenüberliegenden Straßenseite und behielt den Hintereingang des Bordells im Blick. Der Kaffee rumorte in ihrem Magen. Der Krach aus den Straßenzügen des Viertels war schwächer geworden und drang gedämpft bis hierher.

Was mochte der Tipp des unbekannten Anrufers diesmal wert sein?

Der Schimmer der zahllosen Lichter Frankfurts schmiegte sich an das Dunkel des Himmels, der am Horizont bleigrau aufzuweichen begann.

Es war fast halb sechs, als der Hintereingang sich öffnete. Drei Frauen stöckelten auf hohen Absätzen ins Freie, blondiert, jung, in knappen Miniröcken. Sie redeten nicht miteinander, jede gähnte und starrte vor sich hin. Ein Mann, der die Tür zuknallen ließ, folgte ihnen, ein kleiner, aber auffallend stämmiger, dickbäuchiger Kerl in Jeans und hellem Hoody, an dessen Halsausschnitt eine dunkle Tätowierung zum Vorschein kam. Sicherlich ein Aufpasser, der dafür zu sorgen hatte, dass die Frauen dorthin gingen, wohin sie sollten – offenbar zu dem hässlichen Wohnblock auf der Seite der Straße, wo Mara sich hingestellt hatte.

Mara löste sich aus dem Schatten des Müllcontainers und bewegte sich langsam auf die Gruppe zu, die die Straße fast überquert hatte. Nach ein paar zielstrebig zurückgelegten

Schritten war sie nahe genug, um Einzelheiten in den Gesichtern erkennen zu können.

Die Frau in der Mitte. Sie war es. Das Muttermal war tatsächlich nicht zu übersehen.

Mara blieb abrupt stehen. *»Halt!«* Ihre Stimme hallte klar und bestimmt durch die vergehende Nacht. Die rechte Hand legte sie auf ihre Pistole im Hüftholster, ließ sie aber dort.

14

Die Gruppe stoppte. Der Mann trat aus dem Hintergrund vor die drei Frauen.

Er war kaum größer als Mara und musterte sie aus kleinen argwöhnischen Augen. Seine Glatze schimmerte matt in der Dunkelheit. Breite Schultern, Fettbauch, massige Fäuste, die geballt wurden. Er war in Alarmbereitschaft.

»Verpiss dich, Schlampe!«, herrschte er Mara an.

»Polizei«, erwiderte sie betont gelassen. »Nur eine Personenkontrolle.«

Er lachte. »Willst du mich verarschen, schwarze Witwe, oder was soll das?«

Mara deutete auf die Frau mit dem Muttermal. »Bitte kommen Sie her, ich möchte Ihnen ein paar Fragen stellen.«

Der Aufpasser eilte plötzlich auf sie zu. Er wollte mit der Faust zuschlagen, Mara tauchte unter dem Hieb weg, zog blitzschnell ihre Pistole und versetzte ihm mit dem Lauf einen Treffer seitlich am Kopf. Der Kerl wankte, fiel aber nicht. Mara schlug noch einmal zu, und mit einem Röcheln sank er zu Boden.

Eine der Frauen stieß ein paar Laute in einer fremden Sprache aus, offenbar ein Kommando. Sie begannen zu rennen, jede in eine andere Richtung. Mara folgte der Frau mit dem Muttermal, die im Laufen ihre Stöckelschuhe loswurde und sofort schneller vorankam. Ihre bloßen Sohlen verursachten klatschende Geräusche auf dem Asphalt.

Mara spürte die kalte Luft, die in ihre Lungen biss, und blieb dran. Um die nächste Ecke in eine Seitengasse, zwischen eng geparkten Autos hindurch. In einer weiteren schmalen Gasse holte sie die Flüchtende ein und hielt mit der freien Hand deren Jackenzipfel fest. Fast wären sie übereinandergestolpert. Die Frau wirbelte herum, schlug wild um sich und versuchte Mara zu treten, die rasch einen Arm zu fassen bekam und ihn ihr hart auf den Rücken drehte.

Die Frau wimmerte auf, warf ihr alle möglichen Schimpfwörter an den Kopf.

Mara drängte sie an eine Hauswand. »Schluss jetzt!«, sagte sie. »Ihnen passiert schon nix, vertrauen Sie mir.«

»Ich scheiß auf dich!« Osteuropäischer Akzent, eine Stimme, die so hart klang, dass sie gar nicht zu dem hübschen Gesicht passte. Schon wieder regneten Beleidigungen auf Mara herab.

Sie hob die Waffe an, die sie die ganze Zeit über in der Rechten behalten hatte, und erst das brachte die Frau zum Verstummen.

Mit einem raschen Blick vergewisserte sich Mara, dass sie allein in der Gasse waren und der Kerl mit dem Stiernacken ihnen nicht gefolgt war.

Zum Glück herrschte Stille, niemand war zu entdecken.

»*Du* bist doch ganz sicher keine Bullenschlampe. Wer bist du? Was willst du von mir?«

Mara hielt der Frau ihren Dienstausweis unter die Nase und ließ ihn gleich wieder verschwinden. Die Pistole steckte sie nicht weg. Sie musterte sie eingehend. Keine Frage, sehr attraktiv war sie, schlank, sexy, ein Stück größer als Mara, viel kurviger, im Moment allerdings auch müde und wie überrollt von der Situation.

»Freut mich, Sie kennenzulernen, Anyana Lupescu.«

Die Frau starrte argwöhnisch zurück. »Ich bin nicht Anyana. Kenne keine Anyana.«

»Verstehe, Sie haben ihr nur das Muttermal geklaut.« Mara warf erneut einen prüfenden Blick in alle Richtungen. »Dann haben Sie wohl auch nie von einer Timea Zamfir gehört?«

Die Frau zuckte zusammen, als würde ihr allein das Nennen des Namens einen schmerzhaften Stich versetzen. Sie senkte die Lider. »Lassen Sie mich gehen«, bat sie, verhaltener als zuvor. Ihr Akzent drang stark durch.

Das stumpfe Grau des Himmels nahm an Helligkeit zu, eine knisternde Ruhe lag in der morgendlich klaren Luft.

»Sie wissen, was Timea passiert ist, nicht wahr?« Maras Tonfall wurde eindringlicher: »Es tut mir leid.«

»Einen Scheiß tut es Ihnen.« Anyanas schöne blaue Augen waren nach wie vor auf den Asphalt gerichtet, das blond gefärbte lange Haar hing ihr wirr ins Gesicht. Sie hatte einen nackten Fuß auf den anderen gelegt, mit der Schulter drückte sie sich an die Wand.

»Wer ist außer Timea in diesem Auto gestorben? Ich brauche Namen.«

»Und wen kümmert, was ich brauche?«

»Ich kann Ihnen helfen.«

»Einen verfickten Scheißdreck können Sie.«

»Zwei Männer und zwölf Frauen. Tot. Von einer Sekunde auf die andere.«

Anyana gab einen verächtlichen Laut von sich »Um die Typen ist es nicht schade.«

»Wer waren sie?«

»Miese Schweine.«

»Wie hießen sie?«

»Ich weiß nur ihre Vornamen: Altin und Mergim.«

»Waren die anderen Frauen Huren, genau wie Timea?«

Anyana nickte mit finsterem Gesicht. »Vieh kann man auch sagen. Einfach nur Vieh. Wie ich. Wie wir alle.«

»Warum mussten sie sterben?«

»Ich weiß nicht.« Die junge Frau trat nun mit dem unteren Fuß auf den oberen.

»Anyana, mir ist klar, dass Ihnen kalt ist. Dass Sie Angst haben. Ich will nur ein paar einfache Antworten.«

»Es gibt keine einfachen Antworten.«

»Dann will ich die komplizierten.« Mara trat noch näher an die Frau heran, so dicht, dass sie die Todesfurcht in deren Augen sehen konnte. »Warum mussten sie sterben?«

»Weil ein Schwein gegen ein anderes Schwein Krieg führt.« Anyana winkte unwirsch ab. »Ja, weil hier ein Scheißkrieg herrscht. Jedes Wort, das man sagt, kann den Tod bedeuten. Nicht nur euch Bullen gegenüber. Man darf mit niemandem reden, man muss die Schnauze halten.«

»Zu wem gehörten Timea und die Frauen? Wer waren ihre Zuhälter?«

»Das weiß ich nicht«, erwiderte Anyana mit zitternder Stimme.

»Dieselben Zuhälter, denen Sie gehören, richtig?«

Genau wie zuvor senkte Anyana den Blick.

»Ihre Zuhälter«, fuhr sie fort, »wie heißen sie?«

Keine Antwort.

»Was war mit Timea? Sie war Ihre Freundin, das ist doch richtig, nicht wahr? Wollen Sie nicht einmal ihr zuliebe eine Antwort geben?«

Mara sah, dass Anyana sich einen Ruck gab. »Timea war meine Freundin, das stimmt. Sie ist vor einiger Zeit weiterverkauft worden. Von einem Schwein an ein anderes. Von Frankfurt nach Kassel. Jetzt wurde sie zurückgekauft. Mit den anderen Frauen. Sie sollte nach Frankfurt kommen, um wieder hier anzuschaffen.«

»Wer hat Timea zurückgekauft?« Maras Stimme wurde leiser. »Helfen Sie mir, Ihnen zu helfen! Sagen Sie mir, wer die Männer sind, sonst kann niemand etwas gegen sie unternehmen.«

»Lassen Sie mich gehen, wenn ich Ihnen einen Tipp gebe?«

»Einen Tipp? Ich brauche Namen.« Mara schob ihre Waffe zurück ins Holster.

Anyana richtete ihre Augen zum ersten Mal ganz offen auf Mara. »Lassen Sie mich dann gehen?«

»Anyana, Sie sind illegal im Land. Wenn Sie sich wieder in die Hände der Männer begeben …«

»Lassen Sie mich gehen, ja?«, unterbrach Anyana sie.

»Anyana, ich kann …«

»Geben Sie mir einen Zettel und einen Stift«, unterbrach die Frau sie erneut.

Erst sah Mara sie verdutzt an, dann zog sie Kugelschreiber und Notizen aus der Innentasche. »Hier, schreiben Sie auf die Rückseite.«

»Ich schreibe nichts.«

Erwartungsvoll verfolgte Mara, wie Anyana mit schnellen Strichen etwas skizzierte. Dann nahm sie das Papier wieder entgegen. »Und das soll mir helfen?«

»Mehr werden Sie von mir nicht erfahren.« Jetzt lag Entschlossenheit in Anyanas Ton.

Im nächsten Moment zerschnitt ein Ruf die Stille: *»Anyana!«*

Mara wirbelte herum.

Der kleine, kräftige Kerl mit der Glatze schritt die Gasse herunter auf sie zu. Allerdings nicht mehr allein. Rechts von ihm gingen zwei große Gestalten.

»Scheiße«, flüsterte Anyana ganz leise. Dann sagte sie lauter in Richtung der Männer: »Ich habe ihr nichts gesagt, glaub mir. *Kein Wort!*«

Zehn Meter von ihnen entfernt, blieben die drei stehen.

Zwei hielten Pistolen in den Händen, der dritte einen Teleskopstock, wie er auch zur Polizeiausrüstung gehörte. Mit einem Klacken ließ er ihn aufschnappen.

Mara zog ihre Waffe aus dem Holster, richtete sie aber nicht auf die Fremden, sondern ließ sie locker an der Seite herabbaumeln.

»Anyana, komm zu uns!«, befahl der Typ mit der Glatze.

Die junge Frau gehorchte sofort und schlich auf ihren bloßen Füßen zu ihnen herüber.

»Bist du wirklich ein Bulle, schwarze Witwe?«, fragte er Mara.

»Und du? Bist du wirklich ein Vollidiot?«

Zorn blitzte in den kleinen Augen des Dicken auf, dann aber schien er bemüht, sich zu beherrschen. »Wir verschwinden jetzt. Und dir, Bulle, rate ich, uns nicht zu folgen. Lass meine Mädchen in Frieden, um die kümmere ich mich, niemand sonst.« Er drehte sich um, packte Anyana hart am Arm und stampfte in die Richtung davon, aus der er aufgetaucht war, wobei er die Frau mit sich zerrte. Seine Begleiter zogen sich ebenfalls zurück, ohne die Augen von Mara zu lassen.

Sie stand da, die Waffe nach wie vor in der Hand, über ihr der nackte, grau marmorierte Himmel.

15

Das Klingeln des Telefons im Flur vermischte sich mit dem Kreischen der Vögel.

Heidi Esswein erhob sich von dem alten Sessel mit dem abgewetzten Stoffbezug, und die Federn quietschten.

»Seid still, ihr vier!«, rief die alte Frau mit gespielter Strenge.

Die beiden Wellensittiche, der Kanarienvogel und der Papagei schrien gleich noch schriller, und Heidi Esswein hatte noch mehr zu schimpfen. Sie wusste, dass ihr das wieder Ärger mit den Nachbarn und dem Vermieter einbringen würde, aber sich von Kiri, Pucki, Mäxchen und Pablo zu trennen – das käme niemals infrage für sie.

Kopfschüttelnd kämpfte sie sich durch den Krimkrams, der ihr Wohnzimmer füllte, dann vorbei an den halb ausgepackten Umzugskartons. Schon seit Wochen standen die Dinger so herum, mitten im Weg, aber es fiel ihr immer schwerer, an einer Sache dranzubleiben.

Heidi Esswein redete noch weiter mit den Vögeln, als sie den Hörer abnahm. Sie musste sich erst mal konzentrieren, was eine zusehends größere Herausforderung für sie darstellte.

Aus dem Telefon drang Stille. War da überhaupt jemand dran?

»Esswein«, sagte sie leise, als wäre es ihr lieber, man könnte sie nicht hören.

»Guten Tag, Frau Esswein! Ich hoffe, Sie sind wohlauf.«

Die männliche Stimme klang nach Wohlstand, Karriere, Erfolg. Und sie klang hart.

»Äh, ja?«

»Frau Esswein, auch wenn es lang her ist: Sie wissen, wer ich bin, oder?«

Irgendwo in ihrem Kopf glomm die Erinnerung. Ja, sie wusste es tatsächlich. Und sie war völlig verblüfft.

»Ich habe gehört«, fuhr der Mann fort, »dass Sie wieder in Frankfurt sind.«

Wie konnte man davon hören?, fragte sie sich. Und überhaupt: Was kümmerte es ihn, was sie tat? Einen Job würde er ihr gewiss nicht anbieten, die Zeiten waren vorüber für sie, ein für alle Mal. Sie fragte sich ohnehin, wie sie und die Vögel mit der dürftigen Rente durchkommen sollten.

»Sind Sie noch da, Frau Esswein?«

»Ja«, hörte sie sich antworten, sie war ganz durcheinander.

»Ich möchte Ihnen etwas mitteilen. Sozusagen eine Mischung aus gutem Rat und bescheidener Bitte.«

Wovon redete er? Was wollte er?

»Hören Sie zu, Frau Esswein. Falls eine gewisse Mara Billinsky Sie kontaktieren sollte …« Er ließ den Satz offen.

Sie wusste weder ein noch aus. »Äh …«

»Sie sind ein wenig verwirrt, nicht wahr?«

Sie schwieg.

»Und das mit gutem Recht, Frau Esswein.« In plötzlich schärferem Ton fügte er an: »Oder hat Mara Billinsky etwa schon Kontakt mit Ihnen aufgenommen?«

»Äh, nein, nein«, stammelte Heidi Esswein. Erneut wurde sie von einer Erinnerung überfallen. Das kleine schwarzhaarige Mädchen, das immer so schlagfertig gewesen war. Das Kind mit der schönen Mutter. Ja. Noch mehr Bilder von früher setzten sich in ihrem Kopf zusammen.

»Wie auch immer, falls Mara Billinsky anruft, wimmeln Sie sie ab! Wenn sie klingelt, machen Sie Ihre Wohnungstür nicht auf!«

»Ähm, ich, also …«

»Haben Sie das verstanden?«

»Ich verstehe überhaupt nichts.«

»Sehen Sie, es ist mir zuwider, wenn man die Toten partout nicht in Ruhe lässt.«

Eine Stille entstand.

»Um es ganz klar zum Ausdruck zu bringen, Frau Esswein.« Wieder wurde sein Tonfall eine Spur schärfer. »Sie wünschen sich gewiss einen ruhigen, störungsfreien Lebensabend. Dann sollten Sie kein Wort über die Vergangenheit verlieren. Kein einziges Wort.«

»Ist das … eine Drohung?«, kam es über ihre Lippen, erst ungläubig, dann vollkommen entsetzt.

»Aber nicht doch.« Er lachte, aber es klang eiskalt. »Ich habe es Ihnen erklärt, Frau Esswein. Das ist eine Bitte. Oder eher ein Rat.« Erneut das Lachen. »Und gute Ratschläge sollte man annehmen, finden Sie nicht?«

Ein Schauer lief über Heidi Essweins Rücken.

16

Mara Billinsky saß im Büro von Hauptkommissar Meichel bei einer Unterredung, um die sie selbst gebeten hatte.

Knapp und präzise schilderte sie ihm den zweiten Anruf des Unbekannten und ihre Begegnung mit der völlig verängstigten Prostituierten. Dabei breitete sie die kleine Zeichnung, die Anyana Lupescu angefertigt hatte, vor Meichel auf dem Schreibtisch aus. Sie stellte einen Dolch dar, von dessen langer Klinge eine Flüssigkeit tropfte, die Blut darstellen sollte.

Meichel besah sich das Motiv, dann kratzte er sich an der Wange, ohne ein Wort zu äußern.

»Wie mir scheint, kommt Ihnen das bekannt vor«, sagte sie.

»Ich habe dieses Symbol schon öfter gesehen.« Er nickte und warf ihr einen vielsagenden Blick zu. »Zuletzt vor ein paar Tagen.«

Maras Handy ertönte. Sie betrachtete das Display und war überrascht. Es war ihr Vater. Nie meldete er sich bei ihr. In den harten Jahren, die lange zurücklagen, hätte sie so viel dafür gegeben, wenn er sie wahrgenommen hätte. Immer hatte sie auf ein Zeichen seinerseits gewartet, auf irgendeine verdammte Regung von ihm, aber umsonst. Ihr letztes Telefongespräch kam ihr in den Sinn, ihr letzter Streit. Und auf eine gewisse Weise, die ihr nicht recht war, aber gegen die sie nichts tun konnte, genoss sie es, seinen Anruf einfach wegzudrücken.

»Sorry.« Sie steckte das Handy wieder ein. »Woher kennen Sie das Symbol?«

»Zum Beispiel von den Männern, die wir auf dem Hof der früheren Spedition Stoberg festnehmen konnten. Auch bei dem Kerl, dem Sie ins Bein geschossen haben. Wir verhören die Typen praktisch seit der Minute, in der wir ihrer habhaft werden konnten.« Er unterstrich seine Worte mit einem frustrierten Kopfschütteln. »Aber alle schweigen. Wir könnten ebenso gut Schaufensterpuppen befragen.«

»Was können Sie über die Drogen sagen?«

»Sie sind auf dem Landweg zu uns gelangt. Westliche Balkanroute. Aus Afghanistan über die Türkei. Während der Reise wird das Heroin oft mit Paracetamol-Pulver verschnitten, um noch mehr Gewinn zu erzielen.«

Mara deutete erneut auf die Skizze. »Also, was ist damit?«

»Den blutigen Dolch kennen wir als Tätowierung«, erklärte er. »Sie dient einer bestimmten albanischen Gruppierung als Erkennungssymbol, als Zeichen der Zugehörigkeit. Wie Sie wissen, sind die Albaner innerhalb relativ kurzer Zeit hier bei uns im Bahnhofsviertel verdammt groß geworden. Sie haben sich mit den Osteuropäern und den Nordafrikanern angelegt, quasi mit allen, die ihre Finger in schmutzigen Geschäften haben. Prostitution, Schutzgelderpressung, aber in erster Linie Drogenhandel, bei dem sie den Türken die Vorherrschaft abgetrotzt haben. Und die Jungs mit dem blutigen Dolch haben sich dabei sehr hervorgetan.« Meichel lehnte sich bequemer in seinem Drehstuhl zurück. »Die albanischen Clans sind noch effektiver, rücksichtsloser und brutaler vorgegangen als die anderen Gangster vor ihnen. Immer im richtigen Moment am richtigen Ort. Und dann auf alles schießen, was sich bewegt, um es mal so auszudrücken. Sie sind besonders eng miteinander verwoben. Alles beruht auf Verwandtschaft, auf Familie. Eine absolut starre Hierarchie. Außenstehende werden keine Bosse oder Unterbosse. Es ist immer eine kleine, verschworene Einheit, zumeist Brüder und Cousins, die über die gesamte Gruppe befehligt. *Omerta* gilt für sie noch mehr als für Italiener. Albaner, heißt es in unserer Abteilung, werden stumm geboren.« Er winkte ab. »Jemanden einschleusen? Können Sie vergessen.«

»Klingt ja wirklich vielversprechend«, bemerkte Mara ironisch.

»Diese Männer haben nichts zu verlieren. Sie kommen aus einem der ärmsten Länder Europas. Sie sind hier, um unter allen Umständen reich zu werden. Und den Dreck, in dem sie groß geworden sind, hinter sich zu lassen. Vor einiger Zeit war ich an einem der größten Einsätze überhaupt gegen die albanische Drogenkriminalität beteiligt. Das war noch vor unserer Aktion *Selita.* Unterstützt durch Europol, ermittelten Polizisten aus Deutschland, Frankreich und der Schweiz ein Jahr lang gegen ein großes albanisches Heroinkartell, das von Lörrach in Süddeutschland aus operierte. Handys abhören, permanente Beschattung. Am Ende stürmten vierhundertfünfzig Beamte Restaurants, Kneipen und Wohnungen in drei Ländern und vollstreckten etwa hundert Haftbefehle, auch das SEK war dabei.« Meichel lachte genervt auf. »Und vier Wochen später war alles wieder wie vorher. Das hat die Clanchefs in Albanien gar nicht gejuckt, die haben einfach neue Leute geschickt.«

»Trotz allem: Gibt es Namen? Gesichter? Informationen? Mit wem haben wir es hier in Frankfurt zu tun?« Drängender sagte Mara: »Irgendetwas *müssen* Sie doch haben.«

»Leider nicht mehr als ein Gesicht und den dazugehörenden Spitznamen. *Rruzull.* Das ist ein albanisches Wort. Nageln Sie mich nicht darauf fest, aber ich glaube, es heißt so viel wie Kugel oder eher: Erdkugel. Ein kleiner, fetter Kerl mit Glatze, der nicht nur mitmischt, sondern wohl das große Wort schwingen darf.« Meichel breitete die Arme aus. »Es stinkt mir, das zugeben zu müssen, aber wir wissen nicht mal, wie der Schweinehund richtig heißt.«

»Ich hatte schon das Vergnügen.«

»Wirklich?« Verdutzt sah er sie an.

»Er war der Mann, der auf Anyana Lupescu und die anderen beiden Frauen aufgepasst hat.« Sie runzelte die Stirn. »Wie ein Boss kam er mir allerdings nicht vor.«

»Wie gesagt, wir durchschauen die Strukturen noch nicht richtig. Unsere Informationen sind alles andere als hieb- und stichfest. Wir schleichen um die Typen herum, kriegen sie aber nicht zu fassen. Im Viertel herrscht eine Heidenangst vor ihnen.«

Kurz darauf musste Mara sich verabschieden. Auch mit Klimmt hatte sie abgemacht, sich zu besprechen und die Situation zu erörtern. Auf dem Weg zu ihm erreichte sie eine Textnachricht ihres Vaters, in der er sie knapp darum bat, ihn anzurufen. Sie merkte, wie sie beim Lesen unbewusst die Lippen aufeinanderpresste, und verzichtete darauf, ihm eine Antwort zu schicken. In Gedanken noch bei ihm, klopfte sie an Klimmts Tür und betrat das Büro, ohne eine Reaktion des Hauptkommissars abzuwarten.

Er stand am geöffneten Fenster, eine Zigarette zwischen den Fingern, und starrte ihr entgegen, offenkundig sauer, weil sie ihn beim Rauchen überfiel.

»Können Sie mir nicht mal zwei Sekunden Zeit geben, um Sie hereinzubitten?«, blaffte er.

»Sorry, Chef!« Sie grinste ihn keck an. »Aber Zeit ist das, was wir am wenigsten haben. Sagen Sie das nicht immer?«

»Als ob Sie mir zuhören würden«, gab er mit brummiger Ironie zurück. »Irgendwas Neues?«

Mara stellte sich neben ihn. Durch das Fenster strömte schwülwarme Luft ins Innere.

»Kann ich eine haben?« Sie deutete auf seine Zigarette. »Kommt echt selten vor, dass ich schwach werde, aber …«

Er rollte wortlos mit den Augen und hielt ihr Schachtel und Feuerzeug hin. Gleich darauf inhalierte sie tief.

»Dann fassen wir doch mal zusammen, was wir haben«, sagte er, den Blick nach draußen gerichtet.

»Wir?«, wiederholte Mara. »Dann haben Sie bestimmt nichts dagegen, wenn wir mit dem Fall Denise Dorlac beziehungsweise Sabine Pfeiffer anfangen.«

»Das ist nicht Ihr Bier, Billinsky.«

»Ich habe nichts Konkretes mehr darüber gehört«, überging sie mit lässiger Selbstverständlichkeit seinen Einwand. »Aber ich weiß natürlich, dass mein Vater auf freiem Fuß ist.«

»Das ist er.« Klimmt schnaufte. »Genau wie alle anderen Kunden der Dame. Keine Spuren, keine Beweise. Ich befürchte, dass wir irgendwann die nächste Frau aus dem horizontalen Gewerbe finden, an der eine Ratte genascht hat.«

»Geht mir genauso.«

»Was ist bei Ihnen, Billinsky?«

»Ich komme gerade von Meichel.« Mara zuckte mit der Augenbraue, wie es typisch für sie war. »Es deutet alles darauf hin, dass direkt vor unserer Haustür ein Krieg tobt.« Rasch umriss sie die Unterhaltung, die sie mit Meichel geführt hatte.

»Scheiße«, murmelte Klimmt nur. Er zog die nächste Zigarette aus seiner fast leeren Schachtel.

»Schnappen Sie sich die Albaner!«, bemerkte Mara mit einem schiefen Lächeln.

»Was?«

»Das hat der anonyme Anrufer mir geraten. Wortwörtlich.«

Klimmt nickte. »Die verrückte Sache bei der Spedition. Das war sein Tipp. Und damit hat er den Albanern die Suppe versalzen. Eine ziemlich wertvolle Suppe.«

»Davor die Autobombe.« Wie in Meichels Büro schilderte Mara nun auch hier ihre Begegnung mit Anyana Lupescu. Sie unterstrich, dass es erneut ein telefonischer Hinweis des Unbekannten gewesen war, der sie auf Anyanas Spur gebracht hatte.

»Sie meinen, die Frauen mussten sterben, um dem albanischen Clan zu schaden?«

»Exakt. Das war, um es zynisch zu sagen, schlicht und einfach die Vernichtung von Kapital. Anyana hat mir erklärt, dass die Frauen gekauft wurden, um in einem Bordell zu arbeiten, das von den Albanern betrieben wird.«

»Da will also jemand den Albanern ihr gewonnenes Terrain streitig machen. Und zwar auf äußerst brutale Weise.«

»Gut, dass es einen Informanten gibt. Auch wenn wir nicht die geringste Ahnung haben, um wen es sich handelt.«

»Haben Sie dafür gesorgt, dass unsere *Techies* noch mal versuchen, ihm auf die Pelle zu rücken?«

»Klar, aber bisher ohne Ergebnis. Der Kerl lässt sich nicht orten.«

Der Hauptkommissar blies bläulichen Qualm zwischen fast geschlossenen Lippen aus. »Wir müssen bei den Albanern anklopfen.«

»Das ist es, was der Anrufer will.« Mara schnippte ihre Kippe ins Freie.

»Nicht nur anklopfen, wir müssen da mit der Faust reinhauen.«

»Ich sage noch mal: Das ist das, was …«

»Ich habe es gehört, Billinsky«, unterbrach er sie. »Aber selbst wenn da jemand so dreist ist, uns als unfreiwilligen Verbündeten in seinen Gangsterkrieg einzubauen – wir können nicht untätig abwarten, was als Nächstes passiert.«

»Das wäre auch nicht gerade meine Vorstellung von unserem Job.«

»Ich werde mich mit Meichel kurzschließen. Aber wie immer man es sieht: Viel haben wir nicht in der Hand.«

»Unser Ansatzpunkt ist ein Mann, der Rruzull genannt wird.«

Erneut reichte er ihr Schachtel und Feuerzeug, wieder griff sie dankbar zu.

Während Maras zweiter Zigarette legten sie einen Plan fest. Das war eine Sache, die sie an Klimmt mochte. Hatte er sich für eine Richtung entschieden, dann ging er seinen Weg schnurgerade, ohne Zögern. Eine Stärke, die Mara auch für sich selbst in Anspruch nahm. Immerhin mal ein Punkt, an dem sie beide zusammenpassten.

»Dann werden wir im Bahnhofsviertel mal kurzerhand aus der Torte springen«, sagte Klimmt abschließend. »Vielleicht kriegen wir dadurch einen Anhaltspunkt darauf, wer gegen sie Krieg führt.«

»Der unbekannte Anrufer hat diesen Spruch gemacht: Ein Wolf geht um in Frankfurt.«

»Erst die Albaner. Und anschließend begeben wir uns auf Wolfsjagd.«

»Wir brauchen einen Auslöser, um uns die Albaner vorzuknöpfen. Zuletzt waren sie ja diejenigen, die etwas abbekommen haben.«

»Aber genügend ausgeteilt haben auch sie schon. Wie gesagt, ich werde bei Meichel anfragen, um noch ein paar hilfreiche Details zu bekommen, was diese Männer betrifft.«

»Je eher wir losschlagen, desto besser.«

»Für eine groß angelegte Aktion werde ich kaum die nötige Erlaubnis erhalten, doch mit einer kleinen, entschlossenen Truppe lässt sich auch einiges erreichen.«

»Ich bin dabei.«

Der Hauptkommissar ließ sich auf seinen Stuhl fallen, ohne etwas zu erwidern. Er hatte einiges an Gewicht zugelegt, wie Mara auffiel. In seinem breiten Gesicht mit den müden Augen und dem Walrossschnauzbart arbeitete es.

»Wie schnell können wir etwas auf die Beine stellen?«, fragte sie.

»Wie Sie sagten, Billinsky, je eher, desto besser. Und

jetzt lassen Sie mich allein. Ich muss ein paar Telefonate führen.«

Anschließend saß Mara an ihrem Schreibtisch und recherchierte am Laptop in den Datenbanken die Bandenaktivitäten albanischer Verbrechergruppierungen. Sie machte sich von Hand Notizen, las immer wieder nach, tippte Suchanfragen ein, wühlte sich weiter und weiter durch die virtuellen Aktenordner. Durch die Kopfhörer drang der knorrige Sound des alten Bluesrock von ZZ Top zu ihr.

Doch sosehr sie sich auch konzentrierte, zwischenzeitlich schlich sich immer wieder Edgar Billinsky in ihr Bewusstsein. Im Laufe des Tages hatte er sich noch drei weitere Male gemeldet – sie hatte die Anrufe nicht entgegengenommen. Sie schob eine Pause ein und machte sich auf den Weg zum Kaffeeautomaten. Fast schon widerwillig zog sie dabei ihr Smartphone hervor. Sie blieb vor dem Automaten stehen, wandte sich dann ab und stellte sich etwas abseits hin, das Gesäß auf eine Fensterbank geschoben, in ihrem Rücken der Frankfurter Himmel, der sich langsam dunkel zu färben begann.

Immer noch mit Widerwillen rief sie ihn zurück.

»Hallo«, ertönte sofort Edgar Billinskys Stimme.

»Hallo«, sagte auch Mara, alles andere als überzeugt davon, dass es eine gute Idee war, sich bei ihm zu melden.

»Danke, dass du zurückrufst.« Er bemühte sich hörbar darum, seinen sonst gern gewählten ironischen Ton sein zu lassen.

»Glückwunsch! Ich habe gehört, du bist wieder in Freiheit.«

»In Freiheit«, wiederholte er. »Wie das klingt. Hast du etwas anderes erwartet? Ich bitte dich, Mara, das war doch eine Farce.«

»Nun ja, immerhin warst du wohl als letzter Besucher bei dieser Dame und …«

»Glaub mir«, unterbrach er sie, »ich kenne die Fakten. Und kein einziger davon belastet mich auch nur ansatzweise.«

»Schon gut, ich wollte dich nicht aufregen. Erst recht nicht in deiner jetzigen Situation.«

»Das tust du nicht. Und meine Situation hat sich deutlich beruhigt.« Leiser schob er hinterher: »Für meinen Ruf ist das natürlich eine Katastrophe.«

»Nimm's mir nicht übel, aber bei dem Ruf, den du dir in dieser manchmal sehr, sehr kleinen Stadt erworben hast, dürfte keiner aus allen Wolken fallen, dass du Stammgast bei einer ...«

»Nur eine Bitte«, fiel er ihr ins Wort, »sei vorsichtig, was du jetzt sagst, Mara! Als Jurist verfüge ich nämlich über einen absolut ...« Er brach mitten im Satz ab. »Okay, lassen wir das. Wahrscheinlich willst du vor allem wissen, weshalb ich so oft bei dir angerufen habe.«

»Richtig.«

»Als ich in Untersuchungshaft saß, hatte ich zwangsläufig Zeit nachzudenken. Auch über uns beide. Wieder einmal.«

»Ach?« Mara straffte sich vor Anspannung. Es forderte immer alle Konzentration und Aufmerksamkeit von ihr, sich mit ihm zu unterhalten.

»Ich finde einfach, wir sollten uns einmal in Ruhe aussprechen. Nicht über das, was gewesen ist, sondern über das, was in Zukunft sein könnte.«

»Na klar«, sagte Mara. »Ein Restaurant, vornehm, wie für einen geschäftlichen Termin, neutraler Boden, servile Ober ...«

»Mara, was soll das? Was ist dein Problem? Sollen wir lieber ein Picknick auf dem Lohrberg machen und Gänseblümchen pflücken? Lass uns doch wie die beiden erwachsenen Menschen, die wir sind, zusammenkommen und ...«

»Okay, einverstanden«, unterbrach diesmal Mara ihn. »Wir treffen uns und reden. Aber ich bestimme den Ort.«

»Hm, wenn du meinst«, drang Edgar Billinskys Stimme skeptisch durchs Telefon. »Also, wo sehen wir uns?«

Als sie den Treffpunkt nannte, hatte sie das Gefühl, sehen zu können, wie sich sein Gesicht zu einer Grimasse verzog.

17

Achtundvierzig Stunden später. Ein früher Morgen, kurz vor Sonnenaufgang. Der Moment, in dem die Stadt für kurze Zeit innezuhalten und Atem zu schöpfen schien. Das Dröhnen des Verkehrs hatte nachgelassen, Ruhe breitete sich aus.

In den Häuserschluchten, Seitengassen und Hinterhöfen hing noch die Kühle der zurückliegenden Nacht. Zwischen den Betonblocks hatten sich hier und da Obdachlose in ihre Schlafsäcke und Decken gerollt, Junkies lagen auf nackten Betonböden oder am Rande von Hecken, die langsam wieder grün wurden, Betrunkene torkelten dem Schlaf erst noch entgegen.

Mara betrachtete aus sicherer Entfernung den Hintereingang des Bordells, aus dem vor Kurzem Anyana Lupescu aufgetaucht war. Ein mehrstöckiger schmuckloser Kasten mit zahlreichen quadratischen Fenstern, dessen farbloser Putz abblätterte.

Ein Blick zur Uhr.

»Noch zwei Minuten«, sagte sie zu Jan Rosen, der neben ihr stand. Gestreift vom Strahl einer Laterne, zeigte sein Gesicht eine Röte, die Aufregung und Anspannung offenbarte. Erst war es Klimmts Plan gewesen, Rosen nicht für diese Aufgabe einzuteilen, doch aufgrund personeller Engpässe hatte sich der Hauptkommissar dann doch anders entschieden. Zumal Rosen gebeten hatte, mit von der Partie sein zu dürfen. Eine Bitte, die eher pflichtschuldig als entschlossen vorgetragen wurde, da er wahrlich nicht der Mann fürs Grobe war. Alle wussten das, er eingeschlossen.

»Noch eine Minute.«

Mara zog ihre Waffe aus dem Hüftholster und überprüfte sie sicherheitshalber noch einmal. Es war eine P30, die Version mit verlängertem Lauf. Dadurch war die Pistole zwar schwerer zu verbergen, doch dank Maras zu großer Lederjacke, die über das Holster hinausreichte, stellte das eigentlich nie ein Problem dar. Ihre schmale Hand verschmolz mit den Griffschalen, die sie sich extra hatte anfertigen lassen und die bei Beschädigung rasch erneuert waren. Sie atmete einmal kurz durch, dann schob sie die Pistole zurück ins Holster.

»Okay, los geht's!«

Ein Seitenblick zu Rosen, sie setzten sich in Bewegung und überquerten den von Abfall übersäten Hinterhof, auf dem zwei schwarze Limousinen und ein verbeulter Kleinlaster nebeneinander geparkt waren.

Wieder das Überprüfen der Uhrzeit.

Mara schlug mit der Faust gegen den Stahl der Hintertür. Laut hallte ihr Trommeln durch die verblassende Nacht.

Exakt zur selben Zeit würden sich Klimmt, Patzke und Stanko am Vordereingang Zutritt verschaffen.

Staatsanwalt Christian von Lingert hatte der Aktion mehr als skeptisch gegenübergestanden, doch irgendwie hatte Klimmt ihn dazu bewogen, nicht einzuschreiten. Sie hatten keinen Durchsuchungsbeschluss in der Tasche, es lag auch gar nicht in ihrer Absicht, etwas oder jemanden zu durchsuchen, sie waren einfach gerade dabei, aus der Torte zu springen, wie Klimmt es umschrieben hatte.

Mara klopfte erneut, noch lauter, noch fordernder, und plötzlich sprang die Tür auf. Ein muskelbepackter, fast zwei Meter großer Hüne in Sneakern, Jogginghose und Lederjacke kam zum Vorschein.

»Verpisst euch!«, lautete seine Begrüßung.

Mara und Rosen hielten ihre Dienstausweise hoch und steckten sie rasch wieder weg.

»Bullen?«, kam es verdutzt über seine Lippen.

»Wir sind Freunde von Rruzull.« Ein freches Grinsen in ihrem Gesicht.

»Hier gibt's keinen Rruzull.«

Hinter dem Riesen sah man einen langen Flur, der von einer nackt von der Decke hängenden Glühbirne schwach ausgeleuchtet wurde.

»Rruzull will unbedingt mit uns quatschen. Weißt du das nicht?«

Der Hüne starrte von Mara zu Rosen und wieder zu ihr. »Ich kenne keinen Rruzull.« Drohend hob er den Zeigefinger, der Mara so dick erschien wie ihr Handgelenk. *»Und jetzt verpisst euch!«*

Im selben Moment ertönten Geräusche, laut und durchdringend, die von der anderen Seite des Gebäudes zu kommen schienen. Heftiges Gebrüll, als würde eine Schlägerei beginnen, gleich darauf das Stampfen von Schritten.

»Los, Rosen!«, rief Mara. Sie drängte sich an dem Mann vorbei.

Aus dem Augenwinkel nahm sie die Pranke wahr, die auf sie zuschoss, um ihre Schulter zu packen.

Eine blitzschnelle fließende Bewegung, und die Waffe lag in ihrer Hand, die Mündung ein paar Zentimeter vor seinem Gesicht. »Und jetzt«, zischte Mara, »verpisst *du* dich.«

Der Hüne knurrte etwas in einer fremden Sprache, gab aber den Weg frei.

Sie folgten dem Flur, Mara voran, Rosen direkt hinter ihr, hasteten durch eine offene Tür hindurch in einen weiteren, breiteren Flur.

Hier war es heller, sie konnten bis zum Vordereingang sehen.

Da fielen die ersten Schüsse.

»Das kommt von oben!« Mara rannte weiter.

Schreie, wieder das Trommeln von Schritten, weitere Schüsse.

Plötzlich ging das Licht aus, anscheinend im ganzen Gebäude, dann drangen einige Fetzen Helligkeit von oben durchs Treppenhaus bis nach unten.

Gestalten retteten sich durch den Vordereingang ins Freie.

»Hoch!«, rief Mara.

Sie eilte die Treppe nach oben, in dem Gewirr vieler lauter Stimmen meinte sie Klimmt herauszuhören, der etwas brüllte. Kommandos? Warnungen?

Stufe für Stufe, immer weiter hinauf, bis sie den ersten Stock erreichte. Junge Frauen, die mühsam balancierend auf hohen Absätzen rannten, bekleidet nur mit Reizwäsche, strömten kreischend an ihr vorbei, auch einige Männer, die sich im Laufen die Hosen hochzogen.

Erneut Schüsse.

Weiter nach oben, in den zweiten Stock, der wie ausgestorben dalag.

Mara warf einen Blick nach hinten – ihr Kollege war nicht zu sehen. War ihm etwas zugestoßen?

»Rosen?«, brüllte sie.

Keine Antwort.

Der dritte Stock. Im nächsten Moment ertönte vor ihr, am Ende des Flurs, eine Stimme: »Billinsky!«

Das war Klimmt.

»Chef?«

Mara ging weiter, geduckt, die Pistole im Anschlag, jede Faser ihres Körpers angespannt. Sie fühlte diesen Moment tief in ihrem Innersten.

An der Decke flackerte eine Lampe auf. An, aus. An, aus. An, aus.

Das zerrte an den Nerven.

Klimmts füllige Gestalt schälte sich aus dem im Dunkel liegenden Ende des Flurs. Neben ihm befand sich Patzke. Beide pressten sich rechts und links von einer geschlossenen Tür an die Wand, jeder die Waffe in der Hand. Zwei alte Bullen, die es in letzter Zeit verstanden hatten, ihre Köpfe meistens aus der Schusslinie herauszuhalten.

Urplötzlich bellten aus dem Inneren des Zimmers Schüsse auf. Sie zerfetzten das Holz der Tür, Projektile surrten durch die stickige, nach Pulverqualm stinkende Luft des Flurs.

Dann herrschte eine jähe Stille, nicht nur hier oben, auch sonst im Haus. Offenbar hatten sich alle Prostituierten und ihre Freier nach draußen gerettet.

Klimmt wies zur Tür. »Drei stecken da drin.« In seinen Augen flammte eine Wildheit auf, die Mara nie an ihm gesehen hatte. Dann zeigte er nach oben. »Unterstützen Sie Stanko! Los, Billinsky, hoch mit Ihnen, wir halten die Typen hier in Schach.«

»Wie viele sind oben?«

»Einer. Aber wahrscheinlich ist es Rruzull!« Leiser fügte Klimmt hinzu: »Wir haben ein paar Fragen gestellt, auch nach Rruzull, und auf einmal sind die Idioten durchgedreht. Wollten uns rausschmeißen, haben auf uns eingeprügelt.« Er stutzte. »Wo steckt Rosen? Ist ihm was passiert?«

»Keine Ahnung.« Mara zuckte ratlos die Achseln.

Sie zog sich zurück, bis sie wieder die Treppe erreichte. Dann schlich sie nach oben, schnell, wieder vollauf angespannt, vorbei an einem »Zutritt verboten«-Schild. Ab hier wurde also kein weibliches Fleisch mehr angeboten.

Im oberen Flur war es viel heller. Das grelle Licht einer Neonröhre stach Mara in die Augen. Sie musste mehrmals blinzeln, dann wurden die Konturen klarer. Der gleiche Teppich wie im Stockwerk darunter, die gleichen dunkelrot gestrichenen Wände, derselbe Geruch von Schweiß, Staub und starken Putzmitteln. Nicht aber dieser unverkennbare Duft, der nach einer Schießerei in der Luft kleben blieb.

Hier waren demzufolge keine Waffen abgefeuert worden. Zumindest *noch* nicht.

Stanko sah ihr entgegen. Auch wenn seine Karriere wie in einer Einbahnstraße zum Stehen gekommen war, hatte sich der etwa vierzigjährige Kommissar Stanko ein inneres Feuer bewahrt. Er stemmte Gewichte, hielt seine sportliche Figur, drückte sich nie vor brenzligen Aufgaben. Und auch jetzt zeigte sein Gesicht die richtige Mischung aus Entschlossenheit und Gefasstheit.

Sein stoppelbärtiges Kinn ruckte in Richtung Zimmertür. Sein Zeigefinger stach in die Höhe. *Ein Mann*, sollte das heißen, aber Mara war ja bereits informiert.

Mit den Lippen formte sie das Wort *Rruzull*, ohne es auszusprechen.

Stanko nickte.

Sie verständigten sich mit einem unmissverständlichen Blick.

Dann zählte Stanko mit den Fingern.

Eins.

Zwei.

Drei.

Er wirbelte herum und trat mit voller Wucht gegen die Tür, die krachend aufsprang. Gleichzeitig stürmte Mara vorwärts, die Pistole mit beiden Händen im Anschlag, an Stanko vorbei, ins Zimmer hinein.

Ihr Herzschlag war ein einziges wildes Trommeln. Die Erwartung, eine tödliche Kugel einzufangen, war übermächtig.

Dunkelheit empfing Mara.

Stanko war neben ihr, sein angestrengtes, angespanntes Schnaufen drang in ihr Ohr, scheinbar das einzige Geräusch auf der Welt.

Ihr Puls raste, das Blut durchströmte ihren Körper wie ein reißender Fluss.

Der Rahmen eines offenen Fensters zeichnete sich ab.

Teil 2

Die Beute des Wolfs

18

Es war knapp gewesen. Verdammt knapp.

Aufatmen, abtauchen, den Kopf wieder klarkriegen. Hier, in diesem unscheinbaren Versteck, von dem wenige wussten. Lediglich zwei oder drei seiner engsten Vertrauten. Und zwei oder drei jener Mädchen, mit denen er sich besonders gern vergnügte.

Rruzull stand am Fenster und starrte auf die in Sonnenlicht getauchte Jordanstraße. Frankfurt-Bockenheim. Junge Studenten, alte Achtundsechziger, türkische Obst- und Gemüsehändler. Jedenfalls keine Gangster. Niemand würde einen wie ihn in dieser Umgebung vermuten. Da störte es ihn auch kaum, dass die Bleibe unter dem Dach mit ihrer Schräge klein war und keinen Luxus, sondern nur Zweckmäßigkeit bot. Aber das genügte ihm, wenn er kurz mal von der Bildfläche verschwinden wollte.

Und selten war es so nötig gewesen wie jetzt.

Die Bullen hätten ihn geschnappt. Weshalb hätten sie sonst ihre Nasen am Ende dieser ganz gewöhnlichen Nacht dorthin stecken sollen, wo er bislang von ihnen verschont geblieben war? Ja, knapp war es gewesen. Das Zimmer im vierten Stock des Puffs, die bewaffneten Bullen auf den Fluren, das wilde Herumgeballere.

Also hatte Rruzull entschieden, dass es besser wäre, abzuhauen. Das Tau, das für solche Fälle bereitlag, hatte er geschnappt, es hastig am Fenstergriff festgebunden und sich daran nach unten zur Rückseite des Hauses abgeseilt. In seiner Hast war der Knoten zu schwach ausgefallen, er ging auf, aber zum Glück keinen Sekundenbruchteil zu früh, sondern als

Rruzull bereits auf Höhe des zweiten Stocks in der Luft hing. Er landete auf dem Dach eines Kleinlasters, was seinem linken Fußknöchel nicht gerade guttat. Doch er achtete nicht auf den Schmerz, ließ sich vom Dach gleiten, auf den Bürgersteig fallen und humpelte davon.

Und nun, acht Stunden später, war er hier.

Er war nach wie vor aufgekratzt, nervös, hatte immer noch keine einzige Minute geschlafen. Die ganze Zeit tigerte er in den beiden einzigen Zimmern auf und ab, ständig griff er zu seinem Handy, um es doch nur wieder wegzulegen, ohne jemanden angerufen zu haben.

Wieso meldete sich keiner von den anderen bei ihm?

Kein gutes Zeichen.

Erneut stellte er sich ans Fenster, die riesigen Fäuste in den Hosentaschen geballt. Blauer Himmel, früher Nachmittag, ein paar Passanten, ab und zu ein Wagen, der vorbeibrummte.

Er hatte sich Tee gemacht und ihn kalt werden lassen. Kein Durst, kein Hunger. Er musste nachdenken. Seine Gedanken überschlugen sich, ihm tat schon der Schädel weh, genau wie der Knöchel, in dem es unaufhörlich pochte. Egal, das war unwichtig, es gab Schlimmeres.

Endlich ertönte der Signalton seines Handys. Auf dem Display wurde das Wort eingeblendet, unter dem der Anrufer abgespeichert war: *Kamë*. Der albanische Ausdruck für Dolch.

Rruzull meldete sich, und sofort prasselten die Fragen seines Bosses in ihrer Heimatsprache auf ihn ein: »Wo steckst du? Bist du verletzt? Wen von uns haben die Bullen einkassiert?«

»Ich bin in Sicherheit. Und nein, ich habe nichts abgekriegt. Wen sie geschnappt haben, weiß ich noch nicht. Keiner ruft mich an, und ich bin lieber vorsichtig. Ich will nicht in der Welt herumtelefonieren.«

»Bist du dort sicher?«

»Keiner von unseren Leuten wird es wagen, den Bullen von meinem Versteck zu erzählen.« Zumindest *hoffte* Rruzull das.

Dann folgte die Frage, die dem Anrufer am wichtigsten war: »Wissen die Bullen von mir? Kennen sie meinen Namen?«

»Nein«, antwortete Rruzull schnell, auch wenn er sich dessen nicht sicher war.

»Was wollten die Bullen überhaupt von uns? Warum war bei euch plötzlich die Hölle los?«

Rruzull lief während des Telefonats nervös im größeren der beiden Räume auf und ab, einem Wohnzimmer mit einer kleinen, offenen Küchennische, in der ein winziger Herd mit zwei Kochplatten untergebracht war.

»Was sie wollten, kann ich dir nicht sagen. Übrigens, da ist eine Bullen-Lady, die war bestimmt auch dabei – und die ist mir vorher schon einmal begegnet. Die wollte irgendwas von Anyana. Ich konnte dazwischengehen. Anyana hat mir gesagt, die Frau wollte sie ausquetschen und hat auch nach Timea gefragt.«

»Hat Anyana irgendetwas Dummes ausgeplaudert?«

»Ich glaube nicht.«

»Glaubst du – oder *weißt* du?«

»Ich werde noch mal mit Anyana reden.«

»Wie heißt die Bullenfrau?«

»Keine Ahnung. Sie sieht überhaupt nicht aus, als würde sie zu dem Verein gehören. Schwarze Motorradjacke, Piercings und so weiter. Die riecht nach Ärger.«

»Dann sollten wir sie im Auge behalten. Ich werde ihren Namen schon rauskriegen und setze einen unserer Jungs auf sie an, um sie unter die Lupe zu nehmen. Und um sie aus dem Weg zu räumen, wenn es nötig ist.«

»Gut.« Rruzull tigerte immer noch durch den Raum.

»Aber zurück zu dem Abend. Wir waren total überrascht, als die Bullen auf einmal Ärger gemacht haben. Unsere Leute haben die Nerven verloren und verrücktgespielt, statt cool zu bleiben.«

»Das war Scheiße. Die hätten am Ende doch nichts gegen uns in der Hand gehabt. Die sollten sich lieber um die kümmern, die uns auf die Füße treten.«

Abrupt blieb Rruzull stehen: »Weißt du inzwischen, wer das ist?«

»Nein, Rruzull.« Ein kurzes Zögern. Dann fuhr der Boss fort: »Es hat schon vor Kurzem ein Anzeichen dafür gegeben, dass ein Krieg bevorsteht. Noch vor der Autobombe.«

»Welches Anzeichen?«, wollte Rruzull verwundert wissen.

»Eine Freundin von mir wurde ermordet. Regelrecht abgeschlachtet. Zuerst dachte ich, das hätte nichts mit mir zu tun. Ich hielt es für einen Zufall, dass es ausgerechnet sie ...« Erneut das Zögern. Rruzull glaubte herauszuhören, dass der Mordfall seinem Boss mehr zugesetzt hatte, als dieser es erkennen lassen wollte. Verknallt? Ausgerechnet der Chef? Wer mochte diese Freundin gewesen sein?

»Doch das war nur der Anfang«, fuhr der Boss fort. »Die wollen *mich* fertigmachen. Mich und dich und den Rest von uns.«

»Was soll ich tun?«

»Bleib in deinem Versteck!«

»Ich habe das Gefühl, dass es nicht schlau ist, sich allzu lange an ein und demselben Ort aufzuhalten.«

»Gib mir einen oder zwei Tage, mehr nicht. Ich werde mir Gedanken machen. Und dann melde ich mich wieder bei dir.«

»Alles klar«, gab Rruzull zurück.

Sie beendeten das Gespräch, und in der kleinen Dachwohnung herrschte wieder völlige Stille.

Zum ersten Mal gerieten sie wirklich unter Druck. Zum

ersten Mal hatten sie es mit einem Gegner zu tun, der ihnen offenbar ebenbürtig war.

Ein Klopfen an der Tür ließ Rruzull zusammenfahren.

Niemand tauchte einfach hier auf. Ohne Ankündigung, ohne Verabredung, ohne Rruzulls ausdrücklichen Wunsch. Von außen gab es keinerlei Hinweise darauf, dass sich unter dem Dach noch eine Wohnung befand. Die anderen Mieter begegneten ihm nie, weil er das Haus nur bei Nacht betrat und auch wieder verließ. Sie wussten wahrscheinlich nicht einmal, dass er existierte.

Aus der Innentasche der Jacke, die er achtlos aufs Sofa geworfen hatte, zog er seine Pistole. Es war eine Desert Eagle, in Israel hergestellt, Rruzulls liebstes Spielzeug, sein ganzer Stolz.

Nicht von vorn, sondern seitlich näherte er sich der Tür. Er lauschte aufmerksam. Nichts. Totenstille.

Wieder das Klopfen.

Er atmete ganz flach, stand bewegungslos da, die Augen zu Schlitzen geformt.

Auf der anderen Seite der Tür ertönte sein Name: »Rruzull?«

Als er die Stimme erkannte, entspannte er sich sofort. Gleichzeitig wallte Wut in ihm auf. Was erlaubte sich die kleine Schlampe? Ihn einfach hier zu überfallen?

Erneut hörte er sie nach ihm rufen: *»Rruzull?«*

Er drehte den Schlüssel im Türschloss und machte auf.

Anyana Lupescus wunderschöne Augen sahen ihn verängstigt an.

»Bist du verrückt?«, zischte er. »Brüllst auch noch meinen Namen durch den Bau hier. Bist du so scharf darauf, dass ich dir die Knochen breche?« Er steckte die Pistole in den Hosenbund. »Aber scheiß drauf, ich muss sowieso mit dir reden.«

Urplötzlich eine Bewegung hinter ihr. Ein Schatten, helle

Augen, die sich auf ihn richteten, die Mündung einer Pistole, mit der er ins Visier genommen wurde.

Anyana erhielt einen Stoß in den Rücken, dass sie an Rruzull vorbei in die Wohnung stolperte und fast zu Boden gefallen wäre.

»Hände hoch, Rruzull!«, befahl eine auffallend heisere Stimme auf Deutsch, mit einem harten Akzent. Eine Hand zog Rruzulls Desert Eagle aus dem Hosenbund. Die Waffe verschwand in der Seitentasche eines langen dunklen Mantels.

Dann standen sie in der Wohnung, zu dritt, die Tür war wieder geschlossen.

Der Fremde war nicht viel größer als Rruzull, aber deutlich schmaler, fast zierlich. Militärisch kurzes braunes Haar, ein auffällig kantiges Gesicht mit einem Kinnbart. Beide Wangen waren von hässlichen Narben verunstaltet. Es waren diese hellen Augen, von fast durchscheinendem Blau, die daraus hervorstachen. Er trug robuste hochwertige Schnürschuhe und eine schwarze Hose aus Jeansstoff.

»Eine Desert Eagle?« Der Mann lachte auf. »Das passt zu dir, du billiger Poser.« Er hob seine eigene Pistole an. »Eine Glock. Leicht, unauffällig. Aber absolut zuverlässig.«

Rruzull warf Anyana einen vernichtenden Blick zu.

Sie senkte die Lider. Sie war so von Furcht erfüllt, dass ihre Hände zitterten.

»Dein Chef ist auch ein solcher Poser, Rruzull. Stimmt's?«

Rruzull schwieg. Seine Augen nahmen wieder den Fremden ins Visier.

»Ja, ich weiß, wer dein Boss ist. Was ich allerdings nicht weiß, ist Folgendes.« Er grinste, seine Lippen wirkten wie eine sichelförmige Kerbe in seinem Gesicht. »Ich kenne sein Versteck nicht. Das Loch, in dem er sich immer verkriecht. Oder hat er mehrere?«

Rruzull sagte keinen Ton.

»Ich habe schon eine sehr hübsche Frau dazu befragt. Aber egal, wie nachdrücklich ich meine Fragen vorgebracht habe«, das Grinsen wurde bösartiger, »ich habe von ihr einfach keine Antwort erhalten. Bis mir klar wurde, dass sie es gar nicht wusste. Pech für sie.«

Rruzull starrte in der Mündung der Pistole. Nach wie vor kam kein Wort aus seinem Mund.

»Und so wirst du mir das Versteck verraten müssen. Oder die Verstecke.«

»*Fuck you!*«, zischte Rruzull.

»Du willst es mir nicht verraten, was?« Der Mann zwinkerte ihm spöttisch zu. »Aber das wirst du noch, das garantiere ich dir.«

Er warf ein paar Kabelbinder und breites Klebeband vor Rruzulls Füße. »Fessel deine kleine Freundin, Rruzull. Kleb ihr die Klappe zu. Und dann leg sie auf dein Sofa.«

Rruzull hatte keine Wahl. Er tat, was ihm befohlen wurde. Als Anyana wehrlos auf dem Sofa kauerte, sagte der Mann: »Wir beide, Rruzull, verdrücken uns jetzt mal nach nebenan.«

Mit weiterhin lässig vorgehaltener Waffe zwang er Rruzull, ins Schlafzimmer zu gehen. Hinter sich machte der Fremde die Tür zu. Mit einem Griff in seine linke Manteltasche brachte er ein etwa zur Hälfte gefülltes Glas Honig zum Vorschein.

»Akazienhonig«, erklärte er.

Rruzull kapierte rein gar nichts. Doch sein Zorn wich einem anderen Gefühl, und erst nach einigen Sekunden wurde ihm klar, dass das nichts anderes war als Furcht. Wann hatte er sich zuletzt gefürchtet?, fragte er sich verblüfft, während die Angst immer stärker von ihm Besitz ergriff.

Dieser Fremde war keine der üblichen Gangstergroßschnauzen. Von ihm ging Gefahr aus, wie etwas, das man riechen konnte.

»Rasputin liebt Akazienhonig.« Die linke Hand des Unbekannten verschwand erneut in einer der vielen Manteltaschen. Als er sie wieder hervorzog, hielt er sanft zwischen den Fingern eine widerliche Ratte mit grauem Fell und einem langen Schwanz von der Farbe eines Erdbeer-Milchshakes.

Vorsichtig, aber ohne Rruzull aus den Augen zu lassen, setzte er das Tier auf dem Teppich ab. Es verharrte, sah sich um, reckte die Nase nach oben, um zu schnuppern.

»Wo steckt dein Chef, Rruzull?« Die heisere Stimme hatte an Intensität gewonnen. Ihr Klang zerrte an Rruzulls Nerven, sie kroch unter seine Haut und breitete sich in ihm aus wie ein Gift.

Verzweifelt presste er die Lippen aufeinander.

»Los, Rruzull, zieh dich aus!«

Er starrte in die Mündung der Waffe.

Die Ratte hatte begonnen, das Zimmer zu erkunden, kleine flinke Schritte, bei denen der nackte Schwanz wie ein Wurm über den Teppich glitt.

»Rruzull, hast du nicht gehört? *Zieh dich aus!*«

Er stürmte auf den Fremden ein, doch der wich dem Hieb mühelos aus und versetzte Rruzull einen Schlag mit der Waffe auf den Hinterkopf, sodass er zu Boden sackte.

»Ich sagte: Zieh dich aus!«

Rruzull rappelte sich auf.

»Wo bist du aufgewachsen, Rruzull? In Tirana? Oder in Saranda? Da stammt dein Boss her, richtig? Es ist wichtig, wo man aufgewachsen ist. Bei mir war es ein unterirdischer Tunnel. Schwärzer als die Hölle. Deswegen kann ich im Dunkeln sehen. Du sagst ja gar nichts, Rruzull.«

Der Mann musterte ihn überlegen, ein teuflisches Lächeln auf den Lippen. »Und jetzt zieh endlich deine Klamotten aus!«

19

Alles wird gut. Alles wird gut.

In Maras Kopf ertönte die raunende Stimme des dünnen zehnjährigen Mädchens, das sie einst gewesen war. Wie ein Gebet hatte sie die drei Worte wiederholt, damals, als sie im heimischen Wohnzimmer auf ihre tote Mutter gestoßen war. Drei Worte, wie eine Beschwörungsformel, womöglich aus dem unbehaglichen Gefühl heraus, dass rein gar nichts gut werden würde.

Alles wird gut. Alles wird gut.

Mit Absicht war Mara heute früher unterwegs als nötig. Sie wollte bis zu ihrem Treffen mit Edgar Billinsky ein wenig Zeit hier allein verbringen. Nein, nicht ganz allein, sondern mit dem Menschen, der sie täglich begleitete wie ein Gespenst und den sie nie wirklich kennengelernt hatte.

Die Luft war noch verklebt von der Schwüle, der Himmel allerdings eine graue, wolkenverhangene Masse, die Regen in sich trug.

Sie hatte das Alte Portal des Hauptfriedhofs mit der Trauerhalle und dem Krematorium hinter sich gelassen. Hecken und Sträucher, etliche Kilometer asphaltierte Wege und unbefestigte Pfade, von denen sie einem folgte, den Blick bereits auf den schlichten Granitstein mit den gusseisernen Buchstaben und Ziffern gerichtet: Vor- und Nachname sowie Geburts- und Todesjahr. Ihr Vater bezahlte jemanden, der sich um das Grab kümmerte. Sie konnte sich nicht vorstellen, dass er oft hier auftauchte; sein Widerwille, als sie diesen Treffpunkt bestimmt hatte, war sogar durchs Telefon deutlich spürbar gewesen.

Wie immer, wenn sie herkam, legte Mara eine rote Rose am Grab ab und beschwerte den Stiel mit einem Stein. Sie weinte nicht, sie starrte nur auf das Grab. Oft verloren sich hier ihre Gedanken in einem wilden, konturlosen Strudel, doch heute war sie ganz gefasst. Beinahe konzentriert, als stünde eine Prüfung für sie an. Und vielleicht war es ja genau das: eine Prüfung.

Ein Gefühl beschlich sie, als würde sich etwas ändern, als könnte es ihr endlich gelingen, die Narbe auf ihrem Herzen, die sich schwarz und rau anfühlte und die noch immer klaffte, endlich zu schließen.

Maras Blick erfasste den groß gewachsenen Mann, der sich näherte, einen leichten, eleganten Mantel lässig über den Arm gelegt. Eine eindrucksvolle Erscheinung, nach wie vor, sehr attraktiv, weltgewandt, keine Frage. Doch es hatte sich so viel zwischen ihnen aufgetürmt, dass sich sofort Ablehnung in ihr spürbar machte und sich ihr Schutzschirm aufbaute.

Er hatte keine Blume für die Tote dabei, natürlich nicht.

Als er bei Mara stehen blieb, maßen sie sich lange.

»Mara«, begann er dann mit dieser Stimme, die bei den Damen und auch vor Gericht so gut ankam, »es freut mich sehr, dass wir endlich auf einer Wellenlänge sind. Dass du bereit bist, alles hinter dir zu lassen und auf eine reife Art …«

Als sie ihre Augenbrauen zusammenschob, verstummte er.

»Hinter mir lassen?« Sie musterte ihn. »Ich glaube, das ist ein Missverständnis. Ich dachte, du wolltest mich sehen, um endlich die Karten auf den Tisch zu legen.«

»Und *ich* dachte, es geht darum, einen Neuanfang zu machen. Deshalb wolltest du mich doch unbedingt hier treffen, oder nicht? Ein Ort mit Symbolgehalt, wenn du es so nennen möchtest.«

»Nein, möchte ich nicht. Nur *du* könntest ein Grab so bezeichnen. Und ich möchte schon gar nicht, dass weiterhin über alles, was mich bewegt, eisern geschwiegen wird.«

Hilflos verzog er das Gesicht. »Mara …«

»Ich will, dass du endlich mal etwas erzählst.« Sie fühlte das Funkeln in ihren dunklen Augen. »Über dich. Über sie. Über euch beide. Über eure Bekannten. Es kann doch nicht sein, dass ihr zu zweit wie auf einer einsamen Insel gelebt habt. Beide Juristen, beide im Berufsleben, eine kleine Tochter.«

»Mara …«

Doch erneut ließ sie ihn kaum zu Wort kommen: »Und auf einmal ist deine Frau tot. Liegt ermordet im Wohnzimmer. Nichts gestohlen, kein erzwungenes Eindringen, keine Fingerabdrücke, keine Verdächtigen, kein Motiv. Nicht einmal der Gegenstand, mit dem sie erwürgt wurde und von dem die Haut ihres Halses blau verfärbt war, kann zweifelsfrei ermittelt werden.«

»Es war aber genau so, Mara. Auch wenn es nicht in deinen berühmten Dickkopf hineinwill.« Eine Ader pochte an seiner Schläfe. »Du weißt, dass ich eigenhändig Nachforschungen eingeleitet habe – als die Polizei so wenig Brauchbares zutage förderte.«

»Ich weiß aber nicht, wie engagiert und nachdrücklich du deine *Nachforschungen* betrieben hast.«

»Sehr engagiert und sehr nachdrücklich, glaub's mir. Ich habe sogar Detekteien beauftragt, davon habe ich dir ja früher schon erzählt.«

»Was ist denn dann deine Theorie?« Mara stieß die Worte derart spitz hervor, als wollte sie ihn damit erstechen. »Wer könnte es gewesen sein? Und aus welchem Grund?«

»Ich weiß es ebenso wenig wie die Polizei und du, Mara. Ein Einbrecher scheidet aus, unser Umfeld wurde durchleuchtet. Von allen Bekannten bis hin zur Nachbarschaft.« Wütend strich er eine Haarsträhne zurück. »Ich bin nicht weniger hilflos als du, versteh das doch endlich!«

»Sie ist nicht vergewaltigt worden, das ist doch ein wichtiger Punkt. Kein Sexualdelikt. Und – wie gesagt – auch kein Raubmord.«

»Ich weiß, Mara, stell dir vor. Ich weiß das. Weil ich *alles* über diesen Mord weiß, ich kenne jeden Fakt, aber …«

»Nicht den Mörder«, schob sie ein.

»Mara, es bringt nichts, alles wieder aufzurollen und …«

Mit plötzlich kühler Stimme unterbrach sie ihn: »Was verbirgst du?«

»Was soll das?« Mit einer zerfurchten Grimasse, wie sie sie nie an ihm gesehen hatte, starrte er sie an. *»Was soll das?«* Seine Stimme überschlug sich und schallte über den wie ausgestorben daliegenden Friedhof hinweg.

»Hast du sie betrogen?« Sie merkte, dass die unveränderte Ruhe in ihrer Stimme, die Kälte darin, ihm mehr zusetzte als Geschrei.

Erste Regentropfen fielen. Weiterhin war kein Mensch außer ihnen beiden in der Nähe.

Als er schwieg, stellte sie unerbittlich erneut ihre Frage: »Hast du sie betrogen?«

»Nein, das habe ich nicht, Mara.« Heftig schüttelte er den Kopf.

»Was verbirgst du?«

»Gar nichts, Mara.«

»Doch, das tust du.«

Auf dem Absatz wirbelte er plötzlich herum, und sie verfolgte regungslos, wie er davoneilte und dem Pfad mit langen, zornigen Schritten folgte.

»Und ob du das tust«, sagte sie leise. Auf ihrem Gesicht spürte sie Schweiß. In ihr allerdings war alles kalt, *eiskalt*. Die ganze Zeit über hatte ihr der Name Heidi Esswein auf der Zunge gelegen, ausgesprochen hatte sie ihn jedoch nicht.

Der Regen wurde stärker, ein schmierig warmer Frühlingsguss, die Tropfen rannen an Maras Wangen herab und vermischten sich mit ihren Tränen.

20

»Wo steckt Billinsky?«

Ein enger Raum ohne Fenster. Grelles Licht, zweckmäßige Stühle, ein Tisch, ein altmodisches Flipchart. Stickige Luft, in der sich Gerüche von Automatenkaffee, Schweiß, Rasierwasser vermischten. Hinzu kam der Zigarettengestank, der von Hauptkommissar Klimmt ausging.

»Rosen, alles in Ordnung mit Ihren Ohren? *Wo steckt Billinsky?*«

Jan Rosen sah verdattert auf, er hatte überhaupt nicht zugehört. »Ich weiß es nicht«, antwortete er leise, um gleich darauf wieder den Blick zu senken.

»War Billinsky schon beim Psychologischen Dienst?«

»Ich weiß es nicht.« Rosen hätte sich unter dem prüfenden Blick seines Vorgesetzten am liebsten weggeduckt.

»Sind *Sie* dort gewesen?«

»Ich habe morgen meinen Termin.«

Klimmt nickte Stanko und Schleyer zu. »Okay, ihr löst Patzke bei den Verhören ab. Stimmt euch mit ihm ab, bevor ihr loslegt. Und sagt ihm, er soll eine Pause machen. Danach machen er und ich wieder weiter.«

Die beiden gingen nach einem kurzen Heben der Hand aus dem Zimmer.

»Was haben die Albaner ausgesagt? Sind Sie weitergekommen?«, erkundigte sich Rosen.

In dem Bordell im Bahnhofsviertel waren nach der Schießerei vier Verhaftungen vorgenommen worden. Auch der Hüne, der Mara und Rosen gegenübergetreten war, befand sich in Untersuchungshaft und wurde befragt. Trotz der großen Menge an abgefeuerten Schüssen hatte letzten Endes niemand eine schwerere Verletzung davongetragen, weder von der Polizei noch den Männern, von denen die Gewalt ausgegangen war.

Rosen wurde fast nie zu Verhören mit Schwerverbrechern eingeteilt, seine Stärken lagen in der Recherche und im digitalen Bereich. Was ihm nur zu bewusst und oft genug peinlich war.

»Es ist tatsächlich etwas herausgekommen«, sagte Klimmt. »Offenbar gibt es doch einen Chef, der noch über Rruzull steht. Einen Boss, bei dem sämtliche Fäden zusammenlaufen und dem alle Männer gehorchen, die die Tätowierung mit dem Dolch tragen.«

»Zu blöd, dass uns Rruzull entwischt ist.«

»Anscheinend hat er ein Versteck, in das er sich gelegentlich zurückzieht. Ein Apartment oder eine kleine Wohnung in Frankfurt. Einer der Festgenommenen hat das ausgesagt. Wir müssen den Kerl weiter bearbeiten, ihm ein paar Zugeständnisse machen, dann packt er vielleicht richtig aus.« Ohne den intensiven Blick von Rosen abzuwenden, fügte Klimmt an: »Übrigens, bei dem Typ, der singt, handelt es sich um den großen Burschen, dem Sie und Billinsky beim Hintereingang begegnet sind. Er heißt Igli Cana.«

»Hat sich etwas über die Gegner der Albaner ergeben? Wer hat ihnen den Krieg erklärt?« Rosen war froh, dass es allein um die Ergebnisse der Verhöre ging und Klimmt keine Details der Schießerei angesprochen hatte. Er fühlte sich nicht wohl in seiner Haut, wenn er an diese Nacht dachte. Und das tat er unbewusst fast die ganze Zeit. In den gut achtundvierzig Stunden, die seither vergangen waren, hatte er kaum Schlaf gefunden.

»Nicht das Geringste.« Klimmt fuhr sich über den Schnauzbart. »Zuerst dachte ich, die Kerle wollen einfach nichts darüber sagen. Die Sache unter sich regeln, wie das so üblich ist. Aber dann …«

»Ja?«

»Die Männer mit dem Dolch tappen selbst völlig im Dunkeln. Sie scheinen keinen Schimmer zu haben, wer sie aus dem Viertel drängen will.«

»Und unsere sonstigen Informanten? Was kommt von denen?«

»Gar nichts. Das ist ja das Merkwürdige.«

Erst jetzt erwiderte Rosen den Blick des Hauptkommissars. »Was ist meine nächste Aufgabe?«

»Während wir alten Hasen mit den Verhören weitermachen, werden Sie und Billinsky Rruzulls Versteck unter die Lupe nehmen.«

»Ach?« Überrascht ruckte Rosens Kopf hoch. »Sie wissen, wo genau es sich befindet? Ich hatte den Eindruck, Sie wüssten nur, dass es existiert – aber nicht wo.«

Klimmt nickte bestätigend. »Wir haben eine Adresse.« Eine vage Geste mit seiner breiten Hand. »Mal sehen, ob was dran ist. Deswegen wollte ich ja wissen, wo Billinsky sich herumtreibt.« Er reichte Rosen einen Zettel, auf dem mit Kugelschreiber etwas notiert war. »Das Apartment oder die Wohnung müsste – falls es sie gibt – unter dem Dach liegen.«

»Jordanstraße«, las Rosen laut. »Also Bockenheim. Nicht gerade bekannt dafür, dass dort Verbrecher ihre Schlupfwinkel hätten.«

»Vergewissern Sie sich, Rosen. Einfach nur vergewissern, mehr nicht. Kapiert?«

Rosen nickte. »Selbstverständlich.«

»Dass Sie keine Alleingänge starten oder unnötigen Risiken eingehen, ist mir auch klar.« Etwas Spöttisches mischte sich in den Tonfall, und das traf Rosen. Auch wenn er daran gewöhnt war. »Aber ich möchte, dass Sie auf Billinsky achten. Und sie notfalls etwas bremsen. Schaffen Sie das?«

»Natürlich«, antwortete Rosen pikiert. Seine Wangen waren rot angelaufen, er spürte das. »Ich werde Billinsky auftreiben.« Er stand auf. »Und dann fahren wir sofort los.«

»Setzen Sie sich wieder«, wies Klimmt ihn an, wie einen Schüler, der ein wenig begriffsstutzig war. Rosen wurde noch röter, als er erneut Platz nahm.

»Und jetzt mal raus mit der Sprache, Rosen!«

Er konnte es nicht verhindern, dass er zusammenzuckte.

»Wo zum Teufel«, fuhr Klimmt fort, »sind Sie während der Aktion in diesem Scheißpuff abgeblieben?«

»Ich war im Haus«, hörte sich Rosen zögerlich antworten.

»Sie waren nicht im dritten Stock bei uns, Sie waren nicht im vierten Stock bei Stanko und Billinsky. Ich habe Sie erst entdeckt, als der Rummel fast vorbei war und die nachträglich alarmierten Kollegen von der Streife die vier Dreckskerle abgeführt haben.«

»Ich war im Haus«, beharrte Rosen. Sein Gesicht leuchtete inzwischen wie eine reife Kirsche.

»Im Haus waren Sie also.«

Nach Sekunden tiefer Stille schlichen die Worte plötzlich über Rosens Lippen, beinahe ohne dass er es wollte: »Ich *konnte* es einfach nicht.«

»Was konnten Sie nicht?«

»Diese Treppe nach oben gehen. Ich wollte Billinsky folgen, aber ich war … ich war wie gelähmt. Ich stand da wie festgewachsen.«

Klimmt musterte ihn, ohne ein Wort zu äußern.

»Als die ersten Schüsse fielen«, hörte sich Rosen leise fortfahren, »war es noch schlimmer. Ich hatte das Gefühl, nichts auf der Welt – kein Befehl, kein Zwang, gar nichts – könnte mich dazu bringen, mich von der Stelle zu bewegen.«

»Das ist schon vielen so ergangen.« Klimmt klang milder, nachsichtiger, als Rosen es erwartet hätte. Und das, obwohl er angesichts der Aktion im Bahnhofsviertel unter Druck stand. *Wilder Westen in Mainhattan*, hatte nur eine von vielen negativen Schlagzeilen in der Presse gelautet. Und auch seitens der Staatsanwaltschaft hätte man ein besonneneres Vorgehen begrüßt, wie es hieß. Dabei hatten die Männer in dem Bordell den Schusswechsel heraufbeschworen, nicht Klimmts Team. Umso wichtiger war es, die Festgenommenen unzweifelhaft mit dem organisierten Verbrechen zu verbinden und dem Gericht zuzuführen.

»Es ist nicht lange her«, sprach Klimmt weiter, »da haben Sie eine Kugel abbekommen, Rosen. Ich habe das nicht vergessen, natürlich nicht.«

Ich auch nicht, dachte Rosen mit einem klammen Gefühl in der Magengrube. Ein Schuss in den Oberschenkel, bei einem Einsatz, der vollkommen unerwartet eine gewaltsame Wendung genommen hatte, genau wie in der Nacht in dem schäbigen Bordell. Sein erster Schusswechsel, seine erste Verletzung. Er hatte immer noch daran zu knabbern.

»Vielleicht sollten Sie sich eine Auszeit nehmen. Die Sache mit Rruzulls Versteck – ich könnte Stanko abstellen, um Billinsky zu verstärken.«

»Nein, ich mache das.« Rosens Stimme klang schwächer, als es ihm lieb war. »Wirklich, ich schaffe das schon.«

»Solche Sachen wie der Vorfall in dem Puff«, sagte Klimmt unverändert milde, »die kriegen einen an den Eiern, Rosen, dafür muss sich niemand schämen.«

»Ich packe das.« Rosen dachte daran, wie Billinsky einmal ihm gegenüber von der Angst gesprochen hatte, die sie in derartigen Situationen packte, einer Furcht, die so umfassend war, dass sie kaum noch fähig war, den eigenen Namen zu buchstabieren. Rosen wusste, was sie meinte. Allerdings hatte sie auch davon geredet, dass sie dann gleichzeitig von einem wahren Adrenalinschub durchgeschüttelt wurde, der sie unweigerlich weitertrieb, mitten hinein in die Gefahr.

Diese Empfindung wiederum kannte Rosen nicht, sie war ihm fremd und würde es immer bleiben, damit hatte er sich abgefunden.

»Rosen?« Klimmt beugte sich vor. *»Rosen?«*

»Äh, ja?«

»Eine Auszeit wäre keine schlechte Idee.«

Entschlossener als zuvor erhob sich Rosen. »Ich packe das«, wiederholte er, jetzt mit festerer Stimme.

Der Blick des Hauptkommissars ruhte zweifelnd auf ihm.

»Ehrlich, ich schaffe das.« Rosen nickte Klimmt zu und verließ den Raum.

Auf dem Flur atmete er erst einmal tief durch. Schweiß stand auf seiner Stirn, seine Fingerspitzen waren hingegen ganz kalt. Er ging zum Aufzug und fuhr in das Stockwerk, in dem die Büros untergebracht waren. Klimmt war eigentlich ein harter Knochen und die Unterredung wahrlich nicht typisch für ihn gewesen.

Während Rosen noch über das Gespräch mit seinem Chef grübelte, wurde er bereits wieder von den Erinnerungen an den Einsatz heimgesucht. An das lähmende Gefühl, das ihn überwältigt hatte – und das ihn das Leben hätte kosten können. Er war nicht einmal fähig gewesen, Deckung zu suchen, sondern hatte wie eine Zielscheibe dagestanden, reglos, widerstandslos.

An den Fenstern klebten Regentropfen eines Schauers, der schon wieder vorüber war. Von der anderen Seite des Flurs kam Mara Billinsky ihm entgegen, mit ihrem typischen forschen Gang, den Blick geradeaus gerichtet. Nein, in bester Stimmung war sie nicht, doch trotz der Düsternis, die sie in solchen Momenten ausstrahlte, glaubte Rosen etwas an ihr wahrzunehmen, das nur ganz selten zum Vorschein kam. Eine Verletzlichkeit, die sie wohl hinter ihrer schwarzen Kluft und den dunkel geschminkten Augen zu verstecken versuchte, ohne sie jemals zuzugeben.

»Wir müssen los«, rief er ihr durch den ansonsten leeren Flur entgegen.

Mit fragender Miene hielt sie direkt an der Bürotür inne.

»Ich hole nur noch meine Jacke und meine Pistole.«

»Was ist los, Rosen?«

»Rruzull«, war alles, was er antwortete.

21

Eine ruhige Wohnstraße. Viele nahezu identisch aussehende Blöcke, die Bierkneipe an der Ecke, lange, dichte Reihen geparkter Autos. Am Himmel verzogen sich ein paar verlorene Wolken. Der Asphalt glänzte feucht vom letzten Regen, die Luft füllte sich schon wieder mit dieser Frankfurter Schwüle.

Keine Fußgänger außer ihnen beiden.

Mara hatte den Alfa um die Ecke geparkt. Neben Rosen schritt sie auf das unauffällige fünfstöckige Gebäude zu. Sie überprüften die Klingelschilder und betrachteten den Bau.

»Unter dem Dach, hast du gesagt?« Maras Blick wanderte an dem Gemäuer empor. »Nach Anzahl und Anordnung der Klingeln zu urteilen, gibt es je fünf Mietparteien links und rechts im Haus. Und *keine* unter dem Dach.«

»Vielleicht handelt es sich einfach nur um eine kleine Dachkammer mit Schrägen. Keine Klingel, kein Briefkasten.«

»Wir sollten uns mal im Inneren des Hauses umsehen.«

Mara hatte bereits begonnen, einige der Klingelknöpfe zu drücken. Über die Sprechanlage ertönten fragende Stimmen, und Mara murmelte etwas von Paketservice. Ein Summen erklang, und Sekunden darauf befanden sie sich in einem ordentlichen, sauber gehaltenen Treppenhaus.

Ohne Eile, aber mit wachsender Konzentration nahmen sie die Stufen. Sie kamen an einer älteren Dame vorbei, die an der geöffneten Wohnungstür stand. Wahrscheinlich hatte sie den Summer bedient.

Mara zeigte ihr den Dienstausweis, Rosen ebenfalls. Die Frau machte ein erstauntes Gesicht.

»Gibt es unter dem Dach eine Wohnung?«, fragte Mara unvermittelt.

Die Frau musterte Maras schwarzen Aufzug erst jetzt eingehender, dann antwortete sie: »Ja, es gibt eine. Aber ich glaube, da wohnt niemand. Jedenfalls habe ich nie einen Menschen bemerkt, der dort …« Sie brach im Satz ab und hob nur die Schultern.

»Vielen Dank.«

Mara und Rosen waren schon weitergegangen, den Blick nach oben gerichtet. Unter dem Dach angekommen, entdeckte sie zwei Türen. Eine mit einem Milchglaseinsatz, hinter der sich anscheinend nur Gerümpel verbarg. Die zweite besaß kein Sichtfenster. Auch keine Klingel oder ein Namensschild.

Sie war nur angelehnt.

Mara deutete auf den schmalen Spalt, stellte sich rechts von der Tür an die Wand und legte die Hand auf ihre Waffe. Rosen postierte sich auf der linken Seite.

Mara klopfte an, ohne dabei ihre Position zu verlassen.

Nichts als Stille.

Erneutes Klopfen.

Mara und Rosen verständigten sich mit einem Blick. Sie zogen ihre Pistolen aus den Holstern.

»Hallo?« Maras Stimme hallte durch das Treppenhaus.

Keine Antwort, keine Reaktion.

Mara legte ihre freie Hand auf die Tür und drückte sie auf. *»Hallo?«*

Weiterhin nichts als Stille.

Nacheinander, sie vornweg, schoben sie sich ins Innere. Sie standen in einem Wohnzimmer mit einer kleinen, unter der Dachschräge eingebauten Kochnische. Zwei Herdplatten, die unbenutzt wirkten. Kaum Geschirr. Ein Sofa, ein Tisch mit einer Teekanne, einer gefüllten Tasse und abgegriffenen Pornomagazinen. Ein Fernseher, eine Playstation.

Auf dem Teppichboden lagen ein paar Kabelbinder und ein Klebeband.

»Hier riecht es komisch«, flüsterte Rosen.

Mara nickte. Das war ihr als Erstes aufgefallen: dieser widerliche Gestank. Zwei Türen gingen von dem Zimmer ab. Die erste stand offen – dahinter sah man ein enges Bad mit Klo und Duschkabine. Die zweite war geschlossen.

Mara trat an sie heran, lauschte am Holz. Vorsichtig, fast geräuschlos öffnete sie – und eine Wolke an Gestank schwappte förmlich über sie hinweg.

Sie stieß die Tür völlig auf und betrat das Schlafzimmer, das fast vollständig von einem Bett ausgefüllt wurde. Darauf lag ein Mann. Geknebelt, gefesselt, nackt.

Und tot.

Rosen trat neben Mara und wurde augenblicklich bleich.

»Das ist Rruzull«, sagte Mara leise.

»Mein Gott!«, stammelte Rosen.

In den Leichengestank mischte sich eine süßliche Duftnote, die Mara sofort erkannte: Honig. Ihr Blick wanderte über den Ermordeten hinweg, über die zahlreichen, von kleinen, spitzen Zähnen stammenden Bisswunden. Die Kehle war von einem Schnitt durchtrennt. Zahlreiche Hämatome hatten seine Haut dunkel verfärbt.

»Mein Gott!«, wiederholte Rosen.

»Wer hätte gedacht«, murmelte Mara tonlos, »dass der Mord an Sabine Pfeiffer mit den anderen Verbrechen in Zusammenhang stehen könnte?«

Rosen presste die Hand auf den Mund. Er würgte, konnte es aber diesmal verhindern, sich übergeben zu müssen. Mit fassungsloser Miene zog er sich zurück ins Wohnzimmer. Mara steckte die Waffe weg und verständigte mit ihrem Handy die Kollegen. Rruzulls Augen, nicht mehr winzig, sondern groß und rund, erstarrt im Moment des Todes, schienen sie dabei unentwegt zu beobachten.

22

Er schleifte sie mit sich, seine Hand wie ein Schraubstock um ihren Oberarm. Todesangst, Verwirrung, sie zitterte, am ganzen Leib.

Leere Wohnstraßen, Seitengassen. Auf einmal sah sie wieder die riesige Baustelle, auf der im Moment niemand arbeitete. Hier hatte er zuvor geparkt.

Wird es jetzt passieren?, fragte sich Anyana.

Würde er sie hier umbringen und in die für das Kellergeschoss ausgehobene Grube werfen, um sie anschließend unter Bauschutt zu begraben? Aber weshalb sollte er das tun? Er hätte sie genauso gut in der Wohnung umbringen können. Er hätte die Kabelbinder nicht von ihren Hand- und Fußgelenken, den Klebestreifen nicht von ihrem Mund lösen müssen.

Schließlich hatte er ja bereits Rruzull getötet. Anyana war nicht dabei gewesen, hatte es nicht mit eigenen Augen gesehen, aber daran gab es keinerlei Zweifel für sie.

Wie aus dem Nichts war der Fremde in ihr Leben getreten, hatte sie gepackt, ihr seine Waffe gezeigt und ihr befohlen, ihn zu Rruzull zu führen. Als sie ihm Auskunft gegeben hatte, hatte er sie zu einer silbernen Limousine geführt und sie in den Kofferraum verfrachtet.

Anyana hatte es schon mit vielen Schweinehunden zu tun gehabt, und alle hatten es verstanden, ihr gehörige Angst einzujagen. Aber dieser Mann war anders. Schlimmer, unberechenbarer, brutaler. Sie sah es ihm an. Seinen hellblauen Augen, seinem harten, schmallippigen Mund. Dieser Mann mit den Narben im Gesicht war das Böse schlechthin. Das war ihr spätestens klar geworden, als er Rruzull in den Nachbarraum befohlen hatte. Sie hatte es in Rruzulls Gesicht ablesen können. Nie hätte sie für möglich gehalten, dass es einmal jemandem gelingen würde, ausgerechnet diesen Mistkerl einzuschüchtern. Rruzull in den Griff zu kriegen. Ihn *umzubringen*.

Lange waren die beiden Männer in dem Zimmer geblieben, sehr, sehr lange. Eine Zeit, in der man ungeheuer viele Schmerzen erdulden konnte. Anyana wusste das.

Was sie nicht wusste, war allerdings, warum sie noch am Leben war.

Hinter der Limousine, die am Rand der Baustelle stand, stoppte der Mann. Die Kofferraumklappe sprang auf, Anyana wurde wieder mit hartem Griff in den Kofferraum gedrückt, die Klappe schloss sich.

Schwärze um sie herum. Nichts sonst, nur sie und Dunkelheit und Todesfurcht. Wie auf dem Hinweg.

Der Motor sprang an, die Fahrt begann, die Reifen rollten auf dem Asphalt dahin, erst langsam, gelegentlich mit einem Halt, wahrscheinlich an Ampeln, dann ging es weiter, schneller, immer schneller.

Anyana hatte sich zusammengerollt wie ein kleines Kind, die Augen geschlossen, doch die ganze Zeit über sah sie etwas. Ein winziges, schiefes Häuschen mit Plumpsklo dahinter, alte Teller mit Blumenmustern und abgestoßenen Rändern, löchrige Gardinen, das Kruzifix über dem alten Sofa. Die Gesichter der Eltern, hart, faltig, mit rauen Lippen, die sich nur selten zu einem Lachen verzogen.

Als der Wagen bremste und der Motor verstummte, fing Anyana an zu weinen.

Der Kofferraum wurde geöffnet, die beinahe schon unnatürlich hellen Augen des Fremden starrten auf sie herab. Mit der linken Hand zerrte er sie ins Freie. Er war nicht einmal groß, verfügte jedoch über eine erstaunliche Kraft.

Jetzt erst bemerkte Anyana die Pistole in seiner Rechten.

In der Ferne erhoben sich die Silhouetten der Frankfurter Hochhäuser. Sie waren irgendwo auf dem Land, auf einer Schotterstraße, in unmittelbarer Nähe eines Waldstücks.

»Rock hoch, Höschen runter!«, befahl er mit einem Lächeln, das ihr das Blut gefrieren ließ.

Sie gehorchte.

Während er sie vergewaltigte, hatte sie die ganze Zeit die Mündung der Waffe an der Schläfe.

Als er fertig war, stand er auf, packte sie hart am Arm und riss sie auf die Füße.

Anyana zog den Rock wieder nach unten.

Der Fremde deutete auf die Bäume.

»Hau ab, Mädchen«, sagte er schlicht. »Hau ab, so schnell du kannst.«

Sie stolperte los, lief schneller, rannte, stolperte, kam wieder auf die Beine, rannte weiter auf den Wald zu. Die ganze Zeit über wartete sie unablässig darauf, dass sich der Schuss löste.

Darauf, dass das, was sich Leben nannte, endlich vorüber war.

23

Die Frühlingssonne stand als Feuerball am Himmel und besaß für die Jahreszeit bereits eine erstaunliche Kraft.

Unter dem Pferdeschwanz, zu dem sie ihr rabenschwarzes Haar zusammengebunden hatte, rann Mara Billinsky der Schweiß in Strömen in den Nacken. Mithilfe ihres Smartphones überprüfte sie noch einmal den Straßenverlauf. Sie kannte sich nicht sonderlich gut aus in Sossenheim, einem Stadtteil mit hohem Migrations- und Frustrationsanteil, in dem es früher einmal viel Bandenkriminalität gegeben hatte. Diebstahl, Sachbeschädigung, prügelnde Straßenkids und andere kleine Delikte gehörten hier nach wie vor zum Alltag.

Sich auf etwas Sachliches, Konkretes konzentrieren zu können, half Mara dabei, die Bilder aus der Wohnung in Bockenheim aus dem Kopf zu bekommen. Die grausam zugerichtete Leiche des Mannes, der ihr nur unter dem Namen Rruzull bekannt war. Der Krieg wurde fortgesetzt, und bei dem Gedanken, was er noch bringen mochte, rieselte trotz der Wärme ein kalter Schauer an Maras Rückgrat hinab.

Rechts und links von ihr erstreckten sich Reihen trister Siedlungsbauten, die noch aus den Siebzigerjahren stammten: hässliche, mit Graffiti in allen möglichen Sprachen beschmierte Kästen. Auf den Wäschespinnen dazwischen hingen Klamotten. Schaukelstangen ohne Schaukeln. Beschädigte Bushaltestellenhäuschen. Abfall bedeckte die engen Flächen vor den Gebäuden. Ein türkisches Lebensmittelgeschäft, gleich daneben ein typisches Frankfurter Wasserhäuschen, vor dem zwei Säufer standen und tratschten.

Mara beschloss, hier ebenfalls eine Rast einzulegen. Sie

kaufte sich eine Dose Cola und leerte sie mit ein paar Schlucken. Ihr Blick war ununterbrochen auf einen der Siedlungsbauten gerichtet. Er war ihr Ziel. Seit dem Gespräch mit ihrem Vater auf dem Friedhof hatte Mara eine Frau, die dort wohnte, mehrfach angerufen. Beim ersten Mal war sie abgewimmelt worden, bei den folgenden Versuchen die Frau gar nicht erst rangegangen.

Entschlossen schritt Mara zum Eingang des grauen Kastens. Sie fand den Namen, den sie suchte, auf einem der unteren Klingelschilder und läutete zweimal. Keine Reaktion.

Zurück beim Wasserhäuschen kaufte sie eine weitere Cola und eine Schachtel Zigaretten – wofür sie sich hasste. So lange hatte sie es ohne das verdammte Qualmen ausgehalten. Doch seit die Vergangenheit sich zusehends stärker in ihr Leben drängte, hatte sie immer mal wieder den Drang nach einem tiefen Zug und dem Brennen auf den Lungen verspürt.

Sie hatte gerade erst nach dem silbernen Zippo – geliebtes und nach wie vor stets aufgefülltes Relikt aus ihrer Zeit als Raucherin – gegriffen, da fiel ihr eine Frau in billiger, abgetragener Kleidung auf, die sich mit einer Einkaufstüte aus dem Supermarkt dem Siedlungsbau näherte.

Die Jahre waren nicht spurlos an Heidi Esswein vorübergegangen. Mara erkannte sie jedoch trotz der tiefen Falten, der stark ergrauten Haare und des gebeugten, schleppenden Gangs sofort wieder. Frau Esswein war lange die Putzfrau im vornehmen Hause Billinsky im Westend gewesen. Gelegentlich hatte sie auch Katharina Billinsky beim Kochen unterstützt, wenn Gäste eingeladen waren. Sie hatte nicht zur Familie gehört, war aber doch ein fester Bestandteil im Alltag der Billinskys gewesen. Und das bis kurz nach dem Mord an Maras Mutter.

Mara steckte Feuerzeug und Zigarettenschachtel weg und ging hinter der langsam dahinschlurfenden Frau her. Ja,

Heidi Esswein war alt geworden. Seit zwanzig Jahren hatte Mara sie nicht mehr gesehen, eine lange Zeit.

Als die mittlerweile wohl über Siebzigjährige den Eingang erreichte und aufschloss, stand Mara ganz plötzlich dicht bei ihr.

»Hallo, Frau Esswein!«, sagte sie.

Die Frau fuhr erschrocken zusammen. Mit misstrauisch zusammengekniffenen Augen taxierte sie Mara. Missbilligend und abweisend fuhr der Blick über Maras Piercings, die Lederjacke, die Doc-Martens-Stiefel. »Wer sind Sie?«

»Ich bin Mara Billinsky.«

Erneut ein Zusammenzucken, ein Aufflackern im Blick. Und im nächsten Moment, wie bei einer Lampe, die nur ganz langsam hell wurde, schien das Erkennen zu erfolgen.

»Tja, ich bin es wirklich«, sagte Mara. Sie fühlte, wie ein schiefes Lächeln über ihr Gesicht huschte. Es war seltsam, jemandem aus einem Leben gegenüberzustehen, von dem sie so oft geglaubt hatte, es hinter sich gelassen zu haben.

»Deine Augen, Mara.« Die Frau betrachtete sie. Noch immer überrascht, doch vielleicht auch mit Neugier. Oder bildete Mara sich das ein?

Ein zögerliches Nicken der Frau. »Daran erkenne ich dich tatsächlich wieder. Es sind *ihre* Augen. Die Augen deiner Mutter.«

»Ansonsten habe ich nicht viel Ähnlichkeit mit ihr.«

»Katharina Billinsky war eine sehr schöne Frau. Ein Schwan. Damit will ich natürlich nicht behaupten, dass du keine schöne Frau bist.« Sie kicherte, ein fast schon etwas irrer Laut.

»Das können Sie ruhig«, meinte Mara.

»Mir scheint nur, dass du, wenn ich das sagen darf, dir sehr viel Mühe gibst, deine Schönheit zu verbergen, Mara.« Wieder das Kichern, wie bei einer Märchenhexe.

Mara bekam ein unangenehmes Gefühl, wie immer, wenn

man ihr zu verstehen gab, dass man ihre Aufmachung als eine Schutzhülle empfand. Vielleicht weil das durchaus der Wahrheit entsprach.

»Wenn ich dich«, sprach die alte Frau vorsichtig weiter, »überhaupt Mara nennen darf. Frau Billinsky wäre wohl passender, nach all den Jahren.«

»Mara ist vollkommen okay.«

»Ich hätte nie gedacht, dass ich dich jemals wieder treffen würde. Die kleine freche Göre. Hoppla, verzeih mir meine Worte, Mara. Aber wenn man alt ist, ist man manchmal ein bisschen zu ehrlich.«

Mara nickte. »Ein gutes Stichwort. Ehrlich.« Sie ließ eine lange Sekunde verstreichen, ehe sie fortfuhr: »So ganz überraschend ist es ja nicht, dass ich hier bin. Ich hatte Sie angerufen.«

»Tut mir leid, da hatte ich gerade sehr wenig Zeit.«

»Jetzt auch, nehme ich an.«

»Äh, ja, leider. Ich habe noch einen Arzttermin und ...«

»Frau Esswein«, unterbrach Mara sie barsch. »Ich habe genug davon, mich abwimmeln zu lassen. Ich will ein paar Antworten.«

»Ich glaube nicht, dass du die von einer alten Putzfrau bekommst.«

»Das wird sich zeigen.« Mara trat einen Schritt vor. »Sprechen Sie mit mir! Ich will, dass endlich jemand mit mir *spricht*.«

Heidi Esswein blinzelte, seufzte, schaute weg. »Ich weiß nicht recht.«

»Tut mir leid, Sie werden mich nicht los, Frau Esswein. Und ich verspreche Ihnen, es dauert nicht lange.«

Erneut das Nicken, widerwillig, bekümmert. »Gut, lass uns in meine Wohnung gehen.«

Mara nahm ihr die Einkaufstüte ab. Die Frau ließ es geschehen, warf ihr aber einen unwilligen Blick zu.

Gleich darauf saßen sie sich im Durcheinander einer engen Zweizimmerwohnung gegenüber. Den größten Platz des Wohnzimmers nahmen drei Käfige mit vier Vögeln ein, die ständig zwitscherten und mit ihren Krallen an den Gitterstäben rüttelten. Der Geruch von Vogelfutter, Tierkot und altmodischem Parfüm hing im Raum. In den Ecken klebten Spinnweben. Es waren gehäkelte Sofakissenbezüge, kitschige Porzellanfiguren, Polster mit Blumenranken zu sehen und an den Wänden etliche schief hängende kleine Bildchen mit naiver Malerei. Außerdem Umzugskartons, zur Hälfte ausgepackt, jede Menge Staub und Essenskrümel. Die ehemals so vorbildliche Putzfrau hatte ihren Ordnungssinn offenbar eingebüßt.

Wie immer war es schwer für Mara, sich zu zügeln, doch es gelang ihr, nicht mit der Tür ins Haus zu fallen, sondern sich erst einmal danach zu erkundigen, wie es ihrer Gastgeberin in den zurückliegenden Jahren ergangen war.

Das Gespräch kam mühsam in Gang. Die früh verwitwete Heidi Esswein hatte zuletzt bei ihrem einzigen Sohn in den Niederlanden, in der Nähe von Amsterdam, gewohnt. Hatte sie früher dank Putz- und Haushaltsjobs stets für ihren Lebensunterhalt sorgen können, so verhielt es sich inzwischen anders. Ein Hüftleiden und chronische Schmerzen in beiden Knien behinderten sie stark. Zuletzt hatte sie sich mit ihrem Sohn überworfen. Nun war sie nach Deutschland zurückgekehrt, und der Ausblick auf die Zukunft bereitete ihr offenbar große Sorgen. Sie wirkte einsam und durcheinander.

Als Mara die Unterhaltung auf jene Jahre lenkte, in denen die Frau für die Billinskys gearbeitet hatte, blockte sie ab und verfiel in Schweigen.

»*Ich verstehe das nicht!*«, platzte es aus Mara heraus. »Warum will niemand mit mir reden?«

Heidi Esswein zuckte hilflos mit den Achseln. »Mara, was glaubst du, was ich zu erzählen hätte? Ich kam einmal die Woche zu euch und machte sauber. Was erwartest du? Dass deine Eltern mir irgendetwas anvertraut hätten?«

»Aber Sie waren doch auch bei uns, wenn meine Mutter Freunde zum Abendessen eingeladen hat. Können Sie nicht …?«

»Ach, Mara, nur um bei den Vorbereitungen behilflich zu sein. Ich kannte die Freunde und Bekannten in der Regel nicht. Anwälte wie dein Vater und so weiter. Klar, ich könnte dir ein paar Nachnamen nennen …«

»Die Namen kenne ich«, unterbrach Mara sie und konnte dabei eine gewisse Verzweiflung nicht verbergen. »Aber meine Nachforschungen …« Sie verstummte, starrte vor sich hin, sah dann Heidi Esswein geradenwegs in die Augen. »Eine bestimmte Frage nagt besonders an mir. Eine ziemlich simple Frage. Doch aus welchen Gründen auch immer – niemand hat mir je eine Antwort darauf gegeben.«

Frau Esswein ruckte in ihrem Sessel hin und her. Die ganze Situation war ihr unangenehm, das war eindeutig.

»Und die Frage lautet«, fuhr Mara fort, »ob meine Eltern eine glückliche Ehe geführt haben.«

Die Vögel zwitscherten, sie gingen ihr auf die Nerven.

»Mara, ich war die Putzfrau!« Frau Esswein verlor zum ersten Mal ihre zittrige Beherrschung. »Was sagt dein Vater dazu? Ihn musst du fragen.«

Sie fixierte die alte Frau. »Ja oder nein? Was war ihr Eindruck?«

»Meine Güte, das ist nicht leicht …«

»Ja oder nein?«

»Bis zu einem gewissen Zeitpunkt ganz bestimmt.«

»Ab welchem Zeitpunkt nicht mehr?«

»Himmel, Mara, ich finde, man sollte die alten Geheimnisse ruhen lassen.«

Ruckartig richtete Mara sich im Sessel auf. »Also *gab* es Geheimnisse. Welche?«

Sie erhielt keine Antwort.

»Er hat sie betrogen, oder?«

»Bitte? Wer?«

»Mein Vater natürlich«, kam es wie aus der Pistole geschossen. »Er hat meine Mutter betrogen, nicht wahr? Seit Jahren denke ich das, seit Jahren gärt das in mir.«

»Dazu kann ich nichts sagen.«

»Und meine Mutter? Sie hat es rausbekommen. Das stimmt doch, oder?«

»Dazu kann ich nichts sagen«, wiederholte Heidi Esswein mit dünner, weinerlicher Stimme. »Ach, ich mochte deine Mutter sehr. Schön wie ein Schwan. Und auf den ersten Blick vielleicht auch so unnahbar, wie Schwäne manchmal wirken. Doch lernte man sie besser kennen, dann wusste man, dass sie ein großes Herz hatte.«

»Sie mochten sie? Das freut mich. Und meinen Vater? Mochten Sie auch ihn?«

»Mit ihm hatte ich ja kaum zu tun«, antwortete Heidi Esswein ausweichend.

»Die Ehe war also glücklich bis zu einem *gewissen Zeitpunkt*«, bohrte Mara weiter. »Das waren Ihre Worte.«

»Mein Gott, Mara.«

»Bis er sie betrogen hat, stimmt's?« Sie spürte, wie schneidend ihr Tonfall geworden war, als würde sie ein Verhör auf dem Präsidium führen. Sie hatte kein Recht, diese hilflose Frau derart zu bedrängen, aber sie wusste, dass sie einfach nicht anders konnte. Es lag etwas Unausgesprochenes in der Luft, sie spürte es. »Das war dieser *gewisse Zeitpunkt*, richtig?«

Heidi Esswein hob die Hände, abwehrend, in die Ecke gedrängt, und vermied es, ihr in die Augen zu sehen. »Ich bitte dich, Mara, lass mich allein, ich bin zu alt, ich kann mich an nichts erinnern. Mich geht das alles nichts an.« Die faltigen, von etlichen dünnen Äderchen durchzogenen

Hände der Frau zitterten. »Lass doch die Vergangenheit ruhen!«

»Jetzt erst kapiere ich.« Mara nickte ihr zu. »Sie haben Angst.«

»Wovor sollte ich?«

»Die Frage ist: vor wem.«

»Das ist doch lächerlich.«

»Ich sehe es Ihnen an.« Maras Stimme wurde noch eindringlicher: »Wer übt Druck auf Sie aus?«

»Niemand.«

»Wer jagt Ihnen Furcht ein?«

»Ich bitte dich zum letzten Mal: Verlass meine Wohnung!«

Die Vögel wurden lauter und flatterten in ihren Käfigen umher, als könnten sie fühlen, dass ihre Besitzerin unter Stress stand.

Mara griff in ihre Jacke. Bei dieser Bewegung zuckte die Frau zusammen, als wäre sie fürchterlich erschrocken. Konnte Heidi Esswein tatsächlich auf den Gedanken kommen, sie würde eine Waffe ziehen? Sie drückte ihre Visitenkarte in die bebende Hand der alten Frau.

»Falls Ihnen trotzdem etwas einfällt. Oder besser gesagt: Falls Sie doch noch reden wollen – rufen Sie mich an. Büro oder Handy, ganz egal.«

Die Lippen der Putzfrau bildeten einen dünnen Strich.

»Sie mochten meine Mutter, richtig? Dann tun Sie's für sie.«

Mara erhob sich.

Falls jemand in der Tat Heidi Esswein eingeschüchtert hatte, hieß das nur eines: dass sie dranbleiben musste.

Vor ihrem inneren Auge zeichnete sich das Gesicht ihres Vaters ab, und sie wurde von einem glühenden Zorn gepackt.

Dieses Bild blieb bei ihr, als sie wieder die Straße betrat und auf dem Bürgersteig entlangmarschierte, vorbei an dem Wasserhäuschen, den traurigen Bauten, den Graffiti-Schmierereien. Auch noch, als sie den Wagen erreichte und die Fahrertür öffnete.

In dem Moment, als sie auf den Sitz sank, klingelte das Handy. Eine ihr unbekannte Festnetznummer mit Frankfurter Vorwahl wurdc angezeigt.

»Hallo?«

»Mara?«, drang es leise zu ihr.

Das war schnell gegangen!

»Reden Sie, Frau Esswein!«, verlangte Mara, verblüfft und plötzlich erfüllt von einer knisternden Gespanntheit.

»Ich erzähle dir eine Sache, und dann war's das für mich. Dann lässt du mich in Frieden. Versprichst du mir das?« Im Hintergrund kreischte einer der Vögel.

»Ich verspreche es.«

»Bitte, Mara! Keine Anrufe, keine Besuche, keine Fragen.«

»Ich verspreche es.«

»Ich weiß nicht, ob es etwas zu bedeuten hat«, fuhr Frau Esswein fort. Sie hörte sich klarer, gefasster an. »Oder ob es völlig unwichtig ist. Aber damals war ich irgendwie überrascht, und das ist mir in Erinnerung geblieben. Ich erzähle es dir, weil ich weiß, dass du mich doch nicht in Ruhe lassen würdest. Und ich tue es für deine Mutter.«

Mara hielt den Atem an und drückte sich das Handy unnatürlich fest ans Ohr.

Die Stimme der Frau ertönte gepresst: »Oft war niemand da, wenn ich zu euch zum Putzen kam. Du warst in der Schule, dein Vater arbeitete, deine Mutter ebenfalls, zumindest halbtags.« Heidi Esswein räusperte sich. »Aber manchmal war sie auch anwesend. Hin und wieder wurde sie dann von einer ihrer Freundinnen besucht. So auch an einem Tag, an den ich zurückdenken musste, als du dich vorhin von mir verabschiedet hast. An diesem Tag verließ gerade, als ich mein Rad abstellte, eine von Katharinas Freundinnen euer Haus. Ich sah sie, und sie sah mich, das weiß ich.«

»Wer war es?«

»Da es sich um eine Freundin deiner Mutter handelte, erwartete ich also automatisch, sie anzutreffen. Doch nicht etwa deine Mutter war zu Hause …«

»Sondern mein Vater«, vollendete Mara den Satz.

»Richtig, es war Herr Billinsky.«

In Maras Kopf ratterten die Rädchen. »War es ihm womöglich nicht recht, dass Sie die Besucherin bemerkt hatten? Erinnern Sie sich daran?«

»Ich glaube, das ließ er sich nicht anmerken. Ohne ein Wort rauschte er ein paar Minuten später an mir vorbei nach draußen zu seinem Auto. Dann fuhr er davon. Nun ja, so war er oft.«

»Haben Sie nach dem Mord jemals irgendjemandem davon erzählt?«

»Ja. Ein einziges Mal.«

»Wem?«, fragte Mara mit staubtrockener Stimme.

Bestimmter und schneller als zuvor erfolgte die Antwort: »Mara, das werde ich dir auf keinen Fall sagen.«

»Aber verraten Sie mir jetzt bitte endlich«, entfuhr es Mara gehetzt, »wer die Frau war, die meinen Vater besucht hat.«

»Es war Beate Grigoleit.«

»Gernot Grigoleits damalige Frau?«, kam es zweifelnd über Maras Lippen.

»Sonst habe ich sie nie bei euch zu Gast gesehen. Niemals. Allein, meine ich. Deshalb ist es mir ja aufgefallen.«

»Und so sind Sie auf den Gedanken gekommen, dass …«

Doch Heidi Esswein hatte bereits aufgelegt.

24

Die Schulklassen und Kindergartengruppen waren für heute längst verschwunden, die Touristen würden erst in einigen Wochen geballt auftauchen. Nur ein paar Rentner und Mütter mit Kinderwagen trieben sich im Palmengarten herum. Es war früher Nachmittag, sonnig, warm. Der perfekte Ort, die ideale Tageszeit, um ungestört und unbeobachtet ein Gespräch führen zu können. Einen Bullen würde man zwanzig Meter gegen den Wind riechen, aber mit ihnen war nicht zu rechnen. Sie würden im Traum nicht darauf kommen, dass Shefik Hoxha ausgerechnet den Palmengarten für kurze geheime Treffen nutzte, und das bereits seit geraumer Zeit.

Schon von Weitem sah er den kräftigen, unauffällig gekleideten Mann, der auf ihn wartete, pünktlich und zuverlässig wie immer. Klement Cana war ein ganzes Stück kleiner als sein hünenhafter Bruder Igli, aber mit ähnlich eindrucksvollen Muskelpaketen ausgestattet.

Hoxha reichte ihm kurz die Hand, dann setzten sich die beiden in Bewegung und folgten ohne Eile einem Fußweg, der durch den Palmengarten führte, einem zweiundzwanzig Hektar großen botanischen Garten. Mit seinen Sitzbänken zum Ausruhen, den sorgsam angelegten Freiflächen und klimatisierten Gewächshäusern stellte er eine eigene abgeschirmte Welt dar, inmitten des Westends.

»Unsere vier Männer sind immer noch in Haft«, begann Hoxha mit seiner leisen, unaufdringlichen Stimme die Unterredung in der Landessprache der beiden Männer. Sein rundes, glatt rasiertes Gesicht und das grau melierte Haar ließen ihn unauffällig erscheinen. Er wusste das, und genau das hatte ihm immer geholfen. Niemand hätte ihm auf den ersten Blick zugetraut, eine derart brutale, erfolgreiche Bande anzuführen, unangefochten, respektiert von allen Gefolgsleuten.

»Ja, immer noch in Haft«, bestätigte Cana.

»Hast du etwas rauskriegen können? Haben sie dichtgehalten?«

»Ich hoffe.«

»Ich will nicht, dass die Bullen irgendwelche internen Sachen über uns erfahren. Bisher konnten wir so ungestört agieren, weil sie nichts über uns wussten. Weil wir Unsichtbare für sie waren. Und das soll auch so bleiben.«

Sie gingen an dem kleinen Amphitheater vorbei in Richtung eines Teiches.

»Ich habe mit einigen Leuten in Tirana gesprochen«, fuhr Hoxha fort, »und mich erkundigt, ob ich noch jemanden als Verstärkung für uns kriegen kann. Mal abwarten, was dabei herauskommt. Und ich habe lange überlegt, wer die Männer sein könnten, die uns so zusetzen.«

Cana sah ihn von der Seite an. »Auf wen bist du gekommen?«

»Erinnerst du dich an den Wolf?«

»Den Wolf?« Cana nickte mit düsterer Miene. »Wer könnte den vergessen?«

»Ich weiß es nicht mit Sicherheit. Aber irgendetwas sagt mir, dass er es ist. Er hat vor einiger Zeit schon einmal versucht, Frankfurt unter Kontrolle zu bekommen. Damals ist ihm ein großes Drogengeschäft zum Verhängnis geworden. Und dabei hat eine Kommissarin eine Rolle gespielt, zu der ich gleich noch mal komme. Jedenfalls ist der Wolf danach auf Tauchstation gegangen.«

»Wenn er es ist, wird es hart. Noch härter als bisher.«

»Übrigens, ich habe mit Rruzull telefoniert. Es kann sein, dass Anyana irgendeinen Mist ausgeplaudert hat. Rruzull will sie sich noch einmal vorknöpfen, aber er ist manchmal zu nachlässig. Du kennst ihn ja.« Hoxha winkte beiläufig ab. »Deshalb werden wir uns um sie kümmern. Wir müssen wissen, ob sie den Bullen was gesteckt hat. Und falls sie für uns ein Risiko sein könnte …«

Er ließ den Satz offen, Klement Cana verstand ihn auch so.

»Und dann gibt es da diese Kommissarin, die ich erwähnt habe.« Unverändert ruhig sprach Hoxha weiter: »Inzwischen weiß ich, dass sie Mara Billinsky heißt. Sie macht Scherereien. Auch bei der Lieferung, die vor Kurzem in die Hose gegangen ist, war sie im Spiel. Du weißt schon, die Sache bei der Spedition. Sie hat sogar einen unserer Männer angeschossen.«

»Mara Billinsky.« Cana nickte.

»Du musst sie beobachten.«

Sie hatten den Teich hinter sich gelassen und gingen in nördlicher Richtung, das Tropicarium kam in Sicht.

»Nur beobachten?«

Sie hielten inne.

»Hm, es wäre an der Zeit, der Polizei klarzumachen, dass das kein Spiel ist. Dass es auch für *sie* gefährlich werden kann. Gefährlicher als in dem Puff. Du weißt ja, sie ziehen dann die Köpfe immer ganz schnell ein.«

»Nur beobachten?«, wiederholte Cana betont.

Hoxha lächelte schmal und betrachtete die Pflanzenwelt, die sie umgab. »Ja, vielleicht sollten wir diese Billinsky nutzen, um den Bullen klarzumachen, dass man sich mit uns besser nicht einlässt.«

25

Mara Billinsky hatte die Beine auf dem Beifahrersitz ausgestreckt und den linken Arm lässig auf dem Lenkrad abgelegt. Durch die geöffneten Vorderfenster quoll eine Masse aus warmer, träger Luft ins Innere des Alfas. Die Lederjacke lag auf der Rückbank und verbarg die daruntergeschobene P30.

Zuerst hatte sie ihr Smartphone verwendet, war dann jedoch zu dem extra mitgebrachten Laptop gewechselt, weil es damit bequemer war, das Internet umzukrempeln, immer wieder dieselben alten Namen in Suchmaschinen einzutippen und zu warten, was das Netz darüber ausspuckte. Oder eben *nicht* ausspuckte.

Auch ihre in kleinen Blöcken oder auf einzelnen Blättern handschriftlich festgehaltenen Notizen besah sie sich in gewissen Abständen zum Abgleich.

Sicher, Heidi Esswein hatte nichts weiter als einen Namen gesagt, aber auch in Blicken konnte man lesen, in mühsam unterdrückten Gesten. Mara hatte immer auf ihr Gespür vertraut, oft genug zu Recht. Warum nicht auch diesmal?

Ihre jetzige Umgebung stellte einen beträchtlichen Kontrast zu Sossenheim dar. Und auch die Frau, die Mara hier befragen wollte, schien einer anderen Welt anzugehören als Heidi Esswein. Mara hatte mit ihr bereits vor Jahren Kontakt gehabt. Und auch vor Kurzem hatte sie sie angerufen, dabei sogar Auskünfte erhalten, obgleich höchst vage. Heute wollte sie endlich einen Schritt weiterkommen. Sie hatte sich vorgenommen, noch hartnäckiger als bisher dranzubleiben, sich festzubeißen, ganz egal, was sie dabei riskieren mochte. Und einmal mehr verdrängte sie alle Warnungen.

Eine silberfarbene Mercedes-Limousine tauchte auf und parkte vor der Garage, die zu einer Villa gehörte, wegen deren Eigentümerin Mara hier wartete und einmal mehr mit der eigenen Ungeduld zu kämpfen hatte. Eine ältere Dame entstieg dem Wagen und verschwand im Haus.

»Herzlich willkommen«, murmelte Mara vor sich hin.

Sie klappte den Laptop zu, schob ihn unter den Beifahrersitz und betrachtete noch einmal die Gegend, in der sie am Rande des Bürgersteigs geparkt hatte, ein wenig verdeckt von einem mächtigen Kastanienbaum. Strahlend weiß verputzte, imposante Villen mit großen Fassaden und Schiebetüren aus Glas, durch die man in Gärten gelangte, die von Angestellten in einem makellosen Zustand gehalten wurden. Ausladende Balkone, Swimmingpools und Doppelgaragen, vor denen teure Oberklassewagen abgestellt waren. Das war Niedernhausen, etwa eine Dreiviertelstunde mit dem Auto von Frankfurt entfernt.

Mara wollte gerade aus dem Alfa aussteigen, als ihr Handy erklang. Sie blieb sitzen und nahm es an sich. Ein Blick aufs Display – es war Rosen.

»Rosen, was gibt's?«

»Wo bist du, Billinsky.«

»Unterwegs«, antwortete sie, so vage es ging.

»Äh, okaaay«, sagte er gedehnt, »und wann wirst du wieder hier sein?«

»In Kürze«, erwiderte sie ebenso ausweichend wie vorher.

»Na ja, wie auch immer«, meinte er, und sie konnte sich seinen ratlosen Gesichtsausdruck gut vorstellen. Normalerweise war sie um einiges präziser. »Ich wollte dir nur mitteilen, unser Verdacht hat sich bestätigt.« Er raschelte mit Blättern. »Also, bei dem Honig auf Rruzulls Leiche handelt es sich um denselben wie bei dem Mord an Sabine Pfeiffer. Gekauft in einem Supermarkt. Akazienhonig.«

»Anscheinend die Lieblingssorte unserer flüchtigen Ratte.«

»Rruzull hat einiges einstecken müssen, bevor er erlöst wurde, wenn auch nicht so ausgiebig wie Sabine Pfeiffer. Etliche Hämatome, aber nicht derart viele wie die Frau. Auch nicht ganz so zahlreiche grässliche Bisswunden. Und der letzte Akt war exakt derselbe wie bei der Pfeiffer: ein Schnitt durch die Kehle mit einem scharfen Messer.«

»Irgendwelche Spuren, die uns weiterbringen könnten?«, fragte Mara ohne großen Optimismus.

»Spuren? Doch, in der Tat«, erwiderte Rosen, spröde wie ein Nachrichtensprecher. Und wieder raschelte er.

»Wirklich? Dann mal los«, gab Mara überrascht von sich. »Raus damit, Rosen!«

»Auf den Kabelbindern und dem Stück Klebestreifen, mit denen eine zweite Person im Wohnzimmer gefesselt und geknebelt worden war, konnten verwertbare Fingerabdrücke festgestellt werden. Und rate mal, zu wem sie gehören?«

»Rooosen …«

»Okay, okay. Die Fingerabdrücke gehören zu Anyana Lupescu.«

»Ach«, machte Mara verdutzt.

»Da stellt sich die Frage, ob wir demnächst auf ihren Leichnam stoßen.«

»Du meinst, mit Rattenbissen übersät? Dann hätten wir ihn in der Wohnung gefunden. Warum sollte man sie von dort wegschaffen, um sie anschließend woanders umzubringen? Das glaube ich nicht.«

»In jedem Fall bedeutet es, wir müssen an ihr dranbleiben.«

»Klar«, erwiderte Mara grüblerisch. Und setzte kopfschüttelnd hinzu, fast mehr zu sich selbst: »Hm, wir suchen einen durchgeknallten Sadisten, der mit einer Ratte unterwegs ist, die auf Akazienhonig steht. Verrückte Welt, oder?«

»Was auch verwundert«, entgegnete Rosen erneut auf seine spröde Art, »ist die Tatsache, dass der Fall Sabine Pfeiffer damit zusammenhängt. Das war im ersten Moment wirklich unglaublich. Tja, und das heißt auch, dass dein Vater endgültig als Verdächtiger ausscheidet. Genau wie alle übrigen Kunden, dic in Sabine Pfeiffers Laptop erfasst sind. Bei keinem von ihnen ließ sich eine Verbindung zu Rruzull oder zu irgendwelchen Gruppierungen des organisierten Verbrechens herstellen. Ich habe sie alle überprüft.«

»Hut ab, da warst du fix.«

»Zudem haben alle ein Alibi für die Zeit, in der Rruzulls letztes Stündchen geschlagen hat. Ich werde trotzdem versuchen, jeden Einzelnen noch einmal zu durchleuchten. Und auch die wenigen privaten Kontakte von Sabine Pfeiffer checken, die sich ermitteln ließen.« Er seufzte. »Ich frage mich, wie die Pfeiffer und der Bandenkrieg im Bahnhofsviertel verknüpft werden können.«

Sie hatte das Gespräch kaum beendet, da klingelte es schon wieder. Mara schenkte dem Display gar keine Beachtung, so sicher war sie, um wen es sich bei dem Anrufer handelte: »Na, Rosen, was hast du vergessen?«

»Gar nichts«, brummte eine Stimme. »Hier ist Klimmt.«

Eine Sekunde unangenehmer Stille.

»Kann ich Ihnen helfen, Chef?«

»Da Sie offenbar gerade mit Rosen geredet haben, sind Sie bestimmt im Bilde, was Rruzull betrifft. Das wollte ich Ihnen nämlich auch gerade mitteilen.«

»Soweit man da im Bilde sein kann. Es bleibt alles rätselhaft.«

Klimmts Stimme wurde noch brummiger, als er antwortete: »Sie sind mir auch mal wieder ein Rätsel.«

»Ich?«

»Können Sie mir endlich mal erklären«, schnaubte er, »wo zum Geier Sie sich schon wieder herumtreiben?«

So gelassen es ihr möglich war, gab sie zurück: »Ich verfolge hier noch eine Spur.«

»Was für eine *Scheißspur*?« Er glaubte ihr kein Wort, das war nicht schwer herauszuhören.

»Die Details folgen, ich muss jetzt los.«

Klimmt schnaufte laut vernehmlich. »Billinsky, erinnern Sie sich an das, was ich Ihnen gesagt habe, bevor der ganze Irrsinn angefangen hat? Kein privater Müll.«

»Klar, Chef«, entgegnete sie ebenso ruhig wie zuvor.

»Dann ist's ja gut.«

Ein Klicken ertönte, es war nichts mehr von ihm zu hören. Zum Glück, dachte Mara.

Sie stieg aus und begab sich zu der strahlend weißen Villa. Es war ihr sinnvoller erschienen, sich vorher nicht anzukündigen. Entschlossen betätigte sie die Klingel. Ein dezenter Laut ertönte. Sofort darauf öffnete eine Frau mittleren Alters, eine Hausangestellte, die Mara vorher schon durch die Fenster hatte beobachten können. Sie nannte ihren Namen und verlangte forsch, die Eigentümerin zu sprechen. Nach einem langen irritierten, eher erschrockenen Blick, da Mara kaum mit den ansonsten hier verkehrenden Gästen zu vergleichen war, wurde die Tür angelehnt.

Während sie wartete, nahm Mara sich vor, sich durch kein Argument, keine Ausrede, einfach durch rein gar nichts abweisen zu lassen.

Doch das war nicht nötig. Sie wurde hereingebeten und saß ein paar Sekunden später einer gut sechzigjährigen Dame gegenüber. Und wieder wurde der krasse Kontrast zu dem Besuch in Sossenheim deutlich. Das in mehrere Ebenen unterteilte Wohnzimmer, in dem sie sich befanden, war weitaus größer als Heidi Essweins gesamte Wohnung. Unaufdringliche Eleganz, Parkettboden, viel Chrom, keine Farben außer Schwarz und Weiß, nicht der geringste Schnickschnack. Außer einigen weißen Orchideen keine Pflanzen, eine abstrakte

Kunstskulptur, fast keine Gemälde an den Wänden, auffällig nur das großformatige, ausschließlich in Schwarz gestaltete Selbstporträt Basquiats, eines schillernden, bereits in den Achtzigerjahren verstorbenen New Yorker Konzeptkünstlers.

Beate von Lingert trug ein schlichtes kurzärmeliges Oberteil, Jeans einer Designermarke und bequeme weiße Schuhe aus Segelstoff. Kein Schmuck, nicht einmal Ohrclips oder ein Armreif.

Sie hatte etwas zu trinken angeboten, doch Mara hatte abgelehnt.

»Ich hatte so ein Gefühl«, sagte ihre Gastgeberin, »dass wir uns bald persönlich treffen würden.« Eine Geste des Bedauerns. »Aber ich fürchte, der Weg hierher ist Zeitverschwendung für Sie.«

»Wir werden sehen.«

»Irgendwie gefällt es mir ja, dass Sie nicht lockerlassen.«

»Eine alte Schwäche von mir.« Mara lächelte schmal. »Oder eine Stärke.«

Sie maßen sich gegenseitig mit einem intensiven Blick. Mara hatte im Internet lediglich ein Foto von ihr gefunden – und auf dem war sie kaum zu erkennen gewesen. Beate von Lingert hatte sehr kurz geschnittenes graues Haar, ihr Gesicht strahlte etwas Strenges, Herbes aus, mit harten Wangenknochen, tief liegenden Augen und beeindruckend wenigen Falten. Sie rüstig zu nennen, wäre eine krasse Untertreibung gewesen – sie wirkte sportlicher als so mancher Jungspund. Straffe Körperhaltung, sehnige Arme. Lange, starke Finger, lange, schmale Füße. Die Knie traten spitz unter dem Hosenstoff hervor, die Beinmuskulatur zeichnete sich ab. Kein Zweifel, das war eine Dame, bei der Fitness großgeschrieben wurde.

In Mara breitete sich jedenfalls eine gewisse Enttäuschung aus.

Sollte sie tatsächlich darauf gehofft haben, eine Geliebte

ihres Vaters, von der niemand wusste, anzutreffen und so ein altes Geheimnis zu lüften, dann wurde diese Hoffnung mit jeder Sekunde kleiner. Diese kernige Lady konnte sie sich keineswegs als Gespielin ihres Vaters vorstellen; sie entsprach nicht im Geringsten seinem üblichen Beuteschema. Ein merkwürdiges Bild, sich die beiden gemeinsam vorzustellen, erst recht auf intime Weise.

Je länger Mara sie ansah, desto mehr wurde ihr die Ähnlichkeit zu ihrem Sohn bewusst. Was würde Christian von Lingert denken, wenn er wüsste, dass Mara und sie jetzt gerade beieinandersaßen? In dem Haus, in dem er nach der Scheidung seiner Mutter mit seinem leiblichen Vater gewohnt hatte. Was würde er sagen? Das wollte Mara wohl lieber nicht wissen.

»Wo ist eigentlich Ihr Mann, wenn ich fragen darf?«, brach Mara die Stille.

»Er arbeitet an einem Projekt.« Ein sanftes Schmunzeln zeigte sich auf den Lippen der Frau. »Seit Jahren versichert er mir, dass er kürzertreten will, aber immer, wenn ein Bauvorhaben an ihn herangetragen wird, ist er sofort Feuer und Flamme.« Sie runzelte die Stirn. »Er ist Architekt, das wussten Sie doch, oder?«

Mara nickte nur.

Der Ausdruck in Beate von Lingerts Gesicht wurde wieder eine Spur härter, abweisender. »Sie wissen so manches über uns.«

»Ich habe weder Ihnen oder Ihrem Mann noch Ihrem Ex-Mann hinterherspioniert«, verteidigte sich Mara.

Die Frau ging nicht darauf ein. »Wir haben telefoniert, nicht wahr? Ich meine, vor einigen Jahren.«

»Richtig. Und vor Kurzem habe ich mich auch bei Ihnen gemeldet.«

»Damals wie heute: Zu meinem Bedauern kann ich nichts mitteilen, was Ihnen weiterhelfen würde, Frau Billinsky.«

Nach einem Zögern fügte sie an: »Und mir ist auch nicht klar, warum Sie sich überhaupt an mich wenden.«

»Sie und Ihr Ex-Mann waren immerhin bekannt oder gar befreundet mit meinen Eltern. Außerdem war Ihr Ex-Mann als Staatsanwalt in die Ermittlungen eingebunden. Und er ist auch heute noch ein Freund meines Vaters.«

Wieder das Schmunzeln im Gesicht der Frau, diesmal aber wirkte es ganz starr. »Dann sollten Sie mit meinem Ex-Mann reden.«

»Er verweigert inzwischen jedes Gespräch mit mir.« Mara verdrehte die Augen. »Ich bin nicht immer die größte Diplomatin der Welt, das weiß ich, aber wenigstens ein paar Worte ...« Sie winkte ab. »Wie auch immer, Frau von Lingert, ich wäre Ihnen sehr dankbar, wenn Sie mir zum Beispiel sagen könnten, was für einen Eindruck Sie von meinen Eltern hatten. Ich war doch noch ein Kind. Wie *waren* sie? Wie gingen sie miteinander um? Stritten sie sich ab und zu?«

Beate von Lingert faltete die Hände im Schoß. Ihre tief liegenden Augen waren jetzt ganz direkt auf Mara gerichtet. »Mein Eindruck war, dass die beiden eine gute Ehe führten. Das klingt vielleicht komisch für Sie.«

»Wieso sollte es?«

»Nun ja, ich habe Ihren Vater seit langer, langer Zeit nicht mehr getroffen, aber ...« Die Frau verstummte.

»Sie können ganz offen mit mir reden.«

»Frau Billinsky, Frankfurt ist keine riesengroße Metropole. Vieles spricht sich herum. Es ist ja bekannt, dass der Ruf Ihres Vaters ... Äh, verstehen Sie mich nicht falsch, nicht seine Reputation als Jurist. Aber was das schöne Geschlecht und die hochprozentigen Genüsse angeht ...« Wiederum ließ sie den Satz offen.

»Wie gesagt, Sie können ganz offen reden.«

»Ich möchte mich dennoch mit dieser Andeutung begnügen. Und jetzt hörte ich auch noch, dass er in erhebliche

Schwierigkeiten im Zusammenhang mit einem abscheulichen Mordfall geraten ist …«

»Das ist zum Glück gut für ihn ausgegangen. Aber ich bin ohnehin eher an Antworten interessiert, die meine Mutter betreffen. Was können Sie mir über sie sagen?«

»Sie war eine schöne Frau.«

Schon wieder, dachte Mara, fast genervt. Als würde sich das Wesen eines Menschen, wenn er attraktiv war, nur auf das Äußere beschränken. »War sie darüber hinaus eine glückliche Frau?«

Ein tiefes Seufzen. »Wer ist schon *glücklich*? Meinem Empfinden nach war sie völlig zufrieden mit sich und ihrer Welt. Sie kümmerte sich rührend um Sie. Das klingt schon wieder so … Na ja, wie aus dem Artikel einer Frauenzeitschrift. Aber sie war eben eine gute Mutter. Sie liebte Sie sehr.«

»Und meinen Vater? Liebte sie auch ihn?«

Ein Zucken der Mundwinkel. »Was sagt er denn dazu?«

»Keinen verdammten Ton«, erwiderte Mara auf diese schroffe Art, die sie selbst oft nicht an sich mochte. »Deswegen *muss* ich ja mit anderen Menschen reden.«

»Ich bin Ihren Eltern als Paar einige Male begegnet. Auf Gesellschaften, bei Juristentreffen, auch mal bei einer gegenseitigen Einladung zum Abendessen. Doch ein Kontakt oder gar eine Freundschaft mit Katharina entstand nicht. Bevor wir die Chance hatten, uns besser anzufreunden, kam es zu ihrem tragischen Tod.«

Mara dachte angestrengt nach – aber es blieb dabei, sie hatte aus ihrer Kindheit überhaupt keine Erinnerung an Beate von Lingert, ebenso wenig an Gernot Grigoleit. Das galt allerdings auch für so gut wie alle anderen Personen aus dem Umfeld ihrer Eltern. Wohl deshalb, weil diese Zeit über Jahre hinweg aus Maras Gedächtnis wie ausgesperrt gewesen war.

»Noch mal zurück zu der Ehe meiner Eltern.«

Es folgte ein kurzes sachliches Nicken von Beate von Lingert. »Nun ja, wie gesagt, die Ehe war gut. Ihr Vater und mein Ex-Mann hatten damals ja ständig miteinander zu tun. Gernot hat Edgar unterstützt, ihm beruflich unter die Arme gegriffen. Aber die Freundschaft war nicht so eng, dass Gernot dann von dem Fall abgezogen worden wäre. Es war eher so, dass es gerade seine Verbindung mit Edgar war, die Gernot besonders antrieb, den Mord an Ihrer Mutter aufzuklären. Und es hat schwer an ihm genagt, dass er – ansonsten sehr erfolgreich – ausgerechnet bei diesem Fall auf der Stelle trat. Tja, und letztlich kapitulieren musste.«

»Hat mein Vater«, wollte sie völlig unvermittelt wissen, »meine Mutter betrogen?«

Verblüfft sah Beate von Lingert auf. »Das ist mir nun wirklich nicht bekannt.«

»Natürlich hat er das«, gab Mara selbst die Antwort.

»Woher wollen Sie das denn so sicher wissen?«

»Fanden Sie meinen Vater attraktiv?«

Beate von Lingert lachte hart auf. »Klare Antwort: Nein.«

»Wirklich nicht?«

»Selbstverständlich mag Ihr Vater für eine ganze Reihe von Frauen anziehend sein, von mir aus für eine sehr, sehr *lange* Reihe. Beileibe jedoch nicht für mich.«

»Wieso nicht?«

»Er war selbstverliebt, oberflächlich, er trank zu viel und redete zu viel. Und gewiss hat er sich nicht allzu sehr geändert.«

»Eigenschaften, die auf Ihren Ex-Mann Gernot Grigoleit nicht zutreffen?«, fragte Mara.

»Ganz und gar nicht. Er gibt sich oft stur und hartherzig, ich weiß, doch er ist und bleibt jemand, dem ich Achtung entgegenbringe.«

»Ich habe in einem ausführlichen Artikel in einer juristischen Fachzeitschrift über ihn gelesen, dass er mit Ihnen – obwohl auch er wieder geheiratet hat – nach wie vor freundschaftlich verbunden ist.«

»Das ist richtig. Die Scheidung verlief ohne Blutvergießen, um es mal so drastisch zu sagen. Der Kontakt ist nie abgerissen. Zwar ist er seltener geworden, aber dennoch sorgen wir beide dafür, dass wir uns nicht gänzlich aus den Augen verlieren. Man kann wirklich sagen, dass wir heute sehr gute Freunde sind. Wenn ich je in Schwierigkeiten geraten sollte, wäre er da für mich. Dessen bin ich mir sicher. Auch für unseren Sohn wäre er da – Christian allerdings hat nie eine echte Bindung zu ihm aufgebaut. Doch Gernot besitzt Charakter, Standfestigkeit, Integrität. Eigenschaften, die heutzutage, so scheint es mir, nicht mehr genügend geschätzt werden. Deshalb erwähnte ich vorhin die Achtung, die ich für ihn habe.«

»Aber eben schon lange nicht mehr Liebe.«

»Das geht Sie nichts an«, erwiderte Beate von Lingert betont gelassen.

Mara ließ nicht locker: »Hatten Sie ein Verhältnis mit meinem Vater?«

Erneut ein hartes Auflachen. »Auch wenn er der letzte Mann auf der Welt gewesen wäre, hätte ich niemals etwas mit ihm angefangen.«

Mara hatte den Eindruck, dass das keine Lüge war. Ohnehin fiel es ihr nach wie vor äußerst schwer, sich Edgar Billinsky und Beate von Lingert als Paar – selbst als kurzzeitiges – vorzustellen. Dennoch wollte sie nichts unversucht lassen. »Eines Nachmittags befanden Sie sich allein mit meinem Vater in unserem Haus im Westend.«

Beate von Lingert kniff die Augen zusammen. »Das ist absoluter Quatsch.«

»Nein, ist es nicht«, erwiderte Mara aufreizend ruhig. »Aus welchem Grund haben Sie sich mit ihm getroffen?«

»Ich habe mich niemals mit ihm getroffen.«

»Aus welchem Grund?«, wiederholte Mara unbeeindruckt.

»Ihre Information entbehrt jeglicher Grundlage.«

»Sie wurden gesehen. Er war da, Sie waren da.«

Beate von Lingert hielt Maras Blick mühelos stand. »Tut mir leid, ich fürchte, ich muss unsere Unterhaltung jetzt beenden, es steht noch einiges an bei mir.« Sie deutete auf die Tür, die zum Foyer der Villa führte. »Sie kennen ja den Weg nach draußen.«

Mara wusste, dass sie kein Wort mehr aus dieser Frau herausbekommen würde. Zumindest heute.

26

Sie zitterte nach wie vor am ganzen Leib. Etwas in ihr wartete selbst jetzt noch darauf, den tödlichen Schuss zu hören.

Die Stille des Waldes ringsum wirkte bedrückend. Doch andererseits war es noch schlimmer, wenn ein Laut ertönte. Jedes Knacken in den Ästen, jedes leise Rauschen der Blätter bei einem schwachen Lufthauch ließ Anyana Lupescu vor Schreck erstarren.

Jegliches Zeitgefühl hatte sie verloren. Sie hatte weder gehört, dass der Mann weggefahren war, noch hatte sie sich mit einem verborgenen Blick aus dem Wald heraus davon überzeugt, ob er sich womöglich nach wie vor in der Nähe befand.

Aber weshalb hätte er *nicht* wieder abhauen sollen?

Er *musste* weg sein.

Der Angstschweiß auf ihrer Haut war getrocknet. In ihrem Gesicht spürte sie die verlaufene Schminke. Sie hockte zwischen zwei Sträuchern und starrte auf die von Erde verschmutzten billigen Ballerina-Schuhe, auf ihren nackten, ebenfalls mit Dreck verschmierten Fußknöchel.

Warum, um alles in der Welt, hatte der Mann sie nicht umgebracht?

Ganz gewiss nicht aufgrund einer Gefühlsregung. Sondern wohl weil ihr Tod ihm nichts nützte. So simpel war die Antwort. Warum sonst? So einfach waren alle Antworten jener Welt, in die sie geraten war. Jeder tat nur das, was ihm von Nutzen war, kalt, berechnend, pragmatisch.

Anyana erhob sich langsam und setzte sich in Bewegung. Sie hielt den Atem an, als sie an den Waldrand gelangte, wagte es kaum, in Richtung der Schotterstraße zu spähen, auf der der Killer geparkt hatte.

Sie atmete auf.

Die Reifenspuren waren noch gut erkennbar, doch vom Auto war nichts mehr zu sehen.

Anyana entschlüpfte der Wand aus Bäumen und folgte der Straße. Ihre Sohlen knirschten auf dem Schotter. Als kleines Mädchen hatte sie in den Mischwäldern rund um ihr Heimatdorf gespielt. Seit sie dann der Ansammlung armseliger Häuser den Rücken gekehrt hatte, war sie praktisch ausschließlich von Beton umgeben gewesen, wie ihr in diesem Moment bewusst wurde. Sie sah ihre Eltern vor sich, ihre abgekämpften, gutmütigen Gesichter. Was mochten die beiden in genau diesem Moment tun? Wie lange hatte sie die vertrauten Stimmen nicht mehr gehört? Gewiss dachten sie jeden Tag an Anyana. Machten sich Sorgen. Zermarterten sich die Köpfe, was sie hätten tun können, damit alles einen anderen Verlauf genommen hätte. Sie wurde unendlich traurig, und am liebsten hätte sie losgeheult wie ein Kind, doch sie beherrschte sich.

Keine Wolke am Himmel, Insekten summten. In der Ferne sah Anyana die Frankfurter Skyline, umgeben vom Dunst und den Wolken, die von den Abgasen des niemals nachlassenden Verkehrsstroms genährt wurden. Nach gut zehn Minuten traf die Schotterspur auf eine befestigte Landstraße. In einiger Entfernung war das Häuschen einer Bushaltestelle erkennbar.

Ein paar Münzen befanden sich in der kleinen Tasche an Anyanas Rock. Hoffentlich reichte es für ein Ticket. Falls nicht, würde sie dem Fahrer schöne Augen machen. Das klappte meistens, selbst in ihrem momentanen ramponierten Zustand. Und dann würde es zurück nach Frankfurt gehen. Bei diesem Gedanken wurde Anyana schon wieder von nackter Furcht ausgehöhlt. Was würde sie dort erwarten?

Es war so schlimm, nirgendwo anders hinzukönnen als ins Bahnhofsviertel, zu jenem Ort, der für sie die Hölle war. Niemanden zu kennen, der ein *normales* Dasein führte. Diesmal war sie noch davongekommen, aber das hieß keineswegs, dass sie beim nächsten Zwischenfall, bei der nächsten unvorhergesehenen Situation erneut Glück haben würde. Das Unheil lugte Frauen wie ihr ständig über die Schulter, der Tod war immer nah. Sie musste unwillkürlich an Timea denken und erneut gegen die Tränen kämpfen.

Als sie die Haltestelle erreichte, nahm sie auf einem der festgeschraubten eisernen Schalensitze Platz, um zu warten. Kein Hunger, kein Durst, sie verspürte nichts, sondern kam sich einfach nur vor wie ein Schaf, das freiwillig zu seinem Schlächter trottete.

27

Es war viel los auf der Berger Straße, eigentlich wie immer. Fast drei Kilometer zog sich die Straße durch Frankfurt, verband die Innenstadt mit Frankfurt-Seckbach und führte durch die Stadtteile Nordend und Bornheim. Szenekneipen wechselten sich ab mit Boutiquen, Fachgeschäften und Wasserhäuschen, Fachwerk mit Neubau, kunstvoll verschnörkelte Gebäude mit heruntergekommenen Häusern, Bettler mit schick gekleideten Leuten.

Kein Lüftchen ging, die Wärme stand zwischen den Gebäuden, ein Ende der frühen Hitzewelle war nicht in Sicht.

Mara Billinsky kam gerade aus ihrem Lieblingsweinladen, drei Flaschen eines roten Sizilianers in einer Jutetasche, und erneut wurde sie von einem unangenehmen Gefühl erfasst. Auf dem Weg zu dem Geschäft war es ihr bereits so ergangen. Ihr war nichts Konkretes aufgefallen, erst recht keine verdächtige Gestalt, doch unaufhörlich war ihr, als folgten fremde Blicke jedem ihrer Schritte.

Aufgrund der Wärme hatte Mara ihre Doc-Martens-Stiefel gegen schwarze Chucks eingetauscht, ansonsten war sie wie üblich gekleidet, schwarze Jeans und Motorradlederjacke, ihre Ganzjahresuniform, wie sie es manchmal im Spaß nannte.

Sie ließ sich von der Menschenmenge schlucken, schritt die Berger Straße in nördlicher Richtung hinauf und behielt dabei immer wieder ihre Umgebung sehr genau im Auge. Unwillkürlich musste sie an den anonymen Anrufer denken, der sich schon eine Weile nicht mehr gemeldet hatte. An das tiefe Unbehagen, das seine Stimme, seine Art zu sprechen in

Mara ausgelöst hatte. Sie war nun wahrlich kein ängstlicher Typ, aber der Gedanke an diesen Mann sorgte nicht gerade dafür, dass sie sich entspannte.

Oft schon hatte sie sich ausgemalt, wie das Gesicht aussehen mochte, das zu der unheilvoll heiseren Stimme gehören mochte. Jedenfalls blieb sie wachsam, ihr Blick stach regelmäßig in die Menge der Passanten, die um sie herumwimmelten.

Sie schloss die Tür ihrer Wohnung hinter sich ab und atmete unbewusst durch. Vielleicht war ihre Wachsamkeit auch nur das Resultat der letzten, turbulenten Tage. Wann hatte sie zuletzt Urlaub gehabt? Es war eine ganze Weile her.

Ihre nicht sonderlich große Dreizimmerwohnung lag in einem der typischen Bornheimer Altbauten, gelegen in unmittelbarer Nähe zur Berger Straße. Es roch nach Staub und vergangenen Zeiten. Die Holzstufen, die sie zu ihrem Zuhause im zweiten Stock führten, knarrten laut. Sie machte die Tür auf und war daheim, in dieser schwarzen Höhle, die so eigenwillig war wie Mara selbst. Nichts hier wirkte sonderlich einladend, eher irgendwie finster.

Die Wände hatte sie vor Kurzem in einem dunkelgrauen Farbton angestrichen, ohne zu wissen, ob der Mietvertrag das überhaupt erlaubte. Der Parkettboden war stark nachgedunkelt. Bis auf einen kleinen, stacheligen Kaktus, den ihr Jan Rosen geschenkt hatte, fanden sich keine Pflanzen, gab es keine Farbtupfer. Im Wohnzimmer lag ein schwarzer Teppich, gemustert mit winzigen Totenköpfen, an den Wänden hingen gerahmte großformatige Schwarz-Weiß-Poster von Jimi Hendrix, der seine Gitarre in Brand setzte, und von Dolores O'Riordan. Mara fiel das in Schwarz gehaltene Selbstporträt Basquiats aus Beate von Lingerts Villa ein – das hätte hier auch gut hereingepasst.

Seit Mara als Jugendliche, einige traurig und einsam

verlaufene Jahre nach dem Tod ihrer Mutter, immer wieder von daheim ausgebüxt war, hatte sie nie wieder so etwas wie ein gemütliches Zuhause erlebt. Sehr zum Leidwesen ihres Vaters hatte sie sich damals mit einer Bande Jugendlicher herumgetrieben, auf Friedhöfen, an der Konstablerwache in der City, auf Wiesen in Nähe des Mains. Joints rauchen, Bier trinken, Ladendiebstähle begehen, das war ihr Versuch, der Trauer zu entfliehen.

Es war bergab gegangen mit Mara, jedes Jahr ein bisschen mehr. Doch dank der ebenso entschlossenen wie geduldigen Einmischung Hanno Linsenmeyers, eines Sozialarbeiters, der zu einem ihrer wenigen Freunde wurde, hatte sie gerade noch rechtzeitig die Kurve gekriegt und den Schulabschluss geschafft. Die Fähigkeit, eine behagliche Wohnung einzurichten, hatte Mara nie entwickelt, und auch die schroffe Art, die sie oft an den Tag legte, ging auf jene orientierungslose, harte Phase ihres Lebens zurück.

Sie öffnete eine der neuen Weinflaschen und schenkte sich ein Glas ein. Versonnen stand sie am Wohnzimmerfenster und dachte zurück an ihre Kindheit. Ihr Vater hatte sich nie um sie gekümmert, selbst nach dem Tod von Katharina Billinsky nicht. In Maras Gedächtnis fanden sich keine Bilder gemeinsamer Ausflüge oder vom Plantschen im Schwimmbad mit Edgar. Und so blieben ihr nur die Schatten der Erinnerung, die von ihrer Mutter zurückgeblieben waren, als Mara noch ein ganz kleines Mädchen gewesen war. Zusammen in den Zoo, in den Grüneburgpark, der nicht weit vom Zuhause der Billinskys im Westend entfernt lag. Die Hände der Mutter in ihrem Rücken, wenn sie Mara beim Schaukeln Schwung gab, ihr ein Pflaster auf ein aufgeschürftes Knie drückte, sie mit Sonnencreme einrieb.

Doch egal, woran Mara dachte, was sie sich ausmalte, immer wieder landete sie bei der letzten und eindringlichsten Erinnerung, die sie mit ihrer Mutter verband. Die tote Frau auf dem Boden. Die Stimme des kleinen Mädchens, das einmal sie selbst gewesen war: *Alles wird gut.*

Das Läuten der Wohnungstür riss Mara abrupt weg von allem, was zurücklag. Sie versuchte durchs Fenster nach unten Richtung Haustür zu schielen, doch der Winkel ließ das nicht zu. Das beunruhigende Gefühl von vorhin suchte sie erneut heim. Eine jähe Anspannung erfüllte sie. Sie schob sich sogar die Dienstwaffe in den Hosenbund, bevor sie die Sprechanlage bediente, die sie mit dem Eingang verband.

»Hallo?«

»Entschuldigen Sie die Störung, Frau Billinsky«, ertönte eine Stimme, die ihr zwar vertraut war, sie aber dennoch in Staunen versetzte. Ihre Anspannung löste sich sofort auf.

»Ich weiß, es ist Ihr Feierabend, Frau Billinsky, und zurzeit ist wahrlich genug los, aber …«

»Kommen Sie herein«, unterbrach Mara Staatsanwalt Christian von Lingert und drückte den Knopf für den Türöffner.

Vor ihrer Wohnung im zweiten Stock angekommen, hielt von Lingert ihr ein wenig steif die Hand hin, und sie schüttelte sie kurz.

Sie kannten sich nun seit Monaten, und es war nicht das erste Mal, dass er bei ihr zu Gast war, doch noch immer war die Atmosphäre zwischen ihnen seltsam. Sie war befangen, er auch, erst recht seit klar war, dass die Wege ihrer beiden Familien sich in einem besonders tragischen Moment gekreuzt hatten.

Hinzu kam, dass sie zwei Menschen waren, die auf den ersten Blick nichts gemeinsam hatten. Wohl auch auf den zweiten und dritten. Doch nach einer frostigen Anfangsphase hatte er ihr zu verstehen gegeben, dass ihm die zähe, hartnäckige Art, mit der Mara ihren Job anpackte, Respekt abrang. In Klimmts Team gab es nicht viele, die sich ähnlich besessen in die Fälle hineinknieten, vielleicht gar keinen, und mit der Zeit hatten von Lingert und Mara dann eher einen Draht zueinander gefunden.

Jetzt gerade wirkte er noch ernster als sonst, als er mitten in ihrem Wohnzimmer stand und den angebotenen Sitzplatz auf dem schwarzen, nietenbesetzten Ledersofa ablehnte, ebenso wie den Rotwein.

Mara setzte sich auch nicht hin, sondern stellte sich wieder ans Fenster, die Waffe steckte noch im Hosenbund, das Weinglas war wieder in ihrer Hand.

»Frau Billinsky«, begann er förmlich, gepresst, »ich fürchte, ich muss etwas klarstellen.«

Nein, er war nicht ernst, er war sauer, wie Mara jetzt erkannte. Stinksauer.

»Na dann, kauen Sie nicht darauf herum, sondern lassen Sie's raus«, meinte sie betont flapsig – wohl wissend, dass er mit dieser Art gar nicht zurechtkam.

»Sehen Sie, ich kann durchaus nachvollziehen, was Sie versuchen. Bis zu einem gewissen Punkt habe ich sogar Verständnis dafür.«

Schon wieder diese Formulierung. *Der gewisse Punkt.* Was war der gewisse Punkt, der Mara endlich voranbringen würde? Allein das zählte für sie.

Sie trank einen Schluck Wein. »Nur weiter«, sagte sie dann so flapsig und respektlos wie vorher.

»Wenn Sie meinen leiblichen Vater wegen dieser Sache belästigen, von mir aus.« Die Stimme des Staatsanwalts gewann unüberhörbar an Schärfe: »Aber ich billige auf keinen Fall, dass Sie meine Mutter damit nicht in Ruhe lassen. Sie hat Ihnen mehrfach Auskunft gegeben, jetzt soll es genug sein. Glauben Sie mir, sie war nicht amüsiert über Ihren unangekündigten Besuch.«

»Der war auch nicht dazu gedacht, Ihre verehrte Mutter zu amüsieren«, gab Mara zurück, ebenfalls in schärferem Tonfall.

»Bislang habe ich kein Wort dazu geäußert, nun tue ich's: Lassen Sie die Finger von der Sache! Zumindest wenn meine Mutter von Ihren zeitraubenden, fruchtlosen Nachforschungen betroffen ist.«

»Sie sind Nummer drei oder vier mit diesem Ratschlag, Klimmt eingeschlossen.« Mara lehnte sich an die Wand neben dem Fenster und warf ihrem Gast einen funkelnden Blick zu. »Es könnten auch hundert sein. Scheiß drauf. Und noch etwas: Ihr schlechtes Gewissen kümmert mich nicht im Geringsten.«

»Schlechtes Gewissen?«, wiederholte von Lingert und musterte sie argwöhnisch. »Aus welchem Grund?«

»Sie waren es ja erst, der mir eröffnet hat, dass Sie der Sohn des Staatsanwalts sind, der damals in die Mordermittlungen eingebunden war. Das war für mich der Auslöser, mich noch einmal in diese *Sache*, wie Sie es nennen, zu stürzen. Dass das an Ihnen nagt, ist mir klar.«

»Es nagt nur dann an mir, wenn meine Mutter darunter leiden sollte.«

»Leiden?« Mara lachte spöttisch auf. »Ich lache mich tot. Alle tun ja gerade so, als würde ich die Leute mit einer Kettensäge zerteilen.«

»Keine Ketten-, sondern eine verdammte *Nervensäge*, das sind Sie. Und Sie hören einfach nicht auf.«

»Ich höre *nie* auf«, sagte sie kalt.

»Wenn wenigstens *irgendetwas* dabei herauskäme«, meinte er mit einem hochnäsigen Naserümpfen. »So setzen Sie nur Ihre Karriere aufs Spiel.«

»Meine Karriere, wie Sie es nennen, ist allein *meine* Sache.«

Aufgebracht fuhr er mit einer Hand durch die Luft, wie es nicht typisch für ihn war. »Wie auch immer: Hiermit möchte ich Sie in aller Deutlichkeit bitten, meine Mutter aus dem Spiel zu lassen.«

»Ihre Bitten sind mir herzlich egal.«

»Dann verbiete ich es Ihnen.«

»Dass ich nicht lache.«

Er maß sie mit einem intensiven Blick. »Haben Sie etwa eine Spur, Billinsky?« Nie zuvor hatte er sie nur mit dem Nachnamen angesprochen, wie Klimmt es immer tat.

»Eine Spur?« Mara lachte genervt auf. »Ich glaube, dass mein Vater meine Mutter betrogen hat. Davon war ich allerdings *immer schon* überzeugt. Ich glaube außerdem, dass zwischen meinen Eltern etwas vorgefallen ist.«

»Wie kommen Sie darauf?«

»Mein Gespür sagt es mir. Und dieses Schweigen, das alle …« Sie verstummte und machte eine ratlose Miene.

»Haben Sie als Kind einen heftigen Streit mitbekommen? Oder mehrere?«

»Nein, nicht, dass ich mich konkret daran erinnern könnte. Aber diese Zeit ist für mich ohnehin wie von Nebel umhüllt.« Sie hob die Schultern.

»Sie denken also, Ihr Vater hatte eine Affäre.«

»Es würde mich wundern, wenn es nur *eine* gewesen wäre.«

Etwas in seinem Gesicht veränderte sich, Mara hätte jedoch nicht sagen können, worauf sein finsterer Blick schließen ließ. Nach kurzem Nachdenken fragte er: »Aber selbst wenn dem so gewesen wäre – was schließen Sie daraus?«

»Ich schließe daraus, dass meine Mutter ihn wahrscheinlich zur Rede gestellt hat. Es gab womöglich eine Auseinandersetzung, ihm ist eine Sicherung durchgebrannt.« Mit Bestimmtheit fügte Mara an: »Sie wurde nicht vergewaltigt, nicht bestohlen. Sie wurde erwürgt. Für mich eine Tat aus dem Affekt heraus. Der Mörder hat sich nicht gewaltsam Zutritt verschaffen müssen. Es ist möglich, dass sie ihn kannte. Ihn *gut* kannte.«

»Nach allem, was mir bekannt ist, besaß Ihr Vater ein Alibi für den Zeitpunkt.«

»Das habe ich überprüft. Alles, was die Akten darüber hergeben, kann ich quasi auswendig herunterbeten. Aber ich habe trotzdem vor, mich noch einmal damit zu befassen.« Betont beiläufig setzte Mara hinzu: »Wissen Sie, ob Ihre Mutter meinen Vater sympathisch fand? Damals?«

»Ganz ehrlich: weder damals noch heute. Und ich verstehe überhaupt nicht, warum Sie eine solche Frage stellen.« Von Lingert legte die Stirn in tiefe Falten. »Hm. Nicht, dass ich Edgar Billinsky sonderlich schätzen würde. Wenn ich das sagen darf.«

»Dürfen Sie.«

»Aber vielleicht sollten Sie sich nicht so sehr auf ihn einschießen.«

Sofort wurde Mara hellhörig. Sie stieß sich von der Wand ab und stand kerzengerade da. »Ist das ein Hinweis?«

»Eher ein Rat.«

»Der worauf basiert?«

»Auf rein gar nichts.«

Plötzlich wurde Mara von einer dumpf pochenden Überzeugung erfasst.

»Sie wissen etwas. Nicht wahr? Sie wissen etwas, das mir weiterhelfen könnte.«

»Lächerlich«, schnaubte er. »Absolut lächerlich.«

»Sie wissen etwas«, beharrte sie.

»Ich weiß nur, dass es ein Fehler war, hierherzukommen.« Wütend schüttelte er den Kopf. »Und dass alle recht haben: Man kann einfach nicht mit Ihnen reden.«

»Was alle sagen, geht mir an einem ganz bestimmten Körperteil vorbei. Erraten Sie, an welchem.«

Der Staatsanwalt machte auf dem Absatz kehrt. Ohne ein weiteres Wort rauschte er aus der Wohnung.

Mara spürte Zorn in sich aufsteigen, auf ihn, auf ihren Vater, auf die ganze Welt. Eigentlich hatte sie etwas zu Abend essen wollen, auch wenn ihr Kühlschrank sicherlich nicht viel hergeben würde, doch das hitzige Gespräch hatte ihr den Appetit verdorben. Vor sich hin brütend, trank sie ein Glas Wein nach dem anderen und ließ sich dabei von einem knallharten Mix aus Grunge, Hardcore und Punkrock beschallen, der unweigerlich einige nachbarliche Lärmbeschwerden zur Folge haben würde.

Erst viel später, als sich die Nacht bereits tiefschwarz vor dem Fenster ballte und Mara auf dem Sofa lag, kamen ihre Gedanken, flauschig betäubt vom Sizilianer, allmählich zur Ruhe. Sie ließ Songs der Cranberries laufen, die langsamen, ruhigen, ganz leise, bis sie in den Schlaf sank.

Träume fielen über sie her. Ein wahrer Wirbelsturm aus wirren Bildern und Geräuschen. Hunderte von Ratten verfolgten sie, ihr Vater stand vor ihr und lachte sie schallend aus, der anonyme Anrufer flüsterte ihr heiser und drohend ins Ohr, Schüsse peitschten auf. Plötzlich ertönte die Stimme eines kleinen Mädchens: *Alles wird gut, alles wird gut.* Sie war dieses Mädchen, Mara selbst, im Alter von zehn Jahren, sie wollte ihrer tot auf dem Fußboden liegenden Mutter übers Haar streicheln, doch der Leichnam war einfach nicht mehr da, verschwunden, und entsetzt kreischte die kleine Mara auf, so laut, dass die erwachsene Mara aus dem Schlaf hochschreckte.

Mit einem ekligen Rotweingeschmack auf der Zunge stellte sie sich unter die Dusche, heiß und kalt, heiß und kalt, und während sie hinterher ihre gerötete Haut abrubbelte, betrachtete sie ihre nackte Gestalt im Spiegel. Ihre zierlichen Hüften, ihre kleinen, spitzen Brüste. Und wie so oft in solchen Momenten versuchte sie sich ihre Mutter vorzustellen, im Geiste die erhaltenen Fotografien abzurufen. Nur den durchdringenden Blick aus großen dunklen Augen und das schwarze Haar hatte Mara von Katharina geerbt. Ansonsten war ihre Mutter ganz anders gewesen, draller, mit Rundungen an den Stellen, die die

Männer verrückt machten, mit einem weicheren, volleren Gesicht.

Mara stand da, das Badetuch um ihren Körper geschlungen, und sie fragte sich, ob sie sich heute mit ihrer Mutter verstehen würde, wäre alles anders gekommen. Wären sie beinahe wie Freundinnen? Oder würde es regelmäßig zwischen ihnen krachen, sodass der Kontakt aufs Wesentliche beschränkt wäre? Zu wissen, dass es niemals Antworten auf diese Fragen geben konnte, war furchtbar für sie. Zornig über die Verletzlichkeit, die sie in diesen Sekunden verspürte, schleuderte sie das Badetuch mit Schwung auf die Waschmaschine und marschierte ins Schlafzimmer, um sich anzukleiden.

Zwei riesige Tassen pechschwarzen Kaffees später betrat sie die Straße. Über Nacht hatte sich Nebel gebildet, der in Fetzen über dem Asphalt schwebte. Es war wieder kühler als zuletzt, oder kam ihr das nur so vor, weil sie immer noch müde, immer noch verkatert war?

Früh war es, niemand sonst unterwegs in der kleinen Seitengasse nahe der Berger Straße, in der Mara seit ihrer Rückkehr nach Frankfurt wohnte. Sie musste schon wieder gähnen, nicht einmal der starke Kaffee hatte viel geholfen. In ihrer Jackentasche kramte sie nach dem Schlüssel des Alfas, der in Sichtweite geparkt stand, inmitten einer langen Reihe weiterer abgestellter Autos. Sie bekam nichts davon mit, dass sich hinter ihr eine Gestalt näherte, zielstrebig, schnell, lautlos.

28

Er hörte ihre Stimme, die unaufhörlich ins Handy plapperte, eine permanente Aneinanderreihung von Plattheiten und Nichtigkeiten. *Blablabla.* Und im Moment gab es wohl kein Geräusch auf der Welt, das ihm mehr auf die Nerven hätte gehen können.

Einige Minuten zuvor hatte Edgar Billinsky noch auf ihr gelegen, doch bei ihm war einfach nichts gelaufen, so sehr er auch versucht hatte, ihre wunderschöne Nacktheit in sich aufzunehmen, sich darin zu verlieren. Schließlich war er von Silke Lehmanns jungem, weichem Körper heruntergerutscht wie von einer Luftmatratze und vom Bett aufgestanden.

Erneut war ihm dabei bewusst geworden, dass er es mittlerweile hasste, sich vor seinen Eroberungen hüllenlos zu zeigen. Hastig war er in seinen Bademantel geschlüpft.

Nachher würde sie mit ihrem Wagen, er mit seinem in die Kanzlei fahren. Es war ihm lieber so. Niemand sollte den Eindruck bekommen, sie seien ein Paar. Am allerwenigsten Silke.

Bereits am Vorabend war der Sex eine eher beiläufige Angelegenheit gewesen. Vor dem üblichen Abstecher in sein Schlafzimmer waren sie noch essen gegangen. Ein Restaurant, das der *totale Hot Spot* sei, wie sie nicht müde wurde zu betonen. Billinsky hatte sich dort nicht sonderlich wohlgefühlt. Laute Stimmen, schlimme Musik. IT-Project-Manager, Kreativdirektoren von Werbeagenturen und sonstige Wichtigtuer. Durchschnittsalter dreißig. Als hätte man ihm die Tatsache, dass er alt wurde, auf einem Silbertablett präsentiert.

In letzter Zeit beschäftigte ihn das häufiger. Er war nicht mehr am Puls der Zeit, er zog die weiblichen Blicke nicht mehr auf sich wie früher, er gehörte nicht mehr dazu. Demnächst würde es noch schwieriger werden, die Blondinen, die für ihn arbeiteten, ins Bett zu kriegen.

Er wollte nicht mehr darüber nachdenken, schon gar nicht jetzt, schließlich war es früher Morgen. Vor den Fenstern lösten sich Nebelschwaden auf, die Sonne kam bereits wieder durch.

Silke Lehmann redete und redete. Wie konnte man das? Erst recht um diese verdammte Tageszeit? Billinsky hätte in einen anderen Raum gehen können, aber sie hätte das genauso gut tun können, oder etwa nicht? Er starrte sie an. Sie stand seitlich am Fenster, etwas abgeschirmt von der Gardine, nach wie vor splitternackt. Es schien ihr egal zu sein, ob Passanten auf der Straße einen möglichen Blick auf ihren hübschen Busen erhaschen konnten. Anfangs war sie, zumindest für seine Begriffe, ein wenig verklemmt gewesen, inzwischen bewegte sie sich bei ihm zu Hause völlig ungezwungen. Auch das ging ihm auf die Nerven.

Und Silke quatschte immer weiter und weiter. Mit einer Freundin oder wem auch immer. In schnellem Wechsel ging es um eine Boutique in der Goethestraße, eine Cocktailbar in Sachsenhausen, einen Schauspieler in einem neuen Kinofilm.

Billinsky rümpfte die Nase. Es war endgültig an der Zeit, sich mal wieder an einen befreundeten Headhunter zu wenden, der ihm ein paar mögliche Kandidatinnen für Silkes Posten präsentieren sollte. Eine neue Assistentin würde seine Stimmung mit Sicherheit etwas heben.

Immer noch sah er sie an, ohne dass sie es merkte, ganz vertieft in ihre Unterhaltung.

»Kannst du nicht endlich mal deine Klappe halten?«, platzte es aus ihm heraus. Er war selbst überrascht von der jähen Heftigkeit seiner Worte und seinem schneidenden Ton.

Sie fuhr wie vom Blitz getroffen herum und glotzte ihn aus großen, runden Augen an. Ihre Lippen bewegten sich immer noch, aber kein Wort kam mehr aus dem perfekten O ihres Mundes.

Sie senkte das Smartphone ein wenig und schützte es mit der freien Hand, damit ihre Freundin nichts mitbekam. »Bist du noch ganz dicht?«, zischte sie leise.

Billinsky machte einen Schritt auf sie zu und gab ihr eine Ohrfeige, dass ihr Mobiltelefon aus den Fingern geschleudert wurde und quer durch den Raum flog.

Ihre Wange leuchtete knallrot. Ungläubig tastete Silke mit ihrer Hand darauf herum und starrte ihn an wie ein kleines, zu Tode erschrockenes Mädchen.

Billinsky warf ihr einen verachtungsvollen Blick zu, stampfte aus dem Schlafzimmer und blieb auf dem Gang stehen. Wut brodelte in ihm, doch ihm war sofort klar, dass das nicht das Geringste mit Silke Lehmann und ihrem törichten Geplapper zu tun hatte. Mit düsterem Gesichtsausdruck marschierte er die Treppe nach unten ins Erdgeschoss und hinein ins Wohnzimmer.

Er schenkte sich seinen Lieblingsrum aus Costa Rica ein, drei Finger hoch, und nahm einen ordentlichen Schluck. Schon vor dem Zähneputzen, vor dem ersten Kaffee. Das tat er sonst nie. Fast nie. In den letzten Wochen allerdings öfter.

Gewöhn dich bloß nicht dran, sagte er sich stumm.

Er stellte das Glas beiseite, ohne noch einmal von dem Rum getrunken zu haben.

Ihm kam der erlösende Moment in den Sinn, als er endlich aus der Untersuchungshaft entlassen worden war. Nicht, dass er sich große Sorgen wegen einer Verhandlung gemacht hätte. Er hatte vieles in seinem Leben angestellt, keine Frage, er hatte so manches ausgekostet. Edelprostituierte auf sadistische Weise um die Ecke zu bringen, gehörte allerdings wahrlich nicht dazu. Die Belastung in jenen Tagen jedoch, die war immens gewesen.

Und Denise Dorlac? Sie hatte ihm leidgetan, natürlich, aber letzten Endes war sie doch nur ein schöner Körper gewesen, eine Vergnügung, für die man großzügig bezahlen musste. So wie er eben ein Freier für sie gewesen war. Er kannte diese Stadt, die dunklen Seiten, die Verbrechen, die sich hier abspielten, und Denise hatte gewusst, auf was sie sich einließ. So schnell konnte alles vorüber sein.

Inzwischen war von der Erleichterung angesichts seiner Freilassung nicht mehr viel übrig geblieben. Er fühlte sich einfach mies, unausgeglichen, war ständig gereizt. Voll Unbehagen musste er auf einmal an das letzte Telefonat mit Grigoleit denken und damit auch an das letzte Gespräch mit Mara. Ständig schwirrte ihm das alles im Kopf herum.

Seine Gedanken sprangen gleich noch weiter zurück. Ob Bauarbeiter oder Rechtsanwalt: Wohl jeder werdende Vater wünschte sich einen Sohn, auch Edgar Billinsky. Er hatte eine Tochter bekommen, doch im Grunde war das keine Enttäuschung für ihn, jedenfalls nachdem er sich an diese unabänderliche Tatsache gewöhnt hatte. Schließlich gab es ja auch Rechtsanwält*innen*, oder etwa nicht? Und zwar sehr gute. Maras dunkle Augen hatten ihn von Anfang an an die Augen ihrer Mutter erinnert. Diese Art, der Umgebung einen herausfordernden, bisweilen trotzigen Blick zuzuwerfen. Sie war ein intelligentes, energisches kleines Ding gewesen, bereit, es mit der Welt aufzunehmen. Billinsky war gespannt darauf gewesen, wie sie sich weiterentwickeln würde.

Nach dem Tod von Katharina jedoch war alles anders geworden.

Vor allem Mara war anders geworden. Sie hatte sich in einen dürren schwarzen Dämon verwandelt, der offenbar nur auf der Erde zu sein schien, um Edgar Billinsky Kummer zu bereiten. Die störrische, freche Geißel seines Lebens.

Je älter sie wurde, desto schlimmer führte sie sich auf. Sie brüskierte ihn daheim, wenn er Kollegen eingeladen hatte. Sie klaute, obwohl er ihr genug Geld gab. Sie ließ sich tätowieren. Alkohol, Hasch, widerwärtige Freunde.

Er sah Mara vor sich, den Dämon von damals, den Dämon von heute, seine Tochter, die ausgerechnet bei der Kripo gelandet war.

Jetzt musste er doch noch einen Schluck Rum trinken. Mit dem intensiven Geschmack auf der Zunge ging er nach oben ins erste Stockwerk, um sich fertig anzukleiden.

Silke rauschte auf den Stufen an ihm vorbei, inzwischen bekleidet und frisch geschminkt, den Blick starr geradeaus gerichtet. Am Treppenkopf blieb er stehen, ohne sich umzudrehen. Er hörte die leisen Geräusche, wie sie in ihre Schuhe und ihre Jacke schlüpfte, wahrscheinlich nach der Handtasche griff, um dann mit einem Türknallen aus dem Haus zu verschwinden.

Nachher würde sie in der Kanzlei erscheinen, mit dieser beleidigten Miene, nur das Nötigste reden, ihre Arbeit verrichten und darauf warten, dass er sich entschuldigte. Wie egal sie ihm war. Der Reiz dieser jungen Dinger verflog immer schneller.

Während der Dusche und beim Anziehen frischer Sachen musste er zum ersten Mal seit Tagen an das alte Gemälde denken, nachlässig umhüllt von spröde gewordenem Papier unter dem Dach. Fast vergessen hatte er es, bis er kürzlich quasi darüber gestolpert war. Auch die Papiere, die dort oben einstaubten, fielen ihm ein. Er würde sie endlich vernichten müssen, das hätte er schon längst tun sollen. Je eher, desto besser.

Wieder tauchte Maras Gesicht in seinen Gedanken auf. Sie war so voller Wut, voller Entschlossenheit, sogar mehr als früher, wie ihm schien. Was würde sie noch alles heraufbeschwören? Mara würde nicht davor zurückschrecken, ihre eigene Existenz aufs Spiel zu setzen, nur um die Geister der Vergangenheit zu besiegen.

Eine jähe Kälte breitete sich in Edgar Billinsky aus.

29

Es war ein Schatten, ein Lufthauch, nicht mehr.

Kaum sichtbar, kaum spürbar, absolut geräuschlos.

Aber da war *etwas*.

Etwas, das Mara Billinskys Gespür reizte, einen dünnen, sensiblen Nervenstrang in ihr zum Erzittern brachte. Irgendetwas war ihr nahe. *Zu nahe.*

Nur einen Wimpernschlag lang war sie erstarrt, dann hellwach, das Adrenalin brannte in ihr wie ein Feuer, sie hatte gar keine Zeit, ein Gefühl der Angst zu entwickeln, so schnell ging es.

Geistesgegenwärtig riss sie die linke Hand hoch und bekam sie gerade noch zwischen ihren Hals und die Schlinge, die über ihren Kopf gestülpt worden war.

Jemand zog daran, mit Kraft und Entschlossenheit.

Maras Kopf wurde nach hinten gerissen, Nebelfetzen schwebten über ihr und unter dem Blau des Himmels. Um sie herum herrschte die Stille der morgendlich leeren Straße.

Sie röchelte jämmerlich. Ein fremder Laut, der so gar nicht zu ihr zu gehören schien.

Die Schlinge schnitt in ihre Handfläche, der Atem des Angreifers drang durch ihr Haar bis zu der Haut ihres Nackens, auf dem sich die Härchen aufstellten.

Mara ballte die rechte Faust, schlug nach hinten, erwischte den Kopf des Mannes, der größer war als sie. Weitere Schläge, weitere Treffer. Auf das Auge, auf die Wange. Treffer, die ihm nichts auszumachen schienen. Sie rang verzweifelt nach Luft.

Der nächste Schlag würde entscheidend sein, das Wissen

darum stach in ihr Innerstes wie eine scharfe Klinge. Ihre letzte Chance. Ihre *einzige* Chance. *Alles* hing davon ab.

Sie ballte die Faust noch härter und schlug zu, hinter sich, nicht mehr ganz so hoch wie zuvor. Mit allem, was sie zu geben hatte.

Diesmal ertönte das Röcheln von dem Fremden. Erleichterung erfasste Mara, der Druck um ihren Hals ließ nach, es gelang ihr, sich von der tödlichen Schlinge zu befreien und sich von dem Angreifer loszureißen.

Sie wirbelte herum.

Und da stand er.

Groß, kräftig. Die Muskeln ließen den Stoff seiner Jacke spannen. Schwarzes Haar, wuchtiges Kinn, Bartstoppeln.

Er keuchte noch immer angestrengt, eine Hand auf dem Kehlkopf, genau dort, wo Mara ihn erwischt hatte. Sein Gesicht war rot angelaufen, die Augen schienen jeden Moment aus ihren Höhlen zu springen.

Die Drahtschlinge lag inzwischen auf dem Boden, Mara fühlte Blut warm auf ihrer linken Handfläche. Etwas an ihm kam ihr bekannt vor, doch sie hatte keinen Sekundenbruchteil Zeit, darüber nachzudenken.

Ihre rechte Hand glitt nach hinten zu ihrer Waffe. Sie hatte gerade den Griff berührt, als der Schlag, blitzschnell, kaum wahrzunehmen, mit einem trockenen Ton auf ihren Wangenkochen traf.

Sie landete auf dem kalten Bürgersteig. Ein Tritt, ein stechender Schmerz in ihrer Seite, und sie lag da, der Schatten des Mannes über ihr. Mara keuchte.

Er holte mit dem Bein aus, doch sie rollte sich weg, federte hoch auf die Füße und duckte sich unter dem nächsten Schlag weg. Sie trat zu, wie sie es in den viel zu selten besuchten Trainingsstunden im Kickboxzentrum gelernt hatte.

Ihre Sohle traf ihn im Magen. Er klappte nach vorn, sie riss das Knie nach oben und hörte, wie sein Nasenbein brach.

Blut spritzte, er wankte, richtete sich wieder zu seiner vollen Größe auf, und Mara zielte genau, noch mal auf den Kehlkopf. Diesmal jedoch von vorn, mit ganzer Wucht.

Erneut erklang ein jämmerliches Röcheln, als würde Luft unglaublich schnell aus einem Stahlrohr entweichen.

Sic starrte in seine Augen, die sich wie zuvor unnatürlich weiteten.

Und endlich – endlich – hatte sie die P30 in der Hand. Die Mündung wies in sein Gesicht, dessen untere Hälfte schmierig rot von Blut glänzte.

»Umdrehen!«, zischte Mara ihn an.

Sie packte ihn mit der linken Hand an der Schulter und drückte ihn hart an die nächste Hausmauer, die Füße, so weit es ging, nach außen gespreizt, die Arme wie ein Gekreuzigter seitlich ausgestreckt, seine Wange am Beton des Gebäudes.

»Ich mach dich fertig, Schlampe«, knurrte er.

»Die Chance hast du verpasst«, gab Mara zurück, während sie ihn abtastete und dabei ein Schnappmesser, aber keine Schusswaffe bei ihm fand.

Jetzt erst wurde ihr klar, warum der Mann ihr bekannt vorkam. Er hatte eine auffällige Ähnlichkeit mit dem Hünen, der ihr in dem Bordell begegnet war und der sich nach wie vor in Haft befand.

Mit der linken Hand zog sie ihr Handy aus der Tasche, um Verstärkung zu alarmieren. Erst als sie einmal tief durchatmete, registrierte sie den Schmerz, der in ihrer rechten Seite aufloderte. Als wäre irgendwo unter der Haut eine Rasierklinge versteckt, die bei jeder minimalen Bewegung an ihren Rippen kratzte.

Der Schmerz blieb bei ihr, auch in den nächsten Stunden auf dem Präsidium. Es war bereits früher Nachmittag, als sie wieder auf den Mann traf, der sie beinahe umgebracht hatte.

Sie saßen sich in einem Verhörzimmer gegenüber. Mara

wurde unterstützt von ihrem Kollegen Stanko. Klimmt war dagegen gewesen, dass sie an der Befragung beteiligt war, und hatte sie gleich nach Hause schicken wollen, aber er hatte sich dann doch mit einem skeptischen Brummen von ihr umstimmen lassen.

Für sie war es hilfreicher, dem Kerl in die Augen sehen zu können, ihn in Fleisch und Blut vor sich zu haben. So konnte er nicht zu einem Gespenst werden, das ihr nicht von der Seite wich. Und es war einfacher hier zu sein, inmitten der Kollegen und des üblichen Durcheinanders, als sich umgeben von Einsamkeit in den eigenen vier Wänden wiederzufinden und mit einer Tasse Kaffee in der Hand eine leere Wand anzustarren.

Sie durfte ohnehin nicht an die kommende Nacht denken, an den Moment, wenn sie zu Bett gehen würde – das war das Schlimmste nach solchen Zwischenfällen. Dieser Augenblick, wenn sie unter die Decke kroch und den eigenen Ängsten am hilflosesten ausgeliefert war. Oft arbeitete sie dann durch, ohne Pause, bis sie dermaßen erschöpft war, dass sie förmlich von einer Bewusstlosigkeit überfallen wurde, wenn sie sich hinlegte.

Das Verhör verlief so zäh, wie sie es erwartet hatte. Der Mann, dessen gebrochenes Nasenbein während einer kurzen ärztlichen Behandlung gerichtet worden war, schwieg eisern. Er glotzte Mara halb hasserfüllt, halb überheblich an und presste die Lippen aufeinander. Man erlaubte ihm zu rauchen, bot ihm auch Kaffee an, aber er schüttelte nur den Kopf.

Einmal betrat Rosen kurz den Raum und reichte Mara wortlos ein Blatt, auf dem die wenigen Angaben zusammengefasst waren, die man mittlerweile von dem Festgenommenen zusammengetragen hatte. Gleich darauf verschwand er wieder. Seit dem Einsatz in dem Bordell zog er noch mehr den Kopf ein als sonst.

Mara überflog die Informationen. Sie hatten es also mit Klement Cana zu tun, dem jüngeren Bruder des bereits in Haft einsitzenden Igli Cana. Achtundzwanzig Jahre alt, keine Vorstrafen, noch kein einziges Mal polizeilich aufgefallen oder erfasst. Es fand sich kein Vermerk über ihn, sein Name tauchte in keinem Polizeibericht, in keiner Fahndungsakte auf, und wieder einmal wurde deutlich, dass die Gruppierung eine höchst effiziente Anonymität um sich herum aufgebaut hatte.

Mara und Stanko löcherten Cana unermüdlich immer weiter mit Fragen, zu seiner Herkunft, seinem Verhältnis zu seinem Bruder Igli, seiner Verbindung zu Rruzull. Sie fragten nach dem großen Boss, von dem sie nach wie vor nichts wussten. Wer ihm den Auftrag gegeben habe, Mara umzubringen. Ob er Denise Dorlac kennen würde und warum die Frau hatte sterben müssen.

Schweigen, nichts als Schweigen und höhnische Blicke.

»Wir haben dich am Arsch, Mann!« Stanko platzte der Kragen. »Du bist auf frischer Tat ertappt worden. Wir werden dir eine Anklage wegen versuchten Mordes anhängen. Du wirst verurteilt werden und eine Ewigkeit in den Bau wandern. Selbst wenn wir dir nichts von dem Dreck nachweisen können, der dir sonst noch am Bein klebt.«

Erneut der spöttische Blick.

»Deine einzige Chance ist es, das Maul aufzumachen«, fuhr Stanko fort. »Und zwar jetzt!«

Die Uhr tickte weiter, die Minuten zerrannen. Ob auf vernünftig-sachliche, kumpelhafte oder bedrohliche Weise, sie kamen nicht an den Kerl heran, er ließ jedes Wort an sich abprallen.

Mara sagte sich immer, man dürfe nie aufgeben, aber selbst einen Holzklotz hätte man leichter zum Sprechen gebracht. Beiläufig betrachtete sie ihre inzwischen bandagierte linke Hand, in die die Schlinge eingeschnitten hatte.

Nach einer ganzen Weile betrat Klimmt den Raum. Er gab keinen Ton von sich, sondern winkte Mara zu, ihm zu folgen.

Draußen, auf einem langen, schmalen Korridor, standen sie einander gegenüber.

Klimmt roch nach Zigaretten und Schweiß, wie meistens. Sein Bauch wölbte sich vor ihm, die Hände hatte er in die Hüften gestemmt. »Billinsky«, murmelte er, »Sie sehen nicht gut aus.«

»Sie sind auch kein Augenschmaus, glauben Sie's mir.«

Er schmunzelte. »Sie sind *verletzt*, Billinsky.«

»Eine Rippe tut weh. Wahrscheinlich eine kleine Prellung. Ein Tritt dieses Kamels ist dafür verantwortlich.« Sie winkte ab. »Kein Ding, das wird schon wieder.«

»Sie schwitzen ganz schön.«

»Sie auch.«

Wieder schmunzelte er. »Ihnen stehen Schweißperlen auf der Stirn, so groß wie Tischtennisbälle. Ihr Wangenknochen ist geschwollen.«

»Wenn sonst nichts ist.« Leiser sagte sie: »Wir wissen beide, es hätte weitaus mehr passieren können als ein paar Schrammen.«

»Aber von uns beiden scheine nur ich zu wissen, dass man zu einem verdammten Arzt gehen muss, wenn man etwas abgekriegt hat.«

»Falls es über Nacht nicht besser wird, besuche ich den Arzt. Okay?«

Er brummte etwas Unverständliches.

»Eine Zigarette.« Jetzt war es Mara, die grinste. Entwaffnend und keck. »Die würde mir mehr helfen als jeder Doktor.«

»Kommen Sie mit«, brummte er. Er tappte los und wirkte dabei wie ein Bär.

»Ich habe mir sogar selbst wieder eine Schachtel gekauft,

wo auch immer die gerade sein mag«, sagte Mara. »Stellen Sie sich vor, und das nach so langer Zeit als Nichtraucher.«

Gleich darauf standen sie nebeneinander an Klimmts geöffnetem Bürofenster, jeder eine Zigarette zwischen den Lippen. Sie pafften den Qualm ins Freie und schwiegen, bis Klimmt leise sagte: »Das war wirklich verflucht knapp, Billinsky. Ich bin froh, dass Sie so schnell reagieren konnten.«

»Ich auch«, erwiderte sie ebenso leise und stellte fest, dass ihre Knie weich wurden. Die Sache steckte ihr in den Knochen. Wohl auch kein Wunder. Sie fasste sich, schnaufte durch und schnippte die Kippe nach draußen.

»Seien Sie ab jetzt noch vorsichtiger«, riet Klimmt. »Offenkundig sind Sie den Leuten, mit denen wir's zu tun haben, auf die Füße getreten. Ich erinnere nur an das vermasselte Drogengeschäft bei der alten Spedition. Vielleicht wollten sie an Ihnen auch eine Art Exempel statuieren und zeigen, dass sie sogar einen Krieg mit uns nicht fürchten. Wie auch immer: Passen Sie auf sich auf!«

»Werde ich machen, Chef.«

»Das hoffe ich.«

»Also, wie ich sagte, falls es über Nacht nicht besser wird …«

»Nein«, unterbrach er sie. »Sondern wie *ich* sagte. Sie gehen zu einem Medizinmann. Und wenn er sie nicht krankschreibt, dann tue ich das.«

Sie funkelte ihn an. »Ich entschei…«

»Nein«, stoppte er sie erneut. »*Ich* entscheide.« Verhaltener setzte er hinzu: »Auch wenn es Sie jetzt nicht nach Hause zieht, Billinsky, was ich gut verstehen kann. Aber Sie nutzen sich und uns mehr, wenn Sie sich wenigstens ein bisschen ausruhen und neue Kräfte sammeln.«

Diesmal gab sie ihm keine Widerworte.

»Und nun ab mit Ihnen, lassen Sie sich durchchecken! Danach melden Sie sich bei mir, und wir bequatschen alles.«

»Danke für die Zigarette.« Mara verließ das Büro.

Der Rest des Nachmittags ging für die ärztliche Untersuchung drauf. Während Mara abgetastet, geröntgt und befragt wurde, huschte noch Klimmts Stimme durch ihren Kopf. *Passen Sie auf sich auf! Vorsichtiger sein. Verflucht knapp, Billinsky.*

Ins Visier der Gangster war sie im Grunde vor allem aufgrund der Hinweise des Anrufers gekommen. Nach wie vor war es ein Rätsel, warum der Unbekannte gerade auf sie gekommen war. Ihr Gespür sagte ihr, dass sie keine zufällige Wahl war. Was steckte dahinter?

Und bei einer weiteren Sache kamen sie keinen Deut weiter: Wo war die Verbindung zwischen den Verbrechern und Denise Dorlac?

Die Fragen plagten sie noch, nachdem der Arzt sie für die nächsten Tage krankgeschrieben hatte, was sie mit mehr als gemischten Gefühlen zur Kenntnis genommen hatte. Wenigstens war die schmerzende Rippe nicht gebrochen, sondern nur heftig geprellt. Auch der Wangenknochen schmerzte noch, eine groß angeschwollene Beule, die alle anstarrten, doch das würde sich rasch wieder geben.

Anschließend hatte Mara sich kurz von Rosen und Klimmt verabschiedet, um dann vom Präsidium nach Bornheim zu fahren.

Sie fand überraschenderweise recht schnell einen Parkplatz in direkter Nähe zur Berger Straße, erfreut über dieses seltene Glück. Mittlerweile hatte sie sich gestärkt. Wenn auch auf nicht gerade sinnvolle Weise: wiederum nur mit Käse, Oliven und Weißbrot. Und natürlich mit Rotwein. Sie beglich die Rechnung, saß noch eine Weile in ihrer Lieblingsweinbar und ließ die Zeit vorbeischleichen. Ihre Knie waren nicht mehr weich geworden, sie fühlte sich etwas besser, gefasster, auch wenn ihr klar war, dass die Eindrücke des morgendlichen Erlebnisses sie ganz sicher rasch wieder heimsuchen würden.

Als sie zu Hause eintraf, war es längst dunkel. Sie hatte gerade die Jacke und die Chucks ausgezogen, da klingelte ihr Handy.

Die Nummer des Anrufers wurde unterdrückt.

Sofort war die Anspannung zurück. Aufrecht stand sie im Wohnzimmer, bereits wieder vollkommen konzentriert, aufmerksam.

»Hallo?«, sagte sie.

30

Sie waren nett zu ihr gewesen. Sehr nett.

Sie hatten ihr Essen gegeben, sogar extra liefern lassen, von diesem Feinkostitaliener, der sonst nur für sie selbst gut genug war. Antipasti in rauen Mengen, Focaccia, Obst. Wie lange hatte sie keine Früchte mehr gegessen? Seit Jahren nicht mehr, seit lange vergangenen Sommernachmittagen mit den roten Äpfeln hinter dem windschiefen Häuschen, in dem sie geboren und aufgewachsen war.

Sie hatten sie auch schlafen lassen, sehr, sehr lange, dann eine ausgiebige Dusche, sie hatten sie mit neuer Kleidung versorgt.

Ja, sie waren hilfsbereit gewesen, fast könnte man sagen, sie waren *freundlich* zu ihr gewesen, und es gab nichts, was Anyana mehr Angst hätte bereiten können als genau das.

Denn nett waren sie nie zu ihr gewesen, an keinem einzigen Tag, in keiner einzigen der zahllosen zurückliegenden Stunden, *niemals* zuvor. Deshalb war die Angst in ihr aufgestiegen, wie ein Fieber, immer stärker, immer lähmender. Beinahe hätte sie sich übergeben müssen, was wirklich jammerschade gewesen wäre bei dem leckeren Essen, das mit Abstand beste, das sie seit Ewigkeiten zu sich genommen hatte.

Nun lag sie hier in diesem Puff, den sie hasste, in diesem kleinen, versteckten Zimmer im Erdgeschoss auf der Pritsche, ein einziges Nervenbündel. Dabei war keine einzige Drohung ausgestoßen worden, kein böses Wort gefallen.

Doch sie wusste es besser. Niemand war nett in dieser Welt, niemand war hilfsbereit.

Warum bist du hierher zurückgekommen!, schrie Anyana sich in Gedanken an.

Aber – wohin hätte sie sonst gehen sollen?

Gedämpft drang das Wummern der Elektromusik zu ihr, ebenso die Stimmen, die ab und zu erklangen. Am Nachmittag war noch nicht so viel los, der Strom aus geilen, betrunkenen, stinkenden Freiern würde erst abends auftauchen, und noch mehr von denen in der Nacht, die sich wieder endlos hinziehen würde.

Wie viele dieser Nächte hatte Anyana bislang in all diesen schäbigen Puffs überstehen müssen? Zu viele. Was war ein solches Leben wert? Nichts. Und doch fürchtete sie darum, denn schließlich war es alles, was sie besaß, dieses kleine nackte Leben.

Die Tür sprang auf, die Musik wurde lauter, einer dieser muskelbepackten Männer stand da. Er hob kurz den Finger, und Anyana sprang sofort auf.

Sein Kinn ruckte, und sie setzte sich in Bewegung. In ihr war alles kalt. Sie gingen im stets vorherrschenden Halbdunkel des Gebäudes die Treppe nach oben, vorbei an vereinzelten Freiern und an Huren, die gerade niemanden bedienen mussten und gelangweilt eine Zigarette rauchten.

Weiter hinauf, eine Etage nach der nächsten, Anyana vor dem Wachhund. Es war warm im Haus, richtig heiß, denn in einem Puff, in dem man fror, verloren sich keine Kunden, nicht mal die armseligsten.

Das vierte Stockwerk, Anyana schluckte, in ihr war alles kalt. Sie war nicht oft hier oben gewesen, hier wurden keine Freier empfangen. Sie bestand nur noch aus Furcht, sie hätte nicht einmal ihren Namen sagen können. Das gute Essen, der lange Schlaf, ohne geweckt zu werden, das alles konnte einfach nichts Gutes bedeuten.

Ein Stoß in ihren Rücken trieb sie weiter. Genau auf einen Raum zu, dessen Tür offen stand. Sie kannte das Zimmer.

Wenn sich Rruzull in dem Puff aufgehalten hatte, dann hatte er es in Beschlag genommen. Wurde ihm langweilig, hatte Anyana ihm einen blasen müssen.

Noch ein Stoß, der sie mitten in den Raum beförderte.

Der Wachhund kam ebenfalls herein, machte die Tür zu und stellte sich hinter sie.

Stille. Noch einen Tick dunkler war es hier. Eine einzige Stehlampe mit einem schweren, dicken Stoffschirm sorgte für ein paar Fetzen zerbrechliches Licht.

Anyana musste blinzeln, erst nach Sekunden zeichneten sich die Konturen eines Mannes um die vierzig ab, der in seinem Sessel thronte. Sie war ihm nie zuvor begegnet. Nichts an ihm war Furcht oder Ehrfurcht einflößend. Und doch nahm die Kälte in Anyana noch zu.

Er hatte schwarzes Haar, mit Grau durchsetzt. Ein rundes, glatt rasiertes Gesicht, aus dem Anyana Augen musterten, die nicht auf die Gemütslage des Fremden schließen ließen.

»Du bist also Anyana«, sagte er mit leichtem Akzent.

Sie senkte den Blick, wagte es nicht, auch nur einen Ton von sich zu geben.

Er stand auf, trat vor sie hin und hob ihr Kinn an. »Du bist wirklich sehr hübsch.« Seine Finger strichen sanft über ihre Wange, und endgültig gefror alles in ihrem Inneren. Sie merkte, dass ihre Hände zu zittern begannen.

Der Mann nahm wieder Platz. »Dann erzähl uns mal, Anyana, wer der Kerl war, der Rruzull abserviert hat.« Er musste der Boss sein, derjenige, der das Sagen hatte. Sie hatte von ihm gehört, wusste aber nicht einmal, wie er hieß.

»Ich bin dem Mann vorher nie begegnet.«

»Hattest du den Eindruck, Rruzull würde ihn kennen?« Die Stimme des Mannes war leise, ruhig, nichts an ihr war bedrohlich. Doch gerade das ließ Anyana noch verzweifelter werden. Wenn sie brüllten, waren sie weniger zu fürchten, als wenn man sie kaum hörte. Und der kräftige Wachhund stand auch immer noch direkt hinter ihr.

»Nein, ich glaube, er kannte ihn auch nicht«, erwiderte sie.

»Wie sah der Mann aus, Anyana?«

Sie beschrieb den Killer, die hellblauen Augen, die heisere Stimme, die Narben, und versuchte dabei, präzise zu sein, doch das war gar nicht so leicht. Die Angst lähmte sie, jeden Gedanken in ihrem Kopf, jedes Wort, das ihr auf der Zunge lag.

»Was hat Rruzull dem Mann gesagt?«

»Das weiß ich nicht.«

»Sieh mal, Anyana. Der Mann hat dich geschnappt, damit du ihn zu Rruzull führst. Du warst dabei. Also: Was hat Rruzull ihm gesagt?«

»Ich weiß es nicht, ich war in einem anderen Zimmer. Gefesselt, geknebelt. Die Tür war zu und …« Tränen liefen ihr über die Wangen. »Ich konnte nichts hören. Absolut gar nichts.«

Erinnerungen blitzten in ihr auf. Der Fremde hatte Rruzull gefoltert, das war zumindest ihr Eindruck gewesen. Dazu hatte er ihn geknebelt. Dann hatte er den Knebel gelöst, um Rruzull zu befragen. Danach gingen die Torturen weiter, immer abwechselnd. In hastigen und unsicher ausgestoßenen Worten versuchte sie das zu schildern.

»Was genau hat der Fremde gefragt?«

Der Schweiß brach ihr aus allen Poren. »Nach Rruzulls Boss. Wo sein Boss sich versteckt.«

»Was hat Rruzull geantwortet?«

»Ich weiß es nicht, ehrlich.« Sie weinte nun laut und jämmerlich. »Ich konnte es nicht verstehen. Rruzull hat nur gestöhnt und geröchelt und geflüstert.«

»Was hat Rruzull ihm gesagt?«

»Ich konnte es nicht verstehen«, wiederholte sie schluchzend. Flehentlich fügte sie hinzu: »Bitte, Sie müssen mir glauben.«

Der Boss musterte sie abwägend. »Was hast *du* dem Mann gesagt, Anyana?«

»Ich?« Ihre Hände zitterten noch stärker. »Gar nichts. Überhaupt nichts.« Sie schniefte, Rotz klebte auf ihrer Oberlippe, immer mehr Tränen stiegen in ihr hoch.

»Ist das wahr?«

Anyana nickte heftig, sank auf die Knie, faltete ihre Hände wie zum Gebet, sah zu dem Mann auf. »Ehrlich. Ich schwöre es.«

»Steh auf!«

Augenblicklich kam sie auf die Beine.

»Schluss mit der Heulerei!«

Sofort hörte sie auf zu weinen, als hätte er einen Knopf gedrückt.

»Hast du ihm etwas über mich erzählt?«

»Ich weiß doch nichts über Sie.«

»Zieh dich aus Anyana.«

Wieder gehorchte sie aufs Wort. Sekunden später stand sie nackt im Zimmer.

»Hast du ihm etwas über mich erzählt?«, fragte der Boss erneut, während sein Blick über ihren Körper wanderte.

Anyana schüttelte den Kopf und starrte dann mit bebenden Lippen nach unten auf den fleckigen Teppichboden.

»Magst du Chili?«

Irritiert sah sie auf.

Er wies auf einen kleinen Beistelltisch, dem sie in ihrer Panik zuvor keine Aufmerksamkeit geschenkt hatte. Ebenso wenig der darauf stehenden Schüssel, in der sich rote Chilischoten befanden, die man der Länge nach halbiert hatte.

Völlig verwirrt wanderte ihr Blick wieder zu dem Mann im Sessel.

»Magst du Chili, Anyana?«

Sie nickte. »Ja«, wimmerte sie. »Ich mag Chili.«

»Das ist schön, Anyana.«

Der Boss lachte, und der Mann hinter ihr fiel in das Gelächter ein.

31

Die Stimme des Anrufers, zischelnd und bedrohlich, zerschnitt schlagartig die Ruhe in der Wohnung: »Ich mache mir Sorgen um Sie.«

»Vollkommen unnötig«, gab Mara zurück und registrierte, dass sich alles in ihr verkrampfte. Ein Gefühl erfasste sie, als würde der Mann sie durch die Mauern des Hauses beobachten können. Musste er sich denn ausgerechnet heute wieder melden, an diesem Tag, der schon unvorhersehbar genug verlaufen war?

»Unnötig?«, wiederholte er, gefolgt von seinem heiseren Lachen. »Das beruhigt mich. Immerhin sollen Sie heute ja ganz schön in die Bredouille geraten sein.«

»Was ist los? Diesmal kein Tipp für mich?«

»Sie könnten Hilfe gebrauchen, was?«

Noch ehe sie etwas erwidern konnte, fügte er an: »Übrigens, ich bin euch einen Schritt voraus. Mindestens.«

»Inwiefern?«

»Ich glaube, ich weiß, wo man Rruzulls Boss finden kann. Da gibt es ein paar Stellen, an denen er wohl gern mal untertaucht.«

»Hat Rruzull Ihnen das verraten?«

Er schnalzte spöttisch mit der Zunge. »Wer ist Rruzull?«

»Und wer ist Rruzulls Boss?«

»Ach, Sie wissen nicht einmal das?«

Sein Lachen ertönte erneut, und am liebsten hätte sie ihn vor sich gehabt, um mit einem Knüppel auf ihn einzuschlagen. Die Wut hatte sie ganz plötzlich überfallen, aber sie fand, das war ein gutes Zeichen. Wut war besser als Furcht.

»Sagen Sie, wer es ist und wo er ist«, fuhr Mara den Unbekannten an. »Ansonsten können wir das Gequatsche sein lassen.«

»Ihre Art gefällt mir, wissen Sie das?«

»Wer ist es? Wo ist er?«, wiederholte sie kalt, die Silben wie eine Salve hinausfeucrnd.

»Und wenn Sie das wissen – was dann? Schnappt ihr ihn euch?«

»Was sonst?«

»Das Problem ist nur, dass ihr ihn wieder laufen lasst. Entweder kommt er dadurch frei, dass er die richtigen Leute besticht, oder sogar auf legalem Wege. Denn er ist kein Dummkopf, er weiß, wie man Fährten verwischt.«

»Das wird sich zeigen.«

Er stieß ein Wort in seiner Heimatsprache hervor, es klang wie ein Fluch. »Wissen Sie, Ihr Rechtssystem ist einfach bescheuert. Es lässt überall Lücken, durch die Leute wie er durchschlüpfen.«

»Dafür haben Sie umso mehr Vertrauen in Ihr eigenes Rechtssystem.«

Er lachte auf. »Sie haben's erfasst.«

»Also holen *Sie* sich den Mann, nehme ich mal an.«

»Genau so wird es sein, meine liebe Frau Billinsky. Die Soldaten überlassen wir euch, um die Generäle kümmern wir uns selbst. Der Wolf geht um, Frau Billinsky. Der Wolf will Beute machen.«

»Die Generäle?«, wiederholte Mara.

»Ja, da müssen wir auf Nummer sicher gehen. Und das heißt, auf keinen Fall auf die deutsche Justiz zu vertrauen. Selbst wenn einer der Bosse mal verurteilt wird – hinter Gittern ist er meistens nur für den Moment keine Gefahr.« Er machte eine Pause und schloss: »Tot ist er nie wieder eine Gefahr.«

Mara kam ein Gedanke. »Und was ist mit Denise Dorlac?«

Er gab einen knappen Laut von sich, gelangweilt oder auch verächtlich. »Ach, lassen wir uns nicht von Nebensächlichkeiten die Zeit stehlen.«

»Wieso musste sie sterben?«

»Wen kümmert Denise Dorlac?«

»Und was ist mit Anyana?« Mara musste an Anyanas Fingerabdrücke denken, die in Rruzulls Dachkammer gefunden worden waren.

»Sie ist doch ebenfalls eine Nebensächlichkeit.«

»Lebt sie noch?«

»Schon möglich. Aber sie ist nicht mehr wichtig für mich. Für Sie doch auch nicht, oder?«

»Wo steckt sie?«

»Keine Ahnung«, antwortete der Mann gedehnt.

»Wirklich nicht?«

»An dem einzigen Ort, zu dem sie hinkann, vermute ich. Bei den Männern, die sie in diese Lage gebracht haben. Sie ist abhängig von ihnen. Sie hat keine Papiere, keine Freunde. Sie weiß nichts von dem Land, in dem sie sich aufhält. Sie hat noch nicht einmal eine *Genehmigung*, sich hier aufzuhalten.« Er räusperte sich. »So, meine liebe Frau Billinsky, da haben wir uns tatsächlich verquatscht, wie zwei gute alte Freunde.«

»Sie wollten mir noch etwas über Rruzulls Boss verraten.«

»Nein, wollte ich nicht. Dann bis zum nächsten Mal!«

Sofort breitete sich wieder Stille in Maras Wohnung aus. Sie atmete einmal tief durch. Dann rief sie Rosen an.

»Hör zu, Rosen«, legte sie gleich los, »es gibt eine Sache, die wir zu sehr vernachlässigt haben. Wir sollten uns viel stärker mit Anyana Lupescu beschäftigen. Sie hängt drin, sie kennt Rruzulls Killer, sie weiß viel. Wohl gefährlich viel für sie.«

»Aber das haben wir doch alles auf dem Schirm, Billinsky«,

antwortete er. »Es läuft eine Fahndung nach ihr. Mehr können wir im Moment nicht tun.«

»Irgendwie lässt mir das plötzlich überhaupt keine Ruhe mehr. Wir sollten die Suche nach ihr verstärken.«

»Wir? Du jedenfalls nicht.«

»Rosen, los, wir treffen uns in einer halben Stunde am Hauptbahnhof. Und dann …«

»Wir treffen uns nirgendwo«, unterbrach er sie, weniger energisch, eher bittend. »Ich warne dich, Billinsky, mach keinen Quatsch!«

Mara musste lachen. »Ich? Nie. Weißt du doch.«

Mit betont ernster, eindringlicher Stimme sagte er: »Billinsky, ich würde dich verpfeifen.«

»Du machst Witze.«

»Billinsky, ich gebe Klimmt Bescheid, wenn du Quatsch machst.«

»Das würdest du wirklich tun?«

»Bleib in deiner Wohnung, okay?«

»Schon gut«, lenkte sie ein. »Reg dich ab.«

»Wirst du zu Hause bleiben?«

»Ja, Mann, wie oft soll ich's noch sagen?«

»Dann ist's ja gut.« Er lachte. »Mach's gut, erhol dich. Ich besuch dich mal.«

»Ach du Scheiße: Rosen, der Aufpasser.«

»Geht ja wohl nicht anders bei dir.«

Sie beendeten das Gespräch, und Mara legte das Handy nachdenklich auf das Sofa. In diesem Moment läutete es an der Wohnungsklingel.

Sie sah überrascht auf.

Wer konnte das sein?

Sie hastete in das Schlafzimmer, wo sie das Holster mit der Pistole abgelegt hatte.

32

Jan Rosen saß am Schreibtisch, aber die Berichte auf dem Bildschirm des Laptops verschwammen vor seinen Augen. Es fiel ihm schwer, sich zu konzentrieren. Alles fiel ihm schwer seit jener Nacht, in der es in dem Bordell zu einer Schießerei gekommen war.

Dass er versagt hatte, machte ihm richtig zu schaffen. Keiner der Kollegen hatte eine Bemerkung darüber verloren, auch Klimmt hatte den Vorfall nicht mehr angesprochen. Aber das war noch schlimmer als der eine oder andere bissige Kommentar oder der Spitzname *Spatz*, den man ihm früher angehängt hatte.

Jetzt war Rosen wohl nicht einmal mehr den Spott wert. Es sah ganz so aus, als wäre es ihm endgültig gelungen, alle Vorurteile zu bestätigen.

Mittlerweile war es nach acht Uhr abends, das Telefonat mit Mara Billinsky lag schon eine Weile zurück. Sollte er wirklich bei ihr vorbeischauen? Er war unsicher. Wie meistens.

Ob sie es über sich bringen würde, wie versprochen zu Hause zu bleiben? Er bezweifelte es, kannte er doch ihre Energie oder wie immer man das, was sie antrieb, nennen sollte. Oft verstand er sie nicht, ihre Beweggründe dafür, ständig mit dem Kopf durch die Wand zu wollen. Doch insgeheim hätte er manchmal gern etwas von ihrer Art gehabt.

Klimmt erschien in dem Großraumbüro, in dem bis auf Mara Billinskys Platz alle Schreibtische besetzt waren. Fast jeder machte Überstunden, der Krieg im Bahnhofsviertel hielt alle in Atem, und es gab schließlich auch andere Fälle, die bearbeitet werden mussten.

»Lasst uns noch mal zusammen jeden Punkt durchgehen«, rief er. »Wo können wir neu ansetzen? Was haben wir womöglich übersehen?«

Schleyer, Patzke und Stanko erhoben sich, alle drei müde und schwerfällig, auch Rosen stand auf.

Klimmt sah ihn an. »Sie können hierbleiben und weitermachen. Ich werde Ihnen nach der Besprechung genauere Anweisungen geben. Wahrscheinlich müssen wir die Recherche zu den Albanern noch einmal intensivieren. Jeden Stein ausgraben, mit dem wir die Kerle bewerfen können. Ich werde Sie später gezielter instruieren.«

Als hätte man die Luft aus ihm gelassen, sackte Rosen auf seinen Drehstuhl zurück. *Recherche*, hallte es in seinem Kopf wider. Früher war es nicht leicht gewesen, der *Loser* der Abteilung zu sein, jetzt war es unerträglich. Eine jämmerliche Situation. Eine *Scheißsituation*, wie Mara Billinsky es ausgedrückt hätte.

Wieder blitzten die Bilder aus der Nacht der Schießerei in ihm auf. Es war nun weiß Gott nicht der erste Einsatz in seinem Leben als Polizist gewesen, der sich als gefahrvoll entpuppt hatte. Aber irgendwie schien er Rosen den Rest gegeben zu haben. Wie sollte es in Zukunft ablaufen? Musste er am Schreibtisch hocken, während die Kollegen draußen auf der Straße waren und ihren Kopf hinhielten?

Er durfte gar nicht daran denken.

Das Gespräch am Telefon mit Billinsky kam ihm wieder in den Sinn. Eigentlich hatte er Klimmt davon berichten wollen, vor allem von ihrem Rat, sich noch stärker auf Anyana Lupescu zu konzentrieren. Aber dann war er sich wie überfahren vorgekommen.

Sollte er trotzdem in die Besprechung platzen und … Nein, das war Unsinn.

Was würde Billinsky tun?, fragte er sich.

Das war nicht schwer zu beantworten.

Rosen klappte seinen Laptop zu, nahm die Dienstwaffe aus dem Schreibtisch und schob sie sich ins Holster. Mit einem beklommenen Gefühl in der Magengrube verließ er das Präsidium, ohne dass jemand davon Notiz genommen hätte.

Kurze Zeit später durchstreifte er die Straßen des Bahnhofsviertels. Erneut war es ein warmer Abend, die Luft ballte sich dick und schwer in den Häuserschluchten.

Immer wieder führte Rosens Weg ihn in die Nähe des Bordells, hinter dessen Mauern ihm ein großes Stück seiner Selbstachtung abhandengekommen war. Der Anblick verstärkte noch das bange Gefühl, das ihn seit seinem Aufbruch begleitete.

Er trug eine dunkelblaue Wollmütze, die er sich tief in die Stirn zog, und eine neue, etwas zu große schwarzgraue Drillichjacke im Armeelook, um etwas lässiger, etwas kerniger zu wirken, aber er war alles andere als sicher, ob das gelang.

In einer kleinen, schäbigen Eckkneipe legte er einen Zwischenstopp ein, den Blick schräg über die Straße auf das Bordell gerichtet, in dem recht viel los war. Immer neue Kunden verschwanden im Eingang, an dem ein Aufpasser stand, wie alle von ihnen groß, wuchtig und durchtrainiert.

Er musste daran denken, wie gut es Mara Billinsky immer gelang, mit der Umgebung zu verschmelzen, was nicht nur an ihrem nicht gerade bullentypischen Äußeren lag, sondern auch daran, wie sie sich gab, mit einer Mischung aus Beherztheit und lässiger Selbstverständlichkeit, die er sich nie im Leben würde aneignen können. Doch seine Unscheinbarkeit, oft nicht gerade hilfreich im Job, kam ihm jetzt zugute. Niemand beachtete ihn, keine fremden Augen nahmen ihn aufs Korn.

Er warf einen raschen Blick auf sein Handy. Kein Anruf, keine Mitteilung, auch nicht von Klimmt. Na klar, wie immer.

Was hast du eigentlich vor?, fragte er sich stumm und

verzichtete lieber darauf, nach einer Antwort zu suchen. Er nippte an seiner warmen Cola und bestellte einen klaren Schnaps, obwohl er sonst sehr selten Alkohol trank. Auf einen Zug leerte er das schlierige Glas.

Er hatte keine Freundin, kaum Bekannte. Er hatte einen Beruf, der ihn fertigmachte. Er hatte nur zwei Möglichkeiten, jedenfalls sah er das so. In Selbstmitleid zu verfallen oder den schwierigen Weg zu gehen.

Den Weg, den er sonst nie ging.

Rosen bezahlte Cola und Schnaps und betrat wieder den Bürgersteig, auf dem die übliche Bahnhofsviertelmeute strömte. Nach dem Mief in der Kneipe hatte die schwüle Luft draußen etwas beinahe Angenehmes.

Er überquerte die Straße, verharrte einen langen Moment in einem Abstand von mehreren Metern vor dem Bordell, dann marschierte er auf den Eingang zu.

Der Aufpasser ließ ihn nach einem kurzen prüfenden Seitenblick passieren.

Drinnen empfingen ihn stickige Luft, ein schummrig waberndes Halbdunkel und dumpf hallende Elektromusik.

Er hatte nicht die Befürchtung, dass ihn einer der Bordellbetreiber erkennen würde – dazu war er an jenem Abend der Gewalt zu unbeteiligt gewesen. Die Kampfhandlungen hatten ja komplett ohne ihn stattgefunden.

Langsam, unsicher folgte er einem engen Korridor im Erdgeschoss. Der Schweiß lief ihm übers Gesicht, doch er zog die Mütze nicht aus. Eine Türe nach der anderen, und das zu beiden Seiten. Davor saßen Huren auf Barhockern, sofern sie nicht gerade im Zimmer mit einem Freier beschäftigt waren. Sie hatten fast nichts an, und ihre nackte Haut nahm Rosen nur mit gesenkten Lidern zur Kenntnis. Er war ein *Bulle*, bereits seit mehreren Jahren, er hatte sich öfter in diesem Milieu bewegen müssen, allerdings würde er sich nie daran gewöhnen.

Die Huren durchschauten in Sekundenschnelle alle, die hier eintrafen, wussten sofort, mit wem sie es zu tun hatten, das merkte er, und ihr Grinsen ließ keinen Zweifel, dass sie seine Unbeholfenheit erheiternd fanden. Er stakste an ihnen vorüber, jede versuchte ihn mit anzüglichen Bemerkungen oder Hinweisen auf Kennenlernpreise ins Zimmer zu locken.

Was hast du eigentlich vor?, fragte er sich wieder. In seinen Schläfen war ein Pochen, er schwitzte immer stärker.

Das Ende des Korridors, wieder zurück und an allen Frauen vorbei, die Sprüche, das Grinsen, bis zum Treppenhaus. Hoch in den ersten Stock, dort dasselbe Spielchen, eine nahezu nackte Hure nach der anderen, ihre Stimmen, ihre unterschiedlichen Akzente, ihr lautes Lachen, ihr Zigarettenqualm, der unter der tiefen Decke zu einer riesigen Wolke anwuchs. Die Beats der Musik, der Geruch von billigem Parfüm und Desinfektionsmitteln. Ein abgetretener Läufer, dunkelrot gestrichene Wände. Männer, die ihre Runde machten, still und für sich wie Rosen, oder sich in Verhandlungen über Praktiken und Preis befanden und dann der ausgewählten Prostituierten ins Zimmer folgten.

Was hast du eigentlich vor?

Jetzt die zweite Etage.

Er konnte nicht ewig hier herumlatschen, sonst würde er doch noch auffallen, überall hingen Überwachungskameras, er wusste, dass ständig Wachmänner auf Monitore starrten, um über alles, was vor sich ging, informiert zu sein und einschreiten zu können, falls es Ärger gab.

Was war das?

Rosen hielt inne.

Hatte da nicht eben jemand geschrien? Eine Frau?

Stufe für Stufe nach oben in die dritte Etage. Sein Oberkörper badete inzwischen in Schweiß. Und wieder das Halbdunkel, die Huren, die Freier. Und wieder die Blicke, die

Anmache, das Grinsen. *Zieh Leine!*, riet Rosen sich selbst. Irgendwann wird einer dieser Muskelberge auftauchen und ihm sagen, er solle bumsen oder abhauen.

Plötzlich stoppte er erneut.

Wieder ein Schrei, fast überdeckt von Musik und Gelächter und Preisdiskussionen. Aber eben nur *fast*.

Rosen hatte sich nicht getäuscht, nein, er war sich absolut sicher. Der Schrei war von oben gekommen, vom Stockwerk über ihm.

Also zurück zum Anfang des Korridors, Blicke nach rechts und links. Zwei Männer torkelten gerade nach oben, stockbesoffen, lallend, man würde sie bestimmt gleich auf die Straße setzen. Ein guter Moment, um hinaufzuschleichen, vorbei an einem »Zutritt verboten«-Schild, bis hinauf ins oberste Stockwerk, das dank einer Neonröhre heller beleuchtet war als der gesamte Rest des Gebäudes.

Wiederum einer dieser Korridore, viele Türen, aber keine Huren, keine Freier, keine Musik.

Hatten ihn die Kameras erfasst? Er wusste es nicht, kümmerte sich auch nicht darum, sondern versuchte sich zu konzentrieren, zu lauschen, ganz bedachtsam zu sein.

Abermals ein Schrei, von einer weiblichen Stimme, jämmerlich, leidend, voller Schmerzen, hier oben war er klar zu hören.

Rosen starrte zu der Tür, hinter der er die Frau vermutete. Tief atmete er ein.

Er näherte sich der Tür und kniete sich hin. Durch das Schlüsselloch spähte er ins Innere.

Sein Blick fiel auf den nackten Körper einer Frau, genau auf ihr wohlgeformtes Gesäß. Sie machte einen zaghaften Schritt nach vorn, stöhnte dabei vor Schmerz, wankte und sank auf die Knie. Wieder ihr Stöhnen, ein Laut, den Rosen in seinem Innersten spüren konnte, so verzweifelt, so erbärmlich hatte er sich angehört.

Jetzt sah er ihr blondes, offenbar gefärbtes Haar, das ihr auf die bebenden Schulterblätter fiel.

Die Stimme eines Mannes ertönte: »Los, Anyana, dreh noch eine Runde! Vielleicht fällt dir dann ein, was du diesem Killer über mich erzählt hast.«

Der Name Anyana ließ Rosen erstarren.

Die nackte Frau kämpfte sich auf die Beine. Sie ging nun wieder, beschrieb einen engen Kreis in dem Zimmer, jeder Schritt zittrig, wacklig, begleitet von Schluchzen, Weinen, Stöhnen.

Rosen sah nun auch ihren Bauchnabel, ihr rasiertes Geschlechtsteil, die Oberschenkel von vorn. Keine Wunde, kein einziger Blutstropfen war zu entdecken. Niemand näherte sich ihr, sie schien einfach nur gehen zu müssen. Was bereitete ihr derartige Höllenqualen?

Eine zweite männliche Stimme erklang: »Ich glaube, sie weiß wirklich nichts, Shefik.«

Der Angesprochene lachte. »Nein, das glaube ich auch nicht. Aber man kann ja nie wissen.« Dann herrschte er die Frau an: »Los, Anyana, noch eine Runde. Na los! Auf geht's!«

Rosen richtete sich auf. Er zog die Pistole. Entsicherte sie. Hielt sie fest. Fühlte die Angst, die an seiner Wirbelsäule hinaufkroch.

Im nächsten Augenblick trat er gegen die Tür, die mit einem Knall aufsprang.

33

Nachdem sie sich über die Sprechanlage vergewissert hatte, wer ihr so unerwartet einen Besuch abstattete, öffnete Mara die Wohnungstür und wartete in Jeans und Ramones-T-Shirt, die Füße nackt. Ihre Waffe hatte sie wieder sicher verstaut.

Das Knarren der alten Holzstufen im Treppenhaus kündigte ihn an, dann stand er ihr gegenüber, seine tief liegenden Augen auf sie gerichtet.

Christian von Lingert wirkte angespannt, als er das Gespräch ohne eine Begrüßung eröffnete: »Tut mir leid, dass ich Sie schon wieder unangekündigt überfalle.«

Mara ließ ihn zappeln, indem sie ganz einfach nichts erwiderte, sondern ihn nur mit einem langen Blick aus ihren dunklen Augen maß. Über seine Anspannung hinaus machte er einen ziemlich zerknirschten Eindruck.

»Ich habe gehört, was Ihnen zugestoßen ist«, fuhr er gepresst fort. »Da wollte ich nachsehen, ob es Ihnen gut geht.«

»Ich bin okay«, sagte sie, bewusst knapp.

Das Licht im Treppenhaus ging aus, einen dumpfen Moment lang sah sie nur seine Silhouette, und sie knipste es wieder an.

»Das freut mich.«

Maras Augenbraue zuckte in die Höhe. »So?«

Sein Mund verzog sich zu einem zurückhaltenden Lächeln, das sie noch nicht an ihm kannte. »Okay, Sie haben mich durchschaut. Das ist eigentlich kein Krankenbesuch.«

»Sondern?«

»Ich wollte Sie um Entschuldigung bitten.« Kurz fuhr er

mit der Hand durch die Luft. »Es lässt mir irgendwie keine Ruhe, wie unser letztes Zusammentreffen abgelaufen ist, und ich wollte Ihnen sagen, dass es mir leidtut.«

Sie trat einen Schritt zur Seite. »Möchten Sie nicht hereinkommen? Ich habe gerade einen guten Rotwein offen.«

»Alkohol?« Er machte runde Augen. »Sie haben doch bestimmt Schmerzmittel eingenommen.«

»Sicher. Aber ich dachte, ein Glas wird nicht schaden.«

Gleich darauf nahmen sie, mangels Alternativen an Sitzgelegenheiten in Maras Wohnzimmer, auf dem kleinen schwarzen Sofa Platz, und jeder drückte sich dabei unwillkürlich in seine Ecke.

Er erkundigte sich höflich, was Mara bei der Auseinandersetzung mit Cana abbekommen hatte, und sie gab ihm Auskunft, während sie zwei Gläser einschenkte, die sie auf einem winzigen Beistelltisch abgestellt hatte.

Sie prosteten sich zu, tranken, setzten die Unterhaltung fort, ruhig und ohne noch einmal Bezug auf ihre letzte Begegnung zu nehmen. Bis Mara nach einem weiteren tiefen Schluck Rotwein plötzlich bestimmt sagte: »Lassen wir's lieber, oder?«

»Was meinen Sie?« Er sah sie mit erstauntem Gesichtsausdruck an.

»Herr von Lingert, Sie glauben doch nicht, dass ich es Ihnen so einfach mache.« Sie lächelte ihn frech an.

»Was meinen Sie?«, wiederholte er mit wachsamem Unterton.

»Kurz vor Ihrem plötzlichen Abgang, also beim letzten Mal, da haben Sie eine Bemerkung fallen lassen. Und ich habe sie keine Sekunde lang vergessen.«

Nachdenklich betrachtete er das Weinglas in seiner Hand. »Eine Bemerkung?«

»Sie wissen genau, welche ich meine. Und Ihnen war ebenso klar, dass ich Sie darauf ansprechen würde.«

Nun blickte er Mara wieder offen an, ein feines Lächeln auf den Lippen. »Ja, das war mir wohl klar.«

»Sie rieten mir, mich nicht auf meinen Vater *einzuschießen*. Das waren Ihre Worte.« Mara rückte näher an ihn heran und fixierte ihn. »Das sagt man nicht einfach so, da hat man doch einen Hintergedanken.«

»Ich erinnere Sie noch einmal daran, dass Ihr Vater damals ein Alibi ...«

»Wieso soll ich mich nicht auf meinen Vater einschießen?«, unterbrach sie ihn mit glasklarer Stimme. »Antworten Sie mir bitte ganz ehrlich!«

Christian von Lingert straffte den Oberköper und lockerte seinen Krawattenknoten. »Also gut«, sagte er nach einer Weile abwägend. »Obwohl ich mir nicht sicher bin, ob es schlau ist, Ihnen das mitzuteilen.«

»Tun Sie's trotzdem.«

»Ich weiß genau, dass mein Vater einmal in einem bestimmten Zusammenhang etwas über ihre Eltern sagte. Es war lange nach dem Tod ihrer Mutter. Es ging dabei auch allein um Ihren Vater. Und um die Tatsache, dass es ihm schwerfällt, um schöne Frauen einen Bogen zu machen.«

»Und weiter?«, drängte Mara, bereits wieder voller Ungeduld.

»Es war zu Hause bei meinem Vater. Mehrere Gäste waren da, selbstverständlich seine neue Gattin, ich war eingeladen, auch frühere Kollegen. Und dann sagte jemand beiläufig, dass Edgar Billinsky bestimmt schon in seiner Zeit als Ehemann hinter jedem Rock her war. Und seine Frau ihn ganz sicher immer im Auge behalten musste.« Er machte eine entschuldigende Geste. »Ich versuche mich an den exakten Wortlaut zu erinnern.«

»Sie können sich sicher sein, ich habe schon weitaus Schockierenderes im Leben gehört. Erst recht über meinen hochverehrten Vater.« Mara winkte lässig ab. »Und dann?«

»Mein Vater entgegnete auf diese Bemerkung, nicht etwa Edgar, sondern Katharina hätte man im Auge behalten müssen. Und Edgar sei ja ohnehin erst nach Katharinas Tod zu einem Schürzenjäger geworden.«

Die Worte schienen in der Luft zu hängen, als könnte man sie mit den Händen berühren.

»Wie haben die anderen Gäste darauf reagiert?«

»Ich weiß noch, dass danach Schweigen herrschte. Niemand widersprach, niemand stimmte zu. Ein paar Sekunden peinliche Stille, schließlich wechselte man das Thema.« Er fügte hinzu: »Einerseits war es nur eine Bemerkung, andererseits schien es mir nicht einfach nur dahingesagt zu sein.«

Mara runzelte die Stirn. Statt eine Antwort zu geben, trank sie von ihrem Wein.

»Jedenfalls«, fuhr von Lingert fort, »habe ich nach unserem Gespräch vor einigen Tagen immer wieder darüber nachgedacht, und ich glaube, mein Vater hat auch davor schon den einen oder anderen Spruch in diese Richtung gemacht. Unauffällig, nebenbei. Als hätte er Ihre Mutter nicht besonders geschätzt.«

Sie musterte ihn argwöhnisch. »So etwas höre ich zum ersten Mal.« Hatte sich Grigoleit etwa an sie herangemacht – und war abgewiesen worden?

»Das mag sein, aber … Nun ja im Nachhinein bin ich mir ziemlich sicher, dass mich meine Wahrnehmung nicht täuscht. Früher habe ich einfach nur nie darüber nachgegrübelt, zumal ich auch Ihre Mutter nie kennengelernt habe und mit Ihrem Vater nichts zu tun habe.«

War sie zu voreilig gewesen?, fragte sich Mara. War das Bild, das sie sich von ihrer Mutter machte, in zu schönen Farben gemalt? Entsprach es eher ihrem Wunsch als den Tatsachen? Immer hatte sie ihren Vater aufs Korn genommen, niemals ihre Mutter hinterfragt.

»Sie zweifeln natürlich«, bemerkte von Lingert leise.

»Hm.« Sie breitete die Arme aus. »Mein Vater, der erst nach dem Tod meiner Mutter zum großen Casanova wurde? Meine Mutter, die man besser im Auge hätte behalten sollen? Puh, ich weiß nicht so recht.«

»Was denken Sie?«

»Wenn das tatsächlich stimmt, sieht es noch schlechter für meinen Vater aus.« Sie warf von Lingert einen Blick zu. »Dann hat er meine Mutter nicht im Affekt getötet, sondern aus Eifersucht. Oder aus verletzter Eitelkeit. Oder aus beidem.«

»Sie sind einfach nicht von dem Gedanken abzubringen, nicht wahr?«

Mara lächelte verhalten. »Sie haben's ja schon mitbekommen: Wenn ich mir mal was in den Kopf gesetzt habe …« Sie ließ den Satz unvollendet.

»Stimmt, das hat sich herumgesprochen.« Auch von Lingert schmunzelte.

»Wissen Sie was?«, kam es mit friedlicherem Ton über Maras Lippen. »Wir machen ein Time-out. Schluss mit meinem Vater, Ihrem Vater, meiner Mutter. Schluss jedenfalls für heute Abend. Mein Schädel platzt gleich vom vielen Nachdenken.«

»Eine sehr gute Idee.«

Mara schenkte ihnen beiden nach.

»Meinen Sie nicht, Sie sollten nicht mehr von dem Wein …«

»Nein, Herr von Lingert, meine ich nicht.«

Erneut prosteten sie einander zu, und sie blieben dabei – kein Austausch mehr über einen zwanzig Jahre zurückliegenden Mord, auch keine Äußerungen über die Verbrechen, die die Stadt momentan in Atem hielten.

Sie entspannten sich, der Staatsanwalt legte Jackett und Krawatte ab, sie tranken, sie unterhielten sich. Von Lingert erzählte im Plauderton, der für Mara ebenfalls ziemlich neu an ihm war, von seiner Zeit bei der Staatsanwaltschaft Darmstadt, wo er seine ersten beruflichen Lorbeeren geerntet und sich so für größere Herausforderungen in Frankfurt empfohlen hatte.

Nach dem Öffnen der nächsten Flasche Wein berichtete Mara im Gegenzug von sich, von ihrem im Gegensatz dazu ziemlich kurvigen Lebensweg und ihrer schwierigen Rückkehr zur Frankfurter Mordkommission, wo es ihr Hauptkommissar Klimmt nicht gerade einfach gemacht hatte, einen erfolgreichen Einstand zu feiern.

»Aber Sie haben sich durchgebissen«, bemerkte von Lingert. Seine Wangen waren gerötet, sein sonst ordentlich nach hinten gekämmtes Haar durcheinander.

»Ja, irgendwie habe ich mich durchgebissen.«

»Sie sind eine komische Frau.«

»Immerhin sagen Sie nicht, ein komischer Vogel. Ich bin nämlich keine Krähe. Auch wenn das ab und zu behauptet wird.«

Erneut lächelte er sie an. »Offen gestanden, anfangs konnte ich Sie überhaupt nicht ausstehen.«

»Ich Sie noch weniger«, warf Mara lachend ein.

»Doch irgendwann wurde mir klar, dass sich hinter Ihrer schwarzen Rüstung aus Trotz, Frechheit und Dickköpfigkeit eine empfindsame Frau verbirgt.«

»Ich verpasse Ihnen gleich einen Kinnhaken.«

Er musste wieder lachen, laut und offen, und sie kannte ihn fast nicht mehr, so wenig erinnerte er sie in diesem Moment noch an den ehrgeizigen Paragrafengläubigen, als den sie ihn kennengelernt hatte.

»Und auch wenn Sie weiterhin auf Komplimente setzen und meine weibliche Seite streicheln wollen«, sagte sie, »ich werde dennoch Ihren Vater und Ihre Mutter aufsuchen und …«

Er stoppte sie, indem er ihr den Zeigefinger auf die Lippen legte. »Nein, das werden Sie nicht.«

Mara griff nach seiner Hand und drückte sie spöttisch lachend weg. »Und ob ich das tun werde.«

»Himmel, Sie sind ja noch sturer, als alle behaupten.«

Aus einem jähen verrückten Impuls heraus beugte sich Mara vor und küsste ihn.

Völlig verdattert starrte er sie an.

Herausfordernd erwiderte sie den Blick.

Einen flirrenden Moment schien es, als würde von Lingert aufspringen und die Wohnung so überstürzt verlassen wie beim letzten Mal.

Doch dann packte er Mara an den Schultern. Er zog sie zu sich, küsste sie mit einer Wildheit, die sie ihm niemals zugetraut hätte. Und sie ließ es zu, drängte sich ihm entgegen. Er riss ihr das T-Shirt über den Kopf, küsste ihre kleinen, spitzen weißen Brüste, zog ihr Jeans und Slip aus und küsste sie immer weiter, überall.

Bei seinen heftigen Berührungen tat ihr die Rippe weh, doch es gelang ihr mühelos, den Schmerz auszublenden. Sie schloss die Augen, und es löste sich alles auf, all die Bilder aus der Vergangenheit und der Gegenwart, das Blut und die Angst und die Verbrechen, sie hörte nichts mehr, sah nichts mehr, sie *fühlte* nur noch. Endlich ein Moment, in dem die Narben der Vergangenheit nicht mehr schmerzten, in dem sie alles vergessen und ihre Seele die Fesseln abstreifen konnte.

Das tat so gut, so unfassbar gut.

34

Jan Rosen versuchte die Panik zu ignorieren, die in ihm aufstieg.

Mit der Waffe hielt er die Männer in Schach. Kein Laut der Überraschung war bei seinem plötzlichen Eindringen über ihre Lippen gekommen. Einer stand links von ihm, der andere saß in einem Sessel. Sie sahen ihn einfach an, wie Raubtiere, lauernd, mit einer Abgebrühtheit, die an Rosens Nerven zerrte.

Und jetzt?, hämmerte es in seinem Schädel.

Auch die junge Frau starrte ihn an, das Gesicht verheult, von Schmerzen verzerrt.

»Herzlich willkommen«, sagte der Mann im Sessel.

Und jetzt?

Rosen hatte sich keinen Plan zurechtgelegt, die Situation hatte ihn irgendwie überrollt, und nun war er mittendrin. Ein Schweißtropfen fiel von seiner Nasenspitze.

»Was willst du denn, du Wichser?« Der Mann, der sich seitlich von ihm aufhielt, stierte ihn an. Ein breitschultriger Brocken, jünger als der andere, der wohl über vierzig war.

Und jetzt?

Rosen griff mit der linken Hand nach dem Arm der Frau. Bei der Berührung zuckte sie zusammen.

Er zog sie zu sich heran. Sie jammerte. Er zog sie noch näher zu sich, begann langsam rückwärts aus dem Raum zu gehen, im Schlepptau Anyana, die sich erst wehrte, ihm dann doch folgte.

»Meinst du, ihr beide erreicht den Ausgang?« Der Mann

im Sessel grinste, die Augen kleine, funkelnde Kristalle im runden Gesicht.

»Ich kann nicht«, winselte Anyana, »ich brenne.«

»Los!«, zischte Rosen ihr zu.

»Ich *brenne*«, wiederholte sie.

Er hatte nicht die leiseste Ahnung, was sie damit meinte, und war ohnehin so angespannt, dass er ihre Worte kaum aufnehmen konnte.

Immer noch im Rückwärtsgang bewegte sich Rosen den Flur entlang, den Blick nach vorn ins Zimmer gerichtet, die Pistole erhoben.

Wieder sperrte sich Anyana gegen die Bewegung, wieder zog er sie mit sich, er hatte nicht mehr ihren Oberarm, sondern ihr Handgelenk gepackt.

Sie stöhnte auf.

»Umdrehen!«, befahl er und hätte sich gewünscht, mehr Autorität, mehr Kraft in seine Stimme legen zu können.

Doch sie gehorchte und wandte sich der Treppe zu.

Die Männer beobachteten sie, beide inzwischen an der Zimmertür stehend.

Dann drehte sich auch Rosen um. »Los!«, rief er und rannte los, die Stufen hinunter, die Frau am Gelenk mit sich schleifend, die fürchterliche Schreie ausstieß.

Dadurch alarmiert, tauchten Huren und Freier vor ihnen auf, die sie verwirrt anglotzten. Rosen stieß sie beiseite, kämpfte sich weiter durch, Anyana bei ihm, jammernd, schluchzend, schreiend.

Du kommst nicht durch!, sagte er sich. *Spätestens im Erdgeschoss haben sie dich.*

Im ersten Stock bog er in einen der Korridore ein, Anyana immer noch an seiner Seite. So platzte sie in das erstbeste Zimmer herein, wo ein Mann und eine Hure auf dem Bett lagen und sie entgeistert anstarrten.

Rosen riss das Fenster auf, das auf den Hinterhof führte.

Hinter sich hörte er aufgeregte Rufe von Männern in einer fremden Sprache und das Trampeln schwerer Schritte.

Sie waren ihnen auf den Fersen.

Er drängte die nackte Anyana auf die Fensterbank. »Spring!«, schrie er und half mit einem Schubs nach.

Er verfolgte, wie sie neben einem schwarzen Auto auf dem Asphalt aufkam und hinfiel. Ohne nach hinten zu sehen, sprang auch er ins Freie. In seinen Knöcheln flammte Schmerz auf, als er landete, doch er schaffte es, auf den Füßen zu bleiben. Mit hartem Griff zog er die auf dem Boden kauernde Anyana hoch und lief los, hinein ins Dunkel des nahezu unbeleuchteten Hinterhofs, durch dessen Ausgang auf die angrenzende Straße und weiter, immer weiter, ab und zu kurz angestrahlt von den Laternen, hinein in die nächste Seitengasse, in der es finsterer war.

Anyana wimmerte unverändert, Rosen zog sie unerbittlich weiter. Über ihnen der Sternenhimmel, links und rechts dunkle Wohnblocks, parkende Autos.

»Ich kann nicht mehr!«, kreischte Anyana. Stocksteif stand sie da, mit bloßen Sohlen mitten auf der Straße, und Rosen sah ein, dass sie am Ende war.

Er zeigte auf ein paar Müllcontainer auf Rollen. »Los!«

Hinter den Containern, von denen eine Wolke aus Gestank aufstieg, schlüpfte er aus seiner Jacke und legte sie Anyana auf die Schultern. Sie sank auf den kalten Boden. Rosen zog seinen froschgrünen Pullover aus, faltete ihn und schob ihn ihr verlegen unter den Hintern. Sie ließ es geschehen und keuchte noch heftig von der Anstrengung.

In der Nähe ertönten Stimmen.

»Sie sind hinter uns her«, raunte Rosen.

Sie hörten Schritte, doch die Geräusche wurden schon wieder leiser. Die Männer, die nach ihnen suchten, hatten die Seitengasse womöglich übersehen, zumindest bislang.

Rosens Augen hatten sich besser an die graue Dunkelheit hinter den Containern gewöhnt. Auf Anyanas Wangen schimmerten Tränen. Sie schlug die Jacke zurück und starrte an ihrem Körper herunter.

»Was ist mit Ihnen?«, fragte Rosen.

Ihre Ellenbogen berührten sich, so nahe hockten sie beieinander.

Statt zu antworten, schob Anyana eine Hand zwischen ihre Beine. Konsterniert verfolgte Rosen, wie ihr Daumen und ihr Zeigefinger in ihrer Vagina verschwanden. Sie biss sich auf die Lippen, Schweiß strömte ihr übers Gesicht. Und dann zog sie etwas aus ihrem Unterleib heraus. Bevor er erkennen konnte, um was es sich handelte, schleuderte Anyana den Gegenstand in die Finsternis.

»Was war das?«, wollte er verblüfft wissen.

Sie schnaufte heftig, wischte sich Tränen und Rotz aus dem Gesicht und fragte dann mit dünner Stimme: »Wer bist du?«

»Jan Rosen, Kriminalpolizei.«

Sie wimmerte erneut vor Schmerzen auf. »Es brennt so sehr«, schluchzte sie, legte eine Hand auf ihr Geschlechtsteil und presste dann die Beine zusammen.

Rosen bedeckte ihre Brüste wieder mit seiner Jacke und machte zwei Knöpfe zu.

»Was war das?«, fragte er erneut.

»Ich bin schon von mehreren Männern hintereinander vergewaltigt, mit Elektrokabeln ausgepeitscht, mit Fäusten zusammengeschlagen worden. Aber nichts – nichts auf der Welt – hat so verdammt wehgetan, nichts war so grausam. Als würde in dir drinnen ein Feuer lodern. Und es lodert immer noch.«

»Was war das?«, fragte er zum dritten Mal.

»Zerschnittene Chilischoten«, stieß sie kaum hörbar hervor.

Rosen sah sie entsetzt an. Darauf gab es nichts zu erwidern. Hilflos lauschte er in die Nacht. Keine Stimmen mehr, auch keine Schritte.

Die Luft kühlte seinen Schweiß, und im T-Shirt fror er jetzt ein wenig, doch das war ihm kaum bewusst. Die Aufregung hielt ihn nach wie vor in Atem.

Aus der Brusttasche der Armeejacke, die Anyanas Nacktheit notdürftig verbarg, zog er sein Handy. Er verständigte einen Notarzt, dann meldete er sich bei Klimmt, der den Anruf sofort mit knurriger Stimme entgegennahm: »Wo sind Sie denn abgeblieben, Rosen, ich hatte Ihnen doch gesagt ...«

Zum ersten Mal, seit er ihn kannte, unterbrach Rosen seinen Chef: »Ich bin im Bahnhofsviertel.«

»Was? Sie? Was zum Teufel ...?«

»Ich habe Anyana Lupescu bei mir.«

»Was?«, tönte es ihm völlig verdutzt entgegen. Und das tat Rosen spürbar gut. »Ja, Anyana Lupescu.«

»Was ist los, Rosen, wie kommen Sie an diese Lupescu?«

»Ich glaube, ich habe ihr gerade das Leben gerettet?«

»Rosen, sind Sie besoffen?«

»Zumindest habe ich ihr aus einer ziemlich heiklen Lage geholfen, um es mal so auszudrücken.« Rasch fügte er hinzu: »Und ich glaube auch, ich habe eine Information aufgeschnappt, die wichtig sein könnte.«

»Welche verdammte Information?«, fragte Klimmt skeptisch.

»Einen Namen. Ich denke, es ist der Name des Bosses. Sie wissen schon, der Boss der Albaner. Es ist wohl nur sein Vorname, aber wenigstens ...«

»Nennen Sie schon endlich den verfluchten Namen!«, schnitt ihm Klimmt das Wort ab.

»Shefik.«

»Shefik?«

»Wie gesagt, das ist möglicherweise nur der Vorname.« Rosen spürte, wie sich Anyana an seine Schulter drängte, immer noch wimmernd, und sie tat ihm so verdammt leid. Behutsam legte er einen Arm um ihre Schultern.

»Ich habe einen Verdacht«, meinte Klimmt nach kurzem Überlegen.

»Kommt Ihnen der Name etwa bekannt vor?«

»Ja, der Scheißname kommt mir tatsächlich bekannt vor.«

Teil 3

Das Geheimnis des Schwans

35

Die Wohnungstür wurde mit besonderer Vorsicht geschlossen. Nur ein schwacher Klicklaut ertönte.

Mara Billinsky wachte dennoch davon auf.

Sie schlug die Decke zurück, glitt aus dem Bett. Nackt ging sie nach nebenan ins Wohnzimmer, wo sie sich seitlich ans Fenster stellte, geschützt vom dunklen Vorhangstoff, sodass sie von der Straße aus nicht zu sehen war.

Mit der Fingerspitze schob sie den Vorhang ein Stück zurück. Gerade noch erhaschte sie einen Blick auf den Mann, der in seinem eleganten, aber zerknautschten Anzug das Haus verließ und sich zielstrebig entfernte, ohne dabei einmal zurückzuschauen.

Sie musste sich eingestehen, froh darüber zu sein, dass er sich für diesen stillen Abgang entschieden hatte. Eigentlich konnte sie immer noch nicht so recht begreifen, was passiert war. Nichts in ihrem Leben hätte sie weniger erwartet als eine gemeinsame Nacht mit – ausgerechnet – Christian von Lingert.

In der übersichtlichen Reihe jener Männer, die sie in ihr Bett gelassen hatte, stach er auf jeden Fall heraus. Die anderen waren unkonventionell gewesen, hatten in kein Schema gepasst, allen voran Carlos Borke. Sie waren Außenseiter und Einzelgänger – wie Mara selbst.

Und jetzt? Christian von Lingert?

Nein, das ist keine gute Idee, sagte sie sich.

Sie duschte, sie zog sich an, sie schminkte sich. Sonst daran gewöhnt, sich zu beeilen, musste sie sich erst einmal in Erinnerung rufen, dass sie sich Zeit lassen konnte. Krankgeschrieben. Sie war nie krank, nie tagsüber zu Hause, nie ohne Aufgabe, jedenfalls kam es ihr so vor.

Bei einer großen Tasse Kaffee musste sie sich im Hinblick auf die vergangene Nacht erneut etwas eingestehen: dass es schön gewesen war. Sich fallen lassen, alles ausblenden, einfach nur im Moment versinken.

Was mochte von Lingert denken?

Ärgerte er sich über diese Nacht? War sie ihm peinlich? Oder völlig egal?

Ihr wurde bewusst, wie wenig sie diesen Mann kannte, wie schwer sie ihn einzuschätzen vermochte. Sie wusste nicht einmal, ob er eine Freundin hatte. Sicher, es hieß, er sei alleinstehend, aber traf das auch zu? Mit Typen wie ihm hatte Mara nur selten zu tun gehabt, jedenfalls was ihr Privatleben betraf. *Karrieristen, Ehrgeizlinge, Spießer.* Das waren die Christian von Lingerts dieser Welt immer für sie gewesen. Wirklich, es war schwer zu glauben, zu was sie sich hatte hinreißen lassen.

Oder doch nicht?

An Einsamkeit war Mara gewöhnt, Alleinsein war sogar wichtig für sie. Sich zurückzuziehen, für einen langen Moment abzutauchen, um Kraft zu schöpfen und dann den allgegenwärtigen Kampf des Daseins wieder aufnehmen zu können, danach sehnte sie sich in Abständen immer wieder. Doch die alte Weisheit stimmte wohl: Niemand war eine Insel, nicht einmal sie.

Mit einer zweiten Tasse Kaffee verscheuchte Mara die Gedanken über sich und ihre Situation im Leben. Die Unterhaltungen, die sie geführt hatte, begannen bereits aufs Neue, sie heimzusuchen. Gesprächsfetzen, Gesten, Blicke. Ihr Vater. Heidi Esswein. Beate von Lingert. Die vergeblichen und schon einige Zeit zurückliegenden Versuche, Gernot Grigoleit zu einem Austausch bewegen zu können.

Würde sie jemals weiterkommen? Oder war sie nur dabei, sich in einem alten, von Staub bedeckten Labyrinth zu verlaufen?

Die Auseinandersetzung mit Klement Cana wühlte sich zurück an die Oberfläche ihres Bewusstseins. Wie zu erwarten gewesen war. Deswegen hasste sie es, zu Hause sein zu müssen. Weil man insbesondere dort dem eigenen Kopf ausgeliefert war, den Nerven, den Ängsten.

Ihre Rippe begann zu pochen, und sie schluckte eine Tablette gegen den Schmerz. Auch ihr Kopf tat weh – das allerdings lag allein am Rotwein.

Lustlos machte sie sich etwas zu essen, lustlos aß sie, lustlos wartete sie darauf, dass die Zeit vorbeiging. Sie rief Rosen mehrfach an, erreichte ihn jedoch nicht. Dann meldete sie sich bei Klimmt, um sich auf den neuesten Stand zu bringen. Klimmt nahm den Anruf zumindest entgegen, eröffnete ihr allerdings ohne Umschweife, dass sie Ruhe geben und sich schonen solle.

Widerwillig legte sie das Mobiltelefon weg.

Nur einmal noch nahm sie es zur Hand, als sie eine WhatsApp-Nachricht von Rosen erhielt: *Sorry. Keine Zeit. Melde mich später.*

Mara kam sich vor wie eingesperrt, sie hasste das. Die Zeit schien stillzustehen, doch irgendwann wurde das Licht vor den Fenstern schwächer, graue Schatten bildeten sich in den Ecken der kleinen Wohnung.

Immer wieder musste sie an ihren Vater denken, an den Zorn, der sie packte, wenn Edgar Billinsky ihre Gedanken an sich riss. Einmal mehr vergrub sie sich in den abgegriffenen Notizen mit den Eselsohren, in der Vergangenheit, die wie eine dunkle Wolke über ihr hing.

Weiterhin nichts Neues von Rosen, kein Anruf, keine Mitteilung.

Je später es wurde, desto stärker hatte sie das Gefühl, ihr würde die Decke auf den Kopf fallen. Als sie es endgültig nicht mehr aushielt, zog sie sich Schuhe und Jacke an. Nach kurzem Überlegen griff sie auch nach der Dienstpistole. Dann verließ sie die Wohnung.

Als sie durch die Stadt fuhr, wanderte ihr Blick öfter als sonst zum Rückspiegel. Sie erreichte das Westend und folgte den engen Straßen. Kaum Fußgänger, wenige weitere Autos. Mara drehte eine Runde nach der anderen, immer wieder vorbei an dem Haus, in dem sie aufgewachsen war. Es brannte Licht, also war er zu Hause.

Ein Wagen parkte aus und Mara besetzte sofort die Lücke. Edgar Billinskys Villa lag Luftlinie etwas fünfzig Meter entfernt. Sie wartete, unentschlossen, ob das, was sie sich in den Kopf gesetzt hatte, Sinn machte. Wahrscheinlich nicht, doch irgendetwas brachte sie dazu, nicht wieder wegzufahren. Nach Hause oder wohin auch immer.

Ein paarmal konnte sie die Gestalt ihres Vaters an einem der Fenster wahrnehmen, sonst allerdings niemanden. Warum ging er nicht aus? Er war doch sonst immer unterwegs, Abend für Abend, früher schon. Als ganz kleines Mädchen, drei oder vier Jahre alt, war es für Mara nicht klar gewesen, dass ihr Vater überhaupt unter demselben Dach wohnte wie sie und ihre Mutter; sie erinnerte sich noch gut daran.

»Na los, hau schon ab«, flüsterte sie ihm vom Fahrersitz aus zu. »Heute etwa keine Huren, keine Sauftouren?«

Wie zuvor in der Wohnung erfasste sie das kribbelnde, nervige Gefühl, eingesperrt zu sein. Sie stieg aus, um sich die Beine zu vertreten. Ein ruhiges, vornehmes Wohngebiet, nur dezent von Laternen erhellt und scheinbar kaum verändert seit den Jahren, in denen sie hier gelebt hatte. Es war angenehm warm, der Himmel sternenbedeckt.

Doch die erhoffte Entspannung stellte sich nicht ein. Im Gegenteil, mit jedem Schritt war ihr weniger wohl in der Haut. Immer wieder blickte sie über die Schultern zurück.

Der Vorfall mit Klement Cana war Mara wieder gegenwärtig. *Niemand ist hinter dir her!*, sagte sie sich stumm.

Ein eiskalter Schauer lief ihr über den Rücken. *Nein!* Da war doch jemand. Ganz sicher, sie hörte das leise Scharren von Sohlen.

Ihre Kehle war schlagartig trocken.

Sie wurde langsamer, die Schritte kamen näher.

Einer oder sogar zwei?, fragte sie sich. Nein, einer. Es war nur einer.

Sie versuchte sich zu konzentrieren. Unauffällig schob sie die Hand nach hinten zu ihrem Hüftholster.

Berührte die Griffschalen.

Mara wirbelte herum und riss die Waffe nach oben.

36

Normalerweise hätte er jetzt gegen die Müdigkeit ankämpfen müssen und sich danach gesehnt, nach Hause abhauen und sich eine Runde aufs Ohr legen zu können.

Heute jedoch war alles anders. *Er* war anders.

Jan Rosen fühlte immer noch genug Kraft in sich, um dranzubleiben. Dabei hatte er seit über vierundzwanzig Stunden kein Auge zugetan, nichts gegessen außer ein paar Schokoriegeln und viel zu viel schlechten Kaffee getrunken.

Eine schier endlose Nacht war in einen schier endlosen Tag übergegangen, und mittlerweile war es schon wieder Nacht geworden. Dunkelheit ballte sich vor den Fenstern des Präsidiums und ließ die Stadt dahinter in ein vermeintliches Nichts abtauchen.

Im Raum dominierte hingegen grelles, unangenehmes Neonlicht.

Gern hätte Rosen der Frau eine gemütlichere Umgebung geboten, doch das lag außerhalb seiner Möglichkeiten.

Er betrachtete ihr Gesicht mit dem herzförmigen Muttermal von der Seite. Es war schön, es war jung, doch offenbarte es das, was ihre Augen mit angesehen hatten. Alles, was sich für immer in ihr Gedächtnis eingebrannt hatte, ganz egal, wie alt sie werden mochte. Je mehr ihm bewusst wurde, wie hart die Jahre gewesen sein mussten, die hinter ihr lagen, desto energischer verbat er sich selbst, doch noch von Erschöpfung übermannt zu werden.

Es galt durchzuhalten, keine Schwäche zu zeigen.

Anyana Lupescu sah auf, suchte seinen Blick, seinen Zuspruch, genau wie in jenem Moment, als sie sich hinter dem Müllcontainer an ihn gedrückt hatte, schutzlos und gepeinigt und nackt, abgesehen von seiner Jacke, die er ihr eilig über die Schultern geworfen hatte.

Jedes Mal, wenn sie nach ihm Ausschau hielt, durchfuhr es ihn warm. Er kannte so etwas nicht. Dass jemand ihn brauchte. Dass er jemandem eine Stütze war.

Nachdem Anyana noch in der Nacht zuvor längere Zeit ärztlich behandelt worden war und man ihr anschließend Schlaf gegönnt hatte, waren nun auch schon wieder mehrere Stunden vergangen, seit Rosen mit der Befragung begonnen hatte.

Doch sie hielt tapfer durch.

Sie hatte Namen genannt, von allen Männern, die sie im Laufe der letzten Jahre gequält hatten. Sie hatte über deren kriminelle Praktiken berichtet, über Strukturen innerhalb der Organisation, über Abläufe, Verhaltensmuster.

Mit dem Boss hatte sie – wenn man von dem letzten demütigenden Zwischenfall absah – offensichtlich nie zu tun gehabt, dafür mit nahezu allen anderen Kerlen, die dazugehörten. Rosen hatte das Gespräch mit Anyanas Einverständnis mitgeschnitten, doch penibel und emsig, wie er war, sich auch jede Menge handschriftliche Notizen gemacht.

Keine Frage, das alles würde ihnen sehr viel nützen.

Dennoch war es ihm nicht vergönnt, aufzuatmen. Denn der heikelste Punkt stand noch aus: Anyanas Zugeständnis, ihre Aussagen auch vor Gericht zu wiederholen, um möglichst viele der Bandenmitglieder für längere Zeit hinter Gitter zu bringen.

Immer wieder hatte Anyana ihre Bereitschaft signalisiert, der Staatsanwaltschaft zur Verfügung zu stehen, im letzten Moment jedoch auch stets wieder Zweifel daran gelassen.

Würde sie die Energie und die Entschlossenheit aufbringen, alles bis zum Schluss durchzuziehen? Immer wieder waren Zeugen gegen das organisierte Verbrechen eingeknickt, immer wieder war aus anfangs glasklaren Aussagen vages, nutzloses Gestammel geworden. Und wer hätte es Anyana verdenken können, dass sie die Gangster als mächtiger einschätzte als die staatlichen Organe? Bei all den Erlebnissen, die sie mit sich herumschleppte. Seit mehreren Jahren war sie nun benutzt und beschmutzt worden, recht- und würdelos wie eine Ware verkauft.

Fragend musterte Rosen sie, während sie den Blick senkte und in ihren Schoß starrte. Er war gerade aufgestanden, um ihnen beiden Kaffee nachzugießen, als Klimmt nach einem beiläufigen Anklopfen den Raum betrat.

Der Hauptkommissar sah todmüde aus. Blutunterlaufene Augen, schlaffe, käsige Haut im Gesicht, wuchernde Bartstoppeln, Schweißflecken unter den Achseln seines Hemdes. Mit sich führte er einen Aktenordner aus Pappe.

Auch sein Blick lag fragend auf der jungen Frau, die erneut zu Rosen sah.

»Und?«, wollte Klimmt in seiner üblichen knappen Art wissen.

Das kurze Wörtchen stand hart in der Luft.

In Anyanas Augen schimmerte ein banges Flackern, ihre Lippen bildeten eine Kerbe.

»Wir sind ein großes Stück vorangekommen.« Rosen versuchte Zuversicht in seine Stimme zu legen.

»Auch das entscheidende Stück?«, wollte Klimmt wissen.

Rosen warf Anyana einen Blick zu, der ihr Mut machen sollte.

Doch sie behielt ihr Schweigen bei.

Klimmt legte den Ordner auf der Tischplatte ab und klappte ihn auf. Er entnahm ihm ein Blatt, auf dem das Porträtfoto eines Mannes in Schwarz-Weiß abgedruckt war.

Zuerst zeigte er das Blatt Rosen, dann Anyana. Schließlich verstaute er es wieder in dem Ordner.

»Ich nehme an, das ist der Mann aus dem Bordell«, sagte er. »Der Mann, der als Shefik angesprochen worden ist.«

Anyana nickte.

»Das ist er«, bestätigte Rosen. »Hat sich Ihre Vermutung also bestätigt?«

»Ich bin sofort hellhörig geworden, als der Name Shefik fiel.« Klimmt ließ sich auf einen Stuhl fallen. »Shefik Hoxha. Wir hatten ihn schon vor einiger Zeit auf dem Radar – aber auch wieder verloren. Dass er ein Schwergewicht in der Organisation war, daran bestand kein Zweifel. Viel mehr allerdings wussten wir nicht über ihn. Es gab sogar die Annahme, er sei längst tot. Oder halte sich im Ausland auf.« Er sah Rosen direkt an. »Das war eine verdammt wichtige Information, Rosen.«

Rosen konnte es nicht verhindern, rot zu werden.

»Wenn wir Shefik Hoxha zu fassen kriegen«, fuhr Klimmt fort, »wäre das ein Meilenstein. Nicht nur wir, auch ausländische Kollegen sind scharf auf ihn. Er stammt aus Saranda, einem Touristenort, hat einige Jahre in Tirana verbracht, wo er zu einem Boss aufgestiegen ist. Er machte Geschäfte mit den Männern aus dem Stadtteil Selita, hinter denen Hauptkommissar Meichel her ist. Wie gesagt, plötzlich verschwand Hoxha von der Bildfläche. Sollte er sich als Boss der Frankfurter Gruppierung herausstellen, würde das endgültig bestätigen, mit welch starkem Gegner wir es zu tun haben.«

»Und dass diejenigen«, merkte Rosen an, »die Hoxha und seine Bande herausfordern, ebenfalls ziemlich stark sein müssen.«

»Die Festgenommenen müssen verurteilt werden. Und wir müssen den Rest der Bande kriegen.« Klimmts Blick wanderte zurück zu Anyana. »Vor allem Shefik Hoxha.«

Sie schluckte und sah weg. Ihre Finger spielten mit dem Ärmel ihres knappen Oberteils. So leise, dass sie fast nicht zu hören war, drangen die Worte über ihre Lippen: »Ich werde alles tun, damit ihr diese Schweine festnageln könnt.«

Rosen stand noch immer am Tisch, weil er eigentlich Kaffee hatte nachschenken wollen. »Das wäre großartig, Frau Lupescu.«

Wieder suchte sie seinen Blick. »Sie unterstützen mich doch, Herr Rosen, oder?«

»Selbstverständlich«, antwortete er rasch. Und merkte, dass er erneut rot anlief.

Klimmt ergriff wieder den Ordner. »Ich muss weiter. Rosen, bleiben Sie dran!«

»Es ist spät geworden. Vielleicht ...«

Der Hauptkommissar sah auf. »Richtig. Lassen Sie Frau Lupescu ordentlich ausschlafen, und setzen Sie morgen die Befragung fort.« Seine Hand legte sich auf die Türklinke. »Und Sie können sicher auch eine Pause vertragen, Rosen.«

Ohne ein weiteres Wort verließ Klimmt den Raum.

Verlegen machte Rosen einen Schritt auf Anyana zu. Sie stand auf und brachte ein schwaches Lächeln zustande.

»Ich bin müde«, flüsterte sie.

»Ich sorge für alles, was Sie brauchen.«

»Danke, Herr Rosen!«

Als er einige Zeit später an seinem Schreibtisch saß, hatte er immer noch ihr Gesicht vor Augen. Er musste sich zwingen, an seinem Bericht über die Befragung mit ihr weiterzuarbeiten. Außer Rosen befanden sich noch Stanko und Schleyer an ihren Plätzen, die Gesichter leer und hundemüde. Auch andere Kollegen schoben Überstunden, fast alle Büros waren noch beleuchtet.

Die Erschöpfung kam nun immer mehr durch bei Rosen. Es wurde wirklich Zeit fürs Bett. Gerade als er alle Daten abspeicherte, tauchte Klimmt neben seinem Schreibtisch auf.

»Ich dachte, Sie wären schon zu Hause, Chef.«

»Morgen Abend, Punkt 21.30 Uhr«, sagte der Hauptkommissar unvermittelt.

»Bitte?« Rosen unterdrückte mühsam ein Gähnen.

»Dann schnappen wir uns Shefik Hoxha und den Rest der Bande. Wollen Sie dabei sein?«

»Ja, natürlich«, erwiderte Rosen sofort – und mit einer so entschlossenen Stimme, wie es ihm nur möglich war.

»Ich habe gerade über eine Stunde mit Staatsanwalt von Lingert telefoniert. Wir haben seine volle Rückendeckung.«

»Das ist gut.«

»Und zu einem Großteil Ihr Verdienst, Rosen. Diese Lupescu ist Gold wert für uns.«

Rosen nickte nur.

»Guter Job.« Damit drehte Klimmt sich um und stiefelte zurück in sein Büro.

Rosen sah ihm hinterher. Er hatte nie ein Lob für ihn übrig gehabt – und für Klimmt waren die zwei Worte schon beinahe ein emotionaler Ausbruch.

Ein Blick zur Uhr auf dem Monitor: halb zwei Uhr nachts.

Ja, Zeit fürs Bett.

In diesem Moment erklang der Klingelton seines Handys.

Verdutzt betrachtete er das Display.

»Du bist es, Billinsky? Du müsstest doch schlafen wie ein Murmeltier.«

»Ich bin hellwach«, gab sie zurück. Er hatte den Eindruck, sie klang ungewohnt kleinlaut.

»Das kann ich von mir nicht gerade behaupten.«

»Sorry, dass ich so spät anrufe, aber … Ach, ich weiß auch nicht.«

Mehr als kleinlaut. Richtig *down*. So kannte er sie wirklich nicht. »Billinsky, was ist los?«

»Ich habe dich bestimmt geweckt, was?«

»Nein, ich bin noch im Präsidium.« Rasch wiederholte er: »Was ist los?«

»Mir ist etwas total Peinliches passiert.«

»Ach? Und was?«

»Es bekommt mir nicht, freizuhaben.« Sie seufzte. »Stell dir vor, mir sind die Nerven durchgegangen. Es war im Westend, vor ein paar Stunden. Ich ging eine Straße entlang und dachte, da schleicht sich einer an.«

»Kein Wunder. Nach der Sache mit Cana.«

»Ich *vergewisserte* mich nicht«, sagte Mara. »Verstehst du? Ich drehte mich um, die Knarre in der Hand und legte auf einen harmlosen älteren Herrn an, der auf dem Heimweg war.«

»Scheiße!«, meinte Rosen.

»Das fand *er* auch. Der arme Kerl hätte fast einen Herzinfarkt bekommen. Echt, ich dachte schon, der fällt mausetot um. Ich habe mich tausendmal entschuldigt, aber er hat gemacht, dass er davonkam. Kriegt wahrscheinlich Albträume von mir.«

»Bist du jetzt zu Hause?«

»Bin ich.«

»Allein?«

»Ein Sizilianer ist bei mir. Rot und trocken.«

»Soll ich dir Gesellschaft leisten?« Obwohl er müde war, hätte er sich sofort auf den Weg gemacht.

»Nein danke. Rosen, ich musste das einfach bei jemandem loswerden.«

Er war überrascht, dass die Wahl auf ihn gefallen war. Aber positiv überrascht.

»Und was steht bei euch an?«, fragte sie.

»Einiges.« In knappen Worten, ohne auf seine Beteiligung einzugehen, schilderte er ihr, dass Anyana Lupescu sich in Polizeischutz befand und bereit war, gegen die Verbrecher auszusagen.

»Das sind gute Neuigkeiten«, kommentierte sie untypisch verhalten. Keine Frage, die Krähe war ziemlich am Boden. Erneut bot er ihr an, bei ihr vorbeizukommen, doch sie lehnte dankend ab. Dann erwähnte er den Einsatz, der für den folgenden Abend angesetzt war, und Mara bedauerte, ganz wie er es erwartet hatte, nicht dabei sein zu können.

»Übrigens, Billinsky.«

»Ja?«

»Danke, dass du mich angerufen hast.«

»*Danke?* Machst du Witze?«

»Na ja, ich nehme das mal als Vertrauensbeweis.« Unsicher lachte er auf. »Oder sogar als Freundschaftsbeweis.«

Stille.

Er konnte sich ihr Gesicht in diesem Moment lebhaft vorstellen, ihr grübelnder Blick, die dunklen Augen misstrauisch geschlitzt.

»Das kannst du auch«, sagte sie dann.

»Eben deshalb: Danke!«

»Lass dich nicht unterkriegen, Rosen.«

»Du auch nicht.«

Nach dem Telefonat rieb er sich über die brennenden Augen und beschloss, aufzubrechen. Trotz seiner bleiernen Müdigkeit musste er wieder an Anyana denken, an ihren Blick, verängstigt, argwöhnisch, wie von einem in die Ecke gedrängten Tier, und doch auch so kindlich, harmlos, fast liebesbedürftig.

Anyana aus diesem miesen Puff zu retten, war das Beste gewesen, was ihm in seiner gesamten Laufbahn passiert war. Er hätte es nicht mehr für möglich gehalten, noch einmal so etwas wie Stolz auf sich selbst empfinden zu können.

Zu Hause angekommen, schaffte er es gerade noch, aus seiner Kleidung zu schlüpfen. Wie ein Stein schlief er. Sechs Stunden lang. Dann die Dusche, ein gesundes Frühstück, wie an jedem Morgen. Und zurück ins Präsidium. Die Kollegen waren alle schon da. Keiner sagte etwas Besonderes zu ihm, keiner verhielt sich ihm gegenüber irgendwie anders. Und doch hatte sich etwas verändert. Er spürte es, und es tat ihm verdammt gut.

Einmal noch meldete sich Mara Billinsky, diesmal wieder mit festerer, selbstbewussterer Stimme. Sie wünschte ihm Glück, stellte noch ein paar Fragen zu dem Einsatz, aber er hatte kaum Zeit für sie. Der Tag war vollgepackt mit den Vorbereitungen für die Aktion und flog an allen vorbei. Rosens Nervosität stieg, doch er war entschlossen, sein neu entdecktes Selbstvertrauen nicht gleich wieder einzubüßen.

Dann ging es los. Mehrere Fahrzeuge. Kaum noch ein Wort wurde gewechselt. Alle Gesichter voller Anspannung, gegen die man erfolglos mit ein paar flachen Scherzen anzugehen versuchte.

Wie zuletzt postierten sie sich in der Nähe des Bordells. Ihr Blick richtete sich auf den Hintereingang. Auf der Vorderseite machten sich Hauptkommissar Meichel und sein Team bereit, zuzuschlagen.

Es war kurz vor 21.30 Uhr, als sich jemand aus der Dunkelheit einer Seitengasse löste und genau auf sie zukam.

Eine schlanke, fast zierliche Gestalt, komplett in Schwarz gekleidet.

»Das gibt's doch nicht!«, knurrte Klimmt.

»Die Krähe«, flüsterte Stanko verdutzt.

Klimmt setzte sich eilig in Bewegung und blieb vor Mara Billinsky stehen, um ihr den Weg zu versperren.

Eine heftige Unterredung entbrannte zwischen den beiden, die etwa zwanzig Meter entfernt von den anderen waren. Einzelne Worte waren nicht zu verstehen.

Alle, die dem Einsatztrupp angehörten, beobachteten, wie der Hauptkommissar ihr die Hand auf den Oberarm legte. Und wie Billinsky die Pranke energisch wegdrückte.

»Er wird dafür sorgen, dass sie ruckzuck umdreht und wieder ab in ihr Bettchen geht«, sagte Stanko leise.

Abwarten, dachte Rosen mit einem angespannten Schmunzeln, *ob es ihm gelingt*.

37

Im Schutz eines alten VW-Busses standen sie einander gegenüber.

»Ich gehe nicht nach Hause«, weigerte sich Mara nun schon zum zweiten Mal, seinem Befehl Folge zu leisten.

»Und ob Sie das tun!«, knurrte Klimmt.

»Daheim spielen meine Nerven verrückt.« Sie schleuderte ihm die Worte förmlich vor die Füße. Hitzig, entschlossen, giftig. »Kapieren Sie's nicht, ich dreh noch durch! Das ist wie Folter. Ich fange schon an, Gespenster zu sehen!«

»Genau deswegen will ich Sie heute nicht dabeihaben.« Leise fügte er an: »Und zügeln Sie Ihre Stimme, man kann Sie im ganzen Scheiß-Bahnhofsviertel hören.«

»Chef, der Schongang setzt mir mehr zu als jeder Einsatz«, erwiderte sie, mühsam beherrscht, ruhiger als zuvor. »Ich will mitmachen. Sie werden mich nicht los, das schwöre ich Ihnen!«

Bevor er etwas entgegnen konnte, redete sie weiter, ihre Worte prasselten wie Schüsse auf ihn ein: »Wissen Sie noch, was Sie mir einmal in Ihrem kleinen, stinkigen Büro gesagt haben?« In ihren Augen war ein Glühen, sie konnte es selbst spüren, wie ein Fieber.

»Es ist mir scheißegal, was …«

»Sie sagten mir«, unterbrach Mara ihn schroff, »ich soll *weitermachen*, ich soll meinen Weg *weitergehen*, ich soll mich nicht aufhalten lassen. Sie sagten mir, ich sei eine hervorragende Polizistin.« Sie holte Luft. »Ich bin hier. Und ich bleibe hier. Ich werde *mitmachen*. Und nun lassen Sie uns zusammen in dieses Dreckshaus gehen.«

Er musterte sie, die Lippen geschlossen. Seine Kiefer mahlten. Winzige glänzende Schweißtropfen waren trotz der Dunkelheit in seinem Schnurrbart zu erkennen.

Auf einmal drehte er sich um die eigene Achse, um zurück zu den anderen zu gehen. »Kommen Sie schon, Billinsky«, knurrte er.

Keiner sagte etwas zu Maras Empfang, keiner sah sie offen an. Bis auf Rosen, der in seiner neuen Armeejacke dastand und ein schiefes Grinsen hinbekam.

Sie zog die schusssichere Weste an, die Klimmt ihr stumm hinhielt, in seinem Blick ein Einvernehmen, das ihr guttat.

Gleich darauf zog er ein Funkgerät aus seiner Innentasche. Kurze Absprachen, einige knappe Anweisungen, ein konzentrierter Blick auf die Armbanduhr.

Und es ging los.

Zur Unterstützung rückte, wie abgesprochen, das Mobile Einsatzkommando vor, sieben Mann und eine Frau, verteilt auf zwei schwarze Transporter. Perfekt getimte Anfahrt von zwei Seiten. Quietschende Bremsen, Blaulicht, aufgerissene Seitentüren. Im nächsten Augenblick Gummisohlen, die schnell über den Asphalt schlichen.

Auf der Vorderseite des Hauses das gleiche Schauspiel, man konnte den Einsatz der Kollegen bis hierher hören.

Mara entsicherte die Waffe, hielt sie fest in der Hand. Sie spürte den Druck der Schutzweste, vor allem den Druck in ihrem Inneren, als wäre sie ein Kessel, den lediglich Sekunden vom Platzen trennten.

Sie drang mit den Kollegen in das Gebäude ein, sie rannte, sie schrie, sie sah Gestalten, die flüchteten – und solche, die Gegenwehr leisteten. Sie duckte sich, sie rannte wieder, stürmte dieselbe Treppe hinauf wie schon einmal, sie hörte Schüsse, Kreischen, das wilde Stampfen vieler Schritte. Sie nahm alles in sich auf, versuchte sich jedes Detail einzuprägen, auch wenn sie sich an nichts würde erinnern können.

Die Zeit verging wie bei einer Achterbahnfahrt und zugleich in Zeitlupe, es war völlig verrückt, es war wie ein Rausch. Maras Herz trommelte, ihr Atem rasselte, sie wollte noch einmal schreien, doch sie hätte keinen Ton über die Lippen bekommen. Ein Mann rannte vor ihr davon. Beamte des MEK stellten ihn, rissen ihn zu Boden, legten ihm Handschellen an.

Inzwischen befand sich Mara in einem der oberen Stockwerke, die Anspannung unerträglich, sie hätte nicht sagen können, ob dreißig Stunden oder dreißig Sekunden vergangen waren, seit sie das Gebäude betreten hatte.

Wieder Schüsse. Wieder Schreie.

Das ewige Trommeln der Schritte. Flüche. Befehle. Gerangel. Festnahmen. Für sie war alles wie hinter einem Schleier verborgen, auch sie selbst, wie in einem völlig surrealen Albtraum. Dann kehrte eine seltsam befremdliche Ruhe ein. Der Pulsschlag ging nach unten, die Gedanken wühlten sich an die Oberfläche des Bewusstseins und verdrängten die Furcht, die Wahrnehmung wurde klarer, *alles* um Mara herum wurde klarer.

Kein Widerstand mehr, kein Kreischen, keine Schüsse. Nur noch die Musik wummerte vor sich hin, der Hip-Hop, der wohl schon beim Eindringen des Kommandos gelaufen war, nur dass Mara ihn nicht wahrgenommen hatte.

Sie fand sich vor dem Haus wieder, die Waffe noch in der heftig zitternden Hand. Sie keuchte. Eigentlich war es ihr Ziel gewesen, im vierten Stock den Anführer zu erwischen. Doch das hatte nicht geklappt. Sie sehnte sich nach einer Zigarette. Nach einem Schluck Wein, nach etwas Härterem. Der Adrenalinrausch ließ nach, Furcht und Anspannung lösten sich langsam auf. Die Rippe tat weh – zuvor hatte sie den Schmerz gar nicht bemerkt.

Die Straße abgesperrt, die Gaffer auf Abstand gehalten, Festgenommene in Transportern. Das Blaulicht warf leuchtende Fetzen an die Hauswand, Stimmen von Polizisten ertönten. Über allem der Nachthimmel mit kleinen, verlorenen Wolken und der Unendlichkeit der Sterne.

Rosen tauchte neben Mara auf, sein Gesicht schweißbedeckt.

»Diesmal hast du's durchgezogen«, sagte sie.

»Du auch.«

»Jemand von uns verletzt?«

»Kein einziger.«

»Jede Menge Festnahmen.«

»Ja. Nur einen haben wir nicht gekriegt.«

Mara betrachtete das wilde Durcheinander aus Polizisten, Fahrzeugen, Absperrungen, Menschen, die aus den Fenstern der umliegenden Häuser zusahen, und den Passanten, die stehen geblieben waren, um mit großen Augen alles aus der Nähe anzuglotzen.

»Lass uns froh sein«, sagte sie, »dass *uns* keiner gekriegt hat.«

38

Der Mann stellte den BMW in Dunkelblaumetallic im Parkverbot ab und entfernte sich rasch von dem Wagen, der auf irgendeinen Kerl aus seiner Bande zugelassen war. Er würde keinen einzigen Meter mehr damit fahren, sondern ihn einfach zurücklassen. Dennoch machte er sich nicht die Mühe, im Innenraum mögliche Fingerabdrücke zu verwischen, was untypisch für ihn war. Aber es fehlte ihm einfach die Ruhe, es gab größere Probleme als Spuren, die unter Umständen auf seinen Aufenthalt in Frankfurt schließen ließen.

Shefik Hoxha konnte von Glück sagen, dass er nicht längst in einer Untersuchungshaftzelle saß und zermürbenden Verhören entgegensah. Gerade eine Stunde war es her, seit ihm die Flucht aus dem Bordell gelungen war. Eine Stunde, in der er einfach nur ziellos durch die Stadt gefahren war, peinlich genau darauf bedacht, bloß nicht zu schnell unterwegs zu sein und jetzt auch noch in einer blöden Verkehrskontrolle zu landen.

Ja, haarscharf war es gewesen, vorhin im Bahnhofsviertel. Hauchdünn. Um Sekundenbruchteile war es gegangen.

Aber er hatte den Kopf noch mal aus der Schlinge gezogen.

Er durchquerte die Fußgängerzone rund um die Zeil, eine gespenstische Schlucht aus riesigen Gebäudekomplexen, die sich nachts wie ausgestorben präsentierte. Niemand außer ihm war unterwegs, abgesehen von ein paar Obdachlosen, die sich vor vergitterten Kaufhauseingängen in ihre Schlafsäcke zwängten und sich untereinander um ihren billigen Fusel zankten.

Shefik Hoxha war allein. Nicht nur in diesem Moment. Sondern was seine gesamte Situation betraf. Auf sich allein gestellt, ohne Unterstützung. Selbst wenn noch jemand von seinen Gefolgsleuten entwischt sein mochte – es würde ihm nichts nützen. Seine Bande war zerschlagen. Dieser Tatsache musste Hoxha ins Auge sehen. Und nun? Was blieb ihm? Mit eingezogenem Schwanz still und leise nach Tirana zurückkehren? Oder gar nach Saranda? Vielleicht würde er von einem anderen Clan aufgenommen werden, von irgendjemandem, mit dem er Geschäfte getätigt hatte. Vielleicht auch nicht.

Sie hatten ihn kaputt gemacht, tatsächlich. Der Wolf hatte ihn kaputt gemacht.

Was auch immer noch kommen mochte, er fühlte sich als ein geschlagener Mann. Eine Empfindung, die völlig neu für ihn war.

Im Moment allerdings war allein eine Sache wichtig: abzutauchen. Doch seine üblichen Schlupfwinkel, von denen es ein halbes Dutzend gab, waren ihm allesamt zu unsicher geworden. Seine Leute würden bei den Bullen plaudern. Und hatten gewiss längst damit begonnen. Die Canas ebenso wie die übrigen.

Ja, von der Bildfläche verschwinden, sich unsichtbar machen.

Er spürte den Schlüssel zu einem Apartment in der Hosentasche. Sollte er sich wirklich dorthin begeben?

Für eine Nacht würde es gehen, zur Not auch für zwei oder drei. Das musste genügen, um seine Flucht aus Frankfurt in die Wege zu leiten.

Das Gebäude ragte groß und dunkel vor ihm auf. Er zog den Schlüssel aus der Tasche, öffnete den Eingang und nahm den Aufzug. Tiefe Stille. Nichts zu hören, außer dem leisen Surren, das die Schiebetüren beim Schließen erzeugten. Hier hatte er sie kennengelernt. Seine erste Liebe. Denise war in sein hartes, brutales Auge-um-Auge-Leben getreten, als er längst nicht mehr mit so etwas gerechnet hatte. Im Internet war er auf sie aufmerksam geworden, wie auf so viele vor ihr. Attraktiv, professionell, verschwiegen. Das mochte er. Und dann hatte er sich in sie verknallt.

Noch verblüffender war dic Tatsache, dass er auf Gegenliebe gestoßen war. Dass sich diese schöne, selbstbewusste und eigenständige Frau für ihn zu interessieren begann. Mehr als nur zu *interessieren*. Sie war bereit, ihr bisheriges Leben aufzugeben, einen Teil ihrer mühsam und diszipliniert über viele Jahre hinweg erkämpften Unabhängigkeit.

Die Aufzugtüren öffneten sich wieder. Er betrat den Flur des zehnten Stockwerks.

Eines Tages hätte er sie eingeweiht. Sie hatte gewusst, dass er ein Krimineller war, sie war wahrlich nicht auf den Kopf gefallen, aber das wahre Ausmaß seiner verbrecherischen Aktivitäten hätte sie gewiss schockiert. Und dennoch – er hätte ihr gebeichtet, wie er zu dem Vermögen gekommen war, mit dem er sie in teure Restaurants ausführte, zu luxuriösen Kurzurlauben einlud und ihr Schmuck und Klamotten schenkte.

Keiner seiner Leute hatte von Denise Dorlac gewusst.

Aber für den Mann, der sie gequält und ermordet hatte, war sie kein Geheimnis gewesen.

Von dem Siegel und dem gelben Klebeband der Polizei war an der Tür zum Apartment nichts mehr zu sehen. Er machte sie auf und schloss sie gleich wieder. Der Tatort war gesäubert worden. Die Möbel mussten noch weggeschafft werden, in Kürze würde es hier wieder einen Mieter geben. Bis dahin jedoch blieb ihm etwas Zeit. Und noch besaß Hoxha einen Zweitschlüssel.

Erst als er das Licht anknipste, fiel es ihm auf: Die Tür war nicht abgeschlossen gewesen.

Merkwürdig, dachte er.

Er schlüpfte aus den Schuhen und dem Jackett, wobei er seine Pistole aus der Innentasche zog und in den Hosenbund schob. Auf Socken betrat er das Schlafzimmer mit der grandiosen Aussicht, vor der er in etlichen Nächten mit Denise geschlafen hatte. Hier ließ er das Licht aus. Er trat an die gläserne Fassade und betrachtete das Meer aus Lichtern, das die Stadt ihm bot.

Als plötzlich etwas Kaltes seine Schläfe berührte, zuckte er nicht einmal. Auch ohne es zu sehen, war ihm klar, worum es sich handelte. Um die Mündung einer Waffe.

Seine Pistole wurde ihm aus dem Hosenbund gezogen.

»Eine Desert Eagle«, erklang eine leise, heisere Stimme mit hartem Akzent hinter ihm. »Wie bei Rruzull, diesem Vollidioten. Was seid ihr doch für billige Poser.«

»Wie hast du mich gefunden?«, fragte Hoxha gefasst.

»Rruzull war so nett, mir von deinen bevorzugten Verstecken zu berichten. Dort habe ich mich umgesehen. Aber du bist nie aufgetaucht. Also muss er inzwischen anderswo seine Mauselöcher haben, sagte ich mir. Vorsichtiger Mann, der gute Shefik Hoxha. Tja, und dann fiel mir dieses hübsche Apartment ein. Und ich dachte mir, Shefik ist nicht nur vorsichtig, sondern auch ein verrückter Hund. Das ist der Ort, an dem man ihn am wenigsten erwarten würde. Oder ist es einfach nur die pure Verzweiflung, die dich hierhertreibt? Wie auch immer. Die Hauptsache ist, dass wir uns endlich persönlich kennenlernen.«

Hoxha schwieg. Er spürte, dass ihm der Schweiß ausbrach. Ihm fielen die Worte eines früheren Clan-Bosses in Tirana ein: *Es gibt einen Gegner, der ist größer als wir alle. Und irgendwann kriegt er jeden von uns. Dieser Gegner ist die Angst.*

Die Mündung der Waffe verschwand von seiner Schläfe, tauchte aber sofort in seinem Rücken wieder auf.

»Was für eine schöne Frau sie war, Shefik.«

»Wie bist du auf sie gekommen?« Er klang fast so heiser wie der Unbekannte hinter ihm.

»Durch dich natürlich. Vor einiger Zeit war es mir schon mal gelungen, dich ausfindig zu machen. Wir wussten ja, dass du dich nie lange an ein und derselben Stelle aufhältst. Eine Weile blieb ich an dir dran, dann warst du plötzlich wieder unsichtbar, du schlauer Hund. Einmal hatte ich dich bis zu dieser hübschen Rothaarigen verfolgt. Zugegeben, es dauerte eine Weile, bis mir klar war, dass dich mehr mit ihr verband als ein netter Fick.«

Der Mann lachte auf. Ein Laut, der Hoxha noch stärker ins Schwitzen brachte.

»Und so habe ich irgendwann«, fuhr die kalte, heisere Stimme fort, »bei der hübschen Lady vorbeigeschaut. Es war nachts, eher schon morgens, sie wollte gerade ihr Apartment verlassen, und da stand ich.« Erneut das widerliche Lachen. »Ich habe ihr ein paar Fragen gestellt. Wie ein Gentleman natürlich.«

Hoxha wirbelte herum, doch darauf hatte der Fremde nur gewartet. Der Schlag mit der Waffe traf Hoxha seitlich am Kopf und warf ihn zu Boden. Es folgte ein Tritt in die Rippen, der ihn aufschreien ließ.

»Zu dumm, dass mir deine kleine Freundin nicht weiterhelfen konnte«, sagte der Mann, dessen schmales, narbiges Gesicht Hoxha nun, als er hochblickte, zum ersten Mal wahrnehmen konnte. »Aber Spaß hatte ich trotzdem mit ihr, das kannst du mir glauben.«

Hoxha wollte hochschnellen und sich auf ihn stürzen, doch ein weiterer Tritt stoppte ihn. Er keuchte, Tränen traten ihm in die Augen. Im Liegen starrte er hoch zu dem Fremden.

»Du solltest deinen Gesichtsausdruck sehen, Shefik.« Ein abfälliges Schnalzen mit der Zunge. »Wenn wir verknallt sind, dann sind wir alle gleich, stimmt's? Ob Priester oder

Müllmann, Politiker oder Gangster. Dann sind wir wieder wie Sechzehnjährige, mit denen die Hormone durchgehen.«

Die Lippen des Mannes verzogen sich zu einem grausamen Lächeln.

»Eigentlich soll ich nur dafür sorgen, dass du für immer verschwindest, Shefik. Aber es wäre doch zu schade, bei deinem Abgang auf ein wenig Spaß zu verzichten, findest du nicht?« Er zog etwas aus seiner Manteltasche und schob es sich in den Hosenbund. »Das ist ein Gasanzünder. Du ahnst nicht, was der an empfindlichen Körperstellen für Schmerzen auslösen kann. Eine Ehre für dich. Ich verwende ihn nur für große Tiere wie dich. Er ist eine Erinnerung an meine Jugendzeit.«

Nach einem weiteren Griff in eine Manteltasche hatte er ein Glas Honig in der Hand, das er auf einem kleinen Beistelltisch platzierte. Und noch etwas brachte er zum Vorschein. Liebevoll setzte er es auf dem flauschigen Teppichboden ab.

Hoxha starrte die widerliche graue Ratte an, die seinen Blick zu erwidern schien.

»Darf ich vorstellen«, sagte der Fremde mit der heiseren Stimme, »das ist Rasputin.«

39

Als sie aus der Entfernung die erleuchteten Fenster der Villa betrachtete, kam sie sich vor wie eine Motte, die es aus der Finsternis zurück ans Licht zog. Um daran zu verbrennen?, fragte sie sich grübelnd.

Regen setzte ein, die Temperaturen waren blitzschnell wieder gefallen, als wäre der Frühling eine Art Täuschungsmanöver gewesen, um die Menschen aus ihren Häusern hervorzulocken. Am Abendhimmel verbissen sich scharf gezackte Wolken ineinander, die die Sterne hinter sich versteckten. Sogar Nebelfetzen schwebten durch die Straßen und ließen das wie immer friedliche Westend unheimlich und abweisend wirken.

Mara fröstelte. Mit klammen Fingern raffte sie die Lederjacke vor dem Körper zusammen. Rasch ging sie zurück zum Auto, um sich auf dem Fahrersitz niederzulassen. Keine Sekunde zu früh. Der Schauer wurde stärker, laut prasselte es auf das Dach des Alfas.

Mara starrte durch die allmählich beschlagenden Scheiben in das trübe, dunstige Wetter. Die Hitze der vergangenen Tage vermisste sie nicht, sie hatte nie zu den Sonnenanbetern gehört. Achtundvierzig Stunden war es her, seit sie in dieser Ecke der Stadt gewesen war und vollkommen unnötigerweise einen harmlosen Passanten mit der Waffe zu Tode erschreckt hatte. Und vierundzwanzig Stunden, seit sie im Bahnhofsviertel inmitten ihrer Kollegen das Bordell gestürmt hatte.

Sie dachte an den Moment der Erleichterung zurück, überlebt zu haben, sogar ohne einen Kratzer davonzutragen. Doch nicht nur Erleichterung, auch eine sonderbare Befreiung hatte Mara direkt nach dem Einsatz erfasst. Es war die richtige Entscheidung gewesen, dorthin zu gehen, Kopf und Kragen zu riskieren und sich nicht wieder nach Hause schicken zu lassen. Sonst hätte sich alles in ihr festgesetzt: die Erinnerungen, die Anspannung, die Zweifel. Diese eiskalte Angst um das eigene Leben, als Klement Canas tödliche Drahtschlinge sich wie aus dem Nichts um ihren Hals gelegt hatte. Sie starrte auf den leichten Verband an ihrer Hand, der sie unweigerlich an diesen Zwischenfall erinnerte, und riss ihn sich weg. Dann betrachtete sie den dünnen roten Strich auf der Handfläche, der nicht so schnell verschwinden würde. Ebenso wenig wie die Narbe auf der Seele.

Ja. Die richtige Entscheidung.

Die Zeit schlich. Das Trommeln des Regens wurde schwächer, ging in ein sanftes Plätschern über, löste sich schließlich ganz auf.

Auch Christian von Lingert kam Mara wieder in den Sinn, doch sie wollte nicht über ihn nachgrübeln. Sie öffnete das Fahrerfenster ein Stück weit, um einen Schwall kalter Luft hereinzulassen, der sie aus der Tiefe ihrer Gedanken zog und ihr dabei half, sich zu konzentrieren.

Denn auf einmal war nur noch eines der Fenster in der Villa erleuchtet. Auch das erlosch, und Edgar Billinsky trat vor das Haus.

Der Bewegungsmelder ließ einen Strahler einen grellen Lichtfächer vom Eingang bis zu der Garagenzufahrt werfen. Gleich darauf brauste Maras Vater in seiner dunklen Limousine davon. Zurück blieben die gewohnte Westend-Stille und Maras Bedenken, dass sie gerade dabei war, sich auf eine Riesendummheit einzulassen.

Sie stieg aus dem Alfa und überwand den hüfthohen Holzzaun, der das Grundstück ihres Vaters umschloss. Zur Straße hin abgeschirmt durch immergrüne Rhododendren, überquerte sie mit schnellen Schritten jenen Bereich, den der Strahl wahrscheinlich nicht erfassen konnte. Sie mied den Kiesweg, sondern lief über die Rasenfläche, eine geschmeidige schwarze Gestalt in der Dunkelheit.

Falls ihr Vater in den zurückliegenden Jahren irgendwann nachträglich eine Alarmanlage hatte installieren lassen, sah es jetzt schlecht für sie aus. Doch sie schätzte ihn anders ein. Im Job mochte er gründlich bis zur Detailbesessenheit sein, im Privatleben zeigte er sich hingegen zumeist lässiger. Sogar *nach*lässiger.

Mara umkreiste die Villa und nahm Kurs auf den Kellereingang, der sich an der Rückseite befand. Mehrere Stufen aus Stein führten nach unten zu einer schweren Tür. Das wuchtige Gebäude ragte nun dicht vor ihr auf. Es war rechteckig angelegt, verfügte über eine für Maras Geschmack grässliche Ockerfärbung und braun umrandete Sprossenfenster. Im ersten Stock wies es Balkone und ein paar verspielte Erker auf. Edgar Billinsky hatte es von seinen Eltern geerbt.

Sie ging die Stufen nach unten. Ja, Edgar Billinskys Nachlässigkeit. Oder seine Sorglosigkeit. Wie immer man es nennen mochte, darauf jedenfalls hoffte sie. Das kleine Fenster neben der Kellertür: Weil sie vor vielen Jahren regelmäßig nachts ausgerissen war, hatte ihr Vater ihren Hausschlüssel konfisziert. Also hatte sie die Schrauben der Scharniere, die das Fenster im Rahmen hielten, vorsichtig ein kleines Stück herausgedreht. So ließ es sich mit etwas Geschick immer wieder aufstoßen – und sie konnte weiterhin zu ihren unerlaubten Ausflügen aufbrechen und anschließend zurück ins Haus gelangen.

Mara hielt den Atem an. Drückte mit viel Fingerspitzengefühl gegen die Scheibe.

Noch einmal, jetzt etwas fester.

Ein leises Quietschen.

Das Fenster gab nach.

Mara lächelte. Und zwängte sich durch die enge Öffnung, dir ihr früher weniger Schwierigkeiten bereitet hatte, ins Innere des Hauses. Und erst jetzt gestand sie sich ein, dass das, was sie gerade tat, tatsächlich eine Riesendummheit war.

Aber sie konnte nicht anders. Ihr Instinkt, ihre Spürnase oder einfach nur ihr Dickschädel ließen ihr keine andere Wahl. Bereits zwei Tage zuvor war sie kurz davor gewesen, diese Grenze zu überschreiten.

Das ist eine Straftat!, sagte ihr der Verstand, der sich einfach nicht gegen jenen verrückten Drang durchzusetzen vermochte, der sie weiter vorantrieb, vom Keller ins Erdgeschoss, in jedes einzelne Zimmer. Auf der Suche nach etwas, von dem sie nicht die geringste Ahnung hatte, was es sein mochte.

Jetzt jagten die Minuten an ihr vorüber. Ihr Nacken war nass von Schweiß. Mit dem Licht ihres Smartphones sorgte sie für eine halbwegs gute Sicht. Sie riss Schubladen auf, wühlte sich durch Papierkram, öffnete Schranktüren. Starrte immer wieder ratlos in die Dunkelheit des unbelebt wirkenden Hauses.

Sie ging nach oben, suchte weiter und stieß auf nichts, *rein gar nichts*, was ihr auch nur entfernt wie ein Hinweis erschien.

Endgültig vollkommen mutlos und wütend auf sich selbst, stieg sie durch die Luke hinauf auf den Dachboden. Sie machte die Handybeleuchtung aus und knipste eine winzige Wandlampe an, die schon seit Ewigkeiten hier hing. Das war von außen weniger auffällig, als wenn sie die lange nackte Neonröhre eingeschaltet hätte.

Sofort fiel ihr Blick auf ein Gemälde, das an der Wand unter der Dachschräge lehnte, nur zur Hälfte und sehr nachlässig von staubigem Packpapier umhüllt, als hätte es erst kürzlich jemand ausgewickelt.

Sie erstarrte, überfallen von einer Erinnerung, die tief unter Ärger und Enttäuschung und Streitereien vieler Jahre begraben gewesen war.

Mara hatte dieses Bild völlig vergessen. Sie bekam eine Gänsehaut, als sie das Papier vollständig entfernte und die Frau betrachtete, die vom Bauch an aufwärts dargestellt wurde, nackt, die langen schwarzen Haare zu beiden Seiten des offenen, ovalen Gesichts mit den dunklen Augen. Die Frau hielt ein Kind vor der Brust, das ebenfalls unbekleidet und schwarzhaarig war. Von ihm war nicht das Gesicht, sondern nur der Hinterkopf zu sehen, aber Mara wusste auch so, dass es sich bei diesem kleinen Mädchen um sie selbst handelte, mit etwa drei Jahren. Beim Blick auf das Kunstwerk wühlten sich andere Erinnerungen an die Oberfläche, aufblitzende Fetzen eines Lebens, das in Mara wie ausgelöscht gewesen war. Das Gemälde verkörperte etwas, vor dem sie seit langer Zeit, bewusst oder unbewusst, die Augen verschlossen hatte: dass es einmal zwischen Edgar und Katharina Liebe gegeben hatte, Einvernehmen, Vertrauen, Zärtlichkeit. Früher hatte es im Wohnzimmer gehangen, nach einer Renovierung der Räume jedoch nie wieder den Weg zurück an eine der Wände gefunden.

Sie lehnte das Bild an die Wand, nicht länger dazu in der Lage, es weiter auf sich wirken zu lassen.

Ihre Mutter. Der Schwan, wie Heidi Esswein sie genannt hatte. Welche Geheimnisse umgaben diesen Schwan? *Was für eine Frau war sie wohl gewesen?*, fragte sich Mara zum tausendsten Mal.

Bittere Wahrheiten akzeptieren zu müssen war eine Sache. Aber Ungewissheit war auf eine ganz andere Art quälend, ein ständiger, irgendwo im tiefsten Inneren nagender Schmerz, eine niemals nachlassende Folter.

Warum setzte ihr der Anblick des Gemäldes derart zu, fragte sie sich. Weil er mit jäher Wucht große Zweifel säte?

Vor allem an ihrer Vorstellung von Edgar Billinsky. Unwillig musste sie an die Bemerkung denken, die Christian von Lingert von seinem Vater aufgeschnappt hatte: dass Edgar Billinsky erst nach Katharinas Tod zu einem Schürzenjäger geworden sei.

Hilflos wandte sie sich einigen Kartons zu, die auf dem Boden standen. Einer davon war nicht richtig zugeklappt. Mara kniete sich hin. Sie öffnete ihn vollständig. Darin befand sich ein Durcheinander aus Papieren. Sie ergriff einzelne Seiten, überflog sie, zog weitere hervor.

Zeitungsausschnitte mit Artikeln, die über den Mord an Katharina Billinsky berichteten. Auf DIN-A4-Blätter geklebt und säuberlich in Klarsichthüllen verstaut. Das galt auch für diverse Auflistungen, noch mit Schreibmaschine getippt. Namen, Geburtsdaten, Berufe, Adressen, Aufenthaltsorte, Uhrzeiten.

Waren das Verdächtige? Waren das Alibis?

Einige der Namen waren Mara vertraut. Nachbarn und Bekannte ihrer Eltern. Kollegen ihres Vaters.

Wer hatte sich die Mühe gemacht, das alles festzuhalten? Ihr Vater? Aber er müsste doch Einsicht in die Akten erhalten haben, zumindest bis zu einem gewissen Grad.

Sie nahm sich mehrere weiter unten im Karton liegende dünne Ordner vor und schlug sie auf. Ihre Fingerkuppen strichen über spröde gewordenes Papier.

Ein Geräusch!

Mara zuckte kurz, blickte auf, lauschte angestrengt in die Grabesstille des Hauses, in dem sie sich seit dem Moment, als sie ihre tote Mutter aufgefunden hatte, nie wieder hatte heimisch fühlen können. Sie sah zur offen stehenden Luke.

Nein, sie musste sich geirrt haben. Alles ruhig.

Sie klappte den nächsten Ordner auf, einen ziemlich prall gefüllten. Berichte. Rechnungen. Noch mehr Berichte, noch mehr Rechnungen. Von mehreren Privatdetekteien, die nacheinander von Edgar Billinsky beauftragt worden waren, Nachforschungen anzustellen, wer für den Mord an seiner Frau infrage kommen könnte. Und das über einen recht langen Zeitraum hinweg, wie die Daten darlegten.

Viele hohe Ausgaben für keine Ergebnisse, keine frischen Anhaltspunkte, von Verdachtsmomenten ganz zu schweigen.

Die Sache mit den Privatermittlern hatte er Mara gegenüber erwähnt, doch sie hatte stets Zweifel an seinen Behauptungen gehabt, wie so oft, sie für aufgebauscht und übertrieben gehalten, eben typisch für ihn. Dieser Fund hier ließ allerdings eine ganz andere Deutung zu.

Warum sollte er so viel Geld in eine Sache gesteckt haben, wenn er doch selbst der Mörder war?

Wieder ein Geräusch.

Ein Knarren, ein *was auch immer*.

Mara schnellte hoch, griff dabei nach der Waffe im Hüftholster – doch mitten in der Bewegung hielt sie abrupt inne. Ihre Augen starrten in die Mündung einer Pistole, die oberhalb der Luke, über die man in den Dachboden gelangte, zum Vorschein kam.

Maras Blick glitt von der Waffe zum Gesicht, sie sah die Verblüffung und die Wut darin, und plötzlich war sie sich sicher, dass das ihr Ende war.

Hier in diesem Haus.

In dieser Villa, in der sie aufgewachsen und aus der sie immer wieder abgehauen war, verzweifelt, allein, ohne Ziel, ohne Plan.

In dieser verhassten Villa, in der zwanzig Jahre zuvor ihre Mutter umgebracht worden war.

40

Die Berührung spürte Rosen noch, als er sich schon längst nicht mehr im Vernehmungsraum befand, sondern auf dem Weg in seine Abteilung. Die Formen ihres Körpers, der Duft ihres Haarshampoos: als wäre sie nach wie vor bei ihm, ganz nahe.

Anyana Lupescu war aufgestanden, ganz plötzlich, hatte sich dicht vor ihn hingestellt, und ehe er wusste, wie ihm geschah, hatte sie ihn umarmt und sich fest an ihn gedrückt.

Verlegen hatte auch er die Arme um sie geschlossen.

»Danke«, hatte sie geflüstert.

Keinen Sekundenbruchteil hatte etwas Erotisches in der Luft gelegen, und abermals hatte ihn Anyanas Dankbarkeit gerührt. Zwei weitere Stunden hatte er sie zuvor befragt, und die Details, die sie aus ihrem Leben in Deutschland offenbarte, würden noch lange in ihm nachwirken.

Wie oft hatte er in den letzten Jahren in Gedanken geklagt, wie oft war er beinahe an seinem Alltag als Kriminalpolizist zerbrochen, an den Fällen, den Verbrechen, der Brutalität, mit der er konfrontiert wurde. In Zukunft würde er nicht mehr jammern.

Das zumindest nahm er sich fest vor. Verglichen mit dem, was Frauen wie Anyana durchlitten, erlebte er das Paradies.

Aber zumindest sie hatte es geschafft, dieser Hölle zu entrinnen. Und vielleicht gab es für sie ein Leben danach. Ein glücklicheres. Sie hatte im Verlauf ihrer Ausführungen immer wieder ihr Zuhause erwähnt, ihre Eltern, ihr Heimatdorf. Während sie früher unbedingt von dort hatte wegwollen, schien jetzt der Wunsch nach einer Rückkehr das Einzige zu sein, was sie dazu brachte weiterzuleben. Er hoffte inständig für sie, dass sie eines Tages wieder von den Eltern in die Arme genommen werden konnte, in diesem weit entfernten Ort, irgendwo in Rumänien.

Im Großraumbüro angekommen, platzte Rosen in einen Umtrunk. Schleyer, Stanko und Patzke hatten bereits glasige Augen. Auf den Tischen standen Bier-, Apfelwein- und Schnapsflaschen.

»Sieh mal an, der Spatz flattert rein«, rief Schleyer, dieser alte, sture Bulle, mit leichtem Lallen, aber niemand lachte.

Auch nicht Klimmt, der keineswegs angetrunken wirkte und sich am geöffneten Fenster postiert hatte, um in den Abendhimmel zu paffen.

»Was gibt es denn zu feiern?« Rosen setzte sich auf seinen Drehstuhl.

»Die Cana-Brüder fangen endlich an zu singen. Richtig zu singen. Hintergründe über die Bandenmitglieder, über die Verbrechen.« Klimmt ließ die Kippe ins Freie fallen. »Zusammen mit Anyana Lupescus Aussage schaffen wir es, die ganze Bande an den Eiern zu packen.« Er nickte ihm zu und sagte dasselbe wie zuletzt schon einmal: »Guter Job, Rosen.«

Jeder bekam das mit, man merkte es an der einsetzenden Stille, und Rosen war heilfroh, nicht schon wieder rot anzulaufen.

»Jetzt brauchen wir nur noch Hoxha«, fuhr Klimmt fort, »dann ist es endgültig aus mit den Dreckskerlen.«

Die Flaschen und Gläser klirrten, als die anderen darauf anstießen.

Der Hauptkommissar fügte hinzu: »Und im Anschluss an Hoxha werden wir Jagd auf einen Wolf machen.«

Erneut kehrte Ruhe ein, alle Augen richteten sich auf ihn.

»Wolf?«, wiederholte Stanko fragend.

»Ich habe es bisher nicht erwähnt, weil es noch reichlich unkonkret ist. Es geht um Billinsky und diesen anonymen

Anrufer, der sich mehrfach bei ihr gemeldet hat.« Er blickte zu Rosen. »Apropos Billinsky. Wissen Sie, wo sie sich rumtreibt?«

Rosen schüttelte den Kopf. »Nicht die leiseste Ahnung. Aber vorhin hatte sie es ziemlich eilig, in den Feierabend zu kommen.«

»Hm.« Klimmt zuckte mit den Achseln. »Bringt sich bestimmt wieder mal in Schwierigkeiten, die Krähe.«

41

»Schieß doch endlich«, sagte Mara. »Das ist die Gelegenheit. Du kannst es als tragisches Unglück hinstellen. Und wirst damit am Ende sogar durchkommen.«

In seinen Augen loderte ein Feuer. Er hielt die Pistole noch immer auf sie gerichtet. Es war eine Beretta, bereits seit Ewigkeiten in seinem Besitz, Mara kannte die Waffe.

»Du kannst aussagen, du hättest mich für einen Einbrecher gehalten. Dunkelheit, der große Schreck, ein übereilter Schuss.«

Gern hätte sie selbstsicherer geklungen, lässiger, provozierender. So wie er sie kannte. Doch es gelang ihr nicht. Ihre Stimme war dünn, die Worte kamen seltsam abgehackt über ihre Lippen.

Edgar Billinsky ließ die Beretta sinken und kletterte nach oben auf den Dachboden.

»Einen Moment lang habe ich tatsächlich geglaubt, du würdest schießen.«

»Dann wärst du tatsächlich so verrückt, wie du dich manchmal aufführst, Mara.«

»Du hättest gerade eben mal deine Augen sehen sollen«, erwiderte sie.

In seinem Blick war nach wie vor das Feuer, eine merkwürdige Zerrissenheit. Vielleicht doch kein Hass auf sie? Quälte ihn etwas? Aber *was*?

»Ich bin kein Mörder«, sagte er mit Nachdruck.

»So?«, meinte sie spitz.

»Ich bitte dich, Mara! Ich bemerkte Licht und …« Wütend taxierte er sie. Und noch einmal sagte er: »Ich bin kein

Mörder. Weder heute noch vor zwanzig Jahren. Falls du mit diesem komplett abwegigen Gedanken spielen solltest.«

»Dann kannst du ja deine Mordwaffe wegpacken«, gab sie zurück, endlich wieder mit ihrer üblichen Lässigkeit.

Ihr Vater starrte kurz die Pistole an, als hätte er vergessen, dass er sie besaß, und behielt sie weiter in der Hand, offenbar unschlüssig, was er mit ihr anfangen sollte. Erst jetzt wurde er auf den Karton und die daneben verstreut herumliegenden Papiere aufmerksam.

»Was soll das, Mara?«, zischte er und kam näher auf sie zu. »Du spielst nicht nur mit einem törichten Gedanken, du verschwendest auch noch Zeit und Energie darauf. Denkst du, ich merke nicht, was sich in deinem unberechenbaren Köpfchen abspielt?« In sein Gesicht kehrte der Zorn zurück. »Meine Güte, das kann wirklich nicht dein Ernst sein! Du suchst *tatsächlich* nach Beweisen, oder was? Nach Beweisen *gegen mich*?« Seine Stimme überschlug sich. »Nach Beweisen, die seit Jahren hier unter dem Dach lagern, damit du sie eines schönen Tages abstauben und der erstaunten Welt präsentieren kannst? Du bist besessen davon, mir irgendwie schaden zu können.« Er lachte auf, laut, aggressiv, unbeherrscht. Jetzt erst erkannte sie, dass er mal wieder getrunken hatte, wahrscheinlich nicht allzu wenig. »Mara, bist du endgültig übergeschnappt?«

Sie musterte ihn schweigend. Das war früher schon immer so gewesen – je lauter er wurde, desto gefasster wurde sie. Wohl wissend, dass ihn gerade das noch mehr auf die Palme brachte.

Er fuchtelte mit der Pistole herum, als wäre es ihm erneut nicht mehr bewusst, dass er sie in der Hand hielt. »Das ist Irrsinn, Mara, absoluter Quatsch. Das ist *dumm*. Und weißt du, was es noch ist?«

»Ich nehme an, du erzählst es mir gleich.«

»Es ist *spießig*, Mara. Ein zutiefst spießiger Gedankengang. Und dabei hast du doch Spießer immer so verachtet.« Höhnisch klang seine Stimme. Er kam noch näher auf sie zu, sein Atem stank nach Alkohol. »Zu glauben, *ich* hätte deine Mutter … Mara, fällt dir tatsächlich nichts Besseres ein?«

»Beate von Lingert«, sagte sie plötzlich, ebenso ruhig wie zuvor. »Damals noch Beate Grigoleit.«

Er fuhr sich durchs Haar, rollte irritiert mit den Augen und starrte auf sie herunter. »Was soll mit ihr sein?«

»Hattest du mal was mit ihr?«

Erneut ertönte sein aggressives Gelächter. »Du spinnst, Mara.«

»Eines Tages vor vielen Jahren, um die Mittagszeit: Du warst hier in diesem Haus, sie war hier in diesem Haus. Und sonst niemand.«

Edgar Billinsky schnaufte auf. »In der Tat, du bist besessen«, sagte er leise. Auf einmal wirkte er erschöpft, richtig alt. Und noch betrunkener als zuvor, als hätte die Wut auf Mara die Wirkung des Alkohols erhöht. »Ich hätte nie gedacht, dass ich das eines Tages tun würde. Aber heute ist es so weit.« An seiner Schläfe pochte eine rote Ader, als er den Kopf seitlich drehte und mit dem Pistolenlauf zu der Luke wies, über die man nach unten gelangte. »Mach, dass du wegkommst!« Düster starrte er sie an: »Ich kann deinen Anblick einfach nicht mehr ertragen. *Raus hier!*«

42

»Hast du deinen Job erledigt?«

Die Stimme seines Bosses drang ganz gelassen durchs Mobiltelefon zu Workan, fast ohne Betonung, wie immer eigentlich. Man konnte nie auf die Gemütslage dieses Mannes schließen.

»Ich erledige stets meinen Job«, erwiderte Workan.

Sie unterhielten sich in ihrer Heimatsprache.

»Wo bist du jetzt?«

»Noch am Ort des Geschehens.«

Workan warf einen Blick auf sein Werk: auf das Blut, das das Bett, die Wände und den Teppichboden beschmutzte.

»Was machst du denn noch dort?«

»Ich genieße die Aussicht.«

»Hat er gelitten?«

Workan lachte leise. Das war wohl Antwort genug.

»Du bist wirklich eine Bestie, Workan.«

»Ich bin der, zu dem ich geworden bin«, antwortete Workan schlicht. »Der immer den Dreck für dich weggekehrt hat.«

»Beschwerst du dich?«

»Das habe ich nie getan, und das werde ich nie tun.«

Der Boss wechselte das Thema: »In Kürze erhältst du weitere Anweisungen.«

»Ich dachte, ich erhalte Geld.« Workan ging in die Knie und streichelte über Rasputins Rücken. Die Ratte hockte auf dem Boden und versuchte sich das Fell zu säubern, das bei ihren Streifzügen durchs Schlafzimmer ebenfalls Blut abbekommen hatte.

»Hast du es jemals *nicht* erhalten?«

»Nein, alles in Ordnung.«

»Na also.«

»Die Anweisungen. Wie sehen sie aus?«

»Das wird sich zeigen, nur Geduld.«

»Diese Polizistin.« Workans Lippen umspielte ein Grinsen.

»Was soll mit ihr sein?«

»Mit ihr ist doch noch eine alte Rechnung offen, oder?«

»Es gibt Wichtigeres.«

»Ich kann mich um sie kümmern.«

Ein leises Lachen ertönte. »Du bist eine Bestie, Workan.«

»Deswegen werde ich so geschätzt.«

»Du wirst geschätzt, weil du auf Befehle warten kannst. Also handle nicht auf eigene Faust!«

43

Mara war nackt. Mit einem verwunderten Blick stellte sie fest, dass sie über und über mit Staub bedeckt war, als hätte sie sich darin gewälzt. Der Schmutz verklebte ihr die Haare, die Augen, die Nasenlöcher, die Poren ihrer Haut. Sie wollte ihn mit der Hand wegwischen, doch er blieb haften. Sie fluchte, worauf sie husten musste, als würde der Staub auch in einer dicken Schicht auf ihren Lungen liegen. Ein langer Schritt, und sie stand unter der Dusche. Sie drehte die Brause auf, das Wasser prasselte herab. Der Staub jedoch ließ sich nicht abspülen, sondern blieb als widerlich schmierige Masse an ihr kleben. Sie drehte am Hahn, der Strahl wurde stärker, aber plötzlich verfärbte sich das Wasser rot, und Mara erkannte entsetzt, dass es Blut auf sie herabregnete. Der Staub auf ihr wurde dunkel, sie sprang aus der Dusche. Um sie herum hingen Spiegel, sie starrte auf den blutigen Staub und wollte schreien, doch der Laut erstarb ihr auf den Lippen.

Im Spiegelglas war nicht sie zu sehen, sondern ihre Mutter, Katharina Billinsky, nackt und verdreckt vom nassen Staub der Vergangenheit, die schönen schwarzen Augen traurig, hoffnungslos, tot.

Das war der Moment, als Mara hochschreckte, verschwitzt und verwirrt, heftig nach Atem rang und sich jäh aus dem Bett rollte, als könnte es sie wieder hinabziehen in die schmerzvolle Welt der Träume und von Neuem mit blutigem Staub bedecken.

Es war vier Uhr nachts, im Haus herrschte Totenstille. Der Gedanke, erneut unter die Decke zu kriechen, bereitete Mara ein kaltes Unbehagen. Sie entschied sich dafür, Kaffee zu machen. Nach zwei Tassen und leise gestellten Songs der Cranberries gruselte es sie nicht mehr davor, eine Dusche zu nehmen. Danach fühlte sie sich tatsächlich besser, knabberte an ein paar mit Erdnussbutter bestrichenen Knäckebroten herum und trank noch mehr Kaffee. Sie kauerte auf dem Sofa, lauschte der Musik und wehrte sich nicht dagegen, dass ihre Gedanken sich im Nirgendwo verloren.

Allmählich kroch der Morgen heran, fahl und so schwer zu fassen wie die Gespenster der Vergangenheit, nicht mehr als ein Flackern, das der Finsternis Risse beibrachte. Vor Maras innerem Auge entstand das Gemälde, als hinge es hier in ihrer Wohnung, das Bild, das ihre Mutter und sie zeigte, friedvoll, in einem Augenblick tiefer Reinheit.

Sie hatte kaum mehr als zwei Stunden geschlafen, ehe dieser wirre Traum sie aus dem Bett getrieben hatte, doch sie empfand keine Müdigkeit. Unter ihrer Haut kribbelte es unbefriedigend. Ihr war nur allzu bewusst, dass sie sich im Kreis drehte, dass sie nicht weiterkam, und das machte sie rasend.

Würde es ihr nie gelingen, den Staub der verlorenen Jahre wegzuwischen?

Draußen wurde es noch heller, in der Sonne lösten sich die dünnen Nebelschleier auf. Es versprach erneut ein heißer Tag zu werden.

Mara machte sich gerade fertig, um ins Präsidium aufzubrechen, als der Klingelton ihres Handys sich in einen Cranberries-Song mischte: *Ode to My family*. Mara hatte nie eine Familie gehabt, die man hätte besingen können. Sie stellte die Musik ab und nahm den Anruf entgegen. »Hallo?«

Die Stimme zischte ihr heiser entgegen: »Ich hatte Sehnsucht nach Ihnen.« Er lachte, spöttisch, überheblich. »Oder sind wir so vertraut, dass wir *Du* sagen können? Darf ich dich Mara nennen?«

»Einen Scheiß dürfen Sie«, gab sie zurück, so grob wie

möglich. Er hatte sie überrascht, sie erschauern lassen, einmal mehr, und sie wollte auf keinen Fall, dass er das spürte.

»Ach, Mara. Wissen Sie was?« Er hörte sich so überheblich an, so überlegen, und in diesem Moment hätte sie viel darum gegeben, ihn hier zu haben, um ihm ordentlich zwischen die Beine treten zu können.

»Ich würde Sie gern einmal treffen«, fuhr er fort. »Was halten Sie von dem Vorschlag?«

»Haben Sie mir etwas zu sagen?«

Er lachte, und in diesem Moment lud sie all den Hass, der in ihr gärte, auf den Fremden ab. Sie spürte den Hass wie ein kleines, bösartig brütendes Tier, das in ihrem Inneren saß, spürte ihn wie im Traum den klebrigen Staub auf der Haut.

»Übrigens, ich habe ein Geschenk für Sie«, sagte er mit weniger spöttischer Betonung.

»Warum sollte ich das glauben?«, fragte sie argwöhnisch, doch unbewusst griff sie bereits nach der Jacke und schlüpfte hinein, das Ohr unentwegt am Handy.

»Mein Geschenk liegt bereit für Sie.«

Sie griff nach dem Autoschlüssel und erwiderte nichts.

»Und zwar an einem ganz besonderen Ort«, sprach der Unbekannte weiter. »Na los, es wäre ein Jammer, wenn Sie es nicht sehen würden.«

Er hatte die letzten Worte so eindringlich ausgestoßen, dass Mara den kalt über ihren Rücken rieselnden Schauer nicht verhindern konnte.

»Wo?«, fragte sie.

Er nannte eine Adresse, die sie kannte.

»Läuten Sie einfach unten, am besten bei allen Klingeln. Irgendwer wird schon aufmachen. Oben habe ich die Tür für Sie angelehnt.« Er lachte. »Erfreuen Sie sich einfach an dem Anblick.«

Aus dem Handy drang nur noch Stille.

Mara knallte die Wohnungstür zu und schloss sie ab. Sie

eilte nach unten, ihre Schritte hallten im Treppenhaus. Draußen hatte sich auch der letzte Rest des Nebels aufgelöst, Sonnenschein stach in ihre Augen. Sie fuhr los, durchquerte die Stadt, schnell, aber nicht zu schnell.

Der Verkehr wurde dichter, sie drosselte das Tempo. Bei der genannten Adresse angekommen, ließ sie den Alfa im Halteverbot stehen und lief zügig zu dem Gebäude, in dem sie schon einmal ein grauenhafter Anblick erwartet hatte. Diesmal würde es nicht anders sein, das spürte sie tief im Inneren.

Mara tat das, was er ihr geraten hatte, und klingelte überall. Da es hier nicht nur Apartments gab, sondern auch kleine Bürofirmen, dauerte es nicht lange, bis der Türöffner summte. Sie betrat das Gebäude und nahm den Aufzug in die zehnte Etage.

Tatsächlich, die Eingangstür war lediglich angelehnt. Mara lauschte eine Weile. Dann zog sie ihre Waffe. Mit angehaltenem Atem ging sie hinein.

Als sie Sekunden darauf leise ins Schlafzimmer schlüpfte, stoppte sie mitten in der Bewegung. Sie roch etwas, das sie kannte. Tod und Honig.

Auf dem früheren Bett Denise Dorlacs lag eine Leiche. Shefik Hoxha.

Mara steckte die Waffe weg und holte das Handy hervor, um die Kollegen zu alarmieren. Genau im gleichen Moment erklang ihr Signalton.

»Hallo?«, fragte sie wachsam ins Telefon.

»Wie gefällt Ihnen mein Geschenk, Mara?«

Sie erwiderte nichts, starrte nur auf den grauenhaft zugerichteten, mit getrocknetem Blut überströmten Toten. Ein säuerlicher Geschmack breitete sich in ihrem Magen aus.

»Ein kleines, von Herzen kommendes Präsent, um Ihnen Danke zu sagen, meine liebe Mara.«

»Wofür?«, zischte Mara.

»Für die ausgezeichnete Zusammenarbeit.«

»Warum musste Hoxha einen derart qualvollen Tod sterben?« Mara drehte sich zum Fenster hin und blickte mit düsterem Ausdruck über die Stadt hinweg in den blauen Himmel.

»Bei Denise Dorlac und Rruzull, so kann ich's mir zumindest vorstellen, wollten Sie mit Ihren Folterungen Antworten aus den Opfern herauspressen. Und Anyana Lupescu haben Sie sogar laufen lassen, als sie Ihnen nichts mehr genutzt hat.«

»Da sehen Sie, was für ein guter Mensch ich bin«, warf er höhnisch ein.

»Aber Hoxha? Weshalb die Mühe? Der Mann sollte doch einfach nur aus dem Weg geräumt werden, oder etwa nicht?«

Ein Lachen erklang, das Mara erneut Schauer über den Rücken jagte. »Das mag schon sein, Mara, aber ich dachte, in Frankfurt soll kein Zweifel daran bestehen, dass wir wirklich keinen Spaß verstehen.«

»Dazu war die Folterarie mit Hoxha nicht mehr notwendig, es hat sich auch so herumgesprochen, was für Schweine ihr seid. Ich denke eher, Sie sind einfach gestört. Ein Monster, das sich daran weidet, wenn andere Qualen erleiden. Sie wollen mich schockieren? Ich muss sagen, ich bin weder schockiert noch beeindruckt.« Ihre Stimme wurde fester, schneidender: »Sie tun mir vielmehr leid. Sie sind doch nur ein armer, vollkommen kranker Kerl, der – falls wir Sie nicht kriegen – eines Tages von irgendeinem Gegner mit einer schnellen Kugel abserviert wird. Ein Stück Dreck, nach dem kein Hahn mehr kräht. Jemand, der gar nicht wirklich gelebt hat, weil er gar nicht weiß, was es heißt zu *leben*.« Leiser schloss sie: »Wie gesagt, Sie tun mir leid.«

»Schade, Mara, es hätte so schön mit uns beiden werden können.«

»Das bezweifle ich.«

»Nun ja, wahrscheinlich nicht so schön wie mit ihm«, entgegnete er mit einem Unterton, der sie noch mehr alarmierte.

»Mit wem?«

»Natürlich mit Carlos Borke.«

Beim Klang dieses Namens wurde alles in Mara kalt, als würde plötzlich ein Klumpen Eis in ihrem Magen festsitzen.

»Hallo, Mara? Sind Sie noch da? Oder hat es Ihnen etwa die Sprache verschlagen?«

Sein Lachen rasselte in ihrem Ohr.

»Sie haben ihn umgebracht«, sagte sie tonlos.

»Nicht ich persönlich«, erwiderte er gelassen, offenbar zufrieden damit, wie sehr er sie getroffen hatte. »Es waren zwei Kollegen, die ich kenne. Und Sie wissen ja, wer den Auftrag dazu gegeben hat, nicht wahr?«

»Der Mann, den Sie Wolf genannt haben.«

Abermals stieß er sein grausames Lachen hervor. »Machen Sie's gut, meine kleine Mara. Und seien Sie wachsam! Man weiß nie, wem man über den Weg läuft.«

Ein Klicken, dann Stille.

In Mara war immer noch alles eiskalt.

44

Vor der Wohnungstür stellte sie den Jutebeutel mit ihren spärlichen Einkäufen auf dem Boden ab und zog den Schlüsselbund aus ihrer Jackentasche. Es war still im Treppenhaus an diesem Morgen, es muffelte ein wenig, alles wie immer.

Sie schloss die Tür auf, und die vier Vögel kreischten zur Begrüßung laut los. Gerade wollte sie erneut den Beutel ergreifen, als sie von hinten einen kräftigen Stoß erhielt. Im nächsten Moment fand sie sich auf dem abgewetzten Läufer ihres engen Flurs wieder. Schmerzen jagten durch ihre Knochen, doch als sie von den fremden Händen ergriffen wurde, spürte sie nichts mehr davon, dann gab es nur noch die Angst.

Die Tür wurde geschlossen, ihr Einkaufsbeutel achtlos durch die Wohnung geworfen, dass die Gläser mit den eingemachten Gurken beim Aufprall zu Bruch gingen.

Heidi Esswein stand da, den Rücken furchtsam an die Garderobe gedrückt, und starrte in die Augen jenes Mannes, dem sie zuletzt vor vielen Jahren begegnet war.

»Erinnern Sie sich noch daran, was ich Ihnen am Telefon gesagt habe?« Seine Stimme war leise. Ein bedrohlicher Ton lag darin, den sie ihm früher niemals zugetraut hätte. Sie hatte ihn nie sympathisch gefunden, keineswegs, aber Respekt vor ihm gehabt. Etwas Ehrfurchteinflößendes war immer von ihm ausgegangen – heute jedoch strahlte er etwas Gefährliches aus. Etwas Tödliches. Dieses Blitzen in den Augen, dieser starre Blick.

»Frau Esswein, sind Sie taub? *Erinnern Sie sich noch daran, was ich Ihnen am Telefon gesagt habe?*«

Sie nickte, ihre Hände begannen zu zittern, sie konnte es nicht kontrollieren. »Ja, ja«, brachte sie stotternd hervor. »Selbstverständlich.«

»Haben Sie sich an meine Anweisungen gehalten?«

»Selbstverständlich«, wiederholte sie sofort, ohne über ihre Antwort nachzudenken.

Die Vögel machten im Wohnzimmer einen Heidenlärm: Zwitschern, Kreischen, Flügelschlag, lautstarkes Rütteln an den Gitterstäben.

»Also haben Sie nicht mit ihr gesprochen?«

»Nein, nein.«

»Sie haben ihr *nichts* erzählt?«, fragte er, sein Tonfall jetzt scharf wie ein Rasiermesser.

»Nein, habe ich nicht, kein Wort«, stotterte sie erneut. Das Halbdunkel des Flurs, die Schreie der Vögel, dieser unerwartete Eindringling – ihre Nerven spielten verrückt, sie konnte einfach nicht klar denken.

»Aber den Kontakt zu Ihnen hat sie gesucht?«, fragte er dann und machte einen Schritt auf sie zu. Ganz nahe war er ihr nun, sie konnte seine Falten erkennen. Zeichen des Alters – und des Zorns.

»Sie? Wer denn?« Verwirrt musste sie wegschauen.

»Mara Billinsky natürlich.« Er trug schwarze Handschuhe aus Leder, erst jetzt bemerkte sie das. Und sie bekam noch mehr Angst. Wer trug bei diesem Wetter Handschuhe?

»Ich habe ihr nichts erzählt«, kam es leise über ihre Lippen.

»Sie war also hier.« Es war keine Frage. Sein Blick wurde noch härter, eindringlicher. »Was wollte sie von Ihnen wissen?«

»Eigentlich nichts.«

»Frau Esswein. Hatten Sie nun Kontakt zu ihr oder nicht?«

»Ja«, gab sie zu, ihre Beine wurden weich. Sie kam sich

vor wie eine Fliege in einem Spinnennetz. Dieser Mann war so plötzlich aufgetaucht, sie hatte überhaupt nicht mehr mit ihm gerechnet.

»Welche Fragen hat Sie Ihnen gestellt?«, stoppte er ihre wirren Gedanken.

Verzweifelt fuhr sie mit der Hand durch die Luft. »Ich weiß es gar nicht mehr so genau. Es ging um früher, um ihre Eltern, um … Wirklich, es war ganz harmlos.«

»Hat sie nur nach ihren Eltern gefragt?«

»Ja, ja, ich denke schon.«

»Frau Esswein, Sie sollten doch *nicht* mit ihr reden.«

»Ich weiß, es tut mir sehr leid«, stammelte sie, Tränen liefen über ihre Wangen.

»Welche Namen fielen noch?«

»Keine Namen, glaube ich.«

»*Welche*, Frau Esswein.«

Er war größer als sie, beugte sich zu ihr herab, noch näher sein Gesicht an ihrem, ihre Nasenspitzen berührten sich fast, dieses diabolische Glühen in seinen Augen. »Welche Namen, Frau Esswein?«

»Keine«, jammerte sie.

Er schob die rechte Hand in die Tasche seines leichten Übermantels. Gleich würde er eine Waffe zücken, sie spürte es, sie *wusste* es.

Oh Gott, was würde nur aus Kiri, Pucki, Mäxchen und Pablo werden, wenn es sie nicht mehr gäbe?

»Ging es wirklich nur um Mara Billinskys Eltern?«, fragte er.

»Ja.« Ihre Beine wurden immer schwächer, der Flur drehte sich um sie, der Blick aus den glühenden Augen spießte sie auf.

»Welche Namen fielen noch?«

Heidi Esswein sank jämmerlich wimmernd in die Knie. Weitere Fragen prasselten wie Peitschenhiebe auf sie ein.

Sie weinte und schluchzte, konnte keinen vernünftigen

Gedanken mehr fassen, kein Wort mehr über die Lippen bringen.

Aus den Augenwinkeln sah sie plötzlich, dass er die Hand wieder aus der Manteltasche zog. Sie senkte sofort die Lider, wagte nicht mehr aufzublicken.

Er wird dich jetzt töten, sagte sie sich. Es wurde schwarz vor ihren Augen, ein dunkler Schleier, der ihr die Sicht und alle Kräfte nahm. Sie sackte auf dem Boden zusammen, wartete darauf, dass er sie umbringen würde.

Doch auf einmal drehte er sich einfach nur um. Mit raschen Schritten verließ er die Wohnung, nicht ohne die Eingangstür leise hinter sich zu schließen.

Sie lag da, unfähig, zu denken oder sich zu rühren, sich der kalten Leere in ihrer Brust bewusst, während die Vögel immer noch einen Riesenkrach veranstalteten.

45

Mara Billinsky stellte sich neben ihn ans sperrangelweit geöffnete Fenster und zog eine Zigarette aus der Schachtel, die Klimmt ihr hinhielt. Von draußen quoll die Luft warm und zäh ins Innere.

»Ich hasse diese Hitze«, brummte er, als wäre es bereits mitten im Hochsommer.

»Vor ein paar Wochen sagten Sie, Sie hassen die Kälte.«

Seine Lippen verzogen sich zu einem schmalen Grinsen. »Ich bin eben zu abgekämpft, um noch viel zu mögen.«

»Ich glaube eher, Sie sind einfach gern der alte Brummbär, der Sie nun mal sind.«

Er blies einen Rauchring nach draußen. Es wehte kein Lüftchen, von den verkehrsreicheren Straßen der Umgebung drang gedämpft das Brummen der Motoren zu ihnen. »Das war mal wieder kein schöner Anblick, was?«

»In dem Apartment? Nein, schön war es nun wahrlich nicht.«

»Und ganz egal, wie oft man so etwas sieht – man wird sich nie daran gewöhnen, nicht wahr? Man wird es nie wegstecken.« Er ließ den nächsten Rauchring schweben. »Also, was ist denn so wichtig, dass Sie es mir nicht am Telefon, sondern persönlich mitteilen wollten?«

»Ich weiß, wer den Krieg im Bahnhofsviertel angezettelt hat und damit für dieses ganze Blutvergießen verantwortlich ist.«

»So?«, meinte er, ohne auch nur einen Hauch von Überraschung zu offenbaren. »Woher wollen Sie das denn plötzlich wissen?«

»Vorhin, am Telefon, da habe ich Ihnen von dem Anruf des Unbekannten erzählt. Was ich nicht erwähnt habe, war eine Bemerkung, die er fallen ließ.«

Mit geduldigem Schweigen, die Zigarette im Mundwinkel, wartete Klimmt, dass sie fortfuhr.

»Eine Bemerkung über den Mord an Carlos Borke. Eine Tat, die nach wie vor als *Cold Case* gewertet wird, obwohl wir wissen, wer dafür verantwortlich ist.«

»Wir wissen es nicht«, korrigierte Klimmt, »wir gehen davon aus.«

»Wir *wissen*«, beharrte Mara, »dass Carlos von Männern umgebracht wurde, die zu Novian gehören. Und jetzt lässt dieses Monster am Telefon einen Spruch los, der für mich nur einen Schluss zulässt. Der Wolf ist Novian.« Sie ließ ihre Worte wirken. »Novian ist wieder in Frankfurt. Er hat die Albaner kleingekriegt und will die Stadt für sich. Chef, Ihnen ist klar, was das bedeutet. Novian verfügt über große Macht und viele Kontakte innerhalb des organisierten Verbrechens. Er ist ein größerer, unberechenbarerer Gegner als etwa die albanische Gruppierung.«

»Zuerst war Novian nur so etwas wie ein Gespenst.«

»Er ist real. Das war er damals schon, als er zum ersten Mal versucht hat, Frankfurt zu *seiner* Stadt zu machen.«

»Ich brauche Sie ja nicht daran zu erinnern, dass es zu einem Großteil Ihr Verdienst war, dass dieser Versuch in die Hose gegangen ist.«

Auch aufgrund von Maras Hilfe war es der Polizei gelungen, ein Drogengeschäft im Frankfurter Osthafen zu verhindern, die gesamte Ware sicherzustellen und viele Verhaftungen vorzunehmen. Danach hatte sich der Drahtzieher der Transaktion wieder aus Frankfurt zurückgezogen: eben jener geheimnisumwitterte Novian.

Er stammte angeblich aus Moskau und hatte innerhalb einiger Jahre ein kleines Imperium aufgebaut, dessen Verbindungen bis in die Türkei, nach Afghanistan und New York City reichten. Auf seinem Weg an die Macht hatte er etliche Kontrahenten umbringen lassen, zahllose weitere Verbrechen begangen. Drogen, Prostitution, Waffen. Immer wieder stieß man im Zuge internationaler Ermittlungen auf diesen Namen, der allem Anschein nach nicht sein richtiger sein konnte. Es gab kein Foto von ihm, keine Lebensdaten, so gut wie keine Information zu seinem Werdegang, seinen Vorlieben oder Gewohnheiten.

»Billinsky, Sie haben also keine konkreten Hinweise darauf, dass wir es tatsächlich mit Novian zu tun haben, richtig?«

Mara winkte ab. »Er ist es. Jede Wette.«

»Sie haben nichts weiter als die Bemerkung eines verrückten Killers.«

»Er hat das Gespräch so gezielt auf Carlos Borke gelenkt, dass mir kein Zweifel blieb.«

»Trotzdem ist das nichts, worauf wir bauen können.«

»Seit wir diesen Drogendeal haben platzen lassen, ist Novian wie vom Erdboden verschluckt. Es gab keine neuen Anzeichen dafür, dass er in irgendwelche kriminellen Aktivitäten seiner üblichen Größenordnung verwickelt gewesen ist. Er hat auf der Lauer gelegen, sich neue Ziele gesucht – und jetzt schlägt er zu.«

Fast gleichzeitig schnippten sie ihre Zigarettenstummel nach draußen.

Als Klimmt nichts mehr äußerte, bemerkte Mara: »Ich weiß es einfach. Mein Gespür sagt es mir.«

Er grinste. »Mal sehen, was unser Staatsanwalt antwortet, wenn ich in unserem nächsten Gespräch als Argument Ihr *Gespür* anführe.«

An Christian von Lingert wollte Mara jetzt lieber nicht denken. Sie verabschiedete sich mit einem kurzen Kopfnicken von Klimmt und wollte zurück zu ihrem Schreibtisch, um aufs Neue die vormittags begonnenen, wenig ergiebigen Recherchen zu dem Gespenst namens Novian fortzusetzen. Auf dem Weg in ihr Büro überlegte sie es sich anders und machte sich auf zum Kaffeeautomaten. Gleich darauf stand sie mit dem Becher in der Hand am Fenster neben dem Automaten und sah nach draußen. Etwas zu essen wäre vernünftiger als diese Plörre, dachte sie.

Ein plötzlicher Lärm erregte ihre Aufmerksamkeit. Laute Stimmen, das Knallen einer Tür. Was ging da vor?

Mara setzte sich in Bewegung, die Augen misstrauisch verengt, und sah von Weitem, dass ihre Bürotür geschlossen war. Das war eher ungewöhnlich, da eigentlich ständig jemand hereinplatzte, hinauseilte und Zeugenbefragungen in dafür vorgesehenen Räumen durchgeführt wurden.

Sie öffnete die Tür, betrat den Raum und blieb wie angewurzelt stehen.

Stanko und Schleyer saßen auf ihren Stühlen. Keine Spur von Patzke, während Rosen einem älteren und zwei jüngeren Herrn in eleganten Anzügen gegenüberstand, in deren Mienen sich Entschlossenheit widerspiegelte.

Mara schaffte es, kühl zu klingen: »Gibt's ein Problem, Rosen?«

Etwas hilflos breitete er die Arme aus, offensichtlich froh über ihr Erscheinen. Sein Kinn ruckte in Richtung der drei Besucher, ohne dass er einen Ton äußerte.

Der ältere, dunkelgrau gekleidete Herr drehte sich zu ihr um, seine Begleiter taten es ihm gleich. Für sein fortgeschrittenes Alter war er groß, kaum gebeugt, sein noch recht volles Haar schlohweiß. Er strahlte Würde aus, Reputation, Stolz. Das Flackern in seinen Augen legte offen, dass er von Zorn erfüllt war.

»Da ist ja die Person, um die es geht«, schnarrte er mit einer lauten Stimme, die früher in Gerichtssälen gewiss ebenso wenig ihre Wirkung verfehlt hatte wie an diesem Tag in dem schmucklosen Großraumbüro. »Stellen Sie sich vor, ich hatte hier zu tun, und da wollte ich die Gelegenheit zu einem offenen Wort nutzen.«

»Ein herzliches Willkommen, Herr Grigoleit«, sagte Mara, ohne sich einen ironischen Ton verkneifen zu können. »Sie wissen ja, für offene Worte stehe ich immer zur Verfügung.«

»Dann spitzen Sie mal Ihre Ohren: Ich habe Sie gewarnt, Sie kleine, unerträgliche Nervensäge.« Er wies nach rechts und links. »Diese Herren sind meine Anwälte.«

Die Männer, etwa vierzig Jahre alt, nahmen Mara feindselig aufs Korn, äußerten sich aber nicht.

»Und jetzt ist es so weit«, fuhr Grigoleit drohend fort. »Ich habe rechtliche Schritte gegen Sie eingeleitet. Sie hatten wahrlich genügend Zeit, zur Besinnung zu kommen. Aber stattdessen haben Sie eine entscheidende Linie überschritten. Solange Sie nur mich belästigt haben mit ihren törichten, impertinenten Nachforschungen – oder wie immer Sie es nennen mögen –, habe ich es noch geduldet.«

Sie taxierte ihn mit einem frostigen Blick, ohne etwas zu erwidern.

»Damit ist ein für alle Mal Schluss. Der Überfall bei meiner ehemaligen Frau hat für mich das Fass zum Überlaufen gebracht. Von den ständigen Anrufen bei früheren Weggefährten und Kollegen mal ganz abgesehen.«

»Das war kein Überfall«, gab Mara kühl zurück. »Nur ein Gespräch.«

»Sie hat sich bei mir gemeldet und es mir anders geschildert.« Er machte einen langen Schritt auf sie zu. »Sie ahnen ja nicht, was Sie sich durch Ihre lächerliche Dickköpfigkeit alles kaputt machen.«

»Man könnte fast meinen, Sie hätten etwas zu verbergen.«

In ihm brodelte es, seine Wangen überzogen sich mit einem dunkelroten Schimmer. Noch ein Schritt, noch einer. Jetzt stand er ganz dicht vor ihr. »Auch eine dumme Andeutung kann einen in Teufels Küche bringen. Ich verspreche Ihnen, meine Anwälte werden Ihren kleinen Hintern einmal quer durchs Gesetzbuch schleifen.« Sein Zeigefinger erhob sich unmissverständlich vor Maras Augen, seine Stimme wurde lauter und durchdringender: »Und wenn sie mit Ihnen fertig sind, können Sie froh sein, wenn Sie noch in Kelsterbach Verkehrspolizistin spielen dürfen.«

»Sie werden mich nicht einschüchtern«, begann Mara, doch eine schwere Hand legte sich von hinten auf ihre Schulter und schob sie bestimmt zur Seite.

»Guten Tag, Herr Grigoleit«, sagte Klimmt. »Falls es etwas zu bereden gibt, können wir das gern in meinem Büro erledigen. Genau wie bei Ihrem letzten Besuch.«

»Zu reden gibt es nichts mehr, Herr Hauptkommissar. Das versuche ich gerade dieser kleinen schwarzen Hexe klarzu…«

»In welcher Funktion sind Sie eigentlich hier?«, unterbrach ihn Klimmt schroff.

»In meiner Funktion als Bürger, der sich beschweren möchte. Und zwar über eine Ihrer Beamtinnen, die …«

»Das ist kein Beschwerdebüro.« Erneut nahm Klimmt ihm in brummiger Gemütsruhe den Wind aus den Segeln. »Falls Sie die Absicht haben, gegen jemanden aus meiner Abteilung rechtliche Schritte – weswegen auch immer – einzuleiten, steht Ihnen das frei. Ein großer Auftritt oder was das hier sein soll, ist nicht notwendig.« Er verstärkte den Druck auf Maras Schulter. »Und Sie, Billinsky, kommen erst mal mit mir. *Dienst-be-sprechung.*«

Er schob sie geradezu aus dem Büro hinaus. Erst sperrte sie sich dagegen, dann ließ sie es geschehen, und das Letzte, was sie sah, bevor er die Tür zuknallte, war Grigoleits Grimasse, wütend und zugleich völlig verblüfft, weil ihm wohl noch nie jemand derart über den Mund gefahren war wie gerade eben Hauptkommissar Klimmt.

Mara wurde immer noch von ihm vor sich hergeschoben, allerdings nicht in Richtung seines Büros, sondern weiter den Gang hinab. »Ich kann allein gehen, glauben Sie's mir, schon seit fast dreißig Jahren.«

Seine schweren, dicken Finger verschwanden von ihrer Schulter. Er deutete auf den Becher, den sie immer noch in der Hand hielt und fast vergessen hatte. »Jetzt brauche *ich* einen Kaffee.«

Als sie gleich darauf beim Automaten standen und Klimmt eine Münze in den Automatenschlitz schob, sagte Mara: »Danke, dass Sie eingeschritten sind. Ich hätte unserem Überraschungsgast sonst noch ...«

»Überraschungsgast?«, fiel er ihr ebenso barsch ins Wort wie zuvor dem ehemaligen Staatsanwalt. »Was soll daran überraschend sein? Er hat angekündigt, dass er sich zur Wehr setzt, wenn Sie ...«

»Zur Wehr setzt«, unterbrach sie diesmal ihn. »Wie das klingt. Als würde ich ihn *angreifen*.«

Er nippte an dem Becher und verzog das Gesicht. »Jedenfalls können Sie sich darauf einstellen, dass er endgültig auf Konfrontationskurs ist. Bisher hat er wohl noch darauf gehofft, Sie würden aufgeben. Jetzt wird er selbst handeln. Vordergründig, also auf legalem Weg, wird er seine juristischen Wadenbeißer auf sie loslassen. Wahrscheinlich wurde schon irgendeine Klage eingereicht. Oder mehrere. Und im Hintergrund wird er auf andere Weise Feuer unter Ihrem Allerwertesten machen.«

»Und wie wird er das Ihrer Ansicht nach anstellen?«

»Er wird Sie diskreditieren, wird Gerüchte streuen, Sie mit Dreck bewerfen. Er wird alles tun, um Sie in schlechtem Licht dastehen zu lassen.«

Mara verdrehte die Augen. »Sie scheinen ihn ja ganz gut zu kennen.«

»Diese Typen sind doch alle gleich.«

»Sie mögen sie ebenso wenig wie ich, was?« Sie schmunzelte.

»Wen mag ich schon?« Er starrte den Automaten an. »Auf keinen Fall diesen Scheißkaffee.«

»Ganz bestimmt auch keine Wölfe in Ihrem Revier.«

»Wenn Novian den Plan verfolgt, sich hier breitzumachen, dürfen wir keine Zeit verlieren. Mal wieder ... Je eher es ihm gelingt, sich in der Stadt eine Basis aufzubauen, desto schwieriger wird es sein, ihn zu besiegen.«

»Wir haben es immer nur mit den Hochkarätern zu tun, stimmt's? Diejenigen, die es verstehen, sich unsichtbar zu machen. Genau wie anfangs bei den Albanern sehe ich keinen Ansatzpunkt für uns.«

»Was ist mit dem Anrufer?«

»Noch so ein Gespenst. Auf mein Drängen haben unsere *Techies* erneut mein Handy überprüft, aber er stellt sich sehr geschickt an. Er benutzt immer ein anderes, möglicherweise bestens präpariertes Mobiltelefon und spricht nicht allzu lange. Auch die GPS-Datenauswertung hat nichts gebracht. Von wo er angerufen hat, außer einmal von Denise Dorlacs Apartment, lässt sich einfach nicht feststellen.«

»Vielleicht meldet er sich wieder bei Ihnen.«

»Dafür gibt es keinen Grund. Wenn es das Ziel der Bande war, die Albaner aus dem Weg zu räumen, dann ist ihnen das prächtig gelungen.« Verhaltener setzte sie hinzu: »Eine Möglichkeit haben wir allerdings noch nicht ausgeschöpft.«

»Welche?«

»Stille SMS.«

»Nein«, sagte er sofort.

Im Rahmen der Strafverfolgung waren in der Vergangenheit von Behörden sogenannte stille SMS an Mobiltelefone versendet worden, um den Standort des Besitzers zu erforschen und Bewegungsprofile zu erstellen. Diese Art von SMS wurde weder auf dem Display des Adressaten angezeigt, noch löste sie ein akustisches Signal aus. Beim Mobilfunkanbieter entstanden jedoch auswertbare Verbindungsdaten.

»Warum nicht?«

»Sie wissen es ganz genau. Weil diese Maßnahme politisch höchst umstritten ist. Die rechtliche Grundlage ist mehr als wacklig.«

»Sie sind doch sonst nicht so politisch korrekt.«

Er schüttelte den Kopf. »Käme heraus, dass wir uns auf diese Art einen Vorteil verschafft hätten, dann wäre das ...« Er suchte nach Worten und zog eine Grimasse. »Bei Paragrafenreitern wie von Lingert macht man sich damit keinen Gefallen. Da könnten wir uns auch gleich eigenhändig einen Knüppel zwischen die Beine werfen.« Er fixierte sie. »Billinsky: Vergessen Sie's!«

»Schon gut, schon gut«, beschwichtigte sie ihn.

Klimmt trank noch einen Schluck. »Hm. Was ich mich frage: Warum hat der Unbekannte überhaupt die Bemerkung über Carlos Borke gemacht? Das war doch gar nicht nötig.«

»Darüber habe ich auch schon nachgedacht. Ohne diesen Spruch hätten wir keinen Anhaltspunkt.« Sie zuckte mit den Achseln. »Vielleicht hat er es einfach getan, weil er es mag, mit Menschen zu spielen. Und weil er ihnen nicht nur körperlich gern Schmerzen zufügt.«

»Das sagt mir, dass Sie weiterhin die Augen offen halten sollten, Billinsky.«

Mara nickte nur. Insgeheim dachte sie schon wieder an die stillen SMS. Sollte sie sich doch noch einmal mit den *Techies* in Verbindung setzen?

46

Was für ein grauenhafter Tag!

Er fühlte sich beschissen. Mittags hatte er einen wichtigen beruflichen Termin platzen lassen, um stattdessen lieber eine Prostituierte zu besuchen. Ein ähnlich kostspieliges, verführerisches Exemplar wie Denise Dorlac. Doch im Bett war nichts bei ihm gelaufen, ständig hatten ihn die eigenen Gedanken abgelenkt, gestört, wütend gemacht.

Also hatte Edgar Billinsky die Dame verdrossen bezahlt, um in der City eine Bar aufzusuchen. Dort war er ziemlich abgestürzt. Silke Lehmann hatte ihn auf dem Handy angerufen, um ihn zu fragen, wo er stecke, und ihn daran zu erinnern, dass noch weitere Termine anstanden, darunter einer mit einem besonders wichtigen – weil steinreichen – Klienten.

Er hatte sie nur angeblafft, sie solle für heute alles absagen, er sei krank. Bei seinen barschen Worten dachte er an die zwei jungen Frauen zurück, mit denen er sich am Vortag zu kurzen Vorstellungsgesprächen getroffen hatte – potenzielle Nachfolgerinnen für Silke.

Jetzt hockte er immer noch in dieser verdammten Bar, knabberte an einem lausigen Sandwich herum und starrte vor sich hin. Er ließ das Brot stehen und bestellte einen doppelten Espresso, um wieder klarer denken zu können. Der Kaffee half jedoch nicht. Also trank er weiter, noch einen Rum, dazu ein Glas Wasser.

Irgendwo in seinem Kopf erklang die Stimme aus dem alten Western: *Man muss für alles im Leben bezahlen.*

Er spürte den Alkohol in seinem Körper, in seinem Schädel jedoch herrschte Klarheit. Fast ärgerte ihn das, ein wenig flauschigen Nebel hätte er durchaus zu schätzen gewusst.

Er bezahlte seine Rechnung, verließ die Bar und schlenderte ziellos durch die Innenstadt. Mehrmals klingelte sein Handy, aber er vergewisserte sich nicht einmal, wer ihn sprechen wollte, und wartete jedes Mal, bis der Ton wieder verstummte.

Die nächste Bar, der nächste Rum.

Billinskys Verstand ließ sich weiterhin nicht betäuben. Er musste an Mara denken. Sie war wie ein Stachel in seinem Fleisch, ihre Existenz erinnerte ihn daran, was er alles falsch gemacht hatte.

Eine bestimmte Idee nahm langsam Konturen an, doch er wusste nicht, ob es eine gute war. Aber er würde handeln, etwas *tun* müssen. Oder nicht?

Der Abend kam und brachte Regenwolken mit sich. Eben noch Hitze, schon sah es fast aus wie im Herbst. *Sicher wird es noch zu einem heftigen Regenguss kommen*, dachte Billinsky, als er aus der Bar stapfte. Dunkelheit und kühle, feuchte Luft schwappten ihm entgegen. Er kümmerte sich nicht darum, wo er sein Auto abgestellt hatte, sondern winkte sich ein Taxi heran.

Er nannte dem Fahrer keine genaue Adresse, sondern erst mal nur den Stadtteil, in den er wollte. Weiterhin fragte er sich, ob es sich um eine gute Idee handelte, die ihn beschäftigte. *Handeln, etwas tun.* Er musste an Mara denken. An den Moment, als er mit der Pistole auf sie gezielt hatte.

Er starrte aus dem Autofenster, und eine verrückte Sekunde lang glaubte er fast, seine Tochter würde durch die Scheibe seinen Blick erwidern. So nah war ihm ihr blasses Gesicht, ihre dunklen Augen. Die ganze Zeit über war sie schon bei ihm, diesen gesamten verfluchten nutzlosen Tag. Sie verfolgte ihn, unheilvoll wie die Regenwolken, die über den Dächern schwebten.

Die Fahrt dauerte nicht allzu lang. Als er ausstieg und in den verhangenen Himmel spähte, war er sich alles andere als sicher, ob diese Nacht ein gutes Ende nehmen würde.

47

Stunde um Stunde war für Recherche draufgegangen. Eine Arbeit, die Mara hasste. Immer nur auf einen Monitor zu starren, E-Mails an Kollegen in anderen Bundesländern zu schreiben, Anrufe zu tätigen, um letzten Endes doch wieder vor einem leeren Blatt zu landen, auf dem keine einzige Notiz stand. Novian blieb ein Gespenst.

Zwischenzeitlich hatte sie erneut ihr Handy zur Überprüfung an die entsprechende Abteilung abgegeben, doch die Hoffnung, den Anrufer irgendwie ausfindig zu machen, war gering.

Mara hatte sich Unterstützung bei Rosen geholt, der in Sachen Nachforschung wesentlich geduldiger vorging als sie und oft eine kleine, scheinbar nichtige Spur auftat, die dann doch weiterhalf – diesmal jedoch nicht. Er tappte ebenso im Dunkeln wie sie. Es war zum Verrücktwerden.

Der Tag schlich langsam vorbei, und die dunkelgrauen Regenwolken, die der späte Nachmittag brachte, passten zu Maras Stimmung. Nicht nur Novian geisterte durch ihre Gedanken, auch ihre Mutter war unentwegt bei ihr, ein Schatten, der ihr über die Schulter lugte. Und an ihren Vater musste sie denken, an seinen Ausdruck, als er die Waffe auf sie gerichtet hatte. Ein Versehen, eine Schutzmaßnahme, wie er bekräftigte, natürlich, und doch hatte Mara für einen Moment das Gefühl erfasst, die Möglichkeit, einfach abzudrücken, stelle eine große Versuchung für ihn dar.

Oder *wollte* sie nur, dass dem so war?

Da sie in Sachen Novian nicht weiterkam, blätterte sie einmal mehr in ihren alten Notizen zum Mordfall Katharina

Billinsky. Der Name des Mannes, der Edgar Billinsky damals das Alibi verschafft hatte, sprang ihr zum wiederholten Male ins Auge.

Sie hatte zuletzt bereits häufiger erfolglos versucht, ihn unter der angegebenen Nummer zu erreichen. Vor Jahren hatte Mara bei einer einzigen Gelegenheit mit ihm sprechen können. Zuerst hatte er vorsichtig oder gar misstrauisch gewirkt. Nachdem er dann aber in ihr das kleine Mädchen, das ihm vor Jahren hin und wieder im Westend begegnet war, erkannt hatte, war er gelassener geworden.

Mara erinnerte sich auch heute noch recht gut an ihn. Dr. Robert Meinhold, ein Rechtsanwalt, genau wie Edgar Billinsky, nur nicht ganz so trinkfreudig und weniger hinter den Frauen her. Seriös, vertrauenswürdig, ein nicht sonderlich auffälliger Herr in eleganter Kleidung. Ohne lange nachdenken zu müssen, hatte Meinhold damals das Alibi ihres Vaters bestätigt: Er und Edgar hätten am Tattag die fraglichen Stunden miteinander verbracht. Von Mittag bis in den frühen Nachmittag hinein waren sie anscheinend in der Wohnung des Zeugen gewesen, um verschiedene Rechtsfälle zu erörtern und sich gegenseitig mit kollegialen Ratschlägen weiterzuhelfen.

Mara überflog ihre Notizen zu dem Gespräch mit dem Mann. Sollte sie es erneut bei ihm versuchen? Womöglich war er zu einer ausgedehnten Reise aufgebrochen und inzwischen zurück?

Ohne allzu große Zuversicht wählte Mara Meinholds Nummer.

Es läutete lange.

»*Shit!*«, murmelte sie schon enttäuscht, als eine Frauenstimme erklang: »Hallo?«

»Äh, hallo, guten Abend.«

»Ja, bitte?« Offenbar eine ältere Frau. Meinholds Gattin?

»Hier ist Mara Billinsky. Eigentlich hätte ich gern mit Dr. Meinhold gesprochen.«

»Da sind Sie reichlich spät dran«, erwiderte die Frau mit tonloser Stimme.

»Das tut mir leid, ich hätte natürlich auch früher anrufen können. Falls es …«

»Nicht wegen der Tageszeit«, wurde sie unterbrochen.

»Wie meinen Sie das?«

»Was wollten Sie denn von meinem Mann?«

»Es geht um einen lange zurückliegenden Kriminalfall. Dr. Meinhold hat damals als Zeuge …«

»Die Zeit kann man nicht aufhalten«, fiel ihr die Frau erneut ins Wort.

»Wie bitte?«

»Mein Mann ist seit einem Jahr tot.«

»Oh!«, entfuhr es Mara. »Das …« An diese Möglichkeit hatte sie überhaupt nicht gedacht. »Es tut mir leid.«

»Schon gut.«

»Entschuldigen Sie bitte die Störung.«

»Schon gut.«

Als Mara auflegte, verbiss sie sich einen Fluch. Reichlich spät, wiederholte sie stumm Frau Meinholds Worte. Verflucht spät. *Zu spät.*

Der Mann, der Edgar Billinsky entlastet hatte, lebte nicht mehr.

Es blieb dabei: Sie drehte sich im Kreise. Nur um dann doch mit irgendeinem vagen Gedanken bei ihrem Vater zu landen. Immer wieder kam sie zu ihm zurück, wenn der Mord, der sich vor so langer Zeit ereignet hatte, sie beschäftigte. Fast meinte sie spüren zu können, wie sich die Einzelheiten von damals, die Aussagen, die offenen Fragen, in ihren Gehirnwindungen festsetzten und daran rieben, schmerzhaft, quälend.

Sie brauchte eine Pause und verabschiedete sich von Rosen. Ganz in der Nähe kehrte sie ein, um eine Pizza zu essen und einen doppelten Espresso zu trinken. Als sie anschließend wieder im Präsidium eintraf, kam ihr auf dem Flur jemand entgegen, dem sie heute lieber nicht begegnet wäre.

Seit ihrer gemeinsamen Nacht hatte sie Christian von Lingert nicht mehr gesehen, und sie merkte, wie ihre Lockerheit sich im Nu in Luft auflöste.

Was wohl nicht nur bei ihr der Fall war.

Auf einmal wurde sein Gang eckig, der Blick aus seinen tief liegenden Augen starr.

Er hielt an, Mara blieb vor ihm stehen.

Sie sahen sich an, eine unbehagliche Sekunde verstrich.

»Guten Tag«, sagte er betont sachlich, seine Lippen pressten sich gleich wieder zusammen, und der förmliche Gruß hing etwas unpassend zwischen ihnen in der Luft.

»Hallo«, sagte Mara.

»Äh, ich war gerade bei Ihrem, äh, deinem, also …«

»In diesen heiligen Hallen ist es wohl angebracht, wenn wir beim Sie bleiben.«

»Also, was ich meinte, ich war bei Ihrem Chef. Er hat mir von dem Zwischenfall mit meinem Vater berichtet.«

»Folgt jetzt ein Anschiss?«

Er winkte ab. »Der Anschiss, wie Sie sich ausdrücken, würde ja doch nichts bringen. Sie können einfach nicht anders, was?«

Ihr Blick war Antwort genug.

»Was mich allerdings verwundert, ist die Tatsache, dass mein Vater sich zu so etwas hat hinreißen lassen. Hm, ich finde, das passt nicht zu ihm.«

»Er scheint nervös zu sein. Vielleicht hat er etwas zu verbergen«, entgegnete Mara spitz.

»Ganz sicher nicht«, gab er zurück, barscher als beabsichtigt, wie seine Miene verriet.

Stille trat ein.

Von Lingert musterte sie. »Eventuell könnten wir uns

kurz ungestört unterhalten«, schlug er dann mit milderem Tonfall vor.

Gleich darauf standen sie beim Kaffeeautomaten, sodass es nach der zufälligen Begegnung aussah, die es ja eigentlich auch war.

Da der Staatsanwalt krampfhaft nach den richtigen Worten zu suchen schien, sagte Mara plötzlich und ganz spontan: »Ich glaube, wir beide würden ein ganz schön kurioses Paar abgeben, was?« Sie brachte ein gelassenes Lächeln zustande.

Er musterte sie erneut und wirkte dabei, als könnte er sich einfach keinen Reim auf sie machen, egal wie sehr er über sie nachgrübelte. »Das mag schon sein.«

»Deshalb wäre es vernünftiger, wir würden uns nicht mehr im privaten Rahmen sehen.«

Er nickte. »Sicher, das wäre wohl das Beste.«

Sie taxierten einander. Und als Mara damit rechnete, er würde sich nun verabschieden, überraschte er sie mit den leisen Worten: »Dennoch möchte ich Ihnen sagen, dass es eine wunderschöne Nacht war für mich.«

Nicht nur sie, auch er selbst war erstaunt von seinem Bekenntnis, wie sein Gesicht erkennen ließ, zumal er auch noch so rot anlief, wie es sonst nur Jan Rosen schaffte.

Mara lächelte ihn an, sagte jedoch nichts.

Er nickte ihr zu, immer noch rot, dann ging er davon, seinen ledernen Aktenkoffer in der Hand, und Mara sah ihm nachdenklich hinterher.

Anschließend versuchte sie ihn aus ihrer Gedankenwelt auszusperren. Was ihr leichtergefallen wäre, hätte sich endlich irgendeine Tür aufgetan. Auch die Antworten auf ihre E-Mails an Kollegen, die auch schon einmal mit Novian zu tun gehabt hatten, brachten keine neuen Erkenntnisse.

Jan Rosen wirkte erschöpft, als er in den Feierabend aufbrach. Zuvor hatte er ihr von Anyana berichtet, und es war offenkundig, wie sehr ihn ihre Geschichte bewegte. Immer hatte er für einen Bullen als zu weich gegolten, diesmal jedoch hatte er es allen gezeigt, und das freute Mara. Sie hatte ein Herz für Außenseiter. Schließlich wusste sie, was es hieß, wenn man nicht dazugehörte.

Die Dunkelheit war längst über die Stadt hereingebrochen, als sich auch Mara auf den Heimweg machte. Sie musste lange nach einem Parkplatz suchen, und als sie endlich ihren Wagen abgestellt hatte, kam es zu dem schon seit zwei oder drei Stunden von dunklen Wolken angekündigten Regenguss.

Sie hetzte durch die Gassen, ihre Doc Martens platschten in sich rasch bildende Pfützen. Als sie das Haus erreichte, in dem ihre Wohnung lag, hatte sie schon den Schlüssel in der Hand.

Das pitschnasse Haar hing ihr wirr in die Stirn, sie fröstelte, der jähe Guss hatte Kälte mitgebracht.

Plötzlich nahm Mara etwas wahr, seitlich von sich, den Hauch einer Bewegung. Sie fuhr herum, und aus der Dunkelheit schälten sich die Umrisse einer Gestalt.

Groß, schlank, völlig durchnässt.

Ein Mann, der sie aus funkelnden Augen anstarrte.

Vor Schreck ließ Mara den Schlüsselbund fallen. Der klirrende Laut, als er auf die steinernen Bodenplatten vor dem Hauseingang prallte, ging beinahe im Prasseln des Regens unter.

48

Einen beängstigenden Moment lang wurde Mara von dem Gefühl erfasst, er würde wieder mit einer Waffe auf sie zielen.

Und diesmal auch abdrücken.

Sie wollte zu ihrer P30 greifen, doch sie war wie erstarrt, gefangen in dieser Situation, die unwirklich war, wie in einem bösen Traum.

Regenwasser lief über ihr Gesicht, Kälte ballte sich in ihrem Inneren.

Sie konnte ihn nur ansehen, reglos, wortlos.

Wild flackernd sein Blick, das Haar nass und wirr und durcheinander, die elegante Kleidung triefend.

Es wirkte, als hätte er hier schon eine ganze Weile auf sie gewartet. Seit ihrer Rückkehr nach Frankfurt war er kein einziges Mal hier gewesen, er kannte ihre Wohnung nicht, sie hatte ihn ebenso wenig hierher eingeladen wie er sie zu sich in seine Villa.

Nur langsam gelang es ihr, sich zu fangen, wieder gelassener zu werden.

»Na«, rief sie gegen das Trommeln des Regens an, »willst du es nachholen und mich doch noch erschießen?«

»Verdient hättest du's«, knurrte Edgar Billinsky, und erst da erkannte sie, dass er wiederum einiges getrunken hatte. Leicht schwankend stand er da, nicht so aufrecht wie sonst, die Schultern eingezogen, der Blick glasig.

»Hast du dich verlaufen?« Sie bückte sich, um den Schlüsselbund aufzuheben.

»Sieht so aus.«

»Willst du reinkommen?«

»Klingt unglaublich, aber – ja, das will ich wohl. Dann kannst du ja diesmal *mich* rausschmeißen.«

Mara maß ihn mit einem abschätzenden Blick. »Hast du mir was zu sagen?«

»Ist das ein verdammtes Verhör?«

Sie grinste, allerdings nicht erheitert. »Okay, dann auf ins Trockene.«

Gleich darauf bot sie ihm einen Stuhl in der engen Küche an. Sie hatte ihn mit Absicht nicht ins Wohnzimmer geführt, als wollte sie vermeiden, auch nur den kleinsten Hauch von Vertraulichkeit bei ihrem Zusammentreffen aufkommen zu lassen.

Sie schenkte sich ein Glas Rotwein ein. »Für dich auch?«

»Ich hoffe, dein Geschmack in Sachen Alkohol hat sich seit deinen wilden Jahren gebessert.«

»Und ich hoffe«, antwortete sie kühl, »dein Benehmen bessert sich irgendwann.«

Einen Moment lang sah es aus, als würde er platzen. Sein Gesicht verzerrte sich, seine Augen funkelten, dann jedoch zwang er sich sichtlich, die Ruhe zu bewahren. Er winkte ab. »Fangen wir nicht schon wieder an zu streiten. Einverstanden?«

Sie stellte die Gläser auf den Tisch und nahm ebenfalls Platz.

»Also. Was verschafft mir die Ehre deines Besuchs?«

Er ließ den Blick schweifen, und sie rechnete schon mit einem abfälligen Kommentar hinsichtlich ihrer Bleibe, aber er hielt sich zurück. Ohnehin waren seine Augen klarer, sein Oberkörper straffer geworden. Immer schon war er ein Meister darin gewesen, Unmengen an Alkohol zu konsumieren und dennoch auf andere nicht wie ein Betrunkener zu wirken.

»Nach unserem letzten Zusammentreffen«, begann er

ungewohnt förmlich, »habe ich viel nachdenken müssen. Eigentlich wie immer, wenn wir uns über den Weg laufen.«

»Und zu welchem Schluss bist du gekommen?« Mara nippte an ihrem Glas, ließ ihn dabei aber nicht aus den Augen, konzentrierte sich, als würde sie tatsächlich ein Verhör führen.

»Zu dem Schluss, dass ich dir etwas erzählen werde. Ehrlich, ich habe diese Zeiten so tief in mir begraben, dass es mir nicht leichtfällt, darüber zu reden.«

Er gab sich nicht nur förmlich, sondern auch erstaunlich ernsthaft. Spielte er ihr etwas vor?

»Aber du hast so lange gewühlt und gewühlt, Mara, hast mich gereizt, hast alles wieder …« Er strich sich das immer noch nasse Haar aus der Stirn und rieb sich über das markante, scharf geschnittene Gesicht mit den starken Wangenkochen, das die Frauen immer schon attraktiv gefunden hatten. »Lass mich noch mal beginnen. Also, da ist eine Sache, die ich dir sagen werde. Wider besseres Wissen. Denn du wirst mir doch nicht glauben. Weil du es einfach nicht glauben *willst*.«

»Es geht um meine Mutter, nehme ich an.«

Er nippte zum ersten Mal an seinem Glas. »Mara, *sie* war es, die eine Affäre hatte.«

Mara schwieg, aber sie spürte, dass ihr Blick intensiver, bohrender wurde.

»Eine Affäre, die über mehrere Wochen oder gar Monate ging. Ich merkte es.«

»Woran?« Das Wort klang wie ein Säbelhieb.

»Man merkt so etwas eben. Wenn man zusammenlebt, wenn man sich liebt.« Er trank erneut einen Schluck. Schweiß stand auf seiner Stirn, obwohl er draußen noch sichtlich gefroren hatte. Den Mantel hatte er abgelegt, er trug ein Hemd und einen Pullover mit V-Ausschnitt seiner bevorzugten teuren Marken. »Ich sprach Katharina darauf an, wir stritten uns heftig, eine ganze Zeit ging das so.« Kurz suchte er Augenkontakt, dann sah er ins Leere. »Doch wir vertrugen uns wieder. Wir rauften uns zusammen. Glaub mir, Mara, wir liebten uns. Katharina wollte diese Affäre beenden, um den Weg für einen Neuanfang mit mir frei zu machen.«

Er verfiel in Schweigen.

Mara hob eine Augenbraue. »Hm …«

»Verflucht, Mara, *glaub's mir*! Sie hat geschworen, einen Schlussstrich unter die Sache zu ziehen.«

»Und dann?«

»Und dann wurde sie ermordet.«

»Du willst mir also begreiflich machen, dass es ein Mord aus Eifersucht war. Sie sagt dem Liebhaber, es ist aus, er dreht durch und erwürgt sie.«

»Genau das denke ich seit zwanzig Jahren.«

»Mit wem hat sie dich betrogen?«

»Ich weiß nicht, wer der Kerl war.«

»Shit!«, platzte es aus Mara heraus. »Und das soll ich dir abkaufen?«

»Ich weiß nicht, wer der Kerl war«, wiederholte Edgar Billinsky aufgebracht. »Ich konnte sie nicht dazu bringen, es mir anzuvertrauen. Sie wollte die Angelegenheit beenden, für immer aus der Welt schaffen, es sollte nichts davon übrig bleiben.«

»Wem hast du von dem Verdacht erzählt?«

»Der Polizei. Dem Staatsanwalt. Später den Detekteien. Alle kannten diesen Sachverhalt, alle haben auch in diese Richtung ermittelt, es zumindest versucht. Keiner hat je herausgefunden, wer der Mann war, mit dem sie mich betrogen hat. Geschweige denn, ob er ihr Mörder war.«

»Aber ich kenne die Akten – da kommt kein Liebhaber vor.«

»Nicht explizit, das mag sein. Aber die Möglichkeit hat man durchaus in Betracht gezogen.«

»In Betracht ziehen heißt nicht ermitteln.«

»Es kam eben nichts dabei heraus. Nicht der kleinste Anhaltspunkt.«

»Und warum erzählst mir das gerade *jetzt*? Nach all dem beharrlichen Verweigern jeder Antwort, jedes Gesprächs.«

Er holte tief Luft. »Kurz nach dem Mord, tja, damals war es noch anders. *Ich* war anders. Als Polizei und Staatsanwaltschaft irgendwann nichts mehr unternahmen, um eine Aufklärung herbeizuführen und der Fall immer mehr in den Hintergrund geriet, beauftragte ich die Detektive. Ich hörte mich um, versuchte den Kontakt zu Grigoleit aufrechtzuerhalten, um über mögliche neue Erkenntnisse informiert zu sein. Und ich hoffte auf Fortschritte in der forensischen Technik. Aber ...« Maras Vater ließ den Satz verklingen. »Die Zeit ist ein hinterlistiger kleiner Wurm, sage ich dir, sie kriecht, ohne dass du es merkst. Anfangs denkst du ständig an die Sache, dann musst du dich erinnern, daran zu denken. Und dann, *nicht* mehr daran zu denken. Schicht für Schicht legt sich der Staub auf dein Gemüt. Aus Tagen wurden Jahre. Und dann musstest du, Mara, ausgerechnet Polizistin werden. Und dir einreden, den vergessenen Fall ...«

»Ich hatte ihn nie vergessen«, warf Mara ein.

»... aufzuklären. Musstest Fragen stellen, Leuten auf den Geist gehen. Ich sperrte mich dagegen, na klar, schließlich hatte ich doch endlich alles abgeschüttelt. Was sollte das noch bringen? Aber dann hast sogar du aufgegeben. Ich hörte nichts mehr von dir, bis mich die Nachricht erreichte, dass du bei der Kripo Düsseldorf gelandet seist. Tja. Und nach vier Jahren warst du urplötzlich wieder in Frankfurt. Es ging eine Weile gut, doch jetzt ...« Er fuhr mit der Hand durch die Luft. »Jetzt fängst du von Neuem an, diesen verdammten Staub aufzuwirbeln, um den ich manchmal froh war. Weil er alles zudeckte.«

Mara betrachtete ihn eingehend. War das ein Ablenkungsmanöver, um sie auf eine falsche Spur zu locken? Andererseits musste sie sich eingestehen, dass sie ihn noch nie so erlebt hatte. Verletzlich, offen, zerrissen. Und Christian von Lingert hatte ja hinsichtlich ihrer Mutter eine ähnliche, wenig vorteilhafte Bemerkung seitens Gernot Grigoleits aufgeschnappt.

Dennoch – die Zweifel an Edgar blieben, wie ein Virus, den der Körper einfach nicht abzustoßen vermochte.

»Ich frage dich noch einmal: Warum erzählst du mir das gerade *jetzt*?«

Er machte große Augen. »Das habe ich doch eben erklärt, Mara. Und außerdem: Denkst du, es gefällt mir, von dir immer nur als der sture, rücksichtslose, selbstverliebte Egomane hingestellt zu werden.«

»Klar.« Sie verzog den Mund. »Es geht also eigentlich mal wieder um *dich*. Wie *du* dastehst. Das ist typisch für dich, das war dir immer schon am wichtigsten. Und gewiss hast du dich auch geschämt. Dafür, dass ausgerechnet du von deiner Frau hintergangen wirst – und nicht umgekehrt.«

Zuerst schien es, als wollte er losschreien, sie meinte, seinen Zorn beinahe wie einen Windzug spüren zu können. Dann jedoch schüttelte er einfach nur den Kopf. »Was soll's?«, murmelte er. »Du hasst mich eben, und dabei wird es immer bleiben.«

»Was erwartest du denn? Dass ich voller Bewunderung zu dir aufschaue?«

Eine Weile fiel kein Wort.

»Hast du nicht was Härteres?«, knurrte er mit einem Blick auf den Wein.

Mara holte eine halb volle Flasche *Wild Turkey*. Sie füllte zwei weitere Gläser und stellte sie neben die Weinkelche.

»Ich will die Berichte der Detekteien«, erklärte sie, als sie wieder Platz genommen hatte, ganz plötzlich und unvermittelt. »Die Papiere, die ich bei dir auf dem Dachboden entdeckt habe. Alle.«

Er trank einen Schluck Bourbon. »Zu spät. Ich habe den ganzen Kram in die Altpapiertonne geworfen.«

»Dann hol den *ganzen Kram* eben wieder heraus.«

Er presste die Worte über die Lippen: »Die Tonne ist geleert worden, Mara. Kapier es doch endlich! Es ist vorbei. Endgültig. *Es ist vorbei!*«

»Das alles lag so lange bei dir herum, und ausgerechnet jetzt …«

»Ich habe die Berichte tausendmal gelesen«, unterbrach er sie gereizt. »Du selbst hast Einblick in die polizeilichen Akten erhalten. Wenn da irgendwo irgendetwas drinstehen würde, was weiterhelfen würde, Mara, dann …«

»Scheiße!«, stieß sie hervor, hart und bitter, und brachte ihn damit zum Schweigen.

Die Sekunden tickten herunter, wurden zu Minuten. Zu zweit saßen sie am Tisch, doch auch jeder für sich allein, grübelnd, gelegentlich am Whiskey nippend.

»Wie gut bist du eigentlich wirklich mit Gregor Grigoleit befreundet?«, brach Mara die dumpfe Stille. »Das war mir nie ganz klar.«

Ihr Vater machte eine vage Geste. »Hm, ich würde ihn nicht unbedingt als Förderer bezeichnen, aber keine Frage, in meiner Anfangszeit hat er mir sehr geholfen. Daraus wurde durchaus eine Freundschaft.«

»Die auch heute noch anhält?«

»Du bist ganz in deinem Element, was? Feuerst hier mit Fragen auf mich, als würdest du einen billigen Bahnhofsgangster ausquetschen.«

Sie ging nicht darauf ein. »Also, seid ihr noch dicke Freunde oder nicht?«

»Nach dem Mord – vor allem nach der erfolglosen Ermittlung – kühlte die Beziehung ab. Er hat auf mich immer gewirkt, als wäre es ihm unangenehm, dass er nicht in der Lage war, Ergebnisse zu liefern. Kontakt haben wir bis heute, aber letzten Endes erinnert er mich nur an ...« Er verstummte.

»Mochte Mutter ihn?«

Er winkte ab. »Nein, nicht besonders. Auf Frauen wirkt er ohnehin nicht sonderlich einnehmend, um es mal so zu sagen. Er hat etwas Herrisches, Arrogantes.«

»Wie reagierte er, als du ihm damals von dem mutmaßlichen Liebhaber erzählt hast?«

»Der Liebhaber war nicht *mutmaßlich*, meine verehrte Mara, der war verdammt real. Und Grigoleit? Nun ja, er war sehr erstaunt, konnte sich das zuerst überhaupt nicht vorstellen, nicht bei Katharina. Niemand konnte sich das bei ihr vorstellen, am wenigsten ich. Du kannst dir also denken, wie verblüfft ich war. Und wie verletzt.«

»Du sagtest ja bereits, er hat auch in diese Richtung ermitteln lassen.«

»Sowohl seine Beamten als auch später meine Privatschnüffler waren froh über jede mögliche Spur. Doch leider erwies sich das als dürftig. Wie gesagt, es gab einfach keine handfesten Hinweise auf diesen Mann. Nach und nach glaubten wahrscheinlich alle, ich hätte ihn mir nur eingebildet.«

»Was du ja nicht hast«, bemerkte sie spitz.

»Mara!«, fuhr er sie an. »Katharina hat alles zugegeben, Auge in Auge mit mir.« Er fixierte sie. »Verabschiede dich bitte endlich von dem absurden Gedanken, ich hätte etwas mit dem Mord an deiner Mutter zu tun. Denn das hast du doch die ganze Zeit gedacht, oder?«

Was ihr früher oft schwergefallen war, gelang ihr an diesem Abend nahezu mühelos: seinem harten Blick standzuhalten. »Nicht nur das dachte ich«, antwortete sie unbeeindruckt. »Ich hielt es sogar für möglich, dass der ehrenwerte Staatsanwalt dich deckt.«

»Mich deckt!« Edgar Billinsky brauste endgültig auf.

»Aus alter Männerfreundschaft«, fuhr Mara seelenruhig fort. »Oder aus sonst einem albernen Grund.«

»Absurd!«, stieß er aus. »Er würde so etwas niemals tun. Was immer man über seine Art sagen kann, er ist ein Mann von Recht und Ehre.«

»So wie du, was?« Sie verdrehte die Augen. »Mir kommen gleich Tränen der Rührung.«

Wutentbrannt erhob er sich vom Stuhl. »Du bist unmöglich, Mara!«

Sie erwiderte nichts, zeigte nur das freche Grinsen, von dem sie wusste, dass er es nicht mochte. Es tat gut, so cool bleiben zu können, während er alle zwei Minuten einen Zornanfall bekam. Wäre sie früher doch nur öfter dazu in der Lage gewesen, dachte sie beiläufig. »Setz dich bitte wieder.« Sie schenkte nach, er nahm Platz.

»Ich versuche immer nur in alle Richtungen zu denken«, sagte Mara nach einer weiteren Pause. Sie drehte ihr Glas mit den Fingerspitzen im Kreis und betrachtete die braungoldene Flüssigkeit. »Und mir scheint, eine ganz bestimmte Richtung habe ich außer Acht gelassen. Nein, nicht außer Acht, aber ich bin ihr zumindest nicht konsequent genug gefolgt.«

»Welche Richtung?« Ihr Vater stierte zu ihr herüber. Erst jetzt war ihm wirklich anzumerken, wie viel er an diesem Tag getrunken hatte.

»Ich sage es dir lieber nicht. Entweder du würdest mich auslachen – oder du wärst stinksauer.« Sie grinste ihn säuerlich an, während sie an Heidi Esswein dachte. »Und ich kann beides nicht leiden.«

»Führst du etwas im Schilde?«, fragte er, gleich wieder wachsamer, argwöhnischer. »Doch wohl nicht gegen Grigoleit?«

»Ich überlege einfach nur.« Sie hob ihr Glas mit dem Whiskey an. »Prost.«

»Du musst akzeptieren«, sagte er leise, »dass es vorbei ist, Mara.«

»Ich muss gar nichts.« Sie leerte das Glas mit einem großen Schluck.

49

Sie wusste, dass sie sich für das, was sie gerade vorhatte, für immer schämen würde.

Und sie wusste ebenso gut, dass sie es trotzdem tun würde.

Sie konnte einfach nicht anders.

Früher Nachmittag, die Sonne prangte als glühender Fleck am Himmel, keine Wolke zeigte sich.

Mara Billinsky schwitzte. Am selben Wasserhäuschen wie zuletzt hatte sie sich wieder eine Cola gekauft. Sie legte die gekühlte Dose kurz an die Stirn, den Blick auf den Wohnblock gerichtet. Das Zischen beim Öffnen, der erste Schluck. Seit über einer Stunde wartete sie bereits. Sie hasste es, wenn Geduld gefragt war, aber es blieb ihr nichts anderes übrig, als weiter auszuharren. An der Wohnungstür zu klingeln, hatte sich Mara erspart – das wäre sinnlos gewesen. Es galt, den richtigen Moment zu erwischen. Und die richtige Situation.

Nach einer weiteren halben Stunde tauchte endlich die Frau auf, deretwegen sie zum zweiten Mal den Weg hierher auf sich genommen hatte.

Mara löste sich aus dem Schatten des Wasserhäuschens und nahm die Verfolgung auf, in gehörigem Abstand, ohne Eile. Sie vermutete, dass Heidi Esswein zu einem Einkauf aufgebrochen war, und ging ihr hinterher, vorbei an den trostlosen, mit Graffiti beschmierten Sossenheimer Wohnblocks, den überfüllten Abfalleimern und zusammengeflickten Rostkarren.

Nein, kein Einkauf, sondern einfach nur ein wenig entspannen und den sonnigen Tag genießen, danach sah es aus.

Heidi Esswein gelangte an eine winzige, ebenfalls recht trostlose Grünanlage, wo sie sich auf eine Bank setzte. Schaukelstangen ohne Schaukel, eine Wippe, eine rostige Rutschbahn. Abgeschirmt von Kastanienbäumen saß sie in ihrer alten, abgetragenen Kleidung da, bereits vertieft in ein Buch, das sie aus ihrer Handtasche gezogen hatte.

Niemand zu sehen, nur von ferne erklang das Rauschen des Verkehrs.

Der richtige Moment, die richtige Situation.

Mara näherte sich der Bank von hinten und ließ sich neben die Frau auf das mit Schnitzereien verunstaltete Holz sinken, urplötzlich und nahezu lautlos.

Heidi Esswein erschrak fürchterlich. Sie wurde ganz blass, das abgegriffene Buch fiel ihr aus der Hand auf die von Zigarettenkippen übersäte Erde, zwischen ihre ausgelatschten Schuhe.

Mara hob es auf, es war ein Werk über Papageien, und legte es neben sie.

»Du hast mir versprochen«, sagte Frau Esswein in einer Mischung aus Entsetzen und Ungläubigkeit, »mich nie wieder zu belästigen.«

»Ich weiß«, erwiderte Mara ausdruckslos.

»Bitte lass mich in Ruhe!«

»Ich muss meine Fragen stellen …«

»Du denkst nur an dich«, unterbrach Frau Esswein sie weinerlich. »Wie alle anderen auch.«

»Ich lasse mich nicht aufhalten.«

»Ich werde die Polizei verständigen.«

»Von mir aus«, gab Mara gelassen zurück. »Aber vorher werden Sie meine Fragen beantworten.«

»Ich kann nicht.« Hilflosigkeit und Angst flackerten im Blick der Frau auf.

Sie tat Mara leid, aber es war zu spät, sie würde das durchziehen.

»Meine Mutter«, sagte sie hart, das Stichwort, das ihre Fragen eröffnen sollte.

»Ich kann dir nichts erzählen, Mara, ich *darf* nicht.« Heidi Esswein schob mit zitternden Fingern ihr Buch in die Tasche, stand auf und wollte gerade losgehen, als Maras Nerven mit ihr durchgingen. So etwas hatte nicht in ihrer Absicht gelegen, aber sie hatte sich einfach nicht mehr unter Kontrolle. Ihre Hand schnellte nach vorn, umfasste den Oberarm der Frau mit eisernem Griff und zog die Ärmste zurück auf die Bank.

Heidi Esswein sah sich nach Hilfe um, ein Flackern im Blick, doch da war niemand. In der Grünanlage, umgeben von den hässlichen Blocks, befanden sich nur sie beide.

»Meine Mutter.« Mara stieß die beiden Worte ebenso hart und unnachgiebig aus wie zuvor. »Können Sie sich vorstellen, dass sie eine Affäre hatte?«

Erneut das furchtsame Flackern in den Augen, ein Zittern um die Mundwinkel. Die Frau musste sich sammeln, sie schien jeden Moment in Tränen auszubrechen.

»Katharina Billinsky«, kam es ganz leise, ganz zögerlich, über ihre Lippen. »Eine Affäre?«

»Können Sie sich das vorstellen?«, wiederholte Mara fordernd, unerbittlich. *Bremse dich!*, sagte sie sich in Gedanken, aber sie konnte nicht anders.

»Nein, bestimmt nicht.«

»Warum?«

»Das passte einfach nicht zu deiner Mutter.«

»Angenommen, es hätte dennoch einen Liebhaber im Leben meiner Mutter gegeben. Wer hätte das sein können?«

Jetzt schluchzte die arme Frau wirklich. Haarsträhnen hingen ihr schweißnass in die Stirn, die Lesebrille war ganz vorn auf die Nasenspitze gerutscht. »Ich habe doch mit der ganzen Sache nichts zu tun. Wieso quälst du mich so?«

»Wer hätte das sein können?« Mara verabscheute sich

selbst in diesem Moment. Doch da war dieser brennende, unbändige Wunsch in ihr, nicht mehr im Dunkeln zu tappen; es war wie ein Fieber. »Wer, Frau Esswein?«

»Niemand. *Niemand!* Ich weiß es nicht.«

»Wie schätzen Sie Gernot Grigoleit ein?«

Heidi Esswein zuckte zusammen, als hätte Mara ihr einen Schlag verpasst. Sie presste die Lippen aufeinander, starrte nach unten auf ihre Schuhe.

»Gernot Grigoleit, Frau Esswein. Wie schätzen Sie ihn ein?«

»Ich kenne ihn doch kaum. Ein Ehrenmann. Ein Gentleman der alten Schule. Ein ...« Es klang seltsam, wie auswendig gelernt, wie sie die Worte aneinanderreihte, ehe ihre Stimme in einem neuerlichen Schluchzen unterging.

»Halten Sie es für denkbar, dass *er* etwas mit meiner Mutter hatte?«

Diesmal kam die Antwort schneller: »Nein, Mara, das glaube ich nicht.«

»Oder dass er von meiner Mutter abgewiesen worden ist?«

»Das weiß ich wirklich nicht.« Sie wischte sich den Schweiß von der Stirn. »Und nun lass mich doch bitte in Frieden! *Ich weiß nichts.* Ich habe niemandem etwas getan, in meinem ganzen Leben nicht.«

»Mir ist klar, dass Sie Angst haben.«

»Dann geh doch endlich!«

»Eine letzte Frage ...«

»Bitte, Mara!«

»Und zwar dieselbe wie beim letzten Mal: Wer jagt Ihnen so große Furcht ein? Wer übt Druck auf Sie aus?«

»Du, Mara. *Du!*«

»Und außer mir? Wer noch?«

»Niemand.«

»Mein Vater?« Mara runzelte die Stirn. »Nein, nicht mein

Vater«, gab sie sich selbst die Antwort. »Sagen Sie es, Frau Esswein!«

Der Verkehr brummte nach wie vor monoton in der Nähe, ansonsten war alles ruhig. Zwei Tauben pickten in den Krümeln von Kartoffelchips.

Heidi Esswein rang mit sich, Mara sah es ihr an.

»Wer ist es?«

Die alte Frau nannte den Namen, leise, kaum hörbar.

Sekunden tiefer Stille. Mara atmete hörbar ein. Sie fragte sich, ob sie überrascht sein sollte oder nicht. Und dumpfer Ärger braute sich in ihr zusammen – Ärger auf sich selbst. Sie hatte es falsch angepackt. Sie war auf zu viele Zielpunkte gleichzeitig zugesteuert, statt sich für einen zu entscheiden und dann darauf zu konzentrieren, wie sie es sonst immer tat.

Heidi Esswein erhob sich von der Bank, vorsichtig, ohne Mara anzuschauen. Sie griff nach der Handtasche und setzte sich in Bewegung, den Blick weiterhin gesenkt.

Aus einem Impuls heraus wollte Mara ihr Worte des Dankes sagen, wenigstens noch eine Entschuldigung loswerden. Doch sie brachte keinen Ton hervor, so peinlich war es ihr, dass sie der alten Frau derart zugesetzt hatte. Mit traurigem Blick verfolgte sie, wie Heidi Esswein die Parkanlage verließ.

Mara seufzte auf, sie musste erst einmal Ordnung in ihre Gedanken, in ihre Gefühle bringen und hätte jetzt verdammt gern eine Zigarette geraucht.

Es war noch wärmer geworden, sie streifte sich die Lederjacke ab, doch sie schwitzte nach wie vor.

Ihr Handy klingelte, sie zog es aus der Jacke, starrte auf das Display. Die Nummer des Anrufers wurde nicht angezeigt.

Da war er also wieder.

»Hallo?«, sagte Mara und stellte sich auf die unheimliche heisere Stimme ein.

»Mara Billinsky?«

»Ja.«

»Hätten Sie kurz Zeit für mich?«

»Mit wem habe ich das Vergnügen?«

»Das werden Sie erfahren, wenn wir ins Geschäft kommen.«

Das war jemand anders. Ein Mann, sicher schon älter, ein Deutscher, wie der leicht hessische Zungenschlag verriet.

»Ich bin keine Geschäftsfrau«, sagte Mara abwartend.

»Wie mir zugetragen wurde, haben Sie starkes Interesse an einem Mordfall, der schon zwanzig Jahre zurückliegt.«

»Zugetragen?«, wiederholte Mara. »Durch wen?«

»Ich hätte Informationen für Sie, die diesen Fall betreffen. Sehr, sehr wertvolle Informationen.«

»Dann mal raus damit«, sagte Mara mit einem aggressiven Unterton.

»Wie gesagt, wertvolle Informationen. Sie verstehen, oder? Nichts ist umsonst.«

»Sie wollen Geld.«

»*Sie* sind es, die etwas will. Und ich kann Ihnen helfen. Also sollten wir zusammenkommen. Heute Abend, Punkt einundzwanzig Uhr.« Er beschrieb den Treffpunkt und fügte an: »Kommen Sie allein. Falls Sie das nicht tun, bin ich sofort weg, und Sie hören nie wieder von mir. Und noch etwas: Bringen Sie zwanzigtausend Euro in bar mit.«

Mara lachte auf. »Woher soll ich wissen, dass die angeblichen Informationen …«

»Es geht um etwas sehr Wichtiges«, unterbrach er sie. »Und zwar um Ihren Vater, Frau Billinsky.«

»Was ist mit ihm?«

»Das werde ich Ihnen mitteilen, wenn wir uns sehen.«

Mara erwiderte nichts.

»Ich bin etwas knapp bei Kasse«, fuhr der Unbekannte fort, »Sie sind offenbar knapp an Informationen. Das passt doch. Ich wiederhole, es geht um Edgar Billinsky. Ich habe einen Hinweis für Sie, der so brisant ist, dass Sie auch mehr als zwanzig Mille dafür bezahlen würden.«

Sie schwieg weiterhin.

»Also, Frau Billinsky, heute Abend, Punkt einundzwanzig Uhr.«

Teil 4

Das Gespür der Krähe

50

Auf die Sekunde genau klopfte es zum verabredeten Zeitpunkt an die Tür des Hotelzimmers.

Workan wartete ab, lauschte in die Stille, die das ganze Gebäude wie eine unsichtbare Glocke umschloss. Die Glock lag entsichert in seiner Hand, ein vertrautes Gefühl, die Griffschalen wie an der Haut festgewachsen.

Er trat seitlich an die Tür, öffnete sie rasch und blieb geschützt von der Wand stehen, die Waffe im Anschlag. Wahrscheinlich war seine Vorsicht völlig unbegründet, aber sie war ihm seit Jahren in Fleisch und Blut übergegangen.

Der Besucher kam herein, ganz gemächlich, die Ruhe in Person, wie immer.

»Wie geht es dir, Workan? Alles im Griff?«

»Natürlich.«

Workan schloss die Tür.

Sie standen einander gegenüber und sahen sich an. Kein Handshake, schon gar keine Umarmung. Noch nie hatten sie sich berührt, noch nie hatte einer von ihnen den jeweils anderen spüren lassen, wie wichtig er für ihn war. Zwei Gegensätze, die sich hervorragend ergänzten, vom ersten Moment an.

Der große, gut aussehende Novorenkow, den man schon seit Jahren Novian nannte. Und bisweilen auch den Wolf. Er war der Boss, das *Gehirn*. Der Mann, bei dem alle Fäden zusammenliefen, der Gegner einzuschüchtern, aber auch mit Argumenten zu überzeugen wusste.

Ganz anders Workan. Klein, feingliedrig, sehnig, das grausame, tödliche Präzisionsinstrument. Der hässliche, flinke

Kerl mit den Narben, der einen bemerkenswerten Anteil daran hatte, dass Novorenkow so manchen Kleinkrieg für sich entschieden hatte. Es gehörten noch weitere gefährliche Männer zu seiner Streitmacht, etwa Dassajew und Blochin, die den Opel mit der Hurenladung in die Luft gesprengt hatten, sozusagen als offizielle Kriegserklärung an die Albaner. Workan kannte sie alle, aber er arbeitete stets allein, erledigte vor allem Spezialaufgaben.

Rasputin huschte über den billigen Teppich und verschwand unter dem Bettgestell, das er bereits an mehreren Stellen angenagt hatte. Novorenkow schickte der Ratte einen belustigten Blick hinterher. »Du bist wirklich wahnsinnig, Workan, das gefällt mir an dir. Ich habe es von Anfang an gespürt.«

»Uns steht die Welt offen«, antwortete Workan. »Das hast du damals in dem Tunnel in Moskau zu mir gesagt. Und tatsächlich recht behalten. Wir sind weit gekommen.« Er deutete auf die beiden abgewetzten Sessel, die beim Fenster standen. »Übrigens, das hat mir an dir gefallen. Dass du Ziele hast. Und sie erreichst.«

Novorenkow zog den stilvollen, für die Temperaturen zu warmen Kaschmirmantel aus und legte ihn aufs Bett. Dann nahmen sie Platz.

»Ich verstehe nicht, dass du dir nie luxuriösere Unterkünfte gönnst.«

»Ich mag es, wie es ist.« Workan lächelte. »Praktisch, unauffällig, weit weg von den belebten Vierteln.« Er mochte es, sich wieder einmal auf Russisch zu unterhalten, auch wenn er sonst die Stille bevorzugte.

»Du weißt, dass ich fast überall meine Ohren habe.« Novorenkow liebte solche abrupte Themenwechsel. »Mein Geld fließt hierhin und dorthin.«

»Ja, das weiß ich.« Workan lehnte sich zurück.

»Wie immer: Es ist leicht, die unteren Ebenen zu erreichen, Informanten zu rekrutieren. Aber ich hätte gern die eine oder andere exklusivere Information.«

»Jeder ist käuflich.«

»Wir werden sehen.«

»Bereitet dir irgendetwas Bestimmtes Sorgen?«

»Ich habe erfahren, dass mein Name im Polizeipräsidium gefallen ist.«

Workan wurde hellhörig. »Welcher von deinen vielen?«

»Derjenige, den ich am stärksten hüte. Sie wissen, dass Novian in der Stadt ist.«

Workan dachte an die Bemerkung über Carlos Borke, die er Mara Billinsky gegenüber hatte fallen lassen. Sie hatte gewiss ihre Schlüsse gezogen. Novian gegenüber erwähnte er lieber keinen Ton davon.

»Wie ist man auf meinen Namen gekommen, Workan?«

»Ich weiß es nicht.«

In dem Moment, als er Carlos Borke erwähnte, hatte Workan gewusst, dass es ein Fehler war. Doch er hatte nicht widerstehen können, Mara Billinsky diesen verbalen Schlag zu versetzen, sie auf perfide Weise innerlich zu treffen. Nein, er hatte nicht anders gekonnt. Dumm wäre es nur, wenn Novian herausfinden würde, was Workan da für ein Fauxpas unterlaufen war. Aber wie sollte er?

»Jetzt muss ich doch wieder dauernd an diese Polizistin denken«, sagte Novian leise.

»Mara Billinsky. Ich habe dich daran erinnert, dass noch eine Rechnung mit ihr offen ist. Lass uns diese Rechnung begleichen.«

»Du willst sie unbedingt verschwinden lassen, was?« Novorenkow musterte ihn, als würde selbst er, der große Boss, ihn unheimlich finden.

Workans Antwort bestand nur aus einem fiesen Grinsen.

»Ich habe nie viel davon gehalten, unnötig Staub aufzuwirbeln.«

»Ich weiß.«

Workan nickte. *Zu schade*, dachte er dabei insgeheim. Mara Billinsky reizte ihn sehr, und es war schwer für ihn, dass sie einfach davonkommen sollte. Er hatte die Gespräche mit ihr überaus genossen. Seit dem ersten Telefonat malte er es sich aus, wie es wäre, sie in der Hand zu haben. Denise Dorlac etwa war einfach nur eine verführerische Frau gewesen, hilflos, überfordert. Billinsky hingegen war ein Gegner.

Novorenkow stand auf, stellte sich ans Fenster und sah nach draußen.

»Diese Stadt ist keine Schönheit«, sagte er nach einer Weile, »sie ist rau und hart, sie hat keinen Charme. Aber sie wird der perfekte Standort für uns sein.«

Rasputin trippelte unter dem Bett hervor und näherte sich Workan. Er nahm die Ratte in die Hand und bettete sie liebevoll in seinen Schoß, um ihr sanft über den Rücken zu streicheln. So wie sie es mochte. Sie fiepte dankbar.

Als er Novorenkows Blick, halb abgestoßen, halb fasziniert, bemerkte, sagte er: »Ratten sind nicht nur hochintelligente Tiere. Sie sind, wenn sie erst mal Vertrauen gefasst haben, sehr liebesbedürftig.«

Der Boss wandte die Augen ab und holte den Mantel vom Bett. »Manchmal bin ich froh, dass du mein Freund bist, Workan – und nicht mein Gegner.«

»Ich werde dir immer den Rücken freihalten.«

»Ich weiß, wie viel ich dir zu verdanken habe.« Novorenkow schlüpfte in den Mantel und strich einen Fussel von dem weichen Stoff. Dann fügte er an: »Übrigens, ich habe es mir gerade anders überlegt.«

Überrascht sah Workan auf. »Was?«

»Die Polizistin«, meinte Novorenkow.

»Ja?«

»Wenn dir so viel daran liegt – ich bin einverstanden.«

Workan schoss in die Höhe. »Wirklich?«

»Aber bevor sie verschwindet, soll sie reden.«

»Reden?«, wiederholte Workan verwundert.

»Sie wird es sein, die uns Informationen weitergibt. Jemand auf dem Level eines Kommissars weiß vieles, das uns von Nutzen sein kann.«

»Dann werde ich mit ihr plaudern.« Workan lächelte. »Oder ich mache dir einen Vorschlag: Willst du diesmal nicht dabei sein? Ich weiß noch, wie sehr du dich über sie geärgert hast. Damals, als sie dir den riesigen Drogendeal versaut hat. Schau ihr in die Augen, wenn ich sie mir vornehme. Es wird ein Moment des Triumphes sein.«

Novorenkow hob kurz die Schultern. »Warum eigentlich nicht?«

Zufrieden betrachtete Workan die Ratte, die er weiterhin in der Hand hielt. Er streichelte ihr Fell. Und wieder umspielte ein Lächeln seine Lippen.

51

Warum machen alle Menschen, die Geld besitzen, dasselbe damit, fragte sich Mara Billinsky, die hinterm Steuer ihres geparkten Alfas saß und ihre Umgebung betrachtete, die Stirn gekräuselt, die Lippen abschätzig zusammengekniffen. Weiße Villen, Gärten, Doppelgaragen, perfekt geschnittene Hecken, dunkle Oberklasselimousinen.

Alles gleich, wie mit einer Schablone entworfen.

Es sah aus wie in Niedernhausen, aber Mara befand sich an diesem Nachmittag in Kronberg.

Einen Tag hätte sie noch mit etwas mehr Besonnenheit abwarten können, wenigstens bis zu dem Treffen mit dem Anrufer, der mit Informationen über Edgar Billinsky Geld machen wollte. Aber erstens war sie höchst skeptisch, was diesen Kerl betraf. Zumal sich der Verdacht hinsichtlich ihres Vaters, der immer wieder ins Zentrum ihrer Nachforschungen gerückt war, nicht unbedingt erhärtet hatte. Und zweitens konnte sie das endgültig nicht mehr: warten. Erst recht nicht mit Besonnenheit. Ihre Geduld, ohnehin fragil, war zum Zerreißen gespannt.

Den Namen, den Heidi Esswein genannt hatte, hörte Mara auch jetzt noch irgendwo in ihrem Kopf, leise, immer und immer wieder.

Es war gegen vier Uhr, die Sonne stach von keiner Wolke behindert auf den schwarzen Wagen, als sich die von Marmor umfasste Eingangstür einer der pompösesten Villen öffnete. Ein alter Mann trat ins Freie. Er war sportlich und trotzdem elegant gekleidet, eine schicke Mütze auf dem Kopf, einen leichten Pullover über die Schultern gelegt. Die

Golftasche auf Rollen zog er hinter sich her, bis er den in der Einfahrt, direkt vor der Garage, abgestellten dunkelblauen Bentley erreichte. Die Kofferraumklappe ging auf, und in dem Moment, als er die Tasche ins Innere hievte, stand Mara neben ihm.

Er zuckte zusammen, hatte sich jedoch sofort wieder in der Gewalt. Sein Blick traf Mara wie ein Hieb, seine Hände ballten sich zu Fäusten. Er straffte sich, als würde er eine körperliche Auseinandersetzung erwarten.

Mara sah ihn an. Kalt, hart, direkt. Sie hatte sich vorher die Worte zurechtgelegt, doch jetzt kam kein Laut über ihre Lippen.

Es war Gernot Grigoleit, der die Stille beendete: »Das kann nicht Ihr Ernst sein.« Seine Stimme klang wie Geröll, das sich gelöst hatte und einen Abhang hinunterrutschte. »Dass Sie es wagen, mich hier zu überfallen, ist an Dreistigkeit nicht zu überbieten.«

»Entspannen Sie sich!« Mara fand ihre Coolness wieder, ihre Ruhe, zumindest nach außen hin. »Aber ich kann einfach nicht verstehen, dass Sie sich derart bockig anstellen und …«

»Bockig«, blaffte er und schüttelte heftig mit dem Kopf. »Verschwinden Sie von meinem Grundstück!« Sein Zeigefinger ruckte in die Höhe. »Machen Sie sich darauf gefasst, dass das Konsequenzen für Sie haben wird. Meine Geduld mit Ihnen, Sie schwarzer kleiner Terrier, ist wahrlich erschöpft.«

»Was versuchen Sie zu verheimlichen?«

»Ich?« Eine Ader pochte an seiner Schläfe. »Sind Sie noch bei Trost? Ich war derjenige, der alles darangesetzt hat, den Mord an Ihrer Mutter aufzuklären. Ihr Vater war mein Freund. Er ist es noch heute. Und ganz davon abgesehen, ging es um meine berufliche Ehre. Allein deswegen habe ich nichts unversucht gelassen …«

»Und meine Mutter?«, unterbrach Mara diesmal ihn. »Waren Sie auch mit ihr befreundet?«

»Was soll das?«

»Oder *wollten* Sie eine Freundschaft mit ihr? Eine besonders enge Freundschaft, um es mal so auszudrücken.«

Grigoleit rauschte an Mara vorbei und rempelte sie dabei heftig mit der Schulter an. »Ich sag's noch mal«, schnarrte er, »runter von meinem Grundstück!«

»Hat meine Mutter Sie abgewiesen?«

Er funkelte Mara an. »Wenn ich etwas bei ihr versucht hätte, dann hätte sie das gewiss getan.«

»Warum?«, fragte Mara schlicht.

Ein hartes Auflachen entfuhr seiner Kehle, in seinem Blick lag nach wie vor das zornige Funkeln. »Kein Mann der Welt hätte Katharina Billinsky zum Ehebruch bewegen können.«

»Was macht Sie da so sicher?« Maras Anspannung stieg, sie spürte, dass sie an einem entscheidenden Punkt angelangt waren.

Nach einer kurzen Pause erwiderte er mit plötzlich wieder ruhigerer Stimme: »Die Antwort auf diese Frage ist sehr simpel.«

»Dann geben Sie sie mir.«

Er öffnete die Fahrertür und taxierte sie auf eine Art, die sie wütend machte: überlegen, fast spöttisch. »Geben Sie sich doch selbst die Antwort darauf, Sie schlaues kleines Mädchen.«

»Warum hätte meine Mutter meinen Vater nicht betrogen? Weil sie ihn so sehr liebte?«

»Diese Frage zeigt mir, dass Sie nicht zugehört haben«, sagte er gönnerhaft. »Und insbesondere eine Kommissarin sollte das beherrschen: die Kunst des Zuhörens.«

Mara trat einen Schritt vor. »Wieso üben Sie Druck auf Heidi Esswein aus?«

Seine Augen wurden zu schmalen Schlitzen. »Ich übe auf gar niemanden Druck aus.«

»Sie hat es mir gesagt.«

»Ach, eine alte, zerstreute Putzmamsell.« Er winkte ab. »Wer weiß, was die Ärmste so alles falsch versteht oder durcheinanderbringt.«

Als er Anstalten machte, in den Wagen zu steigen, trat Mara ganz dicht an ihn heran. »Sie hauen jetzt nicht ab!«, zischte Mara. »Ich *will* Antworten!«

»Was denken Sie sich eigentlich?« Er nahm sie mit seinen kalten Augen ins Visier. »Glauben Sie, dass Sie mit Ihrem Dickschädel die Welt einfach so in die Gegenrichtung drehen können? Dass Sie die Wahrheit von einem Baum pflücken können wie ein paar Äpfel? Dass plötzlich alles offensichtlich ist, nur weil sie es sich in Ihrem sturen Köpfchen so ausgemalt haben?«

»Ich will Antworten«, wiederholte Mara, doch der Druck und die Schärfe waren aus ihrer Stimme gewichen.

»Was Sie wollen, interessiert niemanden, Kindchen.« Er schob sich auf den Fahrersitz. »Und jetzt werde ich Sie fertigmachen.« Er knallte die Tür zu, startete den Motor und steuerte im Rückwärtsgang aus der Einfahrt.

Mara stand da und sah zu, wie er auf der Straße kurz zum Stoppen kam und dann nach einem letzten harten Blick zu ihr davonfuhr. Sie kam sich dumm vor, als die immer gleichen Fragen wieder auf sie einstürmten: Was verbarg dieser Mann? Warum hatte er Heidi Esswein in Angst versetzt? Was war vor zwanzig Jahren vorgefallen? Was war der Auslöser für den Tod ihrer Mutter? Was war das Geheimnis dieses Schwans, den sie nie hatte richtig kennenlernen dürfen?

Sie sah sich selbst, eine verlassene schwarze Gestalt auf jener leeren Straße in dem fremden, leblosen Villenviertel, und plötzlich geschah etwas, von dem sie nie geglaubt hätte, es könnte je passieren, aber von einem Moment auf den anderen verließ sie der Mut. Er schien förmlich aus ihr herauszuströmen. Ihr war, als könnte sie fühlen, wie ihre Muskulatur schrumpfte, ihr Herz nur noch mit halber Kraft das Blut durch ihre Adern pumpte.

Die Stimme ihres Vaters umwehte sie, leise, ernüchternd: *Es ist vorbei, es ist vorbei.*

52

Workan fuhr nicht allzu schnell und betrachtete zufrieden die Gegend. In der Nähe eines Flusses hatte er die geeignete Stelle gefunden.

Nach einigen Besorgungen war er auf dem Weg zurück dorthin, um mit den Vorbereitungen zu beginnen. Doch er ließ sich Zeit, drehte größere Runden mit dem Leihwagen und sang Rasputin, der auf dem Rücksitz umherkrabbelte, russische Kinderlieder vor.

Die Gebäude der kleinen Ortschaft wurden im Rückspiegel kleiner, der Wald vor ihm gewann an Größe. Rechts und links erstreckten sich Felder und Äcker. Er genoss die kribbelnde Vorfreude auf das, was kommen sollte. Der Straßenverlauf folgte schon wieder dem Fluss, der den Main speiste, wie er herausgefunden hatte. Er ließ das Fenster herunter, damit die reine Luft hineinströmen konnte. Nach einer Jugend, die keine war, inmitten von grauem Moskauer Beton und den anschließenden Jahren in den großen Städten der Welt bereiteten ihm die seltenen Abstecher aufs Land eine kindliche Freude.

Er bog ein in den Wirtschaftsweg, der ihn ins Innere des Waldes führte, immer tiefer. Als er den Leihwagen parkte und ausstieg, baute sich um ihn herum sofort eine wabernde Stille auf.

Kurz darauf stand er neben dem sanft dahinplätschernden Fluss. Vor ihm öffnete sich der Tunnel, schwarz, wie ein riesiges Maul. Ja, ein Tunnel, fast wie damals in Moskau. Er musste selbst lachen über diese böse Ironie. Kein Zweifel, das war ein guter Ort. Gar nicht einmal weit entfernt vom pulsierenden Leben in Frankfurt und doch beinahe wie in einer anderen Welt. Die Bäume bildeten einen Wall, der Tunnel würde wie ein Zelt sein, unter dessen Dach er vollkommen ungestört sein Vorhaben in die Tat umsetzen konnte.

Workan legte eine gefüllte Plastiktüte, die er aus dem Auto mitgebracht hatte, zu seinen Füßen ab. Er holte Rasputin aus der Manteltasche und setzte die Ratte auf die Erde. Sie erkundete die Umgebung, bewegte sich aber nie zu weit fort von ihm. Verzückt betrachtete er das Tier. Behandelte man Ratten gut, dann ließen sie sich alles beibringen. Seit den dunklen Jahren in dem Moskauer U-Bahn-Schacht war immer eine Ratte sein Begleiter gewesen, keine hatte ihn je enttäuscht.

Workan legte sich auf die Erde, flach auf den Rücken, und streckte Arme und Beine von sich. Dann stand er wieder auf. Aus der Tüte holte er vier angespitzte Eisenstangen von etwa einem Zentimeter Durchmesser und vierzig Zentimetern Länge. Darin befand sich auch noch ein Nylonseil, doch das beließ er dort. Eine nach der anderen rammte er die Stangen kraftvoll in die Erde, sodass nur noch die oberen Hälften herausragten.

Mit einem gelassenen Nicken ließ er den Anblick auf sich wirken.

Er bückte sich, hielt die Hand hin, und Rasputin ließ sich bereitwillig aufnehmen und wieder in die Tasche befördern.

Ja, ein guter Platz.

Gut für Schmerzen.

53

Der Abend brachte Wolken, die sich scharfzackig, wie abgerissene Fetzen, im letzten schwachen Licht des Tages abhoben. Schlagartig wurde es kälter, ein Wind kam auf und fegte in jähen Böen durch die trostlosen, leeren Straßen eines kleinen, am Rand der Stadt gelegenen Industriegebiets.

Mara Billinsky stellte den Alfa auf einem offenen, von Müll übersäten Parkplatzareal ab, das einzige Auto weit und breit. Als sie ausstieg, wurde sie von einer fast makellosen Stille umhüllt. Nur ganz schwach drang von einem nahen Autobahnzubringer Motorenbrummen bis hierher.

Lagerhallen, eine Zementfabrik, eine Deponie für Kunststoffabfälle, eine Stahlfabrik.

Mara setzte sich in Bewegung und checkte noch einmal mit einer Smartphone-App, ob der Weg stimmte. Kein Wunder, dass dieser Treffpunkt ausgewählt worden war – abgelegen und menschenleer.

Passt ja ganz gut zu deiner Stimmung, sagte sie sich mit Galgenhumor. Seit dem enttäuschend verlaufenen Zusammentreffen mit Gernot Grigoleit fühlte sie sich angeschlagen, besiegt. Immer noch mutlos. Andererseits – was hatte sie denn erwartet?

Der Nachmittag im Büro war an ihr vorübergeflogen, ohne dass sie sich auf irgendetwas richtig hatte konzentrieren können. Novian blieb ein Unsichtbarer, ein Mann, dem es anscheinend stets gelang, seine Spuren zu verwischen. Das war ebenso frustrierend wie ihre erfolglosen privaten Nachforschungen.

Und jetzt? Was würde die Verabredung mit dem unbekannten Anrufer bringen? Maras Zweifel an ihm waren nach wie vor riesig. Oder sollte sie endlich einmal Glück haben? Ausgerechnet jetzt? Auf jeden Fall kam es ihr so vor, als würde sie sich gerade an einen letzten kümmerlichen Strohhalm klammern.

Ein neuerlicher Windzug ließ sie frösteln. Der Himmel färbte sich zusehends dunkler, die wenigen Straßenlaternen warfen Fächer aus milchigem Licht.

Sie bog um eine Ecke in eine schmale Seitengasse und entdeckte den alten Schrottplatz, den der Mann am Telefon beschrieben hatte. Hier war die Beleuchtung noch dürftiger. Unwillkürlich wurde Mara wachsamer, aufmerksamer. Eingehend musterte sie ihre Umgebung.

Ein paar verlorene Regentropfen fielen, als sie sich dem schulterhohen, von Rost befallenen Maschendrahtzaun des Schrottplatzes näherte.

Sie verharrte, horchte in die unheimliche Stille.

Um den Schrottplatz schien sich niemand mehr zu kümmern. Keiner der an einzelnen Zaunpfosten angebrachten Strahler war eingeschaltet. Das Eingangstor hing nur noch lose in den Angeln – auch das hatte der Anrufer angekündigt.

Mara zwängte sich hindurch und setzte ihren Weg fort, langsam, Schritt für Schritt, zwischen Hügeln hindurch, die aus Waschbecken, Rohren, Tonnen, Duschbrausen, Fahrradrahmen gebildet worden waren, alles staubbedeckt und von Rost zerfressen. Unter den Sohlen ihrer Doc Martens knirschte Schotter.

Jetzt erst wurde ihr klar, wie groß das Areal war; es zog sich weit nach hinten, und sie warf einen skeptischen Blick auf diese bizarre, leblose Landschaft. Sie erreichte lange Reihen von Schrottautos, eigentlich nur noch die Hüllen davon, ebenso rostig und unbrauchbar wie alles andere hier. Die leeren Rahmen vieler Frontscheinwerfer starrten sie an, große, tote Augen.

Mara blieb stehen.

Die Uhr auf ihrem Handy zeigte kurz vor einundzwanzig Uhr an. Es war noch dunkler geworden, nur von den Straßenlaternen außerhalb des Schrottplatzes drang dürftiges Licht bis zu ihr.

Sollte ausgerechnet das der Ort sein, an dem sie weiterkommen würde? Die Zweifel wuchsen weiter.

Das zaghafte Tröpfeln ging in einen Nieselregen über.

Eine Ratte huschte an Mara vorbei. Sie war nicht abergläubisch, aber ein gutes Omen konnte das wohl kaum gewesen sein. Der automatische Gedanke an den geheimnisvollen Killer mit der Ratte ließ sie erschauern.

Noch immer stand sie an Ort und Stelle, irgendwo in diesem Nichts, Regen im Haar, einen leisen Fluch auf den Lippen, während immer mehr Wolken aufzogen. Sie wollte sich umdrehen und den Rückweg antreten, als schräg hinter ihr ein Geräusch ertönte.

Sie wirbelte herum, sah zuerst nichts Auffälliges, doch dann zeichneten sich die Umrisse einer Gestalt ab, die zwischen zwei uralten VW-Bussen mit zerstörten Fensterscheiben stand.

Nur das sanfte Plätschern des Regens war zu hören. Sie holte tief Luft und setzte sich in Bewegung, bevor sie erneut innehielt.

»Ich will Ihr Gesicht sehen.« Ihre Stimme hallte durch die Nacht.

Die Gestalt zeigte keinerlei Reaktion.

Von der Figur her musste es sich um einen Mann handeln.

Mara zeigte auf einen näher am Zaun gelegenen Flecken, der etwas besser erhellt wurde. »Dort!«

Sie ging zu der Stelle, achtete dabei darauf, dass ihre Bewegungen Ruhe ausstrahlten. Dann wartete sie. Eine Sekunde nach der anderen zog vorbei. Traute er ihr nicht? Konnte sie *ihm* trauen?

Der Fremde löste sich aus seiner Starre. Langsam schritt er auf sie zu.

Einen Meter von ihr entfernt verharrte er.

Sie taxierte ihn. Ein großer, schlanker Mann, gehüllt in einen abgewetzten, aus der Mode gekommenen Mantel, den ein Gürtel zusammenhielt. Sie schätzte ihn auf gut sechzig Jahre. Auf seinem Kopf saß eine verblichene Baseball-Cap. Er hätte eine Rasur vertragen können. Etwas Schäbiges haftete ihm an. Seltsam war, dass er – obwohl sie sich sicher war, ihm nie begegnet zu sein – etwas Vertrautes ausstrahlte.

Er begann ohne Umschweife: »Haben Sie das Geld?«

Sie nickte nur, sagte keinen Ton.

»Zeigen Sie es mir!« Misstrauen klang durch. »Sie haben keine Tasche.«

»Keine Sorge, ich habe das Geld«, erwiderte Mara fest. »Und jetzt möchte ich wissen, ob sich unser kleines Date nicht nur für Sie, sondern auch für mich lohnt. Welche Informationen sind es, die so brisant sind? Und wer sind Sie überhaupt?«

In dem Moment, als sie die Frage stellte, stutzte sie. »Moment mal«, fügte sie rasch an, »Sie sehen jemandem sehr ähnlich.«

Der Mann lächelte schmal. »Ich dachte mir, dass Ihnen das nicht entgeht.«

»Sie erinnern mich sehr stark an einen langjährigen Freund meines Vaters. An den verstorbenen Dr. Meinhold. Sind Sie verwandt mit ihm? Vielleicht sein jüngerer Bruder?«

»Damit liegen Sie richtig.«

»Und jetzt sind Sie knapp bei Kasse, wie sie sich ausgedrückt haben.«

»Mein Bruder war derjenige in unserer Familie, der dazu bestimmt war, Karriere zu machen. Ich hingegen bin eher das schwarze Schaf.«

»Das scheint mir auch so«, gab Mara sarkastisch zurück.

Sie kramte in ihren Erinnerungen nach den wenigen Informationen, die sie sich irgendwann über Dr. Meinholds Bruder notiert hatte. Ein gelernter Industriekaufmann, meistens jedoch ohne feste Beschäftigung, geschieden, keine Kinder, wohnhaft in Mainz.

»Nun wissen Sie, mit wem Sie es zu tun haben. Und Sie können verstehen, dass ich Ihnen sehr dankbar wäre, wenn Sie über unsere kleine Transaktion Stillschweigen bewahren. Falls nicht ...« Er machte eine knappe Geste mit der Hand. »Nun ja, ich werde unser Geschäft in dem Moment aus dem Gedächtnis streichen, in dem Sie mir das Geld übergeben haben. Eine Hand wäscht die andere. Ist das okay für Sie?«

»Vollkommen.«

»Schön, dass wir uns einig sind.«

»Warum haben Sie sich genau jetzt bei mir gemeldet?«

»Meine Schwägerin, also die Witwe meines Bruders, erzählte mir, dass Sie sich kürzlich nach all den Jahren wieder gemeldet hätten, um mit Robert zu sprechen. Sie erwähnte das nur beiläufig, auch dass Sie Ihre Handynummer hinterlassen hätten, und seither musste ich ständig daran denken.«

»Warum?«

»Sehen Sie, Robert starb nicht plötzlich, er war schwer krank. Es stand außer Frage, dass es nur noch Wochen oder gar Tage dauern konnte.« Er verstummte und musterte sie.

»Und weiter?«

Der Nieselregen wurde schwächer, hörte schließlich ganz auf.

»Wie das eben so ist, bei Menschen, die nicht mehr lange zu leben haben. Sie neigen dazu, sich so manches von der Seele zu reden, Beichte abzulegen. Bei Robert gab es dazu kaum Grund, aber eine bestimmte Sache beschäftigte ihn. Und davon hat er einmal, als ich ihn in der Klinik besuchte, erzählt. Oder sagen wir so, er wusste nicht, ob es einen

Grund dafür gab, ein schlechtes Gewissen zu haben – oder ob das alles nicht der Rede wert war.«

»Und dabei spielte mein Vater eine Rolle?«, fragte Mara skeptisch.

»Genau.«

»Sie sprcchen in Rätseln.«

»Und ob ich das tue.« Er lächelte süffisant, und sie fand diesen windigen Kerl immer widerlicher.

»Denn bevor ich konkreter werde«, fuhr er fort, »will ich endlich mein Geld sehen.«

Mara erwiderte nichts.

»Also: Wo ist mein Geld?«

Sie näherte sich ihm ansatzlos, eine kurze, geschmeidige Bewegung, und dann ging es ganz schnell. Ein Faustschlag, ein fester Griff an seinem Arm, den Mara ihm hart auf den Rücken verdrehte, sodass er sich automatisch vornüberbeugen und in den Schotter starren musste. Gleichzeitig zog sie ihre Waffe aus dem Holster, um ihm die Mündung auf die Schläfe zu setzen.

Er schrie auf, als sie den Arm noch weiter verdrehte, und japste jämmerlich nach Luft.

»So, mein verehrter Herr Meinhold, ich will Ihnen mal etwas erklären. Ich habe weder die Geduld noch die Muße und erst recht nicht den Willen, mich hier mit Ihnen oder einem anderen Vollidioten auf seltsame Geschäfte einzulassen. Ich bin wütend, ich bin auf der Suche nach Antworten, und ich lasse mich nicht verarschen.«

Sie ließ die Worte wirken, verdrehte den Arm noch ein Stück weiter und drückte den Pistolenlauf noch stärker an seinen Kopf.

Meinhold stöhnte schmerzvoll auf, seine Augen zuckten wild und voller Furcht in ihren Höhlen umher. Offenbar hatte er mit allem Möglichen gerechnet – nur nicht mit dem, was ihm gerade widerfuhr.

»Wie gesagt, ich bin wütend, *sehr wütend*, und ich gebe Ihnen eine Chance, mir zu sagen, was es mit Ihren Informationen auf sich hat. Eine *einzige* Chance. Ich zähle jetzt bis drei. Und sollten Sie bei drei noch nicht angefangen haben, mir alles zu sagen, verteile ich mit einer verdammten Kugel Ihr *Scheißkleinhirn* auf der Erde.«

Er keuchte und zitterte. Die Mütze rutschte ihm vom Kopf, auf dem nur noch ein paar dürftige Haarbüschel wuchsen.

»Eins!«

»Das Alibi Ihres Vaters war getürkt«, ratterten die Worte in einem atemlosen Stakkato über seine Lippen. »Es konnte niemand bezeugen, wo er sich zu dem Zeitpunkt, als Ihre Mutter getötet wurde, aufhielt. Er wandte sich an einen seiner damals besten Freunde. Nämlich meinen Bruder. Und bat ihn der Freundschaft zuliebe, ihm ein Alibi zu liefern. Er beschwor Robert, ihm zu helfen. Und er beteuerte außerdem, dass er nichts mit dem Mord zu tun hatte, jedoch zur Tatzeit eben allein gewesen war. Es sei ihm nur darum gegangen, nicht in die Schusslinie der Polizei zu geraten.« Meinhold musste erst einmal gehörig nach Luft schnappen, ehe er weitersprechen konnte: »Ihr Vater redete unentwegt auf Robert ein und kriegte ihn schließlich dazu, bei der Sache mitzumachen und den Kriminalbeamten zu erzählen, dass er und Ihr Vater über die Mittagszeit und noch am frühen Nachmittag in Roberts Wohnung beisammen gewesen wären.«

»Hatte Ihr Bruder Zweifel an dem, was mein Vater ihm erzählte?«, fragte Mara mit unverändert harter, unnachgiebiger Stimme.

»Nein, hatte er nicht«, kam sofort die Antwort. »In all den Jahren hat Robert nie für möglich gehalten, dass Edgar Billinsky seine Frau umgebracht hat. Für ihn war das tatsächlich ein Freundschaftsdienst. Doch kurz vor seinem Tod beschäftigte ihn diese Sache wieder, und er sagte mir, dass er das jetzt nicht mehr tun würde.«

»Weil ihm im Laufe der Zeit also doch Zweifel kamen?«

»Nein, nein, einfach nur weil es unrecht war, Freundschaft hin oder her.« Meinhold redete wieder im Stakkato: »Robert wusste, dass er bald sterben würde, und ließ sein Leben Revue passieren. Und das war eines der Dinge, die sein Gewissen belasteten. Wir unterhielten uns, und er wollte es einfach loswerden. Das und auch anderes. Und dann, als er tot war, da dachte ich überhaupt nicht mehr daran. Bis meine Schwägerin die Bemerkung über Sie und Ihren Anruf gemacht hat. Dass Sie Robert hatten sprechen wollen und wohl wieder an dem alten Fall dran wären.«

Er keuchte noch lauter als zuvor, als hätte er Sport getrieben.

»Sind Sie sicher, dass das Alibi meines Vaters nichts weiter als eine Lüge war?«

»Ja, das bin ich«, beeilte sich der Mann zu sagen. »Absolut. Daran besteht für mich kein Zweifel. Robert hat damals gelogen. Aus Freundschaft zu Ihrem Vater.«

54

»Mein Leben ist ein einziger Abgrund.« Sie stand am Fenster und sah nach draußen auf die Stadt, die so viel Schrecken über sie gebracht hatte.

»Ab jetzt wird alles anders.« Jan Rosen saß noch auf dem Stuhl, die Augen auf ihren Rücken gerichtet.

»Mein Leben ist wie ein ständiger Tanz auf einem dünnen Seil«, sprach Anyana gedankenschwer weiter, als hätte er nichts geäußert. »Wie ein Albtraum. Nur dass ich nie daraus erwachen kann.«

»Ab jetzt wird alles anders«, wiederholte Rosen.

Es war früher Nachmittag. Derselbe nüchterne Vernehmungsraum, eine Flasche Mineralwasser und Gläser auf dem Tisch. Nur die Dolmetscherin war nicht mehr anwesend, ihre Unterstützung hatte sich ja als unnötig herausgestellt.

Im Grunde war auch eine weitere Befragung Anyanas unnötig. Sie hatte alles ausgesagt und mehrfach bekräftigt, auch vor Gericht zu erscheinen, dabei sogar von Angesicht zu Angesicht mehreren ihrer Peiniger gegenüberzutreten.

Doch Klimmt hatte Rosen ermutigt, weiterhin mit ihr zu sprechen. »Das scheint der Kleinen ja zu helfen«, hatte er gebrummt und war davongestiefelt. Nicht nur *ihr* hilft es, hatte Rosen gedacht und war sich sicher gewesen, dass dem Hauptkommissar dieser Umstand gewiss nicht entgangen war. So viel Einfühlungsvermögen hätte er diesem knurrigen Bären niemals zugetraut.

Und so waren sie wieder unter sich, Anyana und Rosen, wie abgeschnitten vom Rest der Welt. Die Atmosphäre einer sachlichen Befragung hatte sich völlig verflüchtigt; es handelte sich um ein Gespräch, einfach um eine Unterhaltung von Menschen, die Vertrauen zueinander gefunden hatten.

Eine eigenartige Situation, wie Rosen fand. Aber vor allem eine sehr angenehme, trotz all der Schrecken.

»Ich frage mich nur, was danach ist.« Sie drehte sich um und sah ihn mit ernstem Ausdruck an. »Wenn diese Gerichtsverhandlung irgendwann einmal vorbei sein wird. Was soll aus mir werden?« Ein schwaches Zucken mit den Schultern. »Ich bin illegal in diesem Land. Ich habe keinen Ort, an den ich gehen könnte.«

»Wir werden eine Lösung finden, Anyana.«

»Ich würde gern meine Eltern wiedersehen. Früher wollte ich nichts lieber, als rauszukommen aus meinem Dorf.« Sie seufzte. »Und heute sehne ich mich danach, wieder einmal dort sein zu können. Das Leben ist verrückt, nicht wahr?«

Noch ein tiefer Seufzer der Verzweiflung, der Rosen fast das Herz brach.

»Andererseits würde ich mich auch vor meinen Eltern schämen«, fuhr Anyana leise fort. »Nach allem, was ich gesehen und erlebt habe, wäre es nicht leicht, ihnen in die Augen zu blicken.«

»Ich werde dir helfen«, bekräftigte er, ohne zu merken, dass er zum Du übergegangen war.

»Aber wie willst du das tun? Was kannst du schon machen? Gegen Gesetze, gegen Bürokratie? Ich werde untergehen wie ein Steinchen in einem See.«

»Wenn ich dir nicht helfen kann, dann habe ich zumindest schon jemanden im Blick, der mit Fällen wie deinem vertraut ist. Der nicht nur die Gesetzeslage kennt, sondern auch genau weiß, wie man deine Situation verbessern kann.«

Sie zog eine Schnute, bedrückt, skeptisch. »Und wer soll das sein?«

»Lass mich noch ein paar Telefonate führen.« Er stand auf und bewegte sich ein wenig linkisch auf sie zu. »Wie auch immer es weitergeht – du wirst nicht auf dich allein gestellt sein, dafür sorge ich.«

Anyana kam auf ihn zu und drängte sich an ihn. Er wurde rot, wieder einmal. Unbeholfen schlang er die Arme um ihren Oberkörper.

»Ich habe schon viele Männer kennengelernt«, sagte sie leise, »aber nie einen, der so nett ist wie du. Der so ein gutes Herz hat wie du.«

Sie sahen sich an. Und dann küssten sie sich, erst nur behutsam, dann heftiger, mit den Zungen. Rosen schloss die Augen, spürte sie ganz intensiv und fragte sich, wann er zuletzt eine Frau auf diese Weise berührt hatte. Es musste Ewigkeiten her sein.

Sie legte ihren Kopf seitlich an seine Brust und seufzte wie zuvor.

Ich werde ihr helfen, sagte sich Rosen, ich werde alles tun, damit sie eine Zukunft hat, einen Neuanfang, ein neues Leben.

55

Ständig klingelte ein Telefon, ständig quatschte einer, ständig kam jemand herein, ging jemand heraus.

Mara Billinsky war genervt. Sie konnte sich nicht konzentrieren, in ihrem Bauch blubberte zu viel Automatenkaffee, dünn und brennend wie Terpentin, ihre Gedanken schlugen Purzelbäume.

Der Platz ihr gegenüber war nicht besetzt – Rosen setzte schon seit geraumer Zeit die Befragung von Anyana Lupescu fort, doch Schleyer, Patzke und Stanko befanden sich ebenfalls im Großraumbüro. Auch weitere Kollegen tauchten immer mal wieder auf, es gab einen großen Austausch, jede Menge Fragen, Unklarheiten, Absprachen. Die Anklagepunkte gegen die inhaftierten Mitglieder der albanischen Verbrechergruppe mussten als hieb- und stichfeste Pakete geschnürt werden, die Fahndungen nach dem Killer mit der Ratte und dem großen Unbekannten namens Novian liefen auf Hochtouren.

Und ausgerechnet jetzt ließ sich Mara noch mehr von dem Fall ablenken, der sie seit zwei Jahrzehnten wie ein Fluch verfolgte. Im Anschluss an das Treffen mit Meinhold, diesem schmierigen Möchtegernerpresser, war Mara direkt zu Edgar Billinskys Villa im Frankfurter Westend gefahren – ohne ihn anzutreffen.

Daraufhin hatte sie ihn von ihrem geparkten Auto aus mit Anrufen und Textmitteilungen eingedeckt, dabei jedoch ebenfalls keinen Erfolg gehabt: keinerlei Reaktion von ihm.

Griesgrämig war sie in einer kleinen Bar am Rande des Viertels eingekehrt, um die Zeit totzuschlagen und darauf zu warten, dass er sich doch noch meldete. Vergebens. Sie trank herben, trockenen Rotwein und grübelte hin und her, welche Schlüsse sie aus Meinholds Information ziehen sollte. War das nicht genau der Hinweis, auf den sie seit Langem gelauert hatte? Immerhin hatte sie jetzt ein Messer, das sie ihrem Vater an die Kehle setzen konnte. Sie brannte darauf, ihm endlich Auge in Auge gegenüberzustehen.

Die Nacht war weiter vorangeschritten. Kein Rückruf seinerseits, auch keine Nachricht. Die Bar war geschlossen worden, Mara war als letzter Gast nach draußen in die Dunkelheit getreten.

Erneut hatte sie ihren Alfa zu dem Haus gelenkt, in dem ihre Mutter gestorben war. Sie hatte Sturm geläutet, eher aus Verzweiflung, nicht mit der Zuversicht, ihren Vater doch noch zu erwischen. Dann war sie frustriert nach Bornheim gefahren, um wenigstens noch zwei oder drei Stunden schlafen und sich eine lange Dusche gönnen zu können.

Nun saß sie an ihrem Schreibtisch im Büro, den Blick finster auf den Monitor gerichtet, den Festnetzapparat schon wieder am Ohr. Bereits zum dritten Mal an diesem Vormittag rief sie in der Kanzlei ihres Vaters an, auch wenn ihr der zickige Ton seiner Assistentin gehörig auf den Geist ging. Ein einziges Mal war sie mit Silke Lehmann zusammengetroffen, und auch nur kurz, doch das hatte ihr genügt, um die junge Dame auf den Tod nicht ausstehen zu können. Sie passte genau ins altbekannte Beuteschema älterer geiler Herren, denn als solchen sah sie ihren Vater. Was sie am meisten ärgerte, war die Tatsache, dass es Frauen wie dieser Lehmann rein gar nichts auszumachen schien, eine *Beute* zu sein. Das würde Mara nie verstehen – es gab nichts, das ihrem Selbstverständnis mehr widersprochen hätte.

»Wie ich Ihnen bereits mitgeteilt habe«, drang es schnippisch durchs Telefon, »ist Herr Billinsky nicht zu sprechen.«

»Das habe ich mitbekommen, aber ich muss ihn unbedingt erreichen. Wann wird er wieder in der Kanzlei sein? Ich dachte, er hätte sich eventuell in der Zwischenzeit ja bei Ihnen gemeldet.«

»Das hat er auch. Per SMS.«

Sag's doch gleich, du dämliches Huhn! »Und was hat er geschrieben?«

»Dass er sich eine Frühlingsgrippe eingefangen hat und zu Hause bleiben muss.«

»Danke«, meinte Mara nur und legte auf.

Erneut rief sie bei ihm an. Festnetzanschluss und Handy. Abermals erreichte sie ihn nicht. Sie grübelte. In der vorangegangenen Nacht hatte sie nicht das Gefühl gehabt, er befände sich zu Hause. Wo mochte er stecken, fragte sie sich. Auf einer ausgedehnten Sauftour, wie früher oft? Oder hatte er sich eine Auszeit mit einer Edelnutte gegönnt? Auch das entsprach seinen Gewohnheiten, jedenfalls wie Mara ihn kannte. Oder lag er letztlich doch mit Fieber auf dem heimischen Sofa?

Am liebsten wäre sie gleich noch einmal zu ihm gefahren, aber das konnte sie sich nicht erlauben, schließlich hatte sie in letzter Zeit häufig genug in der Dienstzeit ihr eigenes Süppchen gekocht …

Sie verdrängte ihn aus ihren Gedanken, versuchte sich der Recherche zu widmen, bei der mögliche Spuren zu Novian herauskommen sollten, aber es ließ sich einfach niemand ermitteln, der mit ihm Kontakt gehabt hätte.

Doch nicht nur Novian beschäftigte sie, auch die Bilder des enttäuschenden Zusammentreffens mit Gernot Grigoleit zwängten sich immer wieder in ihre Gehirnwindungen. Sie sah die Überheblichkeit in seinen Augen, hörte seine Stimme, die mit eindringlichem Klang durch ihren Kopf surrte. *Kein Mann der Welt hätte Katharina Billinsky zum Ehebruch bewegen können.*

Immer wieder spielte Mara den Satz im Gedächtnis ab,

und mit jedem Mal schien die Formulierung an Bedeutung zu gewinnen.

Insbesondere eine Kommissarin sollte das beherrschen: die Kunst des Zuhörens.

Dieser Klugscheißer! Zu gern hätte sie jetzt ein wenig Dampf abgelassen. Ihr Kopf schmerzte mal wieder vom vielen Grübeln. Sie sah auf und entdeckte Klimmt, der im Rahmen der offenen Tür stand, den Blick auf sie gerichtet. Er winkte sie zu sich, drehte sich um und war schon wieder verschwunden.

Auf dem Weg zu seinem Büro wurde Mara von einem mulmigen Gefühl erfasst. Klimmts Gesichtsausdruck hatte nichts Gutes verheißen, und sie ahnte, auf was das hinauslaufen würde.

Sie betrat den nach kaltem Zigarettenrauch muffelnden Raum, und Klimmt brummte zur Begrüßung: »Tür zu.«

Mara tat, was er verlangte.

Mit einem Rucken seines breiten Kinns wies er sie an, sich hinzusetzen.

Sie nahm Platz.

Er starrte sie an, seine Kiefer mahlten.

Sie hielt seinem Blick stand. Jetzt ahnte sie nicht mehr, was kommen würde, jetzt wusste sie es.

»Billinsky, eine einfache Frage.«

Sie schwieg weiterhin und wappnete sich innerlich.

»Und zwar folgende: Wie oft habe ich Sie gewarnt?«

»Hm, ich schätze, zwei- oder dreimal«, erwiderte sie mit einer gehörigen Portion Gelassenheit, zumindest nach außen hin.

»*Ich* schätze, noch wesentlich öfter«, gab Klimmt mit düsterer Miene zurück. »Und ich schätze außerdem, dass auch tausend Warnungen bei Ihrem gottverfluchten Dickschädel nichts genützt hätten. Und jetzt haben wir den Mist.« Er räusperte sich. »Das heißt, *Sie* haben den Mist.«

»Ich vermute, es geht um Gernot Grigoleit.«

»Eine sehr richtige Vermutung, Kommissarin Billinsky«, brummte er. »Grigoleit hat es ja oft genug angekündigt, und Sie hatten mehr als genügend Zeit, den Rückwärtsgang einzulegen.«

»Ich fahre lieber vorwärts.«

»Jedenfalls haben Sie sich ins Abseits gefahren.« Klimmt presste seinen breiten Rücken in den Stuhl, um die Beine auf eine letzte freie Ecke des unaufgeräumten Schreibtischs zu legen. »Ich hatte Ihnen gesagt, hier ist kein Platz für privaten Müll.«

»Ich weiß«, antwortete Mara gepresst, mit fast geschlossenen Lippen.

»Mir ist natürlich nicht entgangen, dass Sie zuletzt immer mal wieder *sonst wohin* verschwunden sind, um *was auch immer* zu erledigen. Sehen Sie, damit habe ich kein Problem. Erst recht nicht bei Ihnen. Sie sind immer da, wenn man Sie braucht, bei Tag und bei Nacht, Ihnen ist kein Einsatz zu viel. Im Gegenteil, ich müsste Sie öfter mal bremsen.«

»Und das tun Sie ja auch.«

»Zumindest versuche ich es.« Er maß sie mit einem durchdringenden Blick.

»Was hat Grigoleit getan?«

»Nichts Überraschendes, sondern exakt das, was er angekündigt hat. Er geht gerichtlich gegen Sie vor.«

»Wie lautet die Anklage?«, fragte Mara sarkastisch.

»Genaues weiß ich nicht. Das werden Sie durch die Staatsanwaltschaft oder Grigoleits Anwälte erfahren. Aber so weit ich informiert bin, handelt es sich gleich um mehrere Anklagepunkte.« Er fuhr sich über seinen wuchernden Schnauzbart. »Einer davon ist wohl Hausfriedensbruch.«

»Ach, das ist doch ein Witz.«

»Über den Sie kaum lachen können, Billinsky. Haben Sie Grigoleits Grundstück betreten?«

»Betreten schon. Mehr aber auch nicht.«

»Das war nicht sonderlich klug.«

»Ich weiß«, sagte sie schon wieder und starrte vor sich hin.

»Wie auch immer das ausgeht, die Staatsanwaltschaft hat mich darüber unterrichtet, und man hat mir nahegelegt, die Sache nicht zu ignorieren, sondern mich darum zu *kümmern*. Falls Sie verstehen, was ich meine.«

»Die Staatsanwaltschaft? Also Christian von Lingert.«

»Nein, von Lingerts Boss, der Oberstaatsanwalt.«

Mara winkte ab. »Na und? Ich bin nicht *verurteilt*. Kriminalbeamte sind Menschen. Und haben Rechte. Auch wir gelten doch wohl so lange als unschuldig, bis die Unschuld ...«

»Sie kapieren es einfach nicht, was?«

Mara funkelte ihn an. »Was soll das? Bin ich suspendiert, oder worauf wollen Sie hinaus?«

»Suspendiert würde ich es nicht nennen.«

»Wie dann?«

»Sie nehmen sich eine kleine Auszeit, die nicht von Ihrem Urlaubsanspruch abgezogen wird.«

»Nehme ich nicht.«

»Sie haben einen Berg an Überstunden, von dem Sie einen Teil abbauen werden.«

»Gerade jetzt? Die Albaner stellen kaum noch eine Gefahr dar, aber wir müssen an Novian und diesem verrückten Killer dranbleiben.«

»Billinsky, ich stehe hinter Ihnen, aber ...«

»Ich merk's!«, warf sie giftig ein.

»... zumindest mir ist klar, wann der Zeitpunkt gekommen ist, den Sturkopf eine Weile einzuziehen.«

Wütend sah sie ihn über den Schreibtisch hinweg an und sagte keinen Ton.

»Grigoleit verfügt über sehr, sehr gute Verbindungen. Sie haben es gewusst – und trotzdem weitergemacht. Jetzt verordne ich Ihnen eine Pause.« Sein dicker Zeigefinger wies in Ihre Richtung. »Und an Ihrer Stelle würde ich auch genau das tun: eine verdammte Pause einlegen, um einen klaren Kopf zu bekommen.«

Stille trat ein.

Sie musterten einander in brütendem Schweigen. Klimmts Kiefer mahlten schon wieder, Mara kaute auf der Unterlippe herum.

Schließlich erhob sie sich abrupt. »Dann kann ich ja wohl gehen.«

»Können Sie.«

Sie rauschte aus dem Zimmer, ohne die Tür hinter sich zu schließen, und lief geradenwegs zu ihrem Schreibtisch, wo sie anhielt und ratlos dastand.

»Was ist denn los?«, fragte Rosen, der mittlerweile auf seinem Platz saß und sie verwundert beäugte.

»Nichts«, erwiderte Mara mit einem Brummen, das Klimmt auch nicht besser hinbekommen hätte. *»Gar nichts.«*

Sie zog die Jacke an, stöpselte ihren Laptop aus und klappte ihn zu.

»Wo willst du hin?«

»Nirgendwohin.« Sie schob sich den Laptop unter den Arm und marschierte ohne ein weiteres Wort aus dem Büro, verfolgt von den Blicken aller Kollegen.

Sie lief den Flur entlang und entdeckte Christian von Lingert, der in einem dunkelblauen Anzug, einen Aktenkoffer in der Hand, dastand und ihr mit besorgtem Ausdruck entgegenblickte.

Sie verminderte nicht ihr Tempo und sah demonstrativ an ihm vorbei.

»Ich habe dich gewarnt«, sagte er.

»Ich dachte, wir wären längst wieder beim Sie.«

»Ich habe dich *ausdrücklich* gewarnt.«

»Ich weiß«, erwiderte sie ruppig. Die beiden kurzen

Worte schallten wie ein Echo in ihrem Kopf: *Ich weiß. Ich weiß. Ich weiß.*

Schon war sie an ihm vorbeigestürmt, vor der Aufzugtür bog sie ab, um das Treppenhaus zu nehmen. Während sie die Stufen hinunterhastete, dachte sie an die etlichen Warnungen zurück, die sie in ihrem Leben bereits ausgeschlagen hatte. Sie hätte es sich leichter machen können, so oft schon, sie hätte verbindlicher sein sollen, mehr als einmal, aber sie konnte einfach nicht aus ihrer Haut, nicht über ihren Schatten springen, nicht einfach ein anderer Mensch sein. Auch wenn das bedeutete, dass sie einstecken musste.

Sie setzte sich ans Steuer und fuhr los, das Präsidium wie ein dunkles Gebirge in ihrem Rückspiegel. Ohne ein Ziel zu haben, steuerte sie erst Richtung Stadtmitte, dann nahm sie Kurs auf Bornheim.

Während der Fahrt ging der Nachmittag langsam in den Abend über. Erste grauschwarze Sprenkel zeigten sich am Horizont.

Vor einem Gebäude, dessen Außenwände in Regenbogenfarben gestrichen waren, hielt Mara am Straßenrand an, ließ allerdings den Motor laufen. Sie betrachtete das Jugendzentrum, das von ihrem guten Freund Hanno Linsenmeyer geleitet wurde. Früher war sie in Fällen wie diesem häufig zu ihm gegangen. Wenn sie sauer war, wenn sie sich ungerecht behandelt fühlte, wenn sie Fehler gemacht hatte. Es hatte ihr immer gutgetan, seine Meinung zu hören. Damals allerdings war sie eine Jugendliche gewesen.

Auf einmal drängte sie es nicht mehr zu Hanno, obwohl sie extra den Weg hierher wegen eines Gesprächs mit ihm auf sich genommen hatte. Auch ihre dunkle, einsame Wohnung, die nicht weit von hier entfernt lag, zog sie nicht an, ganz und gar nicht.

Mara wartete ab und spürte erleichtert, dass die alte Entschlossenheit allmählich zurückkehrte. Sie holte Luft, legte den ersten Gang ein und fuhr erneut los. Diesmal Richtung Westend. Was auch immer für Konsequenzen aus ihren begangenen Fehlern resultieren mochten, diese eine Sache wollte sie zu Ende führen. Koste es, was es wolle.

Sie schaltete in den nächsten Gang und beschleunigte. Das wilde Knurren des Motors tat ihr gut, sie drehte die Ramones laut auf, die Straßenlaternen flogen an ihr vorbei. Sie gab noch mehr Gas.

56

Es fiel ihm nicht schwer, an ihr dranzubleiben. Sie fuhr zwar schnell, übertrieb es aber nicht damit, jedenfalls nicht allzu sehr. Er ließ immer zwei oder drei, manchmal auch vier Fahrzeuge zwischen ihnen beiden, ihr Alfa entwischte seinem Auge jedenfalls nie länger als für einen Wimpernschlag.

Workan lächelte. Er wusste, wie sehr dieses Lächeln Menschen Angst einzujagen vermochte. Gelegentlich überprüfte er bei einem ausgiebigen Blick in den Spiegel, ob es ihm immer noch so vortrefflich gelang.

Er glaubte an Vorahnungen, an ein besonderes Gespür, das jeder in sich trug. Und ein Kribbeln sagte ihm, dass es bald so weit sein würde.

Die Fahrt dauerte nicht lange. Er musste schlagartig das Tempo verringern, sich weit zurückfallen lassen, denn inmitten eines noblen Wohnviertels suchte die Polizistin offenkundig nach einer Parkmöglichkeit.

Workan fuhr an den Straßenrand, ließ den Motor laufen und verfolgte, wie auch sie anhielt und aus dem Wagen stieg. Er nahm Rasputin vom Rücksitz und schob ihn behutsam in seine Manteltasche. Lautlos zählte er bis fünf, dann verließ er ebenfalls das Auto. Langsam und in gehörigem Abstand folgte er Mara Billinsky. Er wusste ohnehin, was ihr Ziel war, schließlich verschlug es sie nicht zum ersten Mal in diese Ecke der Stadt.

Es war ein gutes Gefühl, mit der Dunkelheit zu verschmelzen, unsichtbar zu werden, er hatte das seit vielen Jahren perfektioniert.

Die Frau bemerkte nicht, dass sie nicht allein war, er sah es ihr an.

Mit einer gewissen Zufriedenheit stellte er fest, dass sie sich ein wenig verändert hatte. Sie wirkte anders als in jenen Tagen, in denen er sich erstmals an ihre Fersen geheftet und sie öfter beschattet hatte. Ja, verändert. Nachlässiger, was ihre Umgebung betraf, häufig in Gedanken versunken, nicht mehr so aufmerksam, so fokussiert.

Das würde es ihm leichter machen. Viel leichter.

Wie sehr sie ihn reizte. Sie machte einen zähen, starken Eindruck, trotz ihrer fast zierlichen Figur, und doch haftete ihr auch etwas Verletzliches an.

Aus einer größeren Entfernung, halb verdeckt durch eine Litfaßsäule, beobachtete er, wie sie sich dem Eingang der Villa näherte und läutete.

Er steckte die Hand in die Manteltasche und liebkoste Rasputins Fell. Regungslos stand Workan da, ein Schatten, dem nichts entging.

57

Mara Billinsky klingelte Sturm.

Umsonst.

Die Villa lag wie verlassen vor ihr, dunkel, unbelebt, eine leere Hülle.

Sie rief ihren Vater noch einmal per Handy an. Umsonst. Nichts außer seiner unterkühlt-arroganten Stimme, mit der er die Mailbox besprochen hatte.

Seltsam. Zumal sein Auto in der Garage stand, wie sie mit einem Blick durchs Fenster festgestellt hatte.

Mara hatte so oft voller Zorn an ihn gedacht, dass es ihr schwerfiel, eine bestimmte Tatsache zu akzeptieren: dass spätestens jetzt der Zeitpunkt gekommen war, sich Sorgen um Edgar Billinsky zu machen, jenen Mann, den sie seit so vielen Jahren nicht mehr Papa oder Vater nannte.

Unschlüssig verharrte sie noch einen langen Moment vor dem Eingang, ehe sie dann doch den Rückzug antrat und zu ihrem Auto ging.

War ihm etwas zugestoßen?

War er jemandem im Wege?

Oder war er sich etwa selbst im Wege? Belastete ihn etwas? So stark, dass er sich …?

Mara schob sich auf den Fahrersitz und ließ aus Versehen den Motor aufheulen, ein jähes Aufbrüllen in der vornehmen Stille, die das Westend wie eine Schutzmauer umhüllte. Sie hatte nie in diese Umgebung gepasst, dachte sie, als sie den Wagen auf die Straße lenkte und leicht beschleunigte.

Nach wie vor war die Aussicht, in ihrer leeren Wohnung die Wand anzustarren, nicht sonderlich verlockend. Daher stellte sie den Alfa noch einmal im Westend ab, in einer schmalen Seitengasse. Sie ging zu einem Currywurststand, der in ganz Frankfurt bekannt und beliebt war, und gönnte sich eine Rindswurst mit ultrascharfer Soße und eine Riesenladung Pommes. Anschließend ließ sie den Wagen stehen und suchte zu Fuß wieder die kleine Bar am Rande des Viertels auf, in der sie vor Kurzem schon einmal gewesen war.

Erneut versuchte sie Edgar zu erreichen, erneut ohne Erfolg. Rasch tippte sie eine weitere Textmitteilung an ihn ein, doch auch das blieb ohne Reaktion. Sie bestellte sich nach dem ersten Glas Rotwein noch ein zweites und grübelte an ihrem winzigen Zweiertisch in der Ecke unentwegt weiter. Die leise im Hintergrund laufende Jazzmusik ging ihr auf die Nerven, doch davon abgesehen mochte sie die Ruhe hier, es waren fast keine anderen Gäste anwesend.

Als sie später ins Freie trat, war es endgültig dunkel geworden. Ein leichter Wind brachte die Blätter eines Kastanienbaums zum Rascheln. Nachdenklich ging sie den Weg zurück, den sie gekommen war, vorbei an den langen Reihen geparkter Autos, die die Bürgersteige säumten. Hin und wieder warf sie einen misstrauischen Blick nach hinten, die lange, menschenleere Straße entlang.

Die feinen Härchen in ihrem Nacken stellten sich auf, ihre Augen verengten sich. War ihr jemand auf den Fersen? Mara ging weiter, schob sich dann aber in den Schutz eines abgestellten Kleinlasters. Sie verharrte dort und behielt durch die Fenster des Wagens eine ganze Weile die Straße im Auge.

Nichts.

Nichts und niemand.

»Hm«, gab sie leise von sich und setzte ihren Weg fort, bis sie abermals vor Edgar Billinskys Heim stand. Der Bewegungsmelder ließ den Strahler aufleuchten, grelles Licht kreiste sie ein. Sie drückte den Klingelknopf, das sonore Läuten erschallte, verklang, und sofort herrschte wieder Stille.

Ja, das war tatsächlich der Zeitpunkt, sich Sorgen zu machen. Oder zumindest beunruhigt zu sein.

Sie wollte gerade ihr Handy aus der Jacke ziehen, um sicherheitshalber zu überprüfen, ob er zwischenzeitlich doch eine Nachricht geschickt hatte, als hinter ihr ein Geräusch erklang.

Sie erstarrte – doch nur für den Hauch eines Wimpernschlags, dann wirbelte sie herum, ihre Hand zuckte zum Griff der Pistole.

Nur ein paar Schritte entfernt, kurz vor dem Lichtkreis, verharrte ein Mann.

Mara wollte die Waffe ziehen, hielt jedoch in der Bewegung inne.

»Ausgerechnet du bist mein Begrüßungskommando«, sagte er, seine Stimme wie ein Reibeisen. »Welch große Ehre.«

»Wo warst du? Ich habe mindestens tausendmal versucht …« Sie brach mitten im Satz ab.

»Noch eine große Ehre«, bemerkte er ätzend.

»Wo warst du?«, wiederholte sie.

»Was denkst du, wo ich war?« Er trat ins Licht und stierte sie aus müden, blutunterlaufenen Augen an, unter denen dicke Tränensäcke klebten.

»Ich denke, du warst saufen und bumsen.«

Er lachte bitter auf. »Richtig geraten, unsere bezaubernde Kandidatin hat hundert Punkte. Saufen und bumsen. Achtundvierzig Stunden lang.«

»Ich musste nicht raten – ich kenne dich. So hast du früher schon immer ausgesehen, wenn du … wie hast du es genannt? Eine Auszeit gebraucht hast.«

»Manchmal hat man so etwas eben nötig.«

»Du schon«, entgegnete sie angewidert, als sie eine Wolke aus Alkohol und Schweiß erreichte, die aus seinen zerknitterten Klamotten und von seinem Körper aufstieg. »Nur dass du früher deine ausschweifenden Vergnügungstouren besser weggesteckt hast.« Sie maß ihn mit einem spöttischen Blick. »Du siehst aus wie durchgekaut und ausgespuckt.«

»Charmant wie eh und je, meine reizende Tochter.« Er stiefelte steifbeinig an ihr vorbei und zog den Hausschlüssel aus der Hosentasche. »Was verschafft mir überhaupt das Vergnügen deines Besuches? Möchtest du wieder den Dachboden auf den Kopf stellen?«

»Grigoleit wird mich vor Gericht bringen – oder wahrscheinlich direkt vor den Scharfrichter.«

»Kein Wunder.« Edgar Billinsky schloss die Tür auf und knipste das Licht für den Eingangsbereich an. »Du hast ja förmlich darum gebettelt.« Er drehte sich um und sah sie an. »Hereinspaziert!«

Aus einem Impuls heraus spähte sie noch einmal prüfend zur Straße und zu der in Finsternis liegenden Rasenfläche hin, konnte aber nichts Auffälliges entdecken.

»Warst du eigentlich mit dem Taxi unterwegs? Ich habe dein Auto in der Garage entdeckt.«

»Klar, ich habe ein Taxi genommen.«

»Immerhin: So vernünftig warst du früher nicht.«

»Magst du nun hereinkommen oder nicht?«

»Mit mögen hat das nichts zu tun, sondern mit müssen.«

Gleich darauf saßen sie sich im Wohnzimmer gegenüber, diesem großen Raum, der seit jenem Tag, als Maras Mutter ermordet worden war, seine Atmosphäre, all seine Lebendigkeit eingebüßt und niemals wiedererlangt hatte. Auch neue Einrichtungen, neue Gemälde, neue Farben an den Wänden hatten daran nie etwas zu ändern vermocht.

»Brauchst du Tipps von mir, wie du dich gegen Grigoleit zur Wehr setzen kannst?« Er gähnte und rieb sich mit der Hand über die erschöpften Augen. »Ich kann dir sagen, das wird nicht leicht. Gernot ist ein harter Brocken.«

»Und du?« Sie schoss einen Blick in seine Richtung. »Hältst du dich auch für einen harten Brocken?«

Er runzelte die Stirn. »Worauf willst du hinaus?«

»Wie ist es, dich zum Gegner zu haben?«

»Du bildest dir doch schon seit hundert Jahren ein, dass ich dein Gegner bin. Also müsstest du dir das selbst beantworten können.«

»Du und Mutter.« Sie fixierte ihn hart. »Wart ihr auch Gegner?«

»Fängt das schon wieder an.« Er zog sich seine eleganten Halbschuhe von Santoni aus und streckte die Beine aus. »Kannst du es dir nicht endlich mal abschminken, dass ich …«

»Ich hatte ein Rendezvous mit Herrn Meinhold«, unterbrach sie ihn hart.

Verwundert rollte er mit den Augen. »Mara, ich fürchte, du bist verwirrt. Mein alter Freund ist gestorben und …«

»Mit seinem Bruder«, stoppte sie ihn erneut.

»Ach?« In seinem Gesicht arbeitete es. »Sein Bruder also. Michael, nicht wahr? Wie bist du denn an den geraten?«

»Er ist an mich geraten«, erwiderte sie kalt.

»Und was hat das Rendezvous gebracht?« Misstrauisch betrachtete er sie.

»Eine alte Erkenntnis.« Sie machte eine Pause, lehnte sich vor und hob eine Augenbraue. »Nämlich die, dass du ein verdammter Lügner bist. Dass du irgendetwas Entscheidendes vor mir verheimlichst. Vor mir und dem Rest der Welt.«

Er hob die Hände, als müsste er sie abwehren. »Mara, eines mal vorweg: Ich habe keine Ahnung, welchen Floh dir Meinhold ins Ohr gesetzt hat, aber dem Typen darfst du kein Wort glauben. Das ist ein Totalversager, ein *Loser*. Niemand, den man ernst nehmen sollte.«

»Er hat mir eine Geschichte erzählt, die mir nicht so vorkam, als hätte er sie sich ausgedacht.«

Edgar Billinsky lachte freudlos auf, ein raues Bellen. »Du sagst es ja selbst: eine *Geschichte*. Was sollte ein Trottel wie er schon wissen, das …«

»Es ging um dein Alibi«, unterbrach sie ihn zum dritten Mal, und er war augenblicklich ruhig.

Sekunden angespannter Stille zogen durch den Raum.

»Willst du nichts Genaueres wissen?«, fragte Mara bissig.

Er machte eine abwertende Handbewegung. »Nicht, wenn es von Michael Meinhold kommt.«

»Dein Alibi war falsch«, sagte sie schlicht. »Eine Lüge.« Sie beugte sich vor. »Niemand weiß, wo du dich zur Tatzeit aufgehalten hast.«

»Hast du das irgendjemandem erzählt?«

»Klar, das ist das Einzige, was dich interessiert.« Ihr Ton wurde lauter, schneidender: »Der Täter hat sich nicht mit Gewalt Zutritt verschaffen müssen. Es besteht die Möglichkeit, dass das Opfer den Täter kannte. Es besteht die Möglichkeit, dass der Täter im nahen Umfeld des Opfers zu finden ist.« Wieder hielt sie inne, um die Worte wirken zu lassen. »Du kennst ja diese Sätze aus den Akten.«

»Mara, du bist auf dem Holzweg. Und zwar aus einem ganz einfachen Grund: Du bist so versessen darauf, mir etwas anzuhängen, dass du alles glaubst, was mir schaden könnte.« Er schnalzte angewidert mit der Zunge. »Ich bitte dich, ausgerechnet Meinhold. Wie gesagt: ein Totalversager.«

»Ein Totalversager, der die Wahrheit ausgesprochen hat.«

»Unsinn!«, erwiderte er barsch.

»Ich sehe es dir an, dass es die Wahrheit ist.« Ihr Blick bohrte sich in ihn. »Die Staatsanwaltschaft wird sehr daran interessiert sein. Mord verjährt nicht, und das ist gut so.«

Ihr Vater senkte den Bick, starrte auf den Teppich, eine ganze Weile. Dann erhob er sich, völlig unvermittelt. Er bewegte sich zur Bar am anderen Ende des Zimmers und schenkte zwei Gläser halb voll mit *Wild Turkey*.

Mara ließ ihn nicht aus den Augen.

Er kehrte zurück und platzierte die Gläser auf dem in

Chrom gefassten Glastisch. »Okay«, sagte er dumpf. »Ich werde es dir erzählen.«

Sie lachte spöttisch auf. »Die Wahrheit? Mal wieder in einer neuen Version?«

Er trank einen mächtigen Schluck. »Michael Meinholds älterer Bruder war einer meiner besten Freunde. Ja, es stimmt. Er hat für mich gelogen. Und weißt du, warum? Weil er mir vertraut hat.

Er war überzeugt, dass ich kein Verbrecher war, dass ich mir nichts zuschulden ...«

Mara schnitt ihm die Worte wie mit einem Messer ab: »Wo warst du zur Tatzeit?«

58

Sie lag da, umgeben von Stille und Dunkelheit. Ganz allein. Sie hörte nur die eigenen verhaltenen, rhythmischen Atemzüge. Sie schloss die Augen und öffnete sie wieder. Sie wollte diesen Moment in sich aufnehmen, ihn bewahren.

Denn zum ersten Mal seit vielen Jahren hatten weder die Lautlosigkeit noch die Finsternis etwas Beängstigendes. Noch nicht einmal das Alleinsein.

Ja, durchatmen.

Alles hätte viel, viel schlimmer ausgehen können. Anyana Lupescu hätte tot sein können. *Tot.* Wie Timea. Die von einer Sekunde zur nächsten in Stücke gerissen worden war. Als hätte es sie gar nicht gegeben. Als hätte sie gar nicht gelebt. Und das hatte sie wohl auch nicht.

Der Gedanke an Timeas Ende ließ Anyana wieder einmal erschauern.

Nein, bloß nicht daran denken.

Erneut schloss sie die Augen. In ihrem Kopf hörte sie Jan Rosens Stimme. Beruhigend sprach er auf sie ein, er verstand es, ihr Zuversicht zu geben. Sie konnte sich genau an seine Sätze erinnern.

Wann hatte sie zuletzt zu einem Menschen Vertrauen gefasst? Wann überhaupt?

Sie spürte noch die Berührungen ganz intensiv, die Küsse. Wann hatten sie zuletzt Berührungen erwärmt – und nicht angeekelt?

In Anyana erklangen auch die beiden anderen Stimmen des heutigen Abends. Es war ihr so nahegegangen, selbst wenn es nur am Telefon stattgefunden hatte.

Auch das hatte Anyana ihm zu verdanken. Jan Rosen hatte es veranlasst, dass die Polizei zu Hause in Rumänien ihren Vater und ihre Mutter verständigt hatte.

Anyana stellte sich vor, wie Beamte aus Bukarest ihre Eltern, über unbefestigte Straßen hinweg, unter den Blicken der Nachbarschaft, in die kleine Spielothek gebracht hatten, wo es das einzige Telefon im Ort gab, das zugänglich war für all die Leute, die keinen eigenen Anschluss besaßen. Sie stellte sich vor allem die Gesichter der Eltern vor, misstrauisch, ungläubig. Und dann war der Moment gekommen, als Anyanas Stimme ertönte, und die beiden armen Leute aufgeschrien hatten, voller Erstaunen, voller Glück.

Anyanas Mutter hatte geweint, gebetet, geredet, alles gleichzeitig. Und sogar ihr Vater hatte geweint. Niemals zuvor hatte sie ihn so erlebt. Es war unglaublich ergreifend.

Ihr kamen selbst schon wieder die Tränen, als sie daran dachte. Und zum ersten Mal seit langer Zeit verspürte sie keine Angst. Auch die anstehende Aussage vor Gericht wirkte nicht mehr so Furcht einflößend. Jan Rosen hatte ihr Mut gemacht. Hatte ihr geduldig erklärt, dass sie von den albanischen Peinigern nichts mehr zu befürchten hatte.

Eines Tages würde sie ihre Eltern wiedersehen. Sie umarmen, an sich drücken. Eine Vorstellung, die immer in weiter Ferne, unerreichbar gewesen war.

Jetzt war alles anders. Ja, Anyana hatte keine Angst mehr.

Oder?

Alles war gut.

Oder?

59

Als Edgar Billinsky nichts entgegnete, wiederholte Mara eisig die Frage: »Wo warst du zur Tatzeit?«

Er trank erneut von seinem Whiskey. »Wie hast du das vorhin so wundervoll dezent ausgedrückt, Mara?«

Sie musterte ihn argwöhnisch. »Was meinst du?«

Um seinen Mund war ein bitterer Zug. »Saufen und bumsen.«

»Was?« Mara zog ihre Augenbraue hoch.

»Ich befand mich zur Tatzeit in einem Bordell, wenn du es genau wissen willst. Ich verließ das Gericht gegen Mittag, ging eine Kleinigkeit essen, und dann ritt mich mal wieder irgendein Teufel. Auf der Fahrt zurück in die Kanzlei bog ich plötzlich ab Richtung Main. Dort gab es damals ein Bordell, du weißt wahrscheinlich, von welchem ich spreche, und ich …«

»Das soll ich dir abkaufen?«

»Es war eine *Scheißzeit*, um es mal ganz offen zu sagen.« Er schnaufte. »Deine Mutter und ich, wir hatten Streit, das habe ich dir ja erzählt.«

»Du hast mir aufgetischt, dass sie dich betrogen hat.«

»Weil es stimmt!«, entfuhr es ihm laut. Seine Stimme hallte durchs Haus. »Eine Weile haben wir mit dem Gedanken gespielt, uns scheiden zu lassen.«

»Hast du mir nicht weismachen wollen, dass sie kurz davor war, ihren angeblichen Liebhaber abzusägen und zu dir zurückzukommen?«

»Ja, Mara. So war es ja auch.«

Sie schüttelte den Kopf. »Und genau zu diesem Zeitpunkt

hast du nichts Besseres zu tun, als stundenlang in einem Puff herumzuhängen?«

»Ich war gekränkt, verletzt. In meiner Eitelkeit getroffen. *Versteh das doch!* Es war ein Schock für mich, dass Katharina …« Er verstummte und setzte neu an. »Sie versprach mir, die Affäre zu beenden. Ich glaubte ihr das auch. Aber nichtsdestotrotz war ich *gekränkt*, aus der Bahn geworfen, das alles machte mir zu schaffen. Dazu kam der Stress im Job. Ich hatte gerade einen Karrieresprung gemacht. Größere, aber eben auch heiklere Fälle wurden mir anvertraut.«

Mara erwiderte nichts, sondern versuchte nur unentwegt, in seinem Gesicht zu lesen.

»Wirklich, es war, als würden die Pferde mit mir durchgehen. Ich dachte an die Zeit vor unserer Ehe, an die Saufabende, die Puffbesuche. Ich wollte abschalten. Und außerdem fand ich, mir stünde etwas zu, nachdem sie mich hintergangen hatte. Was auch immer dieses Etwas sein sollte.« Er machte eine hilflose Geste. »Natürlich, das klingt billig und jämmerlich, aber so war es, Mara. Letzten Endes sind wir alle eben nur Menschen. Wir sind stolz und eitel und schwach und ungerecht.«

In seinen Augen flackerte etwas auf, das sie nicht an ihm kannte. Das Flehen um Verständnis. Wie oft hatte sie sich genau das von ihm erhofft. Jedes Mal, wenn sie eine Dummheit begangen hatte, jedes Mal, wenn sie ihre Wut oder ihre Unsicherheit verbergen wollte und gerade dadurch offenbarte.

»Mara, ich weiß ja selbst, wie dumm das war. Aber … Was denkst du, wie sehr ich mich dafür schäme?« Er senkte den Blick.

Sie konnte es einfach nicht. Sie konnte kein Verständnis signalisieren.

»Ja, ausgerechnet an diesem Nachmittag, als ich annahm, Katharina würde unsere Ehe wieder auf Kurs bringen, wurde sie umgebracht.«

»Während du die Sau rausgelassen hast.«

»Mara!«, schrie er empört.

»Was erwartest du denn von mir?«, verteidigte sie sich. »Es kommt ja noch hinzu, dass du im Anschluss erst einmal dein Alibi gefälscht hast, du großartiger Jurist.«

»Wie hätte das ausgesehen, wenn ich als Zeugin für die Tatzeit irgendeine Nutte mit Riesenbrüsten präsentiert hätte?«

»Wie das ausgesehen hätte?«, wiederholte sie giftig. »Ich fass es nicht. Dir geht's wirklich immer nur um dich.«

»Glaub mir, das ging einfach nicht. Ich hätte mich tatverdächtig gemacht. Und dazu meine Laufbahn in Gefahr gebracht, die gerade so richtig in Fahrt gekommen war. Eine verfahrene Situation, und ein Freund half mir da heraus. So war's nun mal.«

»Echte Ehrenmänner«, kommentierte Mara angewidert. »Mir kommt gleich das große Kotzen.«

»Ich kann's nicht mehr rückgängig machen.«

»Fuck you«, kam es leise über ihre Lippen.

»So war's nun mal«, sagte er erneut. »Sie starb, als sie mit diesem Kerl Schluss machen wollte. Ich muss das allein durchziehen, hatte sie gesagt. Und dann kämpfen wir beide dafür, dass es wieder wird wie früher. Das waren ihre Worte.«

»Und du warst also tatsächlich immer davon überzeugt, ihr Liebhaber sei der Mörder.«

»Ich bin es heute noch, das habe ich dir ja gesagt.«

»Du hast so oft gelogen, dass …«

»Mara!«, fiel er ihr ins Wort. »Ich habe nicht gelogen.«

»Doch. Und außerdem immer wieder geschwiegen, abgewiegelt, dich taub gestellt.«

»Ich weiß.« Er nickte. »Ich wollte nicht daran erinnert werden, ich blendete es aus, betäubte es mit meinem Alltag, dem Job, den Frauen. Ich habe nie eine Chance gesehen, dass der Mord wirklich noch aufgeklärt werden könnte, und ich wollte auf keinen Fall, dass alles wieder hochgespült wird. Ich dachte, du würdest doch nur Chaos schaffen und …« Er hielt einen Moment inne. »Und dafür bezahle ich jeden Tag.«

»Du Ärmster«, bemerkte Mara bissig.

»Ich bezahle dafür«, fuhr er leise fort, »dass ich damals zu wenig getan habe, um den Mord aufzuklären. Zu früh aufgegeben und den Kopf in den Sand gesteckt habe.« Er sah sie an und gleich wieder weg. »Und ich bezahle dafür, dass ich dich vernachlässigt habe. Nie darum gekämpft habe, dass wir beide besser miteinander klarkommen. Wäre Katharina nicht gestorben, dann wäre es auch mit uns besser gelaufen. Das weiß ich ganz genau. Sie hätte ausgleichend gewirkt, die Wogen geglättet. Katharina war immer das Ruhezentrum unserer kleinen Familie gewesen. Sie hätte sich von unserer Dickköpfigkeit nicht beeindrucken lassen. Sie war aufmerksam, liebevoll, nachsichtig. Alles, was ich nicht war.«

Mara betrachtete ihn. So viel hatte er nie an einem Stück über seine tote Frau gesprochen, über sich, über seine Tochter.

Erst jetzt nahm er wieder Blickkontakt zu ihr auf, vorsichtig, verlegen, ein Ausdruck, den sie nicht an ihm kannte. Und wiederum lag darin die Bitte um Verständnis, um ein Wort, das eine Brücke zwischen ihnen sein konnte.

Doch Maras Mund war wie verschlossen. Alles, was sie zu tun vermochte, war, ihn anzusehen und ihr Glas mit Whiskey zu heben. Er machte es ebenso, ein dezenter Klang, als ihre Gläser aufeinandertrafen.

Es war der erste Schluck, den Mara zu sich nahm.

Erneut erfüllte Stille den Raum, diesmal jedoch keine aggressiv knisternde.

Waffenstillstand, dachte Mara mit Galgenhumor. Und einmal mehr machte sich Enttäuschung in ihr breit. Sie kam einfach nicht weiter.

Beide stellten die Getränke auf dem Tisch ab.

»Wer könnte es sein?«, fragte sie, in Gedanken versunken. »Wer könnte ihr Liebhaber gewesen sein? Und vielleicht zugleich ihr Mörder?«

»Nicht vielleicht, Mara.«

»Wer?«

»Womöglich eine reine Zufallsbekanntschaft.« Sarkastisch fügte ihr Vater hinzu: »Wie in einem schwülstigen Film. Zwei einander völlig unbekannte Menschen laufen sich über den Weg – und verknallen sich ineinander.« Er schüttelte ratlos den Kopf. »Mara, ich habe einfach nicht die geringste Ahnung.«

»Ich hatte tatsächlich Gernot Grigoleit in Verdacht.«

»Grigoleit!«, brummte Edgar Billinsky unwirsch auf. »Ich habe dir doch klargemacht, dass das kompletter Schwachsinn ist. Katharina hätte niemals etwas mit ihm angefangen, allein der Gedanke ist absurd.«

»Ja, ich weiß, das hast du mir schon mal erklärt. Aber …« Sie lächelte schief und musste an sich und Christian von Lingert denken. »Wie sagt man manchmal? Gegensätze ziehen sich an.«

»Nicht diese beiden Gegensätze«, widersprach er entschieden, »dafür lege ich meine Hand ins Feuer.«

»So sehr vertraust du auf Grigoleits Rechtschaffenheit. Das hast du ja mehr als einmal betont.«

»Nicht nur das.« Er zwinkerte ihr zu. »Ich habe ihn außerdem überprüfen lassen.«

»Was!?« Mara machte große Augen. »Du hattest Grigoleit also selbst im Verdacht?«

»Einen Verdacht kann man's nicht nennen.« Er verzog den Mund und machte eine abwehrende Geste. »Es kam eher zufällig ans Tageslicht. Die Privatdetektive, die ich beauftragt hatte, waren keine Dilettanten. Sie haben wirklich versucht, keinen Stein auf dem anderen zu lassen. Sie hatten Grigoleit nicht im Verdacht, aber im Verlauf ihrer Nachforschungen stellte sich bei der Überprüfung mehrerer Personen aus seinem Bekanntenkreis heraus, was er zur Tatzeit gemacht hatte.«

»Demnach hat er ein Alibi«, bemerkte Mara dumpf.

»Grigoleit war am Tattag erst mit seiner Frau zum Mittagessen in einem Restaurant in der Innenstadt von Frankfurt. Direkt anschließend traf er sich mit Kollegen zu einem langen beruflichen Meeting. Diese Kollegen haben das gegenüber verschiedenen Mitarbeitern der Detekteien bestätigt. Es gab sogar einen Tonbandmitschnitt des Gesprächs, auf dem seine Stimme zu hören war.«

»Haben die feinen Herren für ihn gelogen? Wie Meinhold für dich?«

»Es handelte sich um Männer, die weder beruflich noch privat eng genug mit Grigoleit verbunden waren, um einen Anlass zum Lügen zu haben. Schon gar nicht *jeder* von ihnen. Nein.«

»Irrtum ausgeschlossen?«

»Irrtum ausgeschlossen.« Edgar Billinsky legte die Stirn in Falten. »Es war sowieso eher um die Überprüfung einiger anwesender Kollegen gegangen, die auch Katharina und mich kannten, zumindest flüchtig, und so kam dann das über Grigoleit heraus. Er war über jeden Verdacht erhaben. Daran hat sich bis heute nichts geändert.«

»Kannst du mir dann eine Erklärung dafür präsentieren, warum er Heidi Esswein eine Heidenangst einjagt?«

Verständnislos rollte er mit den Augen. »Heidi Esswein? Die Putzfrau? Himmel, wie kommst du denn auf die?«

»Weil ich im Gegensatz zu dir nie aufgegeben habe«, rief Mara lauter als gewollt. »Ja, Heidi Esswein, die Putzfrau. Und der feine Herr Dr. Grigoleit setzt ihr gehörig zu.«

»Das muss ein Missverständnis sein.«

»Sie hat es mir selbst erzählt. Und zwar in reichlich eingeschüchtertem Zustand.«

Weiterhin ungläubig schüttelte er den Kopf. »Mara, wenn es so ist, wie du sagst …«

»Ist es.«

»… dann mag es alle möglichen Gründe dafür geben. Aber mal ehrlich – weshalb sollte Grigoleit das tun? Heidi Esswein muss mittlerweile ein ziemlich altes Mädchen sein, das höchstwahrscheinlich so manches durcheinanderbringt.« Er winkte ab. »Heidi Esswein! Ich bitte dich, Mara.« Im nächsten Moment stutzte er. »Moment mal, war sie es etwa auch, die dich darauf gebracht hat, dass Beate von Lingert und ich uns heimlich getroffen hätten?«

»Wie kommst du darauf?«

»Weil mir gerade etwas eingefallen ist.«

»Ach?« Maras Augenbraue zuckte, halb bissig, halb zweifelnd. »Zufällig?«

»Ja. Zufällig.« Er zog eine Grimasse. »Wahrscheinlich, weil du den Namen Heidi Esswein erwähnt hast. Es gab tatsächlich eine einzige Gelegenheit, bei der Beate von Lingert mit mir allein gewesen ist. Hier, unter diesem Dach. Einmal brachte sie mir nämlich Unterlagen nach Hause, die einen Rechtsfall betrafen, mit dem ich gerade beschäftigt war. Grigoleit wollte mir diese Papiere zukommen lassen, um mir zu helfen, und er bat seine Frau, das für ihn zu erledigen. Sie klingelte, ich ließ sie herein, sie übergab mir ein paar Ordner, ich sagte Danke, sie verschwand wieder. Eine Sache von einer Dreiviertelminute. Und als sie ging, traf gerade Frau Esswein ein. Kurz darauf musste ich noch mal in die Kanzlei und brach ebenfalls auf. Tatsächlich, jetzt erinnere ich mich ganz gut daran. Es war für mich ein sehr wichtiger Fall. Mit Grigoleits Hilfe konnte ich ihn gewinnen. Wohl deshalb sehe ich alles noch so klar vor mir.«

»Was du nicht sagst«, meinte Mara, alles andere als überzeugt.

»So war es nun mal. Eine Nebensächlichkeit. Ein Zwischenfall ohne jegliche Bedeutung.« Er sah sie an. »Niemand kann mir eine Affäre während der Jahre meiner Ehe unterjubeln, nicht einmal du. Und schon gar nicht …« Erneut folgte ein abfälliges Abwinken. »… mit Beate von Lingert. Gib es auf, Mara, ich habe Katharina weder betrogen noch ihr etwas angetan.«

Ihr Vater erhob sich und ergriff die Gläser, um nachzuschenken.

»Für mich nichts mehr«, sagte Mara. »Ich muss los.«

Dieses Sich-im-Kreise-Drehen zerrte an den Nerven. Es fühlte sich an, als müsste sie mit einem Zentnergewicht auf dem Rücken herumlaufen. Wieder ertönte in ihrer Erinnerung leise die Stimme Gernot Grigoleits: *Kein Mann der Welt hätte Katharina Billinsky zum Ehebruch bewegen können.*

»Bist du dir sicher?«, meinte ihr Vater. »Nicht doch einen Whiskey?«

»Ich bin mir sicher.« Sie stand ebenfalls auf und bewegte sich auf die Tür zu, die zum Flur führte. Erst jetzt fiel ihr auf, dass sie nicht einmal ihre Jacke abgelegt hatte.

»Mara«, rief Edgar Billinsky ihr hinterher. »Man muss eben auch mal aufgeben.«

War sie so weit?, fragte sie sich. *Aufzugeben?* Sie schlug die Eingangstür hinter sich zu, damit der dumpfe Knall ihre Schwermut vertrieb, aber das klappte nicht. Es war, als würde eine Wolke aus Düsternis sie einhüllen und bei jedem Schritt, mit dem sie sich von der Villa entfernte, dichter werden.

Spät war es geworden, auch deutlich kälter. Mara fröstelte fast ein wenig, als sie der Straße folgte. Dunkelheit ballte sich, ein Wind wehte einige Fetzen dünnen Nebels vor sich her.

Ein unangenehmes Gefühl erfasste sie. Unwillkürlich spähte sie über ihre Schulter nach hinten. Die Bedrückung, die Klement Canas heimtückische Attacke hinterlassen hatte, war nicht mehr ganz so gegenwärtig, und doch ließ sich so etwas nie ganz abschütteln. Es blieb.

Mara verbot es sich, länger zu grübeln; zu gern hätte sie ihren Kopf einfach mit einem Knopfdruck ausgeschaltet. Auf ihrer Zunge war noch der raue, schmirgelnde Geschmack des Bourbons und jetzt hätte sie nichts gegen ein weiteres Glas einzuwenden gehabt.

Ihr Alfa kam in Sichtweite. Sie gähnte und wollte den Autoschlüssel aus der Jacke ziehen. Ihre rechte Hand steckte noch in der Seitentasche, mit der linken fuhr sie sich über die ermüdeten, brennenden Augen.

In diesem Moment geschah es.

Der Angreifer fiel so schnell und lautlos über sie her, dass sie nicht einmal richtig erschrecken konnte. Kein Wimpernschlag Zeit, Entsetzen aufkommen zu lassen.

Ein Tuch auf ihrem Mund, auf ihrer Nase, fester der Druck.

Chloroform!, schoss es durch ihren Kopf, während sie versuchte, sich dem Griff des Fremden zu entwinden. Er war kleiner als Cana, kein Muskelberg, aber geschickter, schneller, als würde man mit einer Schlange kämpfen.

Mara stöhnte auf, sie roch das herbe Duftwasser, das der Mann aufgetragen hatte, hörte seine beherrschten Atemzüge.

Wieder das Tuch, wieder gelang es ihr, seine Hand wegzuschieben.

Im nächsten Augenblick ein gewaltiger Schmerz in ihrem Kreuz. Von einem Fausthieb oder eher einem Tritt mit dem Knie.

Sie schrie auf, und das Gellen dieses Lautes machte ihr bewusst, mit welch tödlichem Gegner sie es zu tun hatte. Und dass er sie nicht einfach ermorden wollte wie Cana. Sondern sie in seine Gewalt bringen.

Das war es, was die Angst jäh durch ihren Körper trieb wie eine Flamme.

Das durfte nicht geschehen! Nicht *wehrlos* sein. Nicht *ihm* ausgesetzt sein.

Denn jetzt wusste sie, wer der Fremde war.

Verzweifelt versuchte sie die Waffe aus dem Holster zu reißen, doch wieder ein Tritt, dieselbe Stelle, wieder das Tuch, wieder die fremden, ruhigen Atemzüge, und plötzlich war alles wie in Zeitlupe, ganz weit weg, ohne Bezug zu Mara, ohne dass irgendetwas Furcht auszulösen vermochte.

Alles weich, alles weiß, als bewegte sie sich inmitten einer Wolke, auf einmal hörte sie eine Stimme, leise und heiser, eine Stimme, die sie kannte: *»Schlaf, meine kleine Mara. Schlaf, meine kleine Mara. Schlaf, meine kleine …«*

60

Nicht einmal für Jan Rosen, sonst die Geduld in Person, war es leicht, ruhig und höflich zu bleiben. Langsam bekam er handfeste Zweifel, ob es diese Heidrun Vogel, die er auf der Website *sharonna.de* entdeckt hatte, überhaupt gab.

Mehrere E-Mails hatte er an die angegebene Kontaktadresse geschrieben, ohne eine Antwort zu erhalten. Es war jetzt auch schon das fünfte Mal, dass er dort anrief, und das dritte Mal, dass man ihn mit einem anderen Anschluss verbunden hatte.

»Moment«, bat eine Frau, die sich zwar vorgestellt, deren Namen er allerdings nicht verstanden hatte.

Am anderen Ende der Leitung raschelte es. Gelächter war zu hören, eine Tür wurde zugeknallt, Musik dudelte leise, wahrscheinlich aus einem Radio.

»Hallooo?«, rief Rosen.

Er wollte gerade auflegen, als eine weitere Frauenstimme erklang: »Hier ist Heidrun Vogel.«

»Ach?«, entfuhr es ihm, fast schon wieder verdattert. »Äh, hier ist Kommissar Jan Rosen von der Kripo Frankfurt.«

»Was kann ich für Sie tun?«

Mara Billinskys Telefon auf dem gegenüberliegenden, heute verwaisten Sehreibtisch klingelte ein paarmal, dann erstarb das Geräusch.

»Für mich nichts«, antwortete Rosen. »Aber jemand anders könnten Sie unter Umständen eine große Hilfe sein.«

Er schilderte der Frau die Situation, in der sich Anyana Lupescu befand, und umriss in einigen Sätzen die Vorgeschichte der jungen Rumänin.

»Es ist gut, dass Sie sich an uns gewendet haben, Herr Rosen. Wir würden gern noch viel öfter und umfassender unterstützen, sind aber vielen Menschen noch völlig unbekannt.« Sie machte eine kurze Pause, dann fuhr sie fort: »*Sharonna* ist ein eingetragener Verein. Wir helfen Mädchen und Frauen, die ein ähnliches Schicksal durchlitten haben wie Anyana. Wir sind keine übliche Anlaufstelle für Prostituierte und Zwangsprostituierte. Alle bei uns, auch ich selbst, kommen von da, wo Anyana jahrelang stand. Das unterscheidet uns von den übrigen Einrichtungen. Wir waren alle selbst auf dem Strich. Wir verstehen die, die sich an uns wenden.«

»Das klingt genau richtig«, entgegnete Rosen ehrlich.

»Sehr gern würde ich Anyana persönlich treffen, doch leider sind die nächsten Tage bei mir schon pickepackevoll mit Terminen.«

»Schade!« Skeptisch sah er aus dem Fenster des Präsidiums.

»Hm, andererseits klingt es so, als wäre das Ausmaß an Ausbeutung und Gewalt, das Anyana erleiden musste, ganz besonders erschreckend.«

»Und ob!«, pflichtete er ihr bei.

»Wissen Sie was, Herr Rosen, geben Sie mir etwas Zeit, meine Terminplanung noch einmal zu überdenken – ich melde mich in Kürze bei Ihnen. Ich schreibe Ihre Telefonnummer gerade von meinem Display ab.«

»Das klingt doch bestens. Danke schön!«

Nach dem Gespräch atmete er erst einmal durch. Heidrun Vogel hatte einen guten Eindruck auf ihn gemacht. Er freute sich darauf, Anyana von ihr und *Sharonna* berichten zu können.

Noch in Gedanken bei ihr, notierte er sich einige Fragen für das hoffentlich zustande kommende Treffen.

Sein Bürotelefon klingelte. Am Signalton erkannte er, dass es sich um einen Inhouse-Anruf handelte.

»Hallo, hier Rosen.«

»Hier spricht Brönner.«

Das war einer jener immer zahlreicher werdenden Kollegen, die sich auf digitale Spurenermittlung spezialisiert hatten. *Techies*, wie Billinsky sie nannte.

»Ich habe heute schon mehrfach versucht, Ihre Kollegin zu erreichen«, fuhr Brönner fort. »Sie wissen schon, die Krähe.«

»Billinsky ist, äh, nicht im Dienst.«

»Es geht um diesen anonymen Anrufer, der sich bei ihr gemeldet hat.«

Schlagartig wurde Rosen hellhörig. »Ja?«

»Also, wir haben ja öfter versucht, diesem Kerl näher zu kommen.«

»Gibt es etwas Neues?«, drängte Rosen.

»Ich bin mir noch nicht sicher. Und die Frage ist auch, ob wir überhaupt …« Er brach den Satz ab.

»Brönner, nun sagen Sie schon, was anliegt.«

»Also, es blieb uns nur noch eine Möglichkeit.«

»Welche?«

»Schon mal etwas von einer stillen SMS gehört?«

»Klar. Und vor allem habe ich gehört, dass Klimmt diese Maßnahme verboten hat.«

»Klimmt schon«, erwiderte Brönner leise.

61

Das Flattern der Lider, das Räuspern in der Kehle.

Dieser seltsame freie Fall zwischen Schlaf und Erwachen, zwischen Irrealität und Wirklichkeit. Diese halb bewusst wahrgenommenen Sekunden, in denen alles möglich schien, sowohl Glück und Unbeschwertheit als auch tiefes Leid, Furcht, Schrecken.

Erneut das kehlige Räuspern, das Blinzeln. Die Helligkeit schmerzte in den Augen, obgleich sie doch gar nicht so intensiv war, sondern so schwach, als würde sie sich anschleichen.

Auf der Zunge ein widerlicher Geschmack, im Rücken eine Kälte, die sich weiter auszubreiten schien. Und da war noch ein anderer Schmerz, irgendwo in den Gliedern.

Jetzt erst bekam Mara Billinsky ihre Augen auf. Sie starrte nach oben. Der Himmel war dunkel, sternenlos, wolkenlos, von einer braunen Tönung, wie sie sie noch nie zuvor erblickt hatte.

Ein Laut. Ein *friedvoller* Laut. Sie versuchte ihn einzuordnen. Wasser. Ja, plätscherndes Wasser. Ein Hahn, den sie vergessen hatte zuzudrehen? Nein, ein Flüsschen, ein Bach.

Also befand sie sich draußen.

Aber wo?

Ihr Mund war trocken, sie wollte sich die Lippen mit der Zungenspitze befeuchten, doch das ging nicht, etwas war im Weg. *Stoff.* Sie war geknebelt. Und endlich funktionierte ihr Kopf wieder, ihre Erinnerung, die Bilder stürzten aus dem braunen Himmel auf sie herab: das Ringen mit dem klein gewachsenen, geschickten Mann, die heftigen Tritte, das Chloroform, die Worte der unverkennbaren heiseren Stimme. Laute aus der Hölle.

Maras Kopf ruckte wild herum, nach links, nach rechts. Ihr wurde klar, woher der Schmerz kam – ihre Arme und Beine waren gefesselt, mit Stücken von einem Nylonseil an Metallstangen, die in den Boden getrieben worden waren. Und ihr wurde klar, woher die Kälte kam – direkt aus dem Erdboden.

Niemand bei ihr, sie war allein.

Und der Himmel war das Dach eines Tunnels, der sich höchstens fünfzig Meter lang ersteckte und durch den ein Fluss führte.

War es morgens? Mittags? Nachmittags?

Der nur etwa fünf Meter entfernte Tunneleingang und der weiter weg gelegene Ausgang waren mit Sträuchern und Büschen überwuchert, die sich, grün getränkt durch den vorzeitigen Frühlingseinbruch, über das Wasser wölbten und das Tageslicht fast gänzlich aussperrten. Hohe Gräser, Laub, es roch nach Wasser und nach feuchter Erde. Das Plätschern blieb das einzige Geräusch. Ansonsten herrschte eine beängstigende Stille, die Mara durch Mark und Bein ging.

Erneut ruckte ihr Kopf nach links, nach rechts, ein kühler Lufthauch strich über sie hinweg, ihre Lider wurden wieder schwerer. Seltsam, dachte sie, dass das Chloroform eine derart starke Wirkung besaß.

Oder hatte man ihr etwas eingeflößt? Gespritzt?

Erst jetzt wurde sie auf das schwarze Lederknäuel aufmerksam, das außer Reichweite lag. Ihre Jacke. Hatte man ihr sonst noch etwas abgenommen? Sie konnte das Holster spüren – allerdings leer, ohne Pistole. Mühsam bewegte sie den Kopf, um noch einmal ihre Arme zu betrachten. Rechts war der Ärmel ihres schwarzen, mit winzigen weißen Totenköpfen gemusterten Oberteils nach oben gezogen worden. Auf ihrer Haut konnte sie einen kleinen roten Punkt erkennen: von einem Einstich. Also war das Chloroform für einen ersten K. o. benutzt worden – danach hatte man sie tatsächlich noch mit einer Spritze länger außer Gefecht gesetzt.

Sie starrte erneut zur Tunneldecke, angsterfüllt, hoffnungslos, die Hilflosigkeit wie ein Stachel in ihrem Herzen. Ihre Lider wurden noch schwerer, die Kälte umschloss sie, sie machte die Augen zu. Sie atmete ein, aus, ein, aus. Bilder stürmten auf sie ein. Die Momente der Angst, die sie erlebt hatte. Die Menschen, mit denen sie zu tun gehabt hatte. Sie dachte an ihren Vater, an ihren Zorn auf ihn, der für immer unter ihrer Haut zu sitzen schien, wie eines ihrer Tattoos. Sie hörte die Stimmen, die Vorwürfe, die Warnungen. Sie hörte Gernot Grigoleits Worte: *Kein Mann der Welt hätte Katharina Billinsky zum Ehebruch bewegen können.*

Und urplötzlich war sie erfüllt von einer prallen Klarheit, als hätte sie eine Eingebung gehabt. Sie wusste, weshalb Grigoleit Druck auf Heidi Esswein ausgeübt hatte, wieso er Mara erst ignoriert, ihr anschließend massiv gedroht und sogar vor juristischen Schritten nicht zurückgeschreckt hatte. Ja. Endlich. Da war sie, die Erkenntnis. Sie schwebte über Mara wie ein Wolkenfetzen.

Eben noch alles ganz klar, dann auf einmal alles wie unter Nebeln. Maras Lider bleischwer, ihr Atem ruhig, ganz ruhig.

Das Plätschern des Flusses. Sonst nichts als Stille.

Nein, da war noch ein Geräusch, ein anderes.

Schritte. Da waren Schritte.

Jemand kam auf sie zu.

Sie wollte aufblicken, um festzustellen, um wen es sich handelte. Der Nebel wurde jedoch immer dichter. Er verschlang Mara, sie hörte nichts mehr, sah nichts mehr, fühlte nichts mehr.

62

Aufgeregt eilte Jan Rosen den Gang entlang.

Gab es doch eine Chance?, fragte er sich.

Die Tür zum Büro des Hauptkommissars war geschlossen. Rosen klopfte an und wartete ab.

Keine Reaktion.

Erneut ein Klopfen, etwas lauter. Wo mochte Klimmt stecken? Termine? Er hatte ihn doch vorhin noch …

Endlich ertönte die brummige Stimme: »Herein!«

Als Rosen den Raum betrat, klebte Klimmt förmlich an seinem Drehstuhl. Übermüdet, übernächtigt, unzufrieden starrte er ihm aus blutunterlaufenen Augen entgegen. Den dritten Tag in ein und demselben Hemd, unrasiert, die Wangen ungesund weißlich und schlaff.

»Chef, wir haben vielleicht etwas.«

Klimmt gähnte. Er hatte seit Wochen kaum geschlafen, arbeitete weiter und weiter. Keine Frage, er war ein zäher Kämpfer, doch mittlerweile setzte ihm das Alter ziemlich zu. »Geht's auch etwas präziser, Rosen?«

»Brönner hat sich bei mir gemeldet. Zum ersten Mal haben sie den Anrufer orten können.«

»Billinskys geheimnisvollen Anrufer?«

»Es deutet einiges darauf hin.«

»Was denn nun?«, blaffte Klimmt. »Hat man sein Telefon geortet oder nicht?«

»Brönner und seine Kollegen haben es immer und immer wieder probiert – ohne Erfolg. Sie wollten fast schon aufgeben, aber plötzlich …« Rosen grinste und kam sich ein wenig albern vor. »Na ja, Glück gehabt. Und einen langen Atem.

Vielleicht war der Unbekannte auch nicht mehr so vorsichtig wie zu Beginn. Hat nicht mehr ständig ein neues Handy benutzt oder es nicht mehr so umfassend gegen das Aufspüren geschützt, wer weiß.«

Klimmt zog misstrauisch die Augenbrauen zusammen. »Wieso machen Sie so viele Worte, Rosen? Weil Sie etwas ganz Bestimmtes *nicht* sagen wollen?«

Rosen schwieg.

»Etwa den Umstand, dass ihr den Kerl mit stillen SMS bombardiert habt?«

»Brönner hat wohl von Billinsky die Anweisung bekommen, dass …«

»Diese verdammte Krähe!«

»Chef, die Chance ist da. Zum ersten Mal.«

»Mann, Rosen, Sie klingen beinahe wie Billinsky. Nur weil die Krähe nicht hier ist, müssen Sie nicht ihre Rolle übernehmen.«

»Wir haben so lange im Dunkeln getappt, und jetzt …«

»Ich hab's kapiert«, fiel Klimmt ihm ins Wort. »Aber was Sie und Billinsky *nicht* kapiert haben, ist meine Ansage. Dass wir uns an Regeln halten müssen. Was nützt es uns, ein Schwergewicht zu kriegen, wenn der Weg der Festnahme anfechtbar ist? Sollte der Kerl zu Novian gehören, dann muss alles korrekt ablaufen. Sonst werden die sicherlich eine Armada cleverer Anwälte im Rücken haben, die jeden unserer unsauberen Schritte zu ihren Gunsten auslegen werden. Und am Ende müssen wir noch einen Mörder oder Novian selbst wegen einer Dummheit laufen lassen.«

»Chef, ich dachte, dass Sie bei besonderen Gelegenheiten nicht allzu sehr auf Regeln …« Er verstummte, als er spürte, dass er rot wurde.

»Falsch, Rosen, ich pfeife nicht auf Regeln.« Klimmt wühlte sich aus den Polstern seines Drehstuhls und kam mühsam auf die Beine. »Nun ja, manchmal vielleicht schon.

Jeder von uns weiß, dass Staatsanwalt von Lingert ein echter Paragrafenreiter ist. Alles muss wasserdicht sein. Alles. Wenn wir von Lingert nicht auf unserer Seite haben, wenn wir uns angreifbar machen …« Jetzt war es Klimmt, der den Satz offenließ.

»Kollege Brönner ist es gelungen, ein Signal zu empfangen. Es wurde ein erstes, wohl noch recht vages Bewegungsprofil erstellt. Und es gibt einen Ort, an dem sich der Mann anscheinend über einen gewissen Zeitraum aufhält oder aufgehalten hat.«

»Wie gesagt, Rosen, ich hab's kapiert.« Klimmt schnaufte auf. »Stille SMS sind politisch umstritten, um es mal dezent auszudrücken. Von Lingert ist strikt gegen politisch umstrittene Dinge.«

»Habe ich Ihr Einverständnis, der Sache nachzugehen, oder nicht?«

»Junge, Junge, Sie arbeiten wirklich schon zu lange mit der Krähe zusammen.«

»Wenn Sie eventuell noch mal mit von Lingert sprechen würden«, schlug Rosen vor.

Der Hauptkommissar rollte nur wortlos mit den Augen.

»Chef, mit Ihrem Einverständnis würde ich …«

»Nein«, unterbrach Klimmt ihn abermals. »Sie halten die Füße still. Es gibt ein klares Verbot, was die Sache betrifft, und das können wir nicht einfach übergehen. Heute Abend, nach einem Termin mit Vertretern unserer hochverehrten Presse, will von Lingert hier vorbeikommen, um einiges mit mir zu besprechen.« Er sah Rosen an. »Ich werde versuchen, ihn doch noch für das Thema zu erweichen.«

»Wir verlieren Zeit.«

Klimmt schob sich eine Zigarette zwischen die farblosen Lippen. »Das war's, Rosen.«

»Okay, Chef«, erwiderte Rosen enttäuscht und verließ das Büro.

Zurück an seinem Schreibtisch, saß er da und blickte ratlos auf seinen Monitor.

Was würde Billinsky jetzt tun, fragte er sich mal wieder – und gab sich lieber keine Antwort darauf.

Was mochte sie jetzt gerade machen? Zu Hause auf dem Sofa liegen und voller Ungeduld die Zimmerdecke anstarren? Bereits wieder mit den Hufen scharren? Er musste schmunzeln. Dann griff er zum Telefon und rief sie an. Als sie nicht abnahm, schickte er ihr eine *WhatsApp*. Normalerweise kam immer rasch eine Antwort, diesmal nicht. Vielleicht ruhte sie sich ja wirklich einmal aus, mutmaßte er.

Stanko stand auf einmal neben ihm und sah ihn ebenso müde und überarbeitet an wie eben noch Klimmt.

»Hey«, sagte Stanko, »was ich längst loswerden wollte: Die Aktion im Bahnhofsviertel, das war eine klasse Nummer. Ich meine, das Ding mit der kleinen Rumänin.«

»Danke«, murmelte Rosen schmallippig.

»Ich meine, es ist immer leicht, einen blöden Spruch abzulassen, wenn einer Mist baut. Aber ein Kompliment zu machen … Wie auch immer: Hut ab, Rosen.«

»Danke«, sagte er noch einmal.

»Du ziehst ja eine ziemliche Fresse. Was ist los?«

»Ich habe mich über Klimmt gewundert. Oder geärgert.« Rosen machte eine vage Geste. »Oder beides.«

»Wieso? Erzähl schon!«

Während er Stanko berichtete, fiel ihm auf, dass er nie zuvor mit einem seiner Kollegen ein solches Gespräch geführt hatte. Sonst hatten sie sich immer nur an ihn gewendet, wenn er etwas recherchieren oder auf andere Art aushelfen sollte. So war es mit allen, außer mit Mara Billinsky. Gerade heute hätte Rosen sie gern an seiner Seite gehabt. Beiläufig überprüfte er sein Handy – sie hatte immer noch nicht auf seine Nachricht geantwortet.

63

Erst war da wieder nur die Dunkelheit, ein riesiges schwarzes Tuch, ganz weich und vor allem kalt.

Eiseskälte.

In ihrem gesamten Körper, vom Haar bis zu den Zehenspitzen.

Mitten hinein in diese frostige Unendlichkeit stach eine Flamme, heiß und schmerzhaft. *Es tat so verdammt weh.* Mara hörte jemanden aufschreien, und es dauerte eine verwirrende Sekunde lang, bis ihr bewusst wurde, dass es ihre eigene Stimme war, die kreischte.

Der Schmerz wurde schlimmer, brennender, und nun konnte sie ihn verorten, nun wusste sie, was so unglaublich wehtat. Es war in ihrem Gesicht, auf ihrer Wange. Von dort drang der Schmerz wie eine Stichflamme in ihre Seele.

Sie riss die Augen auf und starrte in ein teuflisch lächelndes Gesicht.

Das Brennen in ihrer Wange ließ nach, es tat jedoch immer noch höllisch weh.

Auffallend hellblaue Augen musterten sie, begutachteten sie, lasen in ihr.

Sie stöhnte, ein jämmerlicher, vom Knebel gedämpfter Laut.

Der Mann starrte im Knien auf sie herunter und hielt ihr kurz einen Gasanzünder vors Gesicht. »Ein unscheinbares kleines Ding.« Mit der anderen Hand deutete er auf sein Gesicht, auf die Narben, die seine Wangen bedeckten. »Aber sehr erstaunlich, was man damit alles anstellen kann.«

Die heisere Stimme kroch unter Maras Haut. Ein unangenehmer Klang wie ein Reibeisen, ein schmirgelnder Schleifstein. Bisher hatte sie ihn lediglich am Telefon gehört. Hier war er noch unangenehmer.

Der ekelhaft süßliche Geruch der eigenen versengten Haut erreichte ihre Nase und machte ihr die ausweglose Lage, in der sie steckte, umso gegenwärtiger.

»Ach, bevor ich es vergesse: Dein Handy habe ich bei einem polnischen Lkw in den Radkasten geklebt.« Der Mann lachte. »Falls dich also jemand vermissen und darauf kommen sollte, dein Handy zu orten, wird er eine schöne Überraschung erleben. Aber genug der Nebensächlichkeiten.« Er winkte ab. »Schön, dass wir uns endlich kennenlernen, Mara.« In seinen Augen blitzte es auf, sein Grinsen erhielt etwas Irres. »Nicht wahr?«

Mara sah ihn an und gab alles, um ihrem Blick Festigkeit zu verleihen. Sie wollte unbeeindruckt wirken, doch das misslang, sie fühlte es, zumal ihre Wange noch immer brannte und ihr übriger Körper von Kälte erfüllt war.

Nicht nur von Kälte. Von einer Angst, die so stark war, als würde sie Mara von innen auffressen.

»Es war eine großartige Idee«, bemerkte der Mann, »dich sozusagen als unseren freien Mitarbeiter einzustellen. Dadurch sind die Albaner noch schneller abserviert worden, hatten sie es doch plötzlich mit zwei Gegnern zu tun. Mit uns und mit euch.«

Normalerweise hätte sie reden, ihn in eine Unterhaltung verwickeln, auf Zeit spielen müssen. All das war ihr nicht möglich, solange er sie geknebelt ließ. Und daran würde er wohl kaum etwas ändern.

»Ja, ein sehr guter Einfall«, fuhr er fort, nach wie vor neben ihr kniend. »Aber so ist der Boss eben. Du weißt schon, der Wolf.« Sein Grinsen wurde noch hinterhältiger. »Übrigens, ich möchte dir unbedingt jemanden vorstellen. Meinen besten Freund. Er ist schon ganz versessen darauf, dich zu treffen.«

Er verlagerte ein wenig sein Gewicht und zog etwas aus seiner Manteltasche.

Vorsichtig, geradezu sanft setzte er eine Ratte neben Maras Kopf ab.

»Mara, das ist Rasputin.« Er lachte leise. »Rasputin, das ist Mara.«

Sie drehte dem Tier ihr Gesicht zu, starrte es angewidert an. Die Ratte hob die Schnauze, schien den Blick zu erwidern, dann bewegte sie sich wieder auf den Mann zu, der sie auf die Handfläche gleiten ließ, um sie abermals zu verstauen. »Er ist schüchtern. Aber das legt sich. Glaub mir, Mara, das legt sich verdammt schnell.«

Aus einer anderen Manteltasche holte er ein Glas Honig hervor. Er schraubte den Deckel ab und steckte seinen Zeigefinger hinein.

»Das Wichtigste hätte ich beinahe vergessen, Mara.« Er sah sie aus seinen hellen Augen an, als würde er sie am liebsten verschlingen. »Mich vorzustellen.«

Sein Zeigefinger tauchte wieder aus dem Glas auf und war voller Honig.

»Ich heiße Workan. Das ist nicht mein echter Name. Aber man nennt mich schon dermaßen lange so, dass es sich wahr anfühlt.«

Er schmierte Mara den Honig auf ihre unverletzte Wange – die Berührung ging ihr durch und durch. Fast hätte sie gewürgt, was mit dem Knebel möglicherweise fatal gewesen wäre.

»Du ahnst nicht, wie ungeduldig ich war, Mara. Ich konnte es kaum erwarten, mit dir allein zu sein. Nur du und ich und Rasputin.«

Er beugte sich tief zu ihr herab und leckte den Honig mit einem lauten, widerlichen Schmatzen von ihrer Haut.

Erneut musste sie ein Würgen unterdrücken.

Abrupt stand er auf und entfernte sich ein ganzes Stück.

Er öffnete den Mantel, dann den Hosenschlitz und pinkelte in das Flüsschen. Anschließend schob er sich einen Zigarillo in den Mund. Er riss ein Streichholz an, entzündete es, knüllte die Streichholzschachtel zusammen und warf sie achtlos weg. Dann kam er zurück zu Mara.

»Schade, dass ich dir noch nicht wehtun darf. Also, so richtig weh.«

Noch nicht? Die Bemerkung elektrisierte Mara, zumindest kurz. Hatte sie noch eine Galgenfrist? Aber wie sollte man sie hier finden? Und wer sollte überhaupt nach ihr suchen – jetzt, da sie sich nicht im Dienst befand?

»Erst will sich noch jemand mit dir unterhalten.«

Der Mann trat wieder nahe an sie heran. Er starrte auf sie hinunter, sein Blick kroch in sie hinein.

»Aber danach«, sprach er weiter, »werden wir wieder unter uns sein, Mara. Wie ich mich darauf freue. Vor allem auf deine Haut. Sie ist ganz weiß, stimmt's? Überall, stimmt's? Rotes Blut auf weißer Haut. Es gibt nichts Schöneres auf dieser Welt.« Er nickte ihr zu. »Und auf deine Schreie freue ich mich. Ich werde dir den Knebel abnehmen. In diesem Versteck kann dich sowieso keiner hören. Nur ich. Und Rasputin natürlich. Frauenschreie machen ihn völlig verrückt.«

Ein Geräusch ertönte.

Schritte.

Sie riss den Kopf zur Seite.

Ein Mann näherte sich ihnen.

»Wir bekommen Besuch, Mara«, sagte Workan.

64

Jan Rosen lief den Gang entlang, das Handy am Ohr.

»Ich kann mich auf deine Angaben verlassen, oder? Du bist dir absolut sicher, ja?«

»Absolut?« Brönners verhaltenes Lachen drang zu ihm. »Das vielleicht nicht. Aber wie ich dir sagte: Es ist das erste Signal, das wir überhaupt orten konnten. Womöglich hat es auch mit der Umgebung zu tun, weil es dort schwieriger ist, sich unter dem Radar wegzuducken, um es mal so platt zu sagen.«

»Die GPS-Daten kommen mir einfach komisch vor«, meinte Rosen grüblerisch. »Also nicht die Daten, sondern der Ort, zu dem sie gehören.«

»Mir auch, ehrlich gesagt.«

»Vielleicht ist es doch ein Fehler. Oder ein Trick.«

»Ich würde lügen, wenn ich behaupten würde, dass das nicht möglich wäre.«

»Wie dem auch sei: Ich danke dir, Brönner.«

»Halt mich auf dem Laufenden!«

Rosen verließ das Präsidium. Die Sonne strahlte, am Himmel zeigte sich keine Wolke. Er ließ das Smartphone in der Hand und zog den Autoschlüssel aus der Hosentasche. Gleich darauf saß er hinterm Steuer und bugsierte seinen Audi aus der Parklücke. Gegen das sanfte Brummen des Motors hob sich eine Stimme ab. Rosen hörte, dass jemand seinen Namen rief.

Er ließ die Scheibe des Fahrerfensters herunter und spähte nach draußen.

»Rosen!«

Es war Stanko, der im Laufschritt hinter ihm hereilte.

»Warte auf mich!«

»Was ist los?« Rosen musterte ihn argwöhnisch. »Hast du etwa Klimmt gesteckt, was ich vorhabe?«

Stanko erreichte den Wagen und öffnete die Beifahrertür. »Quatsch! Ich komme mit dir.«

65

Der Mann näherte sich ruhig und ohne Eile. Als befände er sich auf einem entspannten Spaziergang.

Auf die kalte Erde gezwungen, Arme und Beine durch die Fesseln aus Nylon von sich gestreckt, starrte Mara ihm entgegen.

Er war groß. Er war gut aussehend. Er war sehr gepflegt.

Kühl kalkulierende Augen, ein ovales Gesicht mit fast zarter, feminin wirkender Nase. Akkurat geschnittenes dunkles Haar, in das sich hier und da Grau mischte. Elegante Kleidung, souveränes Auftreten. Er hielt inne und maß Mara mit einem gelassenen, prüfenden Blick.

Wäre die Situation eine andere gewesen, hätte Mara diesen Menschen vielleicht für einen Manager oder Geschäftsführer gehalten. Aber sie wusste, um wen es sich handelte. Einmal war sie ihm schon begegnet, ganz kurz, er hatte ihr aus einer Limousine heraus einen ähnlichen Blick zugeworfen wie jetzt. Kalt. Als betrachtete er einen Gegenstand. Etwas, das ihm im Weg war und das sich im Handumdrehen beseitigen ließ.

Er nickte Workan zu, der den dezenten Gruß ebenso stumm erwiderte, dann betrachtete er mit seinen berechnenden Augen wieder Mara.

»Wie geht es Ihnen, Frau Billinsky?« Leise seine Stimme, hart der Akzent, sehr genau die Betonung.

Mara sah noch immer zu ihm hoch. Sie atmete lautstark durch die Nase, denn der Knebel vor ihrem Mund war mittlerweile von Speichel getränkt und ließ keinen Sauerstoff mehr durchdringen. Sie zerrte an den Fesseln, was ihr erst bewusst wurde, als das Nylon ihr an den Gelenken brennend in die Haut schnitt.

»Sie sind mir einmal ganz schön in die Quere gekommen, Frau Billinsky«, fuhr der Mann, den man Novian nannte, unverändert ruhig fort. Fast klang er, als wäre er ein Dozent bei einem Vortrag. Nichts Irres, nichts Unberechenbares ging von ihm aus, wie es bei Workan der Fall war, aber das machte Mara beinahe noch mehr Angst.

»Und das hat mich viel Zeit und eine Menge Geld gekostet. Sie wissen, was ich meine, nicht wahr? Der Vorfall im Osthafen. Aber schwelgen wir nicht in Erinnerungen.« Seine Mundwinkel zuckten kurz, ein knappes, eisiges Lächeln. »Also musste ich einen zweiten Anlauf starten, mir Frankfurt einzuverleiben. Ja, Frau Billinsky, das wird *meine* Stadt sein. Sie eignet sich aus vielerlei Gründen als Schaltzentrale. Hervorragende Lage mitten in Europa, Internationalität, ein Zentrum der Finanzwelt.«

Er entfernte Staub von seinem teuren Mantel, dann sprach er weiter: »Sehen Sie, Frau Billinsky, normalerweise liegt es mir fern, an so etwas Profanes wie Rache zu denken. In Ihrem Fall mache ich eine Ausnahme.«

»Eine gute Entscheidung«, warf Workan mit hämischem Grinsen ein.

»Nicht nur weil ich mich mächtig über Sie geärgert habe, sondern auch weil Sie mir von Nutzen sein können.« Novian trat näher an Mara heran, und sein kalter Blick strich über sie hinweg wie eine eisige Windböe. »Für Gewalt habe ich eigentlich nichts übrig. Sie ist für mich nur ein Mittel zum Zweck. Und ich überlasse sie gern den Experten.« Er zeigte beiläufig auf Workan, der eine bescheidene Verbeugung andeutete und sich Handschuhe aus Kunststoff überstreifte, wie Ärzte sie benutzten.

»Für Polizisten habe ich ebenfalls nichts übrig«, ergänzte Novian. »Auch sie sind ein Mittel zum Zweck, und ich schätze, ich hatte schon mit mehr korrupten Gesetzeshütern zu tun, als es Ameisen in diesem Wald gibt. Die Sache ist ganz einfach, Frau Billinsky. Jetzt, da die Albaner sich dank unserer Zusammenarbeit aus dem Business zurückgezogen haben, bleibt nur noch *ein* Gegenspieler in Frankfurt übrig. Die Polizei. Und deshalb werden Sie nun einiges über Ihren Verein berichten. Über Ihre Kollegen aus den unterschiedlichen Abteilungen, etwa über Ihren Chef Klimmt. Vor allem Privates, da kann man bestens ansetzen und sich Vorteile verschaffen. Geht Klimmt oft zu Huren? Falls ja, zu welchen? Spielt er um Geld? Säuft er? Dasselbe über die Staatsanwaltschaft. Was ist mit diesem von Lingert? Seine Schwächen, Stärken, Vorlieben. Ich möchte alles über ihn erfahren. Erst recht über eure Strukturen, eure tagtäglichen Abläufe. So habe ich gehört, dass eventuell eine neue Spezialeinheit für die Bekämpfung der Drogenkriminalität gegründet werden soll. Was ist da dran? Sicher, ich verfüge bereits über Spitzel in Ihren Reihen, deshalb war auch mein Freund Workan immer so gut über alles im Bilde. Aber dabei handelt es sich um Leute, die mehrere Stufen unter Ihnen stehen.« Novian verschränkte die Arme vor der Brust. »Je kooperativer Sie sich zeigen, desto weniger schmerzhaft wird es für Sie. Und desto schneller bin ich wieder verschwunden.« Er beugte sich zu Mara herab und löste den Knebel von ihrem Mund.

Sie schnappte lautstark nach Luft, atmete heftig ein und aus.

»Sterben werden Sie in jedem Fall, Frau Billinsky. Es kommt auf Sie an, wie viel Sie leiden werden. Seien Sie also nicht dumm.«

Mara sah ihn an, ohne etwas zu erwidern.

»Sind Sie bereit, meine Fragen zu beantworten, Frau Billinsky?«

Erneut gab sie keine Antwort.

Workan trat neben ihn. Die beiden Männer verständigten sich mit einem kurzen Blick.

Mara hatte noch nie in ihrem Leben eine derartige Furcht empfunden.

»So still, Frau Billinsky?« Novian sah sie kopfschüttelnd an. »Nun ja, Sie werden noch gesprächiger, das kann ich Ihnen versprechen.«

Workan zog etwas aus der Innentasche seines Mantels. Er präsentierte Mara den Gegenstand mit einem Grinsen. Es war ein Teppichmesser. Er schob die funkelnde Klinge ein ganzes Stück weiter aus dem stählernen Griff.

66

Eine kleine Gemeinde namens Liederbach. Keine zehntausend Einwohner. Frankfurt lag südlich von hier, im Norden schloss sich Bad Soden an. Ackerflächen, Wälder, Wander-, Fahrrad- und Landwirtschaftswege. Idyllisch, friedlich. Ein Flecken, an dem man beinahe den Eindruck gewinnen konnte, das Verbrechen wäre nur eine Illusion, eine Erfindung.

Aus den Augenwinkeln sah Rosen, wie Stanko sich auf dem Beifahrersitz skeptisch umblickte, die Stirn gefurcht.

»Dieses Kaff soll der Zielort sein?«, fragte er. »Das glaubst du doch selbst nicht.«

Rosen überprüfte zum wiederholten Male die von Brönner übermittelten GPS-Daten auf seinem Smartphone, das er in der rechten Hand hielt, während die linke auf dem Steuerrad lag.

»Hm«, meinte er ratlos. »Kommt mir auch komisch vor.«

Sie durchquerten Liederbach und bogen direkt hinter dem Ortsschild in einen schmalen asphaltierten Wirtschaftsweg ein. Es ging noch knappe zwei Kilometer weiter, bis der Weg, inzwischen nur noch eine Schotterspur, sie tief in einen Wald führte.

»Ich denke, du kannst umdrehen«, murmelte Stanko. »Das bringt doch nix.« Offenbar tat es ihm schon leid, dass er Rosen seine Unterstützung angeboten hatte.

Sie erreichten eine kleine, von eng stehenden Bäumen verborgene Parkfläche, die wohl von Wanderern, Forstarbeitern und Jägern genutzt wurde. Kein Auto zu sehen. Hier endete der Weg. Rosen stoppte den Wagen.

»Na los, Rosen, wenden!«, forderte Stanko noch einmal.

Rosen betrachtete wieder das Display seines Handys. Er schaltete den Motor aus.

»Was soll das?« Stanko winkte ab. »Das bringt nix, glaub's mir.«

»Wenn wir schon mal hier sind, können wir uns wenigstens umsehen.«

Als er ausstieg, erwartete er Widerspruch von Stanko, doch der Kollege schob sich ebenfalls ins Freie.

Rosen übernahm die Führung, was ein irritierendes Gefühl für ihn war. Das Mobiltelefon in der Hand, schritt er auf die Wand aus Bäumen zu.

67

»Ich war nie ein Handwerker«, sagte Workan. »Aber in der Welt des Handwerks stößt man doch immer wieder auf die nützlichsten Dinge.«

Er betrachtete kurz das Teppichmesser, dann machte er weiter.

Novian stellte weiterhin Fragen und versuchte aus Mara Insiderwissen herauszuholen, doch noch brachte sie es fertig zu schweigen.

Mit Geschick gelang es Workan, Mara von ihrer Kleidung zu befreien, ohne dass er die Fesseln lösen musste. Oberteil, Sport-BH, Jeans, Slip, die verschiedenen Stoffe waren mehrfach ausgeschnitten worden. Nun zog er die Kleidungsstücke unter ihr weg, ihre nackte Haut traf ungeschützt auf den kalten Boden, ihre Hinterbacken fühlten sich im Nu an wie Eisblöcke.

Abgesehen von den Socken und den Doc-Martens-Stiefeln war sie nackt. Die Männer standen da und glotzten sie an, Workan grinsend, Novian ausdruckslos. Es war, als könnten sie bis in Maras Seele sehen.

Mara zitterte, nicht nur wegen der Kälte, und sie hasste sich dafür. Sie wusste, dass das ein Moment war, der sich unauslöschlich in ihr Bewusstsein einbrennen würde. Zumindest wenn sie lebend aus dieser Situation herauskam – und dafür standen die Chancen schlecht, verdammt schlecht.

Die Verbrecher beäugten interessiert ihre Tätowierungen. Die Klapperschlange, die an ihrem rechten Arm hinaufkroch. Den Steinbockkopf auf ihrem linken Oberarm, das Sternzeichen ihrer ermordeten Mutter. Und die Krähe mit dem pechschwarz glänzenden Gefieder, die auf ihrem Bauch saß.

Während Novian unverändert kühl blieb, glitzerte in Workans Augen eine widerwärtige Gier. »Eine schöne Krähe«, flüsterte er, Spucke auf den Lippen, winzige Schweißperlen auf der Stirn. »Und eine so schöne weiße Haut, genau wie ich es erwartet habe.«

Auch Mara schwitzte, trotz der Kälte unter ihr, die Angst, die Anspannung, das fieberhafte Nachdenken, all das trieb ihr den Schweiß aus den Poren.

Beim Aufschneiden der Kleidung hatte er es nicht vermeiden können, Maras Haut hier und da aufzuritzen.

Er tauchte den vom Handschuh geschützten Zeigefinger in das Blut, das er genüsslich ableckte. »Du schmeckst köstlich, Mara.« Er legte das Messer weg und holte die Ratte hervor. »Sieh sie dir an, Rasputin! Sie wird ein einziger Genuss für dich sein.«

Das Tier fiepte aufgeregt, ein ekelhaftes Geräusch.

»Nimm das Vieh weg«, befahl Novian ruhig, und Workan steckte Rasputin zurück in die Manteltasche. »Also, Frau Billinsky, wenn Sie weiterhin so wenig hilfreich sind, bleibt mir nichts anderes übrig, als Workan fortfahren zu lassen.«

Mara stöhnte, sie keuchte, sie benetzte sich die trockenen Lippen. Und fast ebenso groß wie die Furcht war die Enttäuschung darüber, dass der Mord an ihrer Mutter niemals aufgeklärt werden würde. Wäre sie erst tot, dann gab es niemanden mehr, dem daran gelegen war. Verzweifelt gestand sie sich ein, dass sie versagt hatte. Sie konnte nicht einmal mehr wütend auf sich sein. Keinen Zorn zu empfinden, bedeutete, keinen Widerstand mehr zu haben. Aufzugeben, sich zu fügen.

War es nicht so?

Es ist vorbei, hörte sie Edgar Billinskys Stimme, leise, von ferne und doch ganz nah.

»Haben Sie mir nichts zu sagen, Frau Billinsky?« Novian forschte in ihrem Gesicht. Dann sandte er Workan einen kaum wahrnehmbaren Blick zu.

Mara hielt den Atem an, die Zeit schien stillzustehen.

In Workans Hand befand sich wieder der Gasanzünder. Er setzte ihn an Maras Wange – exakt an derselben Stelle wie beim ersten Mal.

Der Schmerz durchdrang Mara, sie schrie auf, und die Wehrlosigkeit, die in diesem Laut lag, tat fast ebenso weh wie die Flamme.

Erneut stank es nach versengter Haut.

Jetzt berührte die Spitze des Gasanzünders Maras Brustwarze.

Sie hielt wieder die Luft an, schloss die Augen, presste die Lippen aufeinander.

Es tat so weh.

Mara schrie gellend.

68

Sie folgten einem schmalen Trampelpfad durchs Unterholz. Zweige und Gräser streiften ihre Beine. Es roch nach Erde, Moos und Unkraut. Vögel zwitscherten, ein Specht hämmerte rhythmisch. Gebüsche und Gestrüpp ließen den Pfad nach und nach verschwinden.

Ein Abhang, ebenfalls überwuchert von Sträuchern, tat sich plötzlich vor ihnen auf.

Nebeneinander standen sie da, Rosen starrte weiterhin auf das Handy, jedoch zunehmend ratloser.

»Scheißtechnik«, sagte Stanko. »Ich weiß schon, warum ich sonst lieber meiner Nase vertraue.«

Sie hörten ein plätscherndes Gewässer, das nicht weit entfernt sein konnte.

»Los, Rosen, lass uns endlich zurück zum Auto gehen. Vielleicht finden wir in dem Nest in der Nähe einen Happen zum Essen. Ich könnte was vertragen.«

Auf einmal zuckte Rosen zusammen. Er ließ den Blick kreisen.

»Was ist?«, fragte Stanko.

»Da war doch was …«

»Was denn?«

»Ein Schrei.«

»Sicher?«

Angestrengt lauschte Rosen in die leise knackende Stille des Waldes.

»Ich glaube schon.«

69

Sie hörte ihren eigenen Schrei, seltsam fremd, seltsam endgültig, und ihr wurde immer gegenwärtiger, dass sie da niemals herauskommen würde.

Dass sie verloren war, versteckt, irgendwo in diesem Wald, dass alles vorüber war. Dass alles, was ihr etwas bedeutet hatte, sich in einem trüben Nichts auflösen würde, als hätte sie nie existiert. Dass sie den Kampf gegen alle Widerstände des Lebens verloren hatte.

Mara schrie noch einmal, als das Brennen schlimmer wurde, und in ihren verzweifelten Schrei mischte sich etwas anderes.

Stimmen.

Rufe.

Schüsse.

Das schnelle Trampeln von Schritten.

Sie öffnete die Augen, in der sicheren Erwartung, in Workans brutale, widerliche Fratze zu blicken, doch seine Züge verwandelten sich plötzlich, wurden weicher, sein Teint wurde heller, seine Augen ein wenig dunkler, sein Haar blond.

Nach einer Ewigkeit erkannte Mara, dass es nicht Workan war, der auf sie herabschaute, sprachlos vor Entsetzen.

»Rosen«, keuchte sie ungläubig.

Die Nylonschnüre verschwanden von ihrer Haut, ihrem wund gescheuerten Fleisch.

Sie sah mit versteinerter Miene zu, wie Rosen aus seiner neuen Jacke im Armeestil schlüpfte und sie vorsichtig über ihren Körper bettete. Dann richtete er sich rasch auf, die Pistole in der Hand.

»Los, Stanko!«, brüllte er. »Die Kerle sind durch den Tunnel abgehauen.« Seine freie Hand berührte ihre Schulter, nur ganz kurz, vorsichtig, beruhigend. Leise raunte er ihr zu: »Billinsky, ich fordere Verstärkung an.«

Er rannte los, und erst jetzt bemerkte Mara Stanko, der bereits losgelaufen war, auf die große schwarze Höhle zu, die der Tunnel bildete, gefolgt von Rosen, der sich genau wie Stanko rechts des Flusses hielt.

Für einen langen Moment waren die beiden nur Schemen, als wären sie eine Einbildung Maras gewesen, doch als sie an den Tunnelausgang und damit ans Tagelicht gelangten, vermochte sie die beiden wieder klar und deutlich zu sehen.

Sie pumpte Luft in ihre Lungen, ganz tief, als könnte sie damit Kraft einsaugen, dann schob sie Rosens Jacke von sich. Sie kam steif auf die Beine, etwas zu schnell, zu überhastet, in ihrem Kopf drehte sich alles, sie zitterte, ihre Knie wurden weich, doch sie schaffte es, sich auf den Füßen zu halten.

Bloß nicht innehalten, bloß nicht anfangen nachzudenken, sagte sie sich und legte die paar Schritte zu ihrer zusammengeknüllten Lederjacke zurück. Sie zog sie an. Es tat gut, das vertraute Innenfutter, obwohl kalt, auf der Haut zu fühlen. Ihre Wange brannte, ihre Brustwarze noch schlimmer, aber sie befahl sich, nicht darauf zu achten. Ihre Dienstpistole war nicht auffindbar, auch nicht bei den Fetzen ihrer Kleidung, sicher hatte Workan sie eingesteckt.

Weil die Lederjacke nicht sonderlich lang war, zog sie Rosens Jacke darüber, die ihr fast bis an die Knie reichte. So stand sie da, zu verwirrt und schwach, um über ihre Rettung glücklich zu sein, auf ihren Doc Martens, zwei Jacken auf dem nackten Körper.

Eine Waffe hätte ihr mehr Sicherheit gegeben. Ihr Blick fiel auf die Eisenstangen, an die Workan sie gefesselt hatte. Eine davon riss sie aus dem Boden. Sie war etwa vierzig Zentimeter lang. Mara betrachtete das angespitzte Ende. Nutzlos gegen jede Schusswaffe, doch es half ihr, etwas in der Hand zu haben, sich an etwas festhalten zu können.

Sie kam sich verloren vor, schutzlos und nutzlos, umgeben von bedrückender Lautlosigkeit.

Nicht nachdenken!, schärfte sie sich erneut ein.

Da es ihr besser erschien, als an Ort und Stelle zu verharren, setzte sie sich in Bewegung, in dieselbe Richtung wie die Gangster und gleich darauf die Kollegen, durch den Tunnel, dessen dunkle Decke über ihrem schweißnassen Haar hing wie ein Sargdeckel.

Jetzt erst fiel ihr auf, dass keine Schüsse mehr zu hören waren.

Mara erreichte den Ausgang des Tunnels und tauchte förmlich ein in den Vorhang aus Büschen und Sträuchern. Es war eine Erleichterung, sich verstecken zu können. Sie atmete durch, wartete ab, dann eilte sie weiter. Sträucher kratzten ihre nackten Beine, Zweige pikten ihr ins Gesicht.

Weiter, weiter! In Bewegung bleiben! *Bloß nicht stoppen, bloß nicht überlegen!* Weiter, weiter, immer weiter!

Und plötzlich zerfetzten wieder Schüsse die dumpfe Stille des Waldes.

70

»Scheiße!« Er schnaufte.

Obwohl er recht gut in Form war, japste Stanko nach Luft. Doch das schnelle Laufen auf dem unebenen, von Pflanzenwuchs überwucherten Erdreich setzte ihm zu. »Ich glaube, die Schweinehunde haben sich getrennt.«

Rosen spähte kurz zu seinem Kollegen herüber, dann sofort wieder in den Wald, der sie so dicht umgab, als wollte er sie zerquetschen. »Möglich.«

Auch sein Atem ging heftig. Sie hatten sich verdammt beeilt, trotz aller gebotenen Vorsicht, der groß gewachsene und der deutlich kleinere Verbrecher waren allerdings ihren Blicken entschlüpft.

Er spürte den Schweiß, der an seinem Gesicht herablief, und versuchte das Bild der gefesselten, nackten Mara Billinsky aus seinem Kopf zu verjagen.

Wären er und Stanko nur etwas später aufgetaucht … Er wagte nicht weiterzudenken, sondern versuchte krampfhaft, sich auf die Situation zu konzentrieren.

»Los, weiter«, sagte er leise zu Stanko.

Sie setzten sich erneut in Bewegung, die Waffen im Anschlag. Schritt für Schritt zwischen Kiefern und Buchen hindurch, an Hagebuttensträuchern und Dornengestrüpp vorbei, das sich an ihren Hosenbeinen verhakte. Schritt für Schritt, Meter für Meter, über Moose und trocken gewordene Erde hinweg.

Die Stille ringsum zerrte an Rosens Nerven. Er bekam einfach keine Ruhe in seine Gedanken, sein Puls raste, er fühlte jeden einzelnen seiner Herzschläge unwirklich stark.

Genau wie in den beiden Nächten im Bahnhofsviertel, die als grelle Erinnerungsblitze in ihm aufflammten.

Einmal hatte er versagt, einmal hatte er *nicht* versagt.

Unwillkürlich musste er an Anyana denken, an ihr hübsches Gesicht mit dem auffälligen herzförmigen Muttermal. Was, wenn er sie niemals ...?

Unter seiner Sohle knackten Zweige, das plötzliche laute Geräusch riss ihn los von Anyana, brachte ihn zurück in diesen dunklen Wald.

»Sind sie uns entwischt?« Stanko sah ihn an und zuckte kurz mit den Schultern.

Im nächsten Augenblick erblickten sie eine Gestalt. Es war der Kleinere der zwei Flüchtigen. Er starrte sie an. Eine verrückte Sekunde lang erschien es beinahe, als hätte er auf sie gewartet.

Rasch drehte er sich um und lief weiter.

»Los, jetzt!«

Sie rannten wieder schneller.

Rosen spürte, wie seine Lungen pumpten. Er schwitzte noch stärker.

Das Gelände wurde abschüssig. Rosen merkte, dass er ins Rutschen geriet, er wollte sich an einem dünnen Baumstamm festhalten, da verlor er auch schon den Stand und glitt auf einem tückischen Teppich aus Blättern aus, die noch im letzten Herbst gefallen waren.

Er landete auf dem Hosenboden und starrte einen Moment lang verdutzt nach oben zu den im leichten Wind wippenden Baumkronen. Noch vom Boden aus entdeckte er plötzlich erneut den Fremden, klein und fast fragil, halb verborgen von mannshohen Büschen.

Hastig versuchte Rosen, auf die Beine zu kommen.

Mündungsfeuer blitzte auf, ein Schuss entlud sich donnernd, sofort gefolgt von einem zweiten.

Ein Schrei ertönte.

Rosen drückte sich geduckt an einen Baumstamm.

Der Mann wirbelte herum und rannte los, weg von ihnen.

Rosen zielte. Und schoss.

Doch schon beim Abdrücken hatte er das Gefühl, er würde den Kerl verfehlen.

Und tatsächlich, der Verbrecher rannte weiter, entschwand bereits wieder im Dickicht und aus Rosens Blickfeld.

Wo war Stanko?

Eben hatte er sich noch zwei Meter entfernt von ihm aufgehalten, und nun war nichts mehr von ihm zu sehen.

Unentschlossen stand er immer noch dicht neben dem Baum.

»Stanko?«

Ein Stöhnen ertönte.

Rosen lief los. Nach einigen schnellen Schritten erreichte er einen weiteren kleinen, mit Bäumen bewachsenen Abhang.

Da sah er Stanko.

Rosen rannte auf ihn zu und achtete darauf, nicht wieder auszurutschen. Neben ihm sank er in die Knie. »Stanko!«

Sein Kollege lag flach auf dem Rücken im Laub. Die Hände hatte er auf den Bauch gepresst. Zwischen den Fingern quoll Blut hervor. Er war ganz bleich.

»Scheiße!«, kam es leise über Stankos bebende Lippen.

71

Die Stille nach den beiden Pistolenschüssen war übermächtig.

Als würde die ganze Welt den Atem anhalten.

Mara verharrte zwischen zwei Sträuchern und starrte auf die finstere Wand aus Bäumen.

Die Schüsse waren in einiger Entfernung abgefeuert worden, rasch hintereinander.

Sie lauschte in die unheimliche Ruhe, die sie umgab. Kein Vogelgezwitscher. Nur ein schwaches Rascheln von Blättern, die der Wind bewegte. Und noch schwächer das Plätschern des Flusses, der inzwischen in ihrem Rücken lag.

Vorsichtig setzte sie ihren Weg fort, in die Richtung, aus der ihrem Empfinden nach die Schüsse gekommen waren. Ihre Hand krampfte sich um die Eisenstange. Was hätte sie jetzt alles für ihre P30 gegeben.

Dornengestrüpp erschwerte ihr Vorankommen, sie drückte Zweige beiseite, zwängte sich voller Anspannung hindurch.

Die Stille zerrte an ihren Nerven. Welche Erleichterung wäre es gewesen, den Klang von Rosens oder Stankos Stimme aufzuschnappen.

Doch da war nur Stille, diese tosende, gewaltige Stille.

Mara hielt den Atem an, stoppte mitten in der Bewegung.

Denn da gab es nicht nur diese verdammte Stille, da war ein *Geräusch*, leise, aber nicht leise genug.

Hinter ihr.

Ansatzlos wirbelte sie herum.

Ein Mann, groß und breitschultrig, schob sich genau wie sie durch die Sträucher.

Novian.

Sie sahen einander in die Augen.

Er riss eine Pistole hoch, ein greller Blitz flammte auf.

Mara duckte sich, das Projektil surrte hauchdünn über ihren Kopf hinweg, sie hechtete nach vorn und riss den Mann von den Beinen. Ein wildes Ringen auf dem Waldboden, Mara auf Novian, seine Augen nur Zentimeter von ihren eigenen entfernt, ihre linke Hand mit aller Kraft auf seinem rechten Handgelenk. Sie roch sein Parfüm, seinen Schweiß, das Waschmittel, mit dem seine elegante Kleidung gereinigt worden war.

Noch näher seine Augen. Noch näher. Ganz nah.

Wo war Workan?, fragte sie sich.

Novian war stärker. Er drückte sie von sich, sie landete mit dem Rücken auf der Erde, er rollte sich über sie, erneut so nah seine Augen, groß die Pupillen, seine Hand mit der Pistole erschien vor ihrem Gesicht, die Mündung berührte die linke Seite ihres Kopfes.

»Viel Spaß in der Hölle, Frau Billinsky!«, zischte er.

Mara stieß zu. Zuerst fühlte sie den Widerstand, auf den die angespitzte Stange traf, doch dann drang das Eisen mühelos in den Körper des Mannes ein.

Novians Augen weiteten sich, seine Züge verkrampften sich. Die Pistole entglitt seiner Hand und fiel lautlos auf weiches Moos. Jetzt erst erkannte Mara, dass es sich um ihre eigene Dienstwaffe handelte.

Im selben Moment spürte sie, dass eine warme Flüssigkeit die beiden Jacken durchdrang, die sie trug, und klebrig über ihre Haut strömte.

Es war Blut. Novians Blut. Das Blut des Wolfs.

72

Frankfurt, Ostbahnhof, später Nachmittag. Eine etwas abgelegene, unbedeutende Bahnstation, vom Treiben in der Stadt kaum berührt. Güterverkehr der Deutschen Bahn, Regionalverkehr, meistens herrschte hier Stille.

Eine S-Bahn rauschte über die erhöht liegenden Gleise heran und stoppte unter gewaltigem Quietschen der Bremsen. Wenige Menschen stiegen ein, noch weniger aus, darunter ein Mann, der sich langsam und unauffällig bewegte. Mit misstrauischen Blicken streifte er seine Umgebung und nahm die Treppe, die nach unten zur Unterführung und von dort auf den Danziger Platz führte.

Am Rande des verwahrlosten Platzes stellte er sich hin, abgeschirmt von einem Bauzaun und einem Kastanienbaum. Erneut behielt er alles um sich herum aufmerksam im Auge.

Mehrere Baustellen, ein Fahrradweg, eine verlassene Bushaltestelle. Die Fenster des alten, seit Langem renovierungsbedürftigen Bahnhofsgebäudes waren mit Brettern verrammelt. An den Wänden riesige Graffiti, ein Meer aus Abfall. Ein Stück entfernt befand sich eine winzige triste Grünanlage, begraben unter Schichten aus Straßenstaub und Unkraut. Der Asphalt der Straße und das Kopfsteinpflaster daneben waren wellig und schadhaft, überall an den Rändern wuchs Gestrüpp. Obdachlose saßen im Kreis zusammen und schwatzten. Es war bekannt, dass rund um den Platz viele von ihnen regelmäßig übernachteten.

Workan stand noch an derselben Stelle, als es dunkler zu werden begann. Er verlagerte sein Gewicht aufs andere Bein und wartete weiter. Gern hätte er einen Zigarillo geraucht, aber er hatte kein Feuer mehr, und einen der seltenen Passanten darum zu bitten, das hätte er niemals getan. Es ging darum, unauffällig, im besten Fall unsichtbar zu bleiben.

In gewissen Abständen steckte er die Hand in die Manteltasche, um Rasputin übers Fell zu streicheln. Und er wartete weiter.

Ein Wind kam auf, die Schatten wurden finsterer, dichter. Spätestens jetzt begann Workan sich Sorgen zu machen. Noch während seiner Flucht aus dem Wald hatte er sich seines Handys entledigt. Auch den Wagen, der auf der gegenüberliegenden Seite des Tunnels geparkt war, hatte er sicherheitshalber zurückgelassen – immerhin hatte die Möglichkeit bestanden, dass ihn dort weitere Polizisten erwarten würden. Erst später, als er stundenlang durch den Wald geschlichen war, einen weiten Bogen geschlagen hatte und am Rande eines kleinen Nests in eine S-Bahn gestiegen war, wurde ihm klar, dass die beiden Bullen allein gewesen sein mussten.

Es war ein Fehler gewesen, so rasch den Rückzug anzutreten, ohne sich zu vergewissern. Mit Sicherheit wären sie mit den Bullen fertiggeworden.

Novians Fehler, nicht Workans.

Aber Workan kannte seinen Boss zu gut, um überrascht zu sein. Novian war stets darauf bedacht, sich im Hintergrund und aus der Schusslinie herauszuhalten. Je erfolgreicher er geworden war, desto konsequenter hatte er dieses Prinzip beibehalten. Niemand kannte sein Gesicht, seine Stimme, seine Gewohnheiten. Es gab Gründe, weshalb das so war.

Also waren sie geflüchtet, sofort, ohne Zögern.

Sie hatten sich getrennt, ein Vorschlag Workans, der Novian für den Notfall Mara Billinskys Waffe in die Hand gedrückt und ihm versichert hatte, er werde die Bullen auf seine Spur locken. Damit der Boss entkommen konnte.

Umhüllt von Dunkelheit stand Workan da und sah zu

den Obdachlosen, die sich betranken und im Streit ankeiften. Ab und zu ein Radfahrer, ein vorbeidröhnendes Auto, sonst keine Bewegung, niemand zu entdecken. Der Parkplatz und der Taxistand waren leer, kein einziges Fahrzeug stand dort.

Ja, er machte sich Sorgen. Das war ihr Treffpunkt für Notsituationen. Wenn etwas Unvorhergesehenes eingetroffen war, wenn keine telefonische oder digitale Verbindung zwischen ihnen bestand. Ein hässlicher, vergessener Fleck inmitten der Stadt.

Doch Novian tauchte nicht auf.

War ihm etwas zugestoßen?

Hatten ihn die Bullen gekriegt? Nein, unmöglich, einen der beiden hatte Workan ja selbst außer Gefecht gesetzt.

Novian *musste* also entkommen sein.

Aber weshalb tauchte er dann nicht endlich hier auf? Wo steckte er?

Workan wurde unruhig. Nicht nur wegen des Bosses, auch aufgrund seiner eigenen Lage. Viel Zeit war durch das Warten draufgegangen. Konnte er es noch wagen, in sein Hotel zurückzukehren, um seine Sachen zu holen? Sicher war, dass er schleunigst einen neuen Unterschlupf brauchte. Einen neuen Wagen, ein neues Handy.

Wo steckte Novian?

Ratlos lief er nach einer weiteren nutzlos verstrichenen halben Stunde in Richtung Stadtmitte. Er bestieg eine U-Bahn, die ihn unter dem Main hindurch nach Sachsenhausen brachte. Dort gab es ein kleines, unscheinbares Restaurant, das ebenfalls als geheimer Treffpunkt diente. Doch auch dort – keine Spur von Novian.

Workan trank einen Kaffee, um wacher zu werden. Und wieder stellte er sich die Frage, ob er es riskieren sollte, in sein Hotel zurückzukehren, oder es besser war, sofort unterzutauchen. Würde das aussehen, als ließe er Novian im Stich? Dieser Eindruck durfte keinesfalls entstehen. Er hatte diesem Mann so viel zu verdanken. Ohne Novian wäre er wohl nie aus dem stillgelegten Moskauer U-Bahn-Schacht herausgekommen.

Als Workan wieder die Straße vor dem Restaurant betrat, wurde er förmlich von der Nacht geschluckt, die sich über Frankfurt ausgebreitet hatte. Wie aus dem Nichts aufgezogene Nebelschleier verdeckten die Sterne. Der Mond hing als fahle Sichel über den Dächern. Workans Schritte hallten einsam in der ansonsten ruhigen Seitenstraße wider.

73

Sie schloss die Tür hinter sich.

Atmete tief durch.

In Stresssituationen hatte die Einsamkeit ihrer spärlich eingerichteten dunklen Wohnung oft eine beunruhigende Wirkung auf sie – jetzt allerdings war sie zutiefst erleichtert, hier sein zu können.

Ihr Herz pochte in ihrer Brust. Es war gut, am Leben zu sein, *so verdammt gut*. Durchatmen, durchatmen, durchatmen.

Mara Billinsky hatte die ärztliche Untersuchung abgebrochen, dann zuerst den Psycho-Doc und anschließend Hauptkommissar Klimmt versetzt, der sie in seinem Büro erwartet hatte. Einfach abgehauen war sie, hatte sich von einem Taxi ins Westend zu ihrem Wagen kutschieren lassen und war daraufhin im Alfa, dessen Fahrzeugschlüssel sich noch in ihrer Lederjacke befunden hatte, nach Bornheim gefahren.

Durchatmen, durchatmen, durchatmen!

Sie hängte Rosens Jacke im Armeelook, die sie noch zurückgeben musste, an einem Haken auf und zog ihre eigene aus, dann auch das Oberteil der rasch aufgetriebenen Ersatzklamotten, die man ihr nach dem Eintreffen der Kollegen im Wald gegeben hatte.

In der Wohnung war es kühl, Mara bekam sofort eine Gänsehaut. Sie ging ins Bad, stellte sich vor den Spiegel und schaute sich selbst prüfend in die Augen. Es war keine Furcht darin wahrzunehmen, keine Panik, und das beruhigte sie.

Sie nahm das Pflaster ab, das die gereinigte, mit Salbe bestrichene Wunde auf ihrer Wange schützen sollte, und begutachtete sich. Ein scheußlicher Anblick. Wundflüssigkeit, Blut und Salbe hatten sich vermischt. Es würde eine Narbe bleiben.

Aber Mara wusste, dass die anderen Narben schlimmer waren, die unsichtbaren. Jene, die auf der Seele brannten. Dagegen fiel das Brandmal auf der Wange kaum ins Gewicht, sie war weder eitel noch allzu zartbesaitet.

Behutsam löste sie auch das Pflaster auf ihrer linken Brustwarze. Hier war der Schmerz schlimmer, auch jetzt noch. Das zarte Gewebe hatte einiges abbekommen.

Doch sie war am Leben. *Am Leben.* – Das war, was zählte.

Sie verließ das Bad, ohne sich etwas überzuziehen, die Luft würde den malträtierten Stellen ihres Körpers gewiss guttun. Kaum hatte sie das Wohnzimmer betreten, klingelte ihr Festnetzapparat, der in einer Ecke auf dem Boden stand. Dadurch fiel ihr ein, dass Workan ihr das Handy abgenommen hatte. Sie würde rasch für Ersatz sorgen müssen.

Die eingeblendete Nummer auf dem Display war die, mit der sie gerechnet hatte. Sie nahm den Hörer in die Hand und sagte: »Hallo, Chef.«

»Ich warte auf Sie«, antwortete er. Obwohl er sein übliches Brummen ausstieß, konnte er nicht verhehlen, wie besorgt er um sie war.

»Chef, ich *konnte* einfach nicht mehr, ich musste raus aus diesem verdammten Präsidium.«

»Das kann ich ja verstehen, aber …«

»Sorry, Chef!«

»Schon okay, Billinsky«, erwiderte er leise.

»Gibt es Neuigkeiten? Wie geht es Stanko?«

»Besser. Die Kugel hat kein Organ zerstört. Er liegt in der Uni-Klinik.«

»Das ist gut.« Sie machte eine Pause. »Und was ist mit Novian?«

»Schwebt zwischen Leben und Tod.«

»Irgendwie pervers, dass wir dem Dreckskerl die Daumen drücken müssen, dass er davonkommt.«

»Lebendig nützt er uns mehr als tot.«

»Richtig«, sagte sie dumpf.

»Die Leute von der Spurensicherung sind vorhin wieder hier eingetroffen.«

»Hm. Das ging ja recht schnell.« Mara ließ sich auf das kleine Sofa fallen und zog die Beine an. Sie öffnete die Knoten der Schnürsenkel, schlüpfte aus den Doc Martens und dann auch gleich aus der fremden, deutlich zu großen Bluejeans – wo immer die Kollegen das Ding hergehabt hatten.

»An der Stelle«, erläuterte Klimmt, »an der Sie gefangen gehalten wurden, hat man wohl nichts Brauchbares gefunden. Die drei verbliebenen Eisenstangen, den Gasanzünder, das Teppichmesser, mehrere Zigarillostummel für einen DNA-Abgleich. Nicht weit davon stieß man auf die Autos von Novian und dem anderen Kerl.«

»Workan«, warf Mara ein.

»Beides Leihwagen.«

»Gibt es schon irgendetwas zu Workan? Spuckt der Computer etwas aus?«

»Wenn es nach unseren Datenbanken geht, existiert kein Workan. Die Fingerabdrücke in seinem Auto ergaben jedenfalls beim Abgleich keinen Treffer.«

»Und ob der existiert«, sagte Mara leise mit einem Erschauern.

»Wir kriegen ihn schon, Billinsky.«

»Das müssen wir auch.« Wieder lief es ihr kalt den Rücken herunter. »Die Vorstellung, dass er weiterhin in Freiheit ist, gefällt mir ganz und gar nicht.«

»Mir ist nicht wohl bei dem Gedanken, dass Sie allein sind.«

»Kommen Sie bloß nicht auf die Idee, Kollegen als Begleitschutz für mich abzustellen.« Mit fester Stimme fügte sie an: »Ich bin okay.«

»Ich habe tatsächlich daran gedacht …«

»Ich verriegle die Tür«, unterbrach sie ihn in bemüht lockerem Ton, »und lege die Pistole unters Kopfkissen.«

»Hm«, gab er alles andere als überzeugt von sich.

»Ehrlich, ich passe auf. Und Workan hat anderes zu tun, als mir wieder hinterherzuschleichen. Er muss seine eigene Haut retten.«

»Na schön«, sagte Klimmt nach einem Zögern. »Schließen Sie sich ein. Nehmen Sie Schlaftabletten, damit Sie überhaupt Ruhe finden können. Morgen früh statte ich Ihnen einen Besuch ab, und wir besprechen alles Weitere. Einverstanden?«

»Alles klar, Chef, einverstanden.«

»Und Billinsky – machen Sie bloß keine Dummheiten!«

»Sie werden's kaum für möglich halten, aber sogar ich habe fürs Erste die Schnauze voll von Dummheiten.«

»Hoffentlich bleibt's dabei«, sagte er.

Nach dem Telefonat machte sich Mara eine große Portion *Spaghetti aglio e olio* – es war schön, nach der ganzen Aufregung und Anspannung einfach nur mit Heißhunger essen zu können. Danach stellte sie sich unter die Dusche und achtete darauf, dass ihre Verletzungen, auch die zum Glück recht kleinen Schnitte des Teppichmessers, kein Wasser abbekamen.

Später ließ sie ihren Oberkörper weiterhin unbekleidet, das schmerzhafte Pochen in ihrer Brustwarze wurde nicht schwächer. Sie drehte die Songs von Nirvana schön laut auf und schenkte sich einen sizilianischen Rotwein ein – das tat mindestens so gut wie die Pasta. Auch wenn sie es nicht wollte, spukte die Unterredung mit Klimmt unentwegt durch ihren Kopf. Und auch gegen die Bilder, die ihr bei jedem Schritt in der Wohnung hinterherschlichen, konnte sie sich nicht wehren.

Der Tunnel. Workan. Der Wald. Novians Augen.

Während der Tag vor dem Fenster zerrann und in den Abend überging, begannen die eigenen vier Wände, wie Mara es insgeheim befürchtet hatte, sie einzuengen und zu bedrücken.

Wieder überfiel sie die Erkenntnis, dass sie keine Ruhe finden würde, solange Workan noch irgendwo da draußen lauerte. Doch wie hätte sie ihn aufspüren können, wenn selbst forensische Spurensucher offenbar dabei waren zu kapitulieren? Er war ein Mann, der sich in Luft auflösen konnte, ein Gespenst.

Wo hätte sie ansetzen, wo hätte sie mit der Suche beginnen können?

Eigentlich nur an einem Ort.

Unsicher, ob sie nicht gerade dabei war, doch wieder eine Dummheit zu begehen, schlüpfte sie in eine saubere schwarze Jeans und in ein weit geschnittenes, leichtes Oberteil. Kein BH, kein Top, wegen der Wunde an ihrer Brust. Sie nahm die Waffe, befühlte einen langen, bedrückenden Moment den Stahl, die Plastikgriffschalen, und steckte sie in die Innentasche ihrer Lederjacke. Ihr Holster war von Workan mit dem Messer zerstört worden, sie brauchte ein neues, doch das war nicht dringend. Zum Schluss holte sie noch aus dem Küchenschrank eine Stabtaschenlampe.

Gleich darauf startete Mara ihren Alfa, über ihr ein Himmel, der immer dunkler wurde, um sie herum die glitzernden Lichter der Stadt. Lange, dichte Reihen mühsam vorankriechender Autos, jede Fahrspur war voll. Sie machte das Radio an und gleich wieder aus. Nichts sollte sie dabei stören, Konzentration aufzubauen, wieder ihre innere Ruhe zu finden.

Kurz darauf ließ sie Frankfurt hinter sich, der Verkehr wurde spärlicher, die Landstraße erstreckte sich vor ihr als ein fast leeres grauschwarzes Band. Sie durchquerte Liederbach und musste ein wenig suchen, doch dann fand sie den Wirtschaftsweg und schließlich auch die Stelle, an der Rosen und Stanko geparkt hatten.

Als sie ausstieg, war es immer noch nicht völlig dunkel. Letzte Fetzen des Tageslichts machten es ihr leichter, den Weg zum Ort ihres ganz eigenen Grauens zu finden.

Der Tunnel öffnete sich vor ihr wie eine finstere, vergessene Höhle aus vergangenen Zeiten. Erst leuchtete Mara mit dem Smartphone, dann mit der Taschenlampe. Sie glaubte nicht daran, etwas zu finden, was der Spurensicherung entgangen wäre, das keineswegs. Es ging ihr einfach darum, hier zu sein, die Luft dieses Ortes einzuatmen, keine Angst vor ihm zu entwickeln.

Der Strahl der Lampe erfasste die vier Stellen, an denen Workan die Eisenstangen in den Boden getrieben hatte. Ein eisiger Schauer erfasste Mara und sorgte für eine Gänsehaut auf ihrem gesamten Rücken. Sie fühlte wieder die Kälte der Erde und die Flamme des Gasanzünders.

Das Wasser plätscherte murmelnd, zerrissene Wolken schoben sich vor den sichelförmigen Mond.

Mara leuchtete in einem Kreis um sich herum, ließ die Splitter aus Licht über Steine und Geröll in Ufernähe huschen. Auf einmal zuckte etwas in ihrem Gedächtnis auf. Der Moment, als Workan etwas zusammengeknüllt und weggeworfen hatte. Was war das gewesen?

Und wo?

Ein ganzes Stück weiter weg.

Sie setzte sich in Bewegung, entfernte sich, tastete den Boden mit dem Lichtstrahl ab.

Dann hielt sie ihre Hand ganz still. Ein winziger Farbpunkt, dort, inmitten des diffusen Graus.

Sie ging darauf zu, bückte sich und leuchtete direkt darauf.

Richtig. Die Streichholzschachtel.

Sie legte die Taschenlampe ab, hob die Schachtel auf, faltete sie auseinander und hielt sie vor das grelle Licht. Zwei Worte und eine Internetadresse waren darauf gedruckt.

Reiner Zufall, fragte sie sich, dass Workan genau diese Zündhölzer besessen hatte?

Oder *kein* Zufall?

74

Ein rhythmisches Ticken holte ihn ganz langsam aus dem Schlaf. Seine Augen waren verklebt, doch nach mehrfachem Blinzeln gelang es ihm, sie zu öffnen. Die Umgebung verschwamm, dann nahm sie Konturen an.

Apparaturen mit Lichtkurven. Schläuche, die zu ihm führten. Ein weißer Vorhang. Ein Chromrahmen, der das Bett umschloss, auf dem er lag.

Jetzt verstand er, was das Ticken zu bedeuten hatte – es gab seine Herzfrequenz wieder.

Er saugte Luft ein.

Er lebte also noch.

Auch wenn er seinen Körper gar nicht mehr fühlte. Wahrscheinlich aufgrund von Schmerzmitteln.

Er erinnerte sich an die dunklen, fast schwarz wirkenden Augen der Frau, so dicht vor seinem Gesicht. An den fatalen Moment, als er feststellen musste, dass sie irgendeinen Gegenstand in seinen Bauch trieb, tiefer und tiefer. Es war, als würde es ihn zerreißen. Dann war alles um ihn herum dunkel geworden.

Offensichtlich hatten sie ihn zusammengeflickt. Es war das geschehen, was er unter allen Umständen hatte vermeiden wollen. Er war tatsächlich gefasst worden.

Und das hieß, er würde seine Anonymität einbüßen, den Schutzschild, den er so gewissenhaft aufgebaut und all die Jahre gewahrt hatte. Die Unsichtbarkeit hatte ihm die Sicherheit beschert, mit der er sein Imperium hatte aufbauen und regieren können.

Und nun?

Die Bullen würden ihn festnageln. Sie würden alles daransetzen, ihn nicht mehr aus den Klauen zu lassen.

Und seine Leute? Würden sie alles daransetzen, ihn herauszuholen?

Oder warteten Männer wie Dassajew und Blochin, die den Opel der Albaner mit der Autobombe in die Luft gejagt hatten, nicht genau auf eine solche Gelegenheit? Er selbst hatte immer allen eingebläut, dass der Einzelne nie so wichtig sein konnte wie die Gemeinschaft. Auch er war nur ein Einzelner, oder etwa nicht?

Am Ende würde ihm wohl nur Workan treu ergeben sein. Hoffentlich hatte er es wenigstens geschafft.

Aber was konnte Workan allein ausrichten?

Er hob die strahlend weiße Zudecke ein Stück an. Er trug lediglich eines dieser Krankenhaushemden, die am Rücken offen waren, sonst war er nackt. Er lauschte dem Ticken der Apparate. Seinem eigenen Herzen. War das Spiel tatsächlich vorbei?

Dassajew und Blochin. Nein, von ihnen hatte er nichts zu erwarten, das wurde ihm ganz plötzlich klar. Im Gegenteil, sie würden alles tun, das Ruder an sich zu reißen.

Das Spiel war aus. Erschütternd, wie schnell es gegangen war. Letztlich wegen einer Polizistin. Er hatte sich verleiten lassen, nur von der Aussicht, Rache an ihr zu nehmen, weil sie ihm einmal, Monate zuvor, ordentlich die Suppe versalzen hatte. Sicher, es war auch darum gegangen, Informationen aus ihr herauszuquetschen, aber er selbst hätte diesem Tunnel fernbleiben sollen.

Er war unvorsichtig gewesen, eine Schwäche, die er nie zuvor an den Tag gelegt hatte. Ein einziges Mal einen Tick zu leichtfertig, und schon war es passiert.

Er war der Wolf. Er war Novian. Aber er war auch Fjodor Alexejewitsch Novorenkow, ein Niemand aus einem verwahrlosten Elternhaus am Moskauer Stadtrand, der ausgezogen war, den Kampf gegen die Welt nicht nur aufzunehmen, sondern auch zu gewinnen.

Eine Illusion.

Das Spiel war vorbei.

Er verlagerte sein Gewicht, drehte sich ein wenig zur Seite und drückte seine rechte Hand zwischen die Gesäßbacken. Aus seinem Rektum zog er eine kleine, in Plastikfolie eingeschweißte Kapsel. Er betrachtete sie eine ganze Weile, ehe er die Folie aufriss.

Schon an so manchen Tagen hatte er in der Vergangenheit diese Vorkehrung getroffen. Jedes Mal, wenn der Kontakt zu Fremden wahrscheinlich war, wenn er nicht vom Verborgenen aus agierte. Auch vor der Fahrt zu diesem irgendwo in der Provinz versteckten Tunnel hatte er das getan. Ohne sich vorstellen zu können, dass er wirklich Gebrauch davon machen würde.

Er war der Wolf. Er war Novian. Und sein Spiel war vorbei.

Er schloss die Augen, steckte sich die mit Zyankali gefüllte Kapsel in den Mund und zerbiss sie.

75

Die junge asiatisch aussehende Frau an der Rezeption des Silver Hotels war eine Aushilfe. Sie sprach kaum Deutsch, kaum Englisch und hätte ohnehin am liebsten geschwiegen.

Mara stand neben ihr, beugte sich nach vorn und überflog die ziemlich kurze Gästeliste auf dem Computermonitor. Keiner der wenigen Namen kam ihr bekannt vor. Sie sah auf und ließ den Blick durch die Enge der nüchternen Lobby mit der kleinen Sitzgruppe kreisen. Direkt anschließend befand sich der jetzt nicht beleuchtete Frühstücksraum, wie sie dank der offenen Tür erkennen konnte.

Das Hotel war eine ziemlich dürftige Unterkunft. Es lag im Stadtteil Gallus und hatte anscheinend außer der relativen Nähe zum Frankfurter Messegelände nichts zu bieten, was Besucher anlocken konnte. Als Mara den Namen auf der Streichholzschachtel gelesen hatte, erinnerte sie sich rasch an die Absteige. In einer kleinen, heruntergekommenen Parkanlage, die nur ein paar Straßen weiter gelegen war, hatte sie als Jugendliche in Gesellschaft ihrer zwielichtigen Kumpels viele Nachmittage mit Joints, billigem Fusel und Nichtstun verstreichen lassen.

In der Tat, alles andere als ein stark gebuchtes Vorzeigehotel. Aber wahrscheinlich war genau das der Punkt, auf den es für jemanden wie Workan ankam.

Das Fenster neben der Rezeption gab die Sicht frei auf eine schadhafte Straße mit hässlichen, zumeist renovierungsbedürftigen Gebäuden und die erhöht liegenden S-Bahn-Gleise.

Mara richtete sich auf. Die Aushilfe stand schweigsam wie

ein Fisch neben ihr. Längst war es nach Mitternacht. Maras Blick fiel auf den Eingang. Die gläsernen Schiebetüren gingen auf, und ein klein gewachsener Mann betrat die Lobby. Er sah sie genau in dem Moment, als sie ihn entdeckte.

Völlige Lautlosigkeit. Sie starrten einander an. Es war, als würde die Zeit einfrieren.

Die Türen standen noch offen.

Workan drehte sich blitzschnell um und hastete nach draußen.

Mara zog die Waffe, glitt geschmeidig über den Rezeptionstisch und nahm die Verfolgung auf.

Als sie den Bürgersteig erreichte, hörte sie seine Schritte. In der schlecht beleuchteten menschenleeren Straße hoben sich Workans Umrisse schwach gegen die Dunkelheit ab. Er eilte in Richtung Westbahnhof, eine große Haltestelle, die nicht weit entfernt war.

Wahrscheinlich hatte er die Absicht, eine S-Bahn zu erwischen und erst einmal abzutauchen.

Das musste Mara verhindern. Unter allen Umständen.

Sie rannte ihm hinterher, wurde schneller.

Am Ende der Straße erhoben sich große rostbraune Gebäude, die früher einmal von der Deutschen Bahn genutzt worden waren. In der Nähe hatte Carlos Borke gewohnt.

Nicht ausgerechnet jetzt an ihn denken, nicht ablenken lassen!

An der Haltestelle herrschte mehr Betrieb. Jede Menge Leute, die spät Feierabend machten oder auf dem Weg ins Nachtleben der City waren.

Workan lief die Steintreppe nach unten, über die man zur Unterführung gelangte, von der aus man wiederum die Rolltreppen zu den Gleisen erreichte.

Mara rannte noch schneller, Stufe für Stufe, ihre Atemzüge rasselten, sie war angespannt bis in jede einzelne Haarspitze.

Das waren die Sekunden, die zählten.

In der Unterführung angekommen, starrte sie erst einmal verloren in die überraschend große Menschenmenge, die sich hier tummelte. Wahrscheinlich war gerade eine Bahn eingetroffen und hatte etliche Fahrgäste ausgespuckt.

Fuck!, dachte sie.

Doch dann entdeckte sie ihn, rechts, ganz dicht an der hell gefliesten Mauer.

Seine unverkennbaren blauen Augen waren direkt auf sie gerichtet.

Nicht nur die Augen – auch die Mündung einer Pistole.

Er legte auf sie an, ungeachtet der etlichen Menschen.

»Polizei!«, brüllte Mara. *»Alles auf den Boden!«*

Manche hatten die Waffe in Workans Hand entdeckt, Panik brach aus, Schreie gellten, Körper taumelten durcheinander.

Feuerblitze aus Workans Pistole, die Schüsse peitschten auf, eine Kugel strich so dicht an Maras Kopf vorbei, dass sie eine glühende Berührung im Haar zu spüren meinte.

Sie ließ sich auf die Knie fallen, riss ihre P30 hoch, drückte ab.

Nur ein einziges Mal.

Workans Gestalt versteifte sich. Dann geriet er ins Wanken. Fast schon unnatürlich langsam, als verfügte er über keinerlei Körpergewicht, sank er zu Boden.

Menschen beeilten sich, großen Abstand zwischen sich und ihn zu bekommen, immer noch gellten panische Schreie, Schritte von unzähligen Sohlen trommelten.

Mara kam wieder auf die Beine und zwängte sich durch die Masse. Einen Meter vor Workan blieb sie stehen, die Pistole auf ihn gerichtet. Die Neonröhren an der Decke der Unterführung warfen einen Schleier aus gelblichem Licht auf ihn.

Regungslos lag er da.

Plötzlich bewegte sich etwas in seinem Mantel. Aus der seitlichen Tasche wühlte sich Rasputin hervor. Die Ratte hielt inne, sah sich um und bewegte sich auf Workans Gesicht zu. Sie leckte ihm die Wange. Aus seiner Nase lief Blut. Die Ratte schnupperte erst an der makellos roten Flüssigkeit, dann leckte sie daran.

76

Er beeilte sich. Es wäre ihm peinlich gewesen, zu spät einzutreffen. Angespannt war er. Kein Wunder, so viel hing von dem Termin ab, so viel erhoffte er sich davon.

Nicht nur er, das war klar. Vor allem Anyana.

Vorhin hatte er noch einen Besuch im Krankenhaus eingeschoben, der mehr Zeit als erwartet geschluckt hatte. Aber Jan Rosen hatte es sich nicht nehmen lassen, bei seinem Kollegen Stanko vorbeizusehen und ihm Gin und Tonic Water zu bringen. Stanko ging es besser, er würde noch ein paar Tage in der Klinik bleiben müssen, doch dann durfte er wohl schon nach Hause.

Rosen sah Anyana am Ende des langen Flurs im Präsidium auf ihn warten. Er hatte einen neuen knallroten V-Pullover angezogen. Sie trug Nike-Sportschuhe, hautenge weiße Hosen, ein rosa T-Shirt und darüber eine mit Pailletten besetzte Jeansjacke.

Sofort spürte er Aufregung in sich aufwallen. Wie ein pubertierender Junge, dachte er beiläufig und unterdrückte ein Schmunzeln.

Neben ihr stand eine uniformierte Polizeibeamtin, die Rosen zuerst mit einem Handschlag begrüßte. Damit war Anyana gewissermaßen offiziell an ihn übergeben worden; für den Rest des Nachmittags war allein er für die wichtige Zeugin verantwortlich.

Die Beamtin entfernte sich, und erst jetzt wandte er sich der hübschen Rumänin zu. Auch ihr gab er die Hand, ganz förmlich, doch hier ging es nicht anders. Ihre Augen strahlten, und das berührte ihn.

Nebeneinander verließen sie das Präsidium. Die Sonne brannte, dieser Frühling schien endlos zu sein. Rosen fühlte sich so gut wie lange nicht, das wurde ihm in dieser Sekunde bewusst.

Galant öffnete er für Anyana die Beifahrertür seines Audis und ließ sie einsteigen. Dann fuhren sie in die Innenstadt, wo er das Auto in einem Parkhaus abstellte.

Kurz darauf erreichten sie den Treffpunkt, ein kleines Café am Rande der Fußgängerzone, wo sie an einem Tisch in der Ecke bereits von Heidrun Vogel erwartet wurden, die es geschafft und trotz ihres vollen Terminplans Zeit für Anyana frei gemacht hatte. Ihrer Meinung nach war diese ungezwungene Umgebung äußerst hilfreich für das Kennenlernen.

Sie stellten einander vor. Eine Bedienung erkundigte sich nach ihren Wünschen, dann begann Heidrun Vogel von *sharonna.de* zu berichten, gelassen und freundlich. Anyana hörte vom ersten Moment an konzentriert zu. Für Rosen stand außer Frage, dass die Rumänin zu der etwas dicklichen, älteren Frankfurterin, die eine große Ruhe ausstrahlte, Vertrauen fasste.

Sie tranken Cappuccino, die Zeit schritt voran, und Heidrun Vogel führte detailliert aus, wie sie Anyana beistehen würde, sei es rund um die Verhandlung gegen die Verbrecher, im Kampf um eine eventuell von Anyana gewünschte Aufenthaltsgenehmigung, mit anwaltlicher Unterstützung oder einfach nur mit guten Ratschlägen und viel Geduld.

Anyana bemerkte, dass sie gern, wenigstens für ein paar Tage, zurück in die Heimat wolle, um ihre Eltern wiederzusehen.

Auch was diesen Punkt betraf, verstand Heidrun Vogel es, ihr Mut zu machen.

Rosen saß dabei und verspürte Erleichterung. Anyanas offene Art, mit der Frau umzugehen, die Fragen, die sie stellte, die Aufmerksamkeit, mit der sie zuhörte – all das gab ihm ein gutes Gefühl.

Irgendwann stand Anyana auf, um die Toilette aufzusuchen, und er fragte sofort, welchen Eindruck Frau Vogel von ihr gewonnen habe.

Sie zeigte kurz den ausgestreckten Daumen. »Eine vernünftige junge Lady, die ihre Lage, so glaube ich, recht gut einzuschätzen weiß. Ich bin durchaus optimistisch. Und wenn ich ehrlich sein darf – ich hätte sie wesentlich verängstigter erwartet.«

»Freut mich, dass Sie es so sehen.«

»Offenbar haben Sie, Herr Rosen, Ihren Teil dazu beigetragen, dass es Anyana den Umständen entsprechend gut geht.«

»Ich hoffe«, sagte er, bescheiden wie immer.

Sie tranken von ihrem Kaffee, Rosen bestellte sich zusätzlich ein Wasser.

»Hm, wo bleibt sie denn, unsere Anyana?«, fragte Heidrun Vogel dann auf einmal.

Sie wechselten einen Blick. Und sprangen beide im selben Moment auf. Rosen voran, eilten sie zur Damentoilette. Er riss die Tür auf. Drei Kabinen, jede davon leer. Das Fenster zum Hinterhof stand sperrangelweit offen.

Rosen blickte auf den Hof hinaus, über den man eine Gasse zur Fußgängerzone erreichte. Heidrun Vogel trat neben ihn und legte ihm vorsichtig die Hand auf die Schulter. »Sie ist nicht die Erste, die das tut.«

Er sah sie an, entgeistert, völlig enttäuscht, und konnte es noch immer nicht glauben. »Das ist doch einfach nicht zu fassen.«

»Wir werden Anyana wiederfinden, ganz bestimmt.«

»Aber es lief doch hervorragend. Sie hat so tapfer gewirkt.«

»Und trotzdem kann man nie mit absoluter Gewissheit …«

»Wo will sie denn hin?«, unterbrach er sie. »Sie kann doch nirgendwohin. Und das weiß sie auch verdammt gut.«

»Es war nicht ihr Verstand, der sie dazu getrieben hat. Es war Unsicherheit, Panik.«

»Die Männer, die ihr Gewalt angetan haben, sind tot oder hinter Gittern. Auch das *weiß* sie.«

»Die Angst ist eine hinterlistige Bestie. Sie bringt uns dazu, die verrücktesten, unvernünftigsten Dinge zu tun.«

»Aber ich hätte ihr doch …« Die Worte gingen Rosen aus, er war vollkommen konsterniert.

»Wir werden sie wiederfinden«, wiederholte Heidrun Vogel.

Was hast du getan?, fragte er Anyana in Gedanken. *Was hast du nur getan?*

77

Eine bissige Kälte hatte die frühe Hitze des Frühlings rigoros vertrieben. Sie war einfach verschwunden, innerhalb von drei, vier schnellen Tagen, als wäre die Zeit zurückgedreht worden. Nebelfetzen schwebten durch eine unangenehm feuchte, kalte Luft. Der Winter schien plötzlich wieder näher zu sein als der Sommer. Die Frankfurter holten die bereits weggepackten dicken Jacken zurück aus dem Schrank und schimpften im deftigen hessischen Dialekt aufs Wetter.

Mara Billinsky setzte der Temperatursturz weitaus weniger zu. Sie hatte sich immer wohlgefühlt, wenn das Klima rau war und der Wind an ihr riss. »Du bist ein Herbstkind«, hatte Hanno Linsenmeier einmal vor Jahren zu ihr gesagt. Der Spruch war bei ihr hängen geblieben. Daran war viel Wahres.

Wäre sie vom Psycho-Doc nicht krankgeschrieben worden, hätte sie sich diesmal wohl tatsächlich eine Woche freigenommen. Nicht nur ihr Innenleben musste wieder halbwegs ins Gleichgewicht kommen, auch ihr Körper bedurfte neuer Kräfte. Sie hatte viel trainiert, endlich wieder, nachdem sie ihre Fitness zuletzt mehr als vernachlässigt hatte. Joggen im Güntherburgpark, Runde um Runde, vorbei an Kinderspielplätzen, Wiesen und am *Schreitenden Stier*, einer eindrucksvollen Skulptur aus Kupferblech von fast vier Metern Länge.

Auch beim Kickboxen hatte Mara sich blicken lassen. Seilspringen, Sandsack, Maisbirne. Außerdem Liegestütze, Sit-ups, Kniebeugen mit fünfundzwanzig Kilo an der langen Stange. Mara spürte, dass sich Muskulatur aufbaute – und vor allem, dass das Selbstvertrauen zurückkam. Das tat gut, verdammt gut.

Auch heute Abend wollte sie trainieren, obwohl ihr klar war, dass die Lust dazu auch vom Verlauf dieses Nachmittags abhing, an dem sie in ihrem Alfa der silberfarbenen Mercedes-Limousine folgte, die gerade das Ortsschild von Niedernhausen passierte und nicht Richtung Autobahn abbog, sondern weiterhin auf der Landstraße fuhr.

Es begann zu tröpfeln, nur leicht, Mara stellte die Scheibenwischer auf die unterste Stufe ein und ließ dem Mercedes einen ziemlich großen Vorsprung. Es war seltsam, aber sie hatte es nicht mehr so eilig. So verdammt lange hatte sie gewartet, jetzt wollte sie sich nicht mehr von der eigenen Ungeduld aus dem Konzept bringen lassen.

Die alten Scheibenwischer, die längst der Auswechslung bedurften, verschmierten die Windschutzscheibe. Je mehr sie Maras Sicht trübten, desto stärker mischten sich die Bilder der letzten Wochen in ihr Bewusstsein.

Vor allem der Tunnel bei Liederbach würde bei ihr bleiben, so viel stand fest. Bisweilen erwachte sie nachts in dem sicheren Bewusstsein, wieder dort zu sein, gefesselt, wehrlos, und es dauerte jedes Mal eine endlos lange, quälende Zeit, bis ihr bewusst wurde, dass sie sich in Wirklichkeit zu Hause in ihrem Bett befand.

Was hatte sie von dort mitgenommen, von dem Tunneleingang, diesem versteckten Ort, an dem sie fast gestorben wäre? Neben der Furcht und den Narben vor allem jenen einen kurzen Moment tiefer Klarheit, der ihr nach vielen Irrwegen den richtigen Pfad aufgezeigt hatte. Der Moment, als sie ihr berüchtigtes Gespür wiedererlangt hatte – beinahe zu spät. Doch durch die letzten Tage, in denen sie sich erneut den Akten im Mordfall Katharina Billinsky gewidmet hatte, sah sie ihre Ahnung bestätigt. Eine Stelle in diesem Aktenwald war ihr ins Auge gestochen – so oft hatte sie sie überlesen. Es kam eben darauf an, dass man wusste, *wonach* man zu suchen hatte.

Ja, dieser Moment der Klarheit, auf den sie so unendlich lange gewartet, an dem sie so verdammt lange gearbeitet hatte. Es war, als hätte sie ihn aus einem mächtigen, völlig unförmigen Felsblock meißeln müssen.

Doch jetzt hatte er sie hierhergeführt.

Der schwache Regen hörte bereits auf, Mara deaktivierte die Scheibenwischer, und der unverstellte Blick über die Motorhaube hinweg half ihr dabei, sich wieder zu konzentrieren.

Der Mercedes hatte sich noch weiter von ihr entfernt. Jetzt verließ er die Landstraße und folgte einem parallel verlaufenden Streifen Asphalt, der wohl ansonsten vor allem landwirtschaftlichen Fahrzeugen vorbehalten war.

Mara bog ebenfalls ab, stoppte dann aber am Rande eines Ackers.

Nein, sie hatte es nicht mehr eilig.

Erst als die Limousine fast außer Sichtweite war, setzte sie die Fahrt fort, um nur eine halbe Minute später erneut auf den silbernen Wagen zu stoßen, der nun auf einem kleinen, von Bäumen gesäumten Schotterparkplatz stand. Nur ein paar Meter weiter befand sich ein Wald, in den ein Weg für Wanderer und Jogger führte, wie ein Schild anzeigte.

Mara parkte ihren Alfa ein Stück von dem anderen Fahrzeug entfernt. Sie stieg aus und warf aus der Entfernung einen Blick ins Innere der Limousine, deren Fahrersitz inzwischen verwaist war.

Kein Grund zur Sorge. Keine Eile mehr. Auf das bisschen Warten kam es nicht mehr an.

Mara blieb bei ihrem Auto und platzierte ihr Hinterteil auf einem der vorderen Kotflügel. Zu gern hätte sie jetzt eine Zigarette geraucht – andererseits war sie stolz darauf, in den letzten Tagen der Erholung diesem Drang immer widerstanden zu haben. Dabei sollte es bleiben.

Es dauerte eine gute Dreiviertelstunde, bis sich jemand aus dem Wald schälte, gehüllt in teure Sportkleidung, Nordic-Walking-Stöcke in den Händen.

Mara löste sich sofort vom Alfa und stellte sich neben den Mercedes. Sie verschränkte die Arme vor der Brust, ihr Blick stach in Richtung Wald.

Beate von Lingert behielt ihren schnellen Walking-Schritt bei, bis sie ihren Wagen erreichte. Sie beachtete Mara nicht, tat einfach so, als wäre sie allein. Nach dem Öffnen der Heckklappe verstaute sie die Stöcke. Dann wischte sie sich mit einem Handtuch über Stirn, Gesicht und Nacken. Ihre Haarspitzen waren schweißnass. Sie sah durch Mara hindurch, als sie die Fahrertür öffnete und Anstalten machte, Platz zu nehmen.

»Ignorieren nützt nichts«, sagte Mara gelassen.

Beate von Lingert hielt inne. Als sie Mara nun zum ersten Mal betrachtete, lag in ihren Augen Kälte. »Ihre Beharrlichkeit ist es, die nichts nützt.« Ein mildes, überhebliches Kopfschütteln. »Merken Sie denn nicht, wie sinnlos Ihr Unterfangen ist?«

Mara ging nicht darauf ein. »Alle Spuren führten ins Nichts.« Sie trat einen Schritt näher an die Frau heran, zwischen ihnen die geöffnete Fahrertür. »Und das schon seit Jahren. Ein großes Nichts. Immer und immer wieder las ich die Akten durch, die Berichte der Spurensicherung, die Vernehmungsprotokolle.«

»Meine Zeit ist begrenzt.« Beate von Lingert setzte sich hinters Steuer und wollte die Tür schließen – doch die wurde von Mara mit hartem Griff festgehalten.

»Wenn Sie wüssten, wie sehr Ihre Zeit begrenzt ist.«

In Beate von Lingerts Gesicht zuckte ein Muskelstrang. »Lassen Sie die Tür los!«

»Wie gesagt«, meinte Mara ungerührt, »immer und immer wieder habe ich jedes Detail überprüft. Und mit allen möglichen Personen gesprochen, die mit der Sache zu tun hatten.«

Beate von Lingerts Lippen bildeten eine harte, dünne Kerbe.

»Eine Sackgasse nach der anderen«, fuhr Mara fort. »Ich war auf der Suche nach dem großen Unbekannten, dem Mann ohne Gesicht.« Mara ließ die Worte wirken. »Und irgendwann wurde mir klar, dass es eben nicht um einen Fremden ging, sondern um ein vertrautes Gesicht.«

Beate von Lingert stieg doch wieder aus dem Wagen. Über den Rahmen der offenen Fahrertür hinweg starrte sie Mara an. Weiterhin sagte sie keinen Ton.

»Je mehr ich mich reinsteigerte, desto stärker fokussierte ich mich auf meinen Vater. Zwischenzeitlich war ich regelrecht von dem Gedanken besessen, er hätte meine Mutter getötet, und Ihr Ex-Mann würde ihn decken. Wegen einer allzu innigen Männerfreundschaft oder aus welchen Gründen auch immer.«

Beate von Lingert lachte auf, ein metallisch knarrender, herablassender Ton. »Völliger Quatsch.«

»Ja, darauf kam ich dann auch. Doch Ihr Ex-Mann, der verehrte Gernot Grigoleit, der beschäftigte mich weiterhin. Irgendwie musste er seine Hände im Spiel haben.«

»Unsinn.«

Mara lächelte sie provozierend an. »Hm, in der Tat, *dagegen* sprach natürlich auch einiges. Allem voran sein Alibi. Denn am Tag des Mordes war Dr. Grigoleit zunächst mit Ihnen zum Mittagessen in einem Restaurant in der Frankfurter City. Anschließend traf er sich mit Kollegen zu einem beruflichen Meeting. Diese Kollegen haben das bestätigt, und zwar im Zuge einiger Ermittlungen, die von Privatdetekteien durchgeführt wurden.«

»Was Sie nicht sagen, Frau Billinsky. Und wenn Sie jetzt nicht schleunigst zur Sache kommen, dann …«

»Auch einige seiner Äußerungen«, unterbrach Mara sie kühl, »ließen nicht unbedingt auf seine Beteiligung schließen. Zumindest nicht auf seine *direkte* Beteiligung.«

Beate von Lingerts Blick spießte sie geradezu auf.

»Und eine dieser Bemerkungen ging mir einfach nicht aus dem Kopf.« Mara machte eine Pause. Dann sagte sie leise: »Kein Mann der Welt hätte Katharina Billinsky zum Ehebruch bewegen können.« Erneut zeigte Mara ein herausforderndes Lächeln. »Aber was wäre mit einer Frau?«

»Sie machen sich komplett lächerlich.«

»Was haben Sie an dem Tag gemacht, als meine Mutter ermordet wurde? Ich weiß es. Denn es steht sogar in den Akten. Man überliest es ständig, es ist eigentlich nur eine Randnotiz, versteckt in einer Flut weiterer Randnotizen. Bei den Ermittlungen hat man sich ohnehin auf einen Mann konzentriert – natürlich auch, weil mein Vater einen Liebhaber erwähnt hatte. Ohne dass man allerdings in dieser Hinsicht etwas Konkretes ermitteln oder gar einen Verdächtigen präsentieren konnte. Eine Spur, die keine war – keine *sein konnte*. Und so steht da nur seitenweise, wie die Personen aus dem Umfeld meiner Mutter diesen Tag verbracht haben. Das Wort Liebhaber fällt kein einziges Mal. Fakten, Uhrzeiten, Nebensächliches, Protokolle von Befragungen, die keine Erkenntnisse brachten.«

»Ich sage es noch einmal: Sie machen sich lächerlich. Das alles ist absoluter Quatsch.«

»Lange war ich davon abgelenkt, dass Sie einmal zu Gast in unserem Haus gewesen sind – allein mit meinem Vater. Aber das geschah nicht, um sich heimlich mit ihm zu treffen. Sie taten Ihrem Gatten lediglich einen Gefallen und überbrachten Akten.« Mara schmunzelte, doch spürte sie dabei, wie der Ausdruck in ihren Augen hart wurde. »Dafür waren Sie insgeheim sehr oft dort, um sich mit *meiner Mutter* zu treffen. Sie haben mich angelogen, als sie sagten, sie hätten meine Mutter nur flüchtig gekannt. Kein Mensch war auf dieses pikante Geheimnis gekommen, stimmt's? Doch dann hat sie Ihnen eröffnet, dass es vorbei sei. Keine Treffen mehr. Alles aus. Für meine Mutter vielleicht nur das Ende einer Affäre. Für Sie offenbar das Ende einer Liebe. Es kam zum Streit – zu einem äußerst heftigen. Sie sind durchgedreht und haben sie in einem Akt der Wut und Verzweiflung mit Ihren starken, sportlichen Händen erwürgt. Was haben Sie zu Hilfe genommen? Was war gerade griffbereit?«

Beate von Lingert biss sich auf die Unterlippe. »Wie wollen Sie das beweisen?«

»Eben noch war alles Quatsch – und nun verlangen Sie Beweise?« Mara maß sie durchdringend. »Wer war der Liebhaber? Das habe ich mich unentwegt gefragt. Übrigens nicht nur ich, auch mein Vater. Nur dass es eben kein Liebhaber war – sondern eine Liebhaberin. Da niemand diese Möglichkeit auch nur annähernd in Betracht gezogen hat und ausschließlich Männer aus dem Umfeld meiner Mutter, sogar der Stromableser, mit aller Konsequenz überprüft wurden, gerieten Sie nie in Gefahr, entlarvt zu werden. Selbstverständlich auch deshalb, weil jemand seine schützende Hand über Sie hielt.«

»Sie sind komplett wahnsinnig.«

»Und zwar Ihr damaliger Mann, Gernot Grigoleit. Zuerst hatte er noch alles darangesetzt, den Mörder zu finden. Plötzlich jedoch hatte er es eilig, die Ermittlungen einzustellen und überall zu betonen, wie stark ihm diese Niederlage zusetzen würde, wie sehr er daran zu knabbern habe.«

Beate von Lingert schwieg.

»Wie gesagt, aus den Akten geht hervor, was Sie um die fragliche Zeit gemacht haben. Dass das festgehalten wurde, dafür hat gewiss auch Grigoleit gesorgt. Es war wichtig für sie beide. Nicht, dass noch irgendwer auf eine dumme Idee kommen könnte, was Sie betrifft. Ohnehin wurden ja alle

Bekannten und Freundinnen meiner Mutter überprüft und demensprechend erwähnt, also auch Sie. Stichwort Randnotiz.«

Beate von Lingert schwieg noch immer – aber ihr Gesicht wurde zu einer Maske.

»Und diese Randnotiz besagt«, sprach Mara weiter, »dass Sie sich nach dem Mittagessen mit Grigoleit mit drei Frauen zu einem Tennisdoppel getroffen haben – mit dem Taxi fuhren Sie zu der Tennisanlage, Ihr damaliger Mann hat Sie später dort abgeholt.« Mara ließ die Hand auf der Autotür. Unverändert direkt sah sie der Frau ins Gesicht. »Zwischen dem Essen und dem Sport blieb genügend Zeit für einen Besuch im Westend. Nie hat das jemand nachkontrolliert, nie wäre man auch nur auf den Gedanken gekommen, das zu tun.«

»Das ist doch Irrsinn.«

»Grigoleit hat Sie irgendwann durchschaut, nicht wahr? Und Sie dann nicht nur geschützt, weil Sie seine Frau waren. Sondern – wie ich ihn einschätze – vor allem aus eigennützigen Gründen. Was wäre das für ein herber Schlag für ihn gewesen? Die eigene Gattin eine Mörderin aus Eifersucht, auch noch eine lesbische oder bisexuelle, erst recht in den weniger toleranten Zeiten von damals. Höchst unappetitlich für einen Herrn mit einer derart ausgezeichneten Karriere, einem derart glänzenden Ruf. Nein, ein Skandal hätte ihm nun wirklich nicht gepasst. Dann lieber ein ungeklärter Mordfall.«

Beate von Lingert entfuhr ein Zischlaut – sonst nichts. Sie presste die Lippen hart aufeinander.

»Als ich in der Vergangenheit zu wühlen begann, nachdem ich jahrelang Ruhe gegeben hatte, erfuhr Ihr Ex-Gatte natürlich sofort davon. Er war es ja, an den ich mich gewendet habe. Sicherlich verständigte er Sie unverzüglich, Sie haben ja ein sehr gutes Verhältnis zueinander, wie Sie mir bestätigten. Meine Bemühungen versetzten Sie beide bestimmt nicht in Panik, aber es schreckte Sie zumindest auf. Er eruierte, inwiefern sich zwischen Ihnen und meiner Mutter nach der langen Zeit noch eine Verbindung herstellen lassen könnte.« Mara verstummte kurz und beobachtete, ob ihre Worte eine Wirkung zeigten. Doch die Miene der Frau vor ihr blieb unbeweglich, weiterhin eine Maske.

»Ihm – wie auch mir – fiel schließlich auf«, sprach Mara weiter, »dass Heidi Esswein wieder in Frankfurt wohnte. Immerhin die einzige Person, die Sie, Frau von Lingert, jemals allein in unserem Haus angetroffen hat – sie hatte Herrn Grigoleit schon im Laufe seiner eigenen Ermittlungen, also direkt nach dem Verbrechen, davon berichtet. Die alte Frau stellte nun wahrlich kein großes Risiko dar, aber gründlich, wie er nun mal ist, kümmerte sich Ihr Ex-Mann darum und schüchterte sie ein. Das verstärkte er sogar noch, als ich dann meinerseits auf Frau Esswein aufmerksam wurde. Doch weil ich eben eine unerträglich hartnäckige Nervensäge sein kann, erzählte sie auch mir gegenüber von Ihrem Besuch damals. Nur dass ich ihn völlig falsch gedeutet habe.«

Aus Beate von Lingerts Wangen war sämtliche Farbe gewichen. »Damit kommen Sie nicht durch«, sagte sie mit präziser Betonung, jede Silbe wie ein metallischer Schlag.

»Als ich nichts herausfand, war ich mehrmals drauf und dran aufzugeben. Jetzt, da ich überzeugt davon bin, zu wissen, wie es sich zugetragen hat, werden Sie mich nicht mehr los.«

»Sie jagen mir keine Angst ein«, erwiderte Beate von Lingert, »Sie kleine Polizistin.«

»Ich will Ihnen keine Angst einjagen«, sagte Mara mit harter Stimme, »ich will Sie drankriegen.«

»Ich wiederhole: Sie haben keinen Beweis.«

»Ich werde Ihr Schatten sein, Frau von Lingert. Ich werde keine Ruhe geben. Keinen einzigen Moment, das schwöre ich Ihnen. Seit Tagen stehe ich in ständigem Austausch mit Hauptkommissar Klimmt. Er vertraut mir. Und er hat mir seine volle Unterstützung zugesichert.« Davon wusste Klimmt noch nichts, doch Mara konnte nicht widerstehen, auf diesen Bluff zu setzen. »Der Mordfall Katharina Billinsky wird neu aufgerollt, verlassen Sie sich darauf!«

»Da hat mein Sohn auch noch ein Wörtchen mitzureden«, gab die Frau zurück, doch in ihre zuvor noch beherrschte Stimme hatte sich ein Zittern geschlichen.

»In diesem Fall zählt seine Meinung nicht, das ist Ihnen doch wohl klar. Man wird Sie anklagen, Frau von Lingert, mit Klimmts Unterstützung werde ich dafür sorgen. Das ist der Anfang vom Ende.« Leiser fügte sie die Worte an, die ihr Vater ihr gegenüber immer verwendet hatte: »Es ist vorbei.«

Beate von Lingert öffnete den Mund, wollte etwas entgegnen, es blieb jedoch bei einem weiteren Zischlaut.

»Glauben Sie es mir: *Es ist vorbei!*« Maras Blick war so fest wie ihre Stimme. »Ich sehe es Ihnen an.«

Zum ersten Mal musste Beate von Lingert die Lider senken. Schwach drangen die Worte aus ihrem Mund: »Mein Ex-Mann wird Sie vernichten.«

»Grüßen Sie ihn von mir! Und erinnern Sie ihn daran – Mord verjährt nicht.«

Beate von Lingerts kalte Finger legten sich auf Maras Hand, um sie vom Türrahmen zu lösen. Mara ließ es geschehen. *Mit diesen Fingern hast du meine Mutter umgebracht*, dachte sie. Alles in ihr war wie gefroren.

Mit plötzlichen Tränen in den Augen ließ die alte Dame sich auf den Fahrersitz fallen. Sie knallte die Tür zu, der Motor heulte auf, sie fuhr rückwärts an, Schotter spritzte auf.

Erneut unternahm Mara nichts, um sie aufzuhalten.

Warum auch? Mit oder ohne Klimmts Unterstützung, Beate von Lingert würde ihr nicht mehr entkommen. Es war keine leere Drohung gewesen. Sie würde alles in Bewegung setzen, damit diese Frau vor Gericht gestellt werden würde.

Der Mercedes hielt kurz an, fuhr dann vorwärts los und jagte mit quietschenden Reifen von dem Parkplatz, erneut flog der Schotter durch die Luft.

»Wir sehen uns, Frau von Lingert«, sagte Mara leise.

78

Da waren sie wieder. Die Nacht schien sie alle vor sich herzutreiben wie eine dem Untergang geweihte Herde. Verbrecher, schmierige Freier, stöckelnde Huren, Hütchenspieler, Transvestiten, Taschendiebe, Dealer, Junkies, sie alle schoben sich durch die Straßen des Bahnhofsviertels, in denen es nach Döner und Benzin roch, nach Pommesfett und billigem Parfüm.

Vom Fenster aus beobachtete Jan Rosen die wogende Menge. Er befand sich in derselben schäbigen Eckkneipe wie beim letzten Mal. Einen Orangensaft und zwei Schnäpse hatte er getrunken und bereits bei dem grummelnden, unfreundlichen Wirt bezahlt.

Rosen wischte sich über den Mund und stand von seinem Platz auf. Er zog die dunkelblaue Wollmütze an und streifte sich die Drillichjacke im Armeestil über. Trotz gründlicher Reinigung waren immer noch ein paar Flecken von Novians Blut im Stoff zu erkennen. Früher hätte Rosen das mächtig gestört, jetzt trug er das Kleidungsstück mit einem gewissen rohen Stolz, der neu an ihm war. Insgesamt hatte er sich verändert, das war ihm klar. Blieb nur noch die Frage, ob zum Besseren. Da war er sich nicht ganz so sicher.

Er betrat den Bürgersteig, ließ sich von der Masse aufnehmen und folgte seinem ziellosen Weg. Wie schon seit Tagen war es empfindlich kühl. Er machte seine Jacke bis zum Hals zu und zog die Mütze tiefer in die Stirn. Es gab keinen dienstlichen Auftrag, den er zu erledigen hatte; er hätte ebenso gut zu Hause im Warmen sein und es sich gemütlich machen können.

Ein leichter Nieselregen setzte ein. Atemwolken bildeten sich vor den dunklen Gesichtern, die ihn umgaben. Er musterte so viele wie möglich, unauffällig und aufmerksam, während er immer weiter durch das Viertel streifte, trotz des Trubels ringsum eine einsame Gestalt, die Hände in den Jackentaschen vergraben.

Irgendwann würde Jan Rosen sie finden, das war seine Hoffnung. Eines Tages würde er sie inmitten dieses Dschungels entdecken, die hübsche junge Frau mit dem herzförmigen Muttermal auf der Wange.

79

Nebel trieb in Fetzen über den Main. Kaum ein Stern war zu sehen, nur der fahle Flecken des sich füllenden Mondes. Der leichte Regen hatte schon wieder aufgehört, doch seine Feuchtigkeit lag noch in der kühlen Luft. Das Licht der Bankentürme spiegelte sich im dunklen Flusswasser wider.

Um diese Zeit, spät am Abend, waren keine Touristen mehr unterwegs, auch keine Einheimischen. Mara Billinsky stand auf dem Eisernen Steg, der Fußgängerbrücke im Herzen der Stadt, ganz allein in der Mitte, den Blick in die Ferne gerichtet, die Unterarme auf das Geländer gestützt. Oft kam sie hierher, einfach nur um innezuhalten, den Kopf freizubekommen.

Ihre freie Woche und das anschließende Wochenende waren so gut wie vorüber, morgen früh würde sie wieder ihren Dienst im Präsidium antreten. Und das war auch gut so. Zu lange Leerlauf, das ertrug sie einfach nicht.

In Gedanken wandte sie sich Staatsanwalt Christian von Lingert zu, wie schon öfter in den letzten Tagen. Seit sich die Ereignisse überschlagen hatten, waren sie sich nicht mehr über den Weg gelaufen, und Mara versuchte sich vorzustellen, wie sich ihr Verhältnis in Zukunft entwickeln würde. Wie würden sie miteinander umgehen? Wie mochte er sich fühlen?

Aus den Augenwinkeln nahm Mara den Mann wahr, der die Stufen des Eisernen Stegs emporstieg und sich dann näherte. Sie rührte sich nicht und sah auch nicht zu ihm hin, als er auf sie zukam, kurz innehielt und sich dann neben sie stellte, eine Armlänge entfernt.

Sie umarmten sich nicht, sie tauschten nicht einmal einen Gruß aus, und Mara fragte sich beiläufig, ob sie sich seit der Zeit, als sie ein Kleinkind gewesen war, jemals berührt haben mochten.

Sie spürte, dass er sie betont unauffällig von der Seite musterte. Sicher, um die kleine, langsam verheilende Verletzung auf ihrer Wange zu begutachten.

»Wie geht es dir?«, wollte Edgar Billinsky wissen, verhalten, vorsichtig.

Eine gute Frage, dachte Mara. Wie ging es ihr? Sie hatte bereits in mehreren schrecklichen Situationen auf Menschen schießen müssen – aber nie jemanden getötet. Bis der Moment gekommen war, als sie auf Workan hatte anlegen müssen. Egal, wie verabscheuungswürdig er gewesen sein mochte, dieses Erlebnis würde Mara nie wieder loswerden. Es wirkte weiterhin intensiv in ihr nach, aber bei den Gesprächen mit dem Psycho-Doc hatte sie sich einfach nicht öffnen können. Noch nicht. Und ausgerechnet mit ihrem Vater wollte sie ganz gewiss nicht darüber reden, jetzt schon gar nicht.

»Mir geht es halbwegs gut«, antwortete Mara schließlich schlicht.

»Das freut mich zu hören.« Er stützte sich aufs Geländer, genau wie sie, und starrte nach unten auf den Fluss, dessen Wasser wie schwarze Tinte wirkte. »Immerhin hast du einiges einstecken müssen. Ich habe natürlich davon erfahren.«

»Morgen bin ich wieder im Team. Das hilft, manche Dinge, die geschehen sind, abzuschütteln. Die Mitglieder der albanischen Bande werden vor Gericht gestellt, und ich bin zuversichtlich, dass es zur Verurteilung kommt. Auch wenn uns eine wichtige Zeugin sozusagen abhandengekommen ist.« Sie machte eine lässige Geste. »Na ja, und Novians Schicksal ist dir bestimmt bekannt. Aber ich wette, der

Kampf um seine Nachfolge ist längst entbrannt. Es gibt ja immer einen Gangsterprinzen, der König werden will. Und mit dem werden wir uns dann herumschlagen dürfen.«

»Mit der Frage, wie es dir geht, hatte ich eigentlich etwas anderes im Sinn.«

»Das ist mir klar.« Mara sah ihn direkt an. »Du weißt also schon das Neueste?«

»Und ob!« Er nickte ihr anerkennend zu. »Die ganze Stadt spricht ja darüber, dass die Ex-Frau des ehemaligen Staatsanwalts Gernot Grigoleit des Mordes angeklagt wird. Und dass die Angelegenheit auch auf ihn ein sehr schlechtes Licht wirft, um es dezent zu formulieren.«

»Es gibt etwas, das noch *neuer* ist«, entgegnete sie gelassen und richtete ihren Blick wieder auf die Stadt.

»Und das wäre?«, fragte er mit verdutztem Tonfall.

»Klimmt hat mich angerufen und es mir mitgeteilt.« Mara holte Luft. »Beate von Lingert hat eine halbe Flasche Cognac getrunken und dazu eine Unmenge an Zolpidem und Hydrocodon eingenommen.«

»Ist sie tot?«, entfuhr es ihrem Vater völlig verblüfft.

Mara nickte nur.

»Das gibt es doch nicht!«

»Sie hat einen Abschiedsbrief hinterlassen.« Erneut sah sie ihn an. »Und darin hat sie zugegeben, meine Mutter ermordet zu haben. Der Gedanke, sie zu verlieren, war zu viel für Beate von Lingert. Ein Akt der Verzweiflung, wie wir es geahnt haben. Sie hat sich ihren Seidenschal vom Hals gerissen und meine Mutter damit erdrosselt.«

Edgar Billinsky schwieg.

Erst nach einer ganzen Weile sagte er: »Und Grigoleit?«

»Er hat es durchschaut – und sie gedeckt.«

»Was ist mit den Klagen, die er gegen dich auf den Weg gebracht hat?«

»Er hat sie bereits fallen gelassen und ist auf Tauchstation gegangen. Niemand hat die geringste Ahnung, wo er sich gerade aufhält.«

»Klar.« Edgar Billinsky schüttelte den Kopf. »Jetzt weiß alle Welt, dass er eine Mordermittlung nicht nur behindert, sondern sie einfach auf Eis gelegt hat, um die Täterin zu schützen.«

»Ob man ihn deswegen noch belangen wird ...« Mara ließ den Satz offen. Und dann fügte sie grüblerisch hinzu: »Mir wäre es lieber gewesen, diese Frau vor einem Richter zu sehen.«

»Für dich ändert das doch nichts«, beschwichtigte er. »Du hast dir ein Ziel gesetzt, und dieses Ziel hast du erreicht.«

War es so simpel?

Mara wusste nicht, was sie darauf antworten sollte. Sie wusste nur, dass man ihr die Mutter genommen hatte, ohne dass sie sie hatte kennenlernen dürfen, und dass sie bis zum Ende ihrer Tage um sie trauern würde. Doch wenn sie nun zum Grab aufbrach, tat sie das mit einem anderen Gefühl als früher. Ja, sie hatte ein Ziel erreicht. Einen Schlussstrich gezogen. Alles dafür getan, dass Klarheit herrschte. Die Narbe würde bleiben, aber sie würde nicht mehr derart brennen. Und das hatte etwas Befreiendes, das würde Mara neue Kraft verleihen und sie stärker machen. Für alles, was in der Finsternis dieser unberechenbaren Stadt auf sie lauern mochte.

»Übrigens«, sagte sie nach einer tiefen Stille, »vielen Dank für dein Geschenk!«

Am Morgen des Vortages hatte ein Kurier ein großes, stark gepolstertes Paket an ihrer Wohnungstür abgeliefert: das Gemälde, das Mara als kleines Mädchen auf dem Arm ihrer Mutter zeigte.

»Ich kam zu dem Schluss, du solltest es haben.«

»Ich habe es schon aufgehängt. Das erste Gemälde in meiner Wohnung. Nochmals danke!«

»Eigentlich bin ich es, der sich bedanken wollte.«

»Wofür?«

»Dafür, dass du dieses Treffen vorgeschlagen hast. Statt mit dir zusammenzuarbeiten, habe ich mich die ganze Zeit über quergestellt. Mich verweigert. Ich wollte einfach nicht, dass … Na ja, wie dem auch sei, ich war ein Narr, ein gottverdammter Idiot.«

»Du verlangst doch nicht etwa, dass ich widerspreche?«

Nachdenklich fuhr er sich mit der Hand übers Gesicht. »Tja, jedenfalls war ich überrascht, dass du dich gemeldet hast. Und außerdem sehr erfreut.«

»Es wird wohl Zeit, dass wir mit mehr Ruhe und Gelassenheit miteinander umgehen. Findest du nicht?«

»Das denke ich schon seit Langem.«

»Dann sind wir ja mal einer Meinung. Ziemlich ungewohnt, was?«

Ganz kurz und beinahe scheu lächelten sie einander an, und auch das war ungewohnt.

In Gedanken war Mara wieder bei dem Gemälde. Sie sah es vor sich, so klar und deutlich, als hinge es hier im Nichts über dem Fluss. Vor allem die dunklen Augen ihrer Mutter stachen daraus hervor, und sie schienen Maras Blick zu erwidern.